U0658570

译文经典

时情化忆

L'Emploi du Temps

Michel Butor

〔法〕米歇尔·布托 著

冯寿农 译

上海译文出版社

目　录

译本序*

柳鸣九先生在主编“法国 20 世纪文学丛书”第四辑时向我约稿——翻译法国著名的新小说派作家米歇尔·布托（Michel Butor，1926—　）的《时情化忆》。这部小说远不是人们普遍认为的那种“无情节、无主要人物”的新小说派小说，它既有跌宕起伏的故事情节，又有栩栩如生的人物形象；既穿插感人肺腑的爱情故事，又掺有扑朔迷离的谋杀疑案。但它有别于传统小说的是其新颖独特的形式，这些小说形式象征性强，寓意深刻，容量大，能多层次、多侧面地反映现实。总之，布托以其百科全书式的小说技巧表现他所谓的“先进的现实主义”①。由于作品形式别具一格，作者遣词造句独具匠心，翻译这部小说是一场艰辛的劳作。翻译完毕，译者欲就此书的独特形式、翻译上的技术处理和作品的象征意蕴浅谈些刍荛之言，并略作评论。

首先，译者想谈谈这部小说的题目的翻译。原著作品题目是“L' Emploi du Temps”，直译为“时间的使用”，顾名思义，时间是小说的重要因素，作者独辟蹊径，巧妙地搭配时间，使时间的安排成为这部小说最引人注目的形式。我将小说题目意译为“时情化忆”，似乎使其更有了一点文学味、一点美感。“时情化忆”与汉语“诗情画意”谐音，这部小说的“诗情画意”表现在：“诗”指布托的小说的确像一首兰波式的长长散文诗，里面的许多重复就像诗歌的“叠句”一样回旋跌宕，布托本身就是诗人，他的小说就像散文诗一样美；“情”指叙述人雅克对阿妮的“爱情”，在全书最关键的第四章“姐妹俩”中，叙述人如泣如诉地表达对阿妮姐妹俩情深意切的爱，一个个长句像他心田的涓涓细流在向阿妮哀诉衷情，他说：这部回忆录也可以说是他写给阿妮的一封情书；至于“画意”，小说用大量篇幅介绍“旧教堂里的一块彩色玻璃上的画”以及博物馆里18幅挂毯画，前者是描绘该隐诛弟的《圣经》故事，而后者是描绘忒修斯王子闯迷宫探险的希腊神话，希腊神话和《圣经》中的这两个故事是这部小说的基石，这些画的寓意非常深刻，要理解它们的“画意”是解码文本的关键。“诗情画意”是这部小说的第一层意思。

由此，我根据“诗情画意”的谐音改为《时情化忆》，其实许多法国作家也喜欢做文字游戏，首先是因为“时间”是这部小说最重要的形式，作家刻意在故事时间和叙述时间上进行精心的安排和实验，新小说的创新就是在“时间”这个形式上表现出很高的诗学价值，翻译这部小说的题目离不开“时间”或“时”，因此，我借“诗情”改为“时情”，从

---

* 本文系译者在以前发表的论文的基础上改写而成，原文题目《象征 · 形式 · 现实——米歇尔 · 布托〈曾几何时〉译后刍议》（《外国文学研究》1991年第四期）。

① 米歇尔 · 布托：《作为探索的小说》。

谐音角度突出“时”这个主题，“时”隐含着“诗”意；而这个“情”仍然保留，表现叙述者对两个姐妹的深切爱意；“画意”为什么改成“化忆”呢？ 因为这是一本日记体的回忆录，布托的回忆有点像普鲁斯特的“追忆”那样追踪失去的时间；“化”是变化之意，如：梁祝的“化蝶”，春风化雨的“化”之意，小说里的时间和爱情通过布托的艺术手法“化”作一串串的回忆，经过作家的精心安排，组成一曲交响乐般的回忆录。

一

评论首先应从文本的表象入手，寻找表象的独特性。凭着经验和直观，可以发觉文本表层的语言的“陌生化”或风格的“偏离”，以及主题的反复出现等异常现象，它们就是独特的表象，是作者的匠心所运或者潜意识的投射。 这些独特的表象往往蕴含着作品的象征意义，从这些表象可逐步深入到作品的深层结构。

如果说米歇尔·布托的《时情化忆》的表象富有独特性，那么首先是小说的长句子。 在法国二十世纪文学史上，除普鲁斯特外，可能其次就是布托用句最长。 倘若以一个句号算为一个句子，在《时情化忆》里，通常是一个自然段为一个长句，最长的句子达十多段，占三四面纸，约有两千多个单词。 长句有的像峰回路转、连绵不断的溪流，有的像重重叠叠、枝繁叶茂的树，更像一把散开伸长的扇，就连法国读者见到这些长句也会咋舌，翻译之艰辛在于先要不厌其烦地把长句拆散、捋清、梳理，然后才能用相应的中文加以表达。但这些自出机杼的长句却是作者的良苦用心之所在，隐含着深邃的象征意义。叙述者自我坦露："长长的句子犹如细绳一样绕在这个墩上，又把我连在5月1日这个日子上；那天我开始编结这条细绳，这条句子细绳是一条阿里阿德涅的线，因为我处在迷宫之中，因为我埋头写回忆录以便重新处在迷宫里，所有这些线都是我给已识别的路线上标记的路标，我在布勒斯顿度过的日子的迷宫比起克里特岛迷宫要复杂得多，因为我越往前走，迷宫就越在扩大；我越想探索它，它就越是变形。"（7月28日星期一日记）。《时情化忆》这部小说叙述了法国青年雅克·雷维尔来到英国布勒斯顿一家公司实习一年，进城后，布勒斯顿的烟尘、瘴雾、寒冬、无聊、肮脏似乎要吞没他，这个城好像魔鬼在施魔法，使他疲惫不堪、意志消沉、麻木不仁，他觉得自己在渐渐地遗忘过去。雅克仇恨这个城市，他不屈服于城市的压抑，要奋起反抗，要像希腊神话的英雄忒修斯一样进迷宫探险，杀死怪物弥诺陶洛斯。雅克在进城七个月后，即5月1日开始以写回忆录的形式来探索这座布勒斯顿城迷宫："我决定写回忆录，以便我重新回到过去，治愈自己的病，以便弄清我在这个充满仇恨的城市中经历过的那些事，以便抵御城市的迷惑，使自己从麻木的状态中苏醒过来……为了不使布勒斯顿的污垢染黑我的血、我的骨、我的眼睛，我决定在我的周围筑起一道城墙，它是用一行行回忆录来构筑的……"（8月5日星期三日记），而这一行行回忆录的长句象征着一条阿里阿德涅线。

雅克初来布勒斯顿，邂逅一位秀雅明丽的姑娘阿妮，两人心心相印，在雅克最孤单无聊的日子里，阿妮口口陪他共进午餐，成为雅克心灵里的一片绿洲。阿妮就像希腊神话中的阿里阿德涅公主一样给他温暖和柔爱。阿妮是文具店的售货员，卖给雅克一张城市地图，使他认清城里街道、建筑物的布局，后来阿妮又卖给他一大刀白纸，他就是在这些稿纸上开始写回忆录。这张地图和这刀稿纸象征着阿妮给他一个线团。不久之后，阿妮的胞妹来此度假，罗丝更加娇媚可爱。雅克如同希腊神话里忒修斯王子背叛阿里阿德涅一样，疏远了阿妮，企图亲近罗丝。罗丝也像希腊神话里的费德拉公主一样妖艳，但雅克生性胆怯，没有抓住时机向她求爱。当他获悉罗丝和同胞吕西安订婚时，黯然神伤，发现自己真正爱的人是阿妮，转回来再找阿妮，想向她吐露衷情，却为时太晚，被冷落的阿妮另有所爱，雅克痛不欲生。从某种角度看，这部回忆录也可以说是雅克写给阿妮的一封情书，一个个长句也像一条雅克心田中涓涓流出的长长细流在向阿妮哀诉衷情。由此可见，布托的长句隐含着象征意义，是他情感的投射。在翻译时，译者企图保持原著的这种长句风格，但汉语的句子一旦太长，读起来免不了佶屈聱牙，因此，在汉语表达上用的是通常句子，但在标点符号上像原著一样，采取“一逗（号）到底”的方法，一段一个句号，原著中长句有多长，译文上也相应有多长。但法语逻辑性强，分句与分句之间都用连词或关系词连接，因此，在汉语表达时也适当配些关联词，这样尽量保持“形似”，以展现长句的风格。

布勒斯顿博物馆里挂着十八条挂毯，上面画着希腊神话忒修斯的故事，这个故事是整部小说的缩影，《时情化忆》的故事情节和主要人物可以说是从这个神话引发出的，布托就是在忒修斯探迷宫这一隐迹纸本上再现雅克探布勒斯顿城，以及雅克与阿妮、罗丝的爱情瓜葛。这就是法国现代小说中偶尔见到的“小说套小说”(la mise en abyme) 的创作技巧。正如中国的《红楼梦》，曹雪芹在开头和第五回设计了两个神话，一是“女娲补天”，二是贾宝玉梦游“太虚幻境”，整个《红楼梦》的故事和主要人物是由这两个神话引申出的。

平心而论，雅克与阿妮、罗丝的爱情故事只不过是小说的一段插曲，一条副线而已，小说的主线是叙述者“我”(即雅克) 与布勒斯顿城的对立。爱情这条副线是为主线服务的，雅克把爱情的失败归咎于布勒斯顿城对他的戏弄和惩罚，是它把两位美丽的姑娘从他身边夺走，爱情这条副线加深了“我”与这座城市的对立。布勒斯顿城是一座神秘的迷宫，它像牛头人身的怪物弥诺陶洛斯一样凶狠，也像七头蛇一样变幻无常。叙述者说“从一开始，这个城市就与我对立，令人不快，使我陷入困境……它加紧控制；我目前失去航向，开始健忘，从而对它深刻的仇恨也在暗暗滋长”。布勒斯顿城使用诡计消耗雅克的精力，遏制他的勇气，麻痹他的意志。但雅克以写日记的形式要从这种“浑浑噩噩的混浑中解脱出来，从闷闷不乐的心魔中解脱出来”。在小说里，不仅仅“我”与城对立，而且雅克的黑人朋友——霍勒斯·巴克也是勇敢的斗士，他是非洲移民，在城里做苦工，他与这座城市格格不入，生活在社会边缘和底层，被视为局外人，他诅咒这座城市；还有侦探小说家伯顿也是布勒斯顿的叛逆者，他以笔名J·C·汉密尔顿出版了一部侦探小说《布勒斯顿的谋杀》，寓意极深，他在书中揭发布勒斯顿的残忍，咒骂新教堂，不仅仅他们三人，全城居民都受到这座城市的压抑、钳制、扼杀，全城人都在诅咒这座城市，要布勒斯顿城毁灭。由此看来，雅克、伯顿和黑人霍勒斯同处于反抗人物的聚合轴上。因此，整部小说贯穿着一个“人与城”的二元对立结构。

布托不仅仅把布勒斯顿当作一个空间、一个迷宫加以描写，而且把它当作一个主动出击的怪物或人物。作者用怪物弥诺陶洛斯、妖仙喀耳刻、章鱼、乌龟、苍蝇、七头蛇等希腊神话中的一系列妖怪和动物的形象来形容城市；作者还用拟人化的手法，在作品下半部让布勒斯顿像人一样和叙述者对话，其实，这是叙述者内心的“潜对话”。在小说中，布勒斯顿城的化身应该是詹姆斯·詹金母子，他们俩象征着布勒斯顿的传统文化，詹姆斯的母亲长得极像新教堂的艺术神雕像，而詹姆斯是布勒斯顿土生土长的青年，从来没有走出过这座城，他对黑人霍勒斯十分反感，表现出一种城市排外欺生的态度。伯顿在《布勒斯顿的谋杀》一书中对新教堂的诬蔑咒骂暗暗触怒了詹姆斯母子。伯顿遭遇车祸后，詹姆斯坦白他做了一个噩梦，梦中他开着车，向一个行人冲去，这人长 得既像伯顿又像黑人霍勒斯。实际上，这并非一场噩梦，却是活生生的一场惨剧。詹姆斯在潜意识里埋下了对城市反抗者的仇恨，他成为布勒斯顿的捍卫者和执刑者。布托在创作中往往喜欢把城市和人物连在一起，在小说《变》里，塞西尔“代表着罗马的面貌、罗马的声音和罗马的邀请”；同样，在《时情化忆》中，詹姆斯代表着布勒斯顿城。从表面上看他是雅克的同事，殷勤热情，但实际上，他企图用车辗死伯顿，又从雅克那里夺走阿妮。在人物深层结构中詹姆斯处于二元对立结构的另一极。在这一极的人物聚合轴上有布勒斯顿城、詹姆斯母子。在作品中布勒斯顿城仿佛是一个活生生的主要人物，它似乎知道雅克在反抗，利用雅克的虚荣和疏忽，让雅克将《布勒斯顿的谋杀》一书的真正作者泄露出去，导致伯顿受害；它夺走阿妮，借此惩罚了雅克（“我们偿清了”），和雅克打了个平手。

“人与城”的对立体现人对城的反抗和城对人的扼杀。反抗这一主题具体表现在“火”这一子题的象征意义上，城市经常发生火灾，游乐园的小火车铁轨被烧，霍勒斯在游乐室打气枪，故意丢下烟蒂，导致火灾，连中国餐馆也起火关门……火灾意味着城里人希望布勒斯顿城毁灭。雅克于4月30日晚把布勒斯顿地图烧掉了，这种无意识的烧毁实际上是他发自潜意识地对城市的报复。四处的火灾似乎是从他这一火种燃起。但火灾使中国餐馆关门停业，雅克与阿妮吃了个闭门羹，幽会不成，导致爱情失败，雅克认为这是城市故意把火球弹回伤害他。总之，作者把城市作为一个狡猾的人物加以描写。

城市如何会扼杀人呢？这正是叙述者在《时情化忆》中努力要探索的问题。如果说博物馆里的挂毯上所描绘的忒修斯探迷宫是小说的缩影，那么旧教堂的彩画玻璃上所描绘的该隐诛弟的《圣经》故事则是解开这个问题的密码，是小说的关键所在。希腊神话和《圣经》中的这两个故事是这部小说的基座，整部小说的大厦就是建立在这个基座上。伯顿在《布勒斯顿的谋杀》中指出：布勒斯顿城最著名的建筑物算是旧教堂的一块描绘凶杀的彩画玻璃。《圣经》故事该隐诛弟说明了人类始祖就互相残杀。凶杀是《时情化忆》的重要主题之一，小说叙述了三个层次的凶杀：一是彩画玻璃上的该隐杀害其弟亚伯的惨剧；二是伯顿的《布勒斯顿的谋杀》中板球运动员约翰尼·温被其兄杀死在新教堂的祭廊上；三是《时情化忆》的中心事件詹姆斯·詹金企图用车撞死伯顿。作者巧妙地把三个惨剧重叠在一起，恰似一个级差嵌套的中国魔匣。一层层打开了隐藏在匣里的秘密，揭示人类的内在悲剧。该隐诛弟是魔匣的最内层，暗示着凶杀是人类的本能。这三个故事横贯几千年甚至上万年的人类文明史，从人类始祖到现在人类就在不间断地互相残杀，该隐是城市的缔造者，城市能有几多和平？在叙述者眼里，布勒斯顿的围墙上似乎都写着“凶杀”两个大字，城里随时都在发生凶杀、谋杀、车祸等事故。这一切都可以从这块彩画玻璃上得到解释，叙述者经过艰苦的探索，虽没有言明，但我们可以由此解码，得出结论：该隐诛弟乃是布勒斯顿城罪恶的本源，是城扼杀人的渊源。

二

上文我们从长句这一外在形式的象征意义出发，探索小说深层的迷宫结构——二元对立结构，我们现在试把抽象出的这一结构从深层又回到表层加以检验，看这一结构是否准确，是否站得住脚。

小说深层的二元对立结构投射在时间的使用上表现为“两重时间对位”。布托在创作中借用音乐的对位法，在音乐里，两个或两个以上独立声部在和谐的织体中结合，两个声部可以互换位置，如高声部变成低声部，低声部变成高声部，这就叫转换对位，或称二重对位，三个声部也可以互换位置，四个或更多的转位声部也是如此。布托说：“平行对比、倒回过去、循环反复——这一切都是我们时间意识的基本要素，并已为音乐艺术的分析所证实。”①在《时情化忆》里，作者对叙述时间和故事时间的处理就是采取平行对比、倒回过去、循环反复这三种手法。

《时情化忆》的主人公雅克·雷维尔在英国一年的实习已经过去一半多的时候开始写回忆录，写作时间（即叙述时间）从 5 月初到 9 月底，回忆前一年 10 月以来经历的事（故事时间），因此存在两重时间：叙述时间和故事时间，两个层次时而互相平行，时而互相缠绕，但叙述时间并非静态不动，而是处于运动状态，故事时间影响着叙述时间，叙述者眼前接二连三发生事件，他有时既要叙述眼前发生的事情，又要倒回追忆过去，从一个叙事层转向另一个叙事层，组成双重甚至多重的时间对位结构，这些层次的相互缠绕正是思维过程的关键所在，人的思维过程包含有极其复杂的层次结构，如上面一个层次是靠底下的层次来支持的，但是又反过

① 米歇尔·布托：《漫谈长篇小说技巧》。

来影响和控制底层的活动。

布托在谈到他的小说时说过："它不仅是一座空间的迷宫，也是一座时间的迷宫。"叙述者与其说在探索布勒斯顿城这座迷宫，倒不如说他穿梭于时间的隧道，在探索时间的迷宫。请看下列图表，便一目了然。

章目	题目	日记篇数	叙述时间	故事时间			
				现在进行时	最近过去时	愈过去时	复合过去时
第一章	进城	20篇	5月				10月
第二章	前兆	21篇	6月	6月			11月
第三章	"车祸"	20篇	7月	7月	5月		12月
第四章	姐妹俩	21篇	8月	8月	6月	4月	1月
第五章	永别	20篇	9月	9月	7月、8月	3月	2月

|←——时间的隧道（7个月）——→|

这部日记体小说全书分五章，叙述时间从5月到9月共五个月，每个月的日记结集成一章；每章又分五节，一个月有四周半，每周（除周末外）写的日记约二至五篇不等结集成一节；每章五节有20篇或21篇日记，全书共102篇。值得注意的是，在全书日记的中间，也就是第51篇，正好是7月中旬写的那篇叙述侦探小说作家伯顿被车撞伤的日记，从小说的形式看，这一事件是整部小说的中心，从内容上看，它也是关键所在，是情节发展的高潮。叙述时间从5月1日开始，首先回忆前一年刚进城时的光景，中间间隔七个月，在这两重时间之间便产生一个"容积"，或者说一个心理上

的“深度”。自始至终，叙述时间与故事时间（复合过去时）平行推进，保持双重时间对位。但由于作者仍身居城中写回忆录，随着叙述时间的不断推进，眼前的事件也在连续发生，作者又得记述正在进行中的、发展中的事情，我们暂借法语语法的时态术语加以称呼，这叫做现在进行时故事时间，如在第二章中，作者时而叙述眼前 6 月发生的事，时而倒回过去叙述七个月前的事。从第三章开始为了解释现在进行中的事态，又得回忆近一两个月经历过的事，这称为最近过去时故事时间，到了最后两章又得深入到记忆的中层，回忆四月、三月发生的事，这暂且称为愈过去时故事时间，而始终与叙述时间平行间隔七个月的故事时间称为复合过去时。这些故事时间和叙述时间形成一条有深度的时间隧道，作者调动自己的记忆在这条隧道中探寻，“只有通过许多其他变幻不定的日子，才能相继给我们唤回往昔的日子，每一事件唤起前一事件的共鸣，前者却是后者的根源，前者可以解释后者，或者两者互相对应”（9 月 24 日星期三日记）。在这卷回忆的胶片上，有的地方相当清晰，有的地方相当模糊，但前者唤起后者，后者牵出前者，这样相互补充，弥补遗漏，多次倒回追忆，在时间的隧道里穿梭往返，最后使这卷回忆的胶片光亮清晰，投射出一幅幅清楚的图像来。

作者时间运用的第三种手法是循环反复，例如叙述者不厌其烦地回忆他多次去看旧教堂那块著名的描绘凶杀的彩绘玻璃和博物馆珍藏的十八条描绘忒修斯故事的挂毯画，每次观赏体会都不一样，都有新的发现，他的认识每次都提高到一个新的层次。这种循环反复目的在于突出主题，加深认识。人认识客观世界的规律是主体和客体相互作用的结果，每一次的观赏带来的新发现都是对前一次认识的补充和完备。循环反复相互补充，以期日臻完善。时间的两重对位或多重对位也是一种互补关系，从认识论看，布托运用的时间技巧正符合物理学家玻尔提出的互补原理，根据玻尔的理论，描述同一微观现象，可用很不相同的，甚至截然不同的图像来描述，例如波动图像和粒子图像，但两者却相互补充，缺一不可。摆弄这两种图像，从一种图像转到另一种图像，然后又从另一种图像转回到原来的图像，我们就能最终得到隐藏在实验后面的实在的正确印象。布托在《时情化忆》中正是遵循人认识客观世界的规律来支配时间，来把握和反映世界。

这七个月组成的时间隧道虽然复杂，但终究是微观的、短暂的、明显的，然而细心观察，在作品中还存在一条宏观的、漫长的、隐蔽的时间隧道。布托说过："我们将不得不逆时间之流而前进，越来越深地沉没在过去之中，就像考古学家或地质学家，发掘时先在较晚期的地层进行，然后逐渐深入到古代地层中去。"[①]布托的确像考古学家一样探索时间的迷宫，追根溯源到人类的创世之初。

这条宏观的时间隧道隐没在布勒斯顿城的地理空间上的各个老建筑物上。我们先看看原著扉页上的一幅城市地图，值得注意的是这个城市分为十二个区，从一区至十二区的路线呈多重"之"字形串联排列，就像三弯九转的迷宫路

---

① 米歇尔·布托：《漫谈长篇小说技巧》。

线，城市的中心区是六、七、八三个行政区，与叙述者在6、7、8月里所写的最关键的三章巧合，尤其是第七区，是城市的心脏，而小说叙述的车祸也正是7月中旬发生，有趣的是雅克在布勒斯顿实习十二个月，与十二个行政区不也是巧合？ 这也许不是偶然的巧合，而是布托所说的“内在的象征关系”。[①] 那些流动的集市像走马灯一样围着城中心在四周转动。 最有象征意味的是在第七区，新旧教堂和博物馆三座古老的建筑物鼎足而立，与附近的高层百货大楼相映成趣。 从现代化的百货大楼到十九世纪建造的新教堂，再到十六世纪建造的旧教堂，由此追溯到罗马时代的布勒斯顿城（当时称为“战争之城”），以及古希腊雅典时代的影响，直至《圣经》中人类始祖的该隐，形成一条漫长的时间长廊，我们似乎看到布勒斯顿的沧桑变化，看清了布勒斯顿的本源。 从某种角度看，布勒斯顿城是一个四维空间的迷宫，其中横贯着一个时间的第四坐标。

三

布托在《时情化忆》里采用的时间对位法在很大程度上是受巴尔扎克的《人间喜剧》的启发。 他在其重要论文《巴尔扎克和现实》中这样写道：“巴尔扎克在写作《人间喜剧》时，完全没有遵照编年史的顺序，他一点一点地发掘展现在他眼皮下面的一种现实的各个方面，他经常要回忆过去。”[②]

---

① 米歇尔 · 布托：《作为探索的小说》。
② 米歇尔 · 布托：《巴尔扎克和现实》。

在布托看来，巴尔扎克的小说也是采用叙述眼前事件和回忆过去两重时间交叉进行。布托的时间对位法既继承巴尔扎克的创作手法，又吸取音乐原理，作出了更大的创新。往往有人妄下定义：法国的新小说是“反传统，反巴尔扎克的”，但米歇尔·布托的作品并非如此，他非常推崇巴尔扎克，他曾激烈抨击有些人只读《人间喜剧》中的几部小说就断章取义大谈特谈巴尔扎克，这是滑稽可笑的。而他通读了《人间喜剧》的所有小说，对巴尔扎克深有研究。他强调要“把握住巴尔扎克作品的整体”[①]，“如果从整体上来研究巴尔扎克的作品，我们就会发现直到今天，它的丰富和胆识还远远没有受到应有的重视，从而仍然是一个巨大的宝库，我们可以从中得到许多的教益”。[②]艺术的创新离不开传统这个肥沃的土壤，没有传统就没有创新，否则创新就成为“空中楼阁”。布托认为“小说形式的创新……是更为先进的现实主义所不可缺少的条件”。[③]

布托所谓“先进的现实主义”的最大特点是用象征的手法揭示现实。《时情化忆》处处布下象征的陷阱，隐喻暗示，寓意极深。旧教堂彩绘玻璃上的该隐诛弟的故事表明了该隐在人类的创世之初就创造了城邦，由这个凶犯缔造的城邦隐伏着杀机；博物馆挂毯上的忒修斯的故事揭示古雅典是一切城市文明的发源地，主人公又从新闻剧院放映的风光片里看到罗马帝国的盛衰，罗马帝国这个观念笼罩着布勒斯顿

①② 米歇尔·布托：《巴尔扎克和现实》。
③ 米歇尔·布托：《作为探索的小说》。

城；古希腊雅典时代的强大和罗马帝国的强盛像一道道回声从历史遥远的深处向现在的布勒斯顿城回荡来。布勒斯顿城——古称“战争之城”——与该隐、古雅典、古罗马、克里特岛等都有历史文化上的血缘关系。城市象征着凶杀、暴力和战争。城市之所以扼杀人是有其历史渊源的。虽然布勒斯顿城是作者虚构的城市，但它却代表着现代城市，叙述者说：“我知道布勒斯顿不是唯一的此类城市，曼彻斯特或利兹，纽卡斯尔或设菲尔德、利物浦等城市似乎也都有一个新建的、有趣的教堂，大概还有那些美国城市——匹兹堡或底特律等都可能对我产生同样的影响，但我感到布勒斯顿，它集中体现了这些城市的特点，达到登峰造极的地步，在这类城市中，它的魔法最阴险、最厉害。”这句话说明“城压人”是现代城市的普遍现象，不仅仅在英国，美国，甚至全世界的都市都存在这个现象，布托试图通过艺术创作认识现代资本主义城市的实质，认识西方文明的衰败。在布勒斯顿城，教堂和博物馆象征着传统文化，新建百货大楼象征商业经济，市政大楼象征着政治权力，在这个政治、经济、文化、宗教的社会集合体中，人生存在一个“黑云压城城欲摧”的恶劣环境之中，人与城的对立实际上也是人与物、人与环境的对立。戈尔德曼认为“新小说是有深度的现实主义创作，因为它创造了一种与马克思、卢卡契指出的社会现象——物化现象相一致的文学形式”。[①] 罗伯-格里耶也说过：“新小说关心的是人和人在世界中的处境。”《时情化

① 戈尔德曼：《论小说的社会说》序。

忆》采取象征的方式，通过对城市的探索，触及人与环境这一课题，更具有进步意义的是，小说中的人物面对强大的环境不甘沉沦，敢于反抗，像忒修斯那样不屈不挠地探索，努力从困境中挣脱，争得自由，这种人生态度值得倡导。

布托说："从一定的高度来看，小说的现实主义、形式主义和象征性好似构成了一个不可分刈的整体。"《时情化忆》是一部试验性的作品，作者把这三者有机地结合，尽管有些不够协调，仍有不足之处，但白璧微瑕，仍不失为一部独特、成功的作品。

译　者

第一章　进城

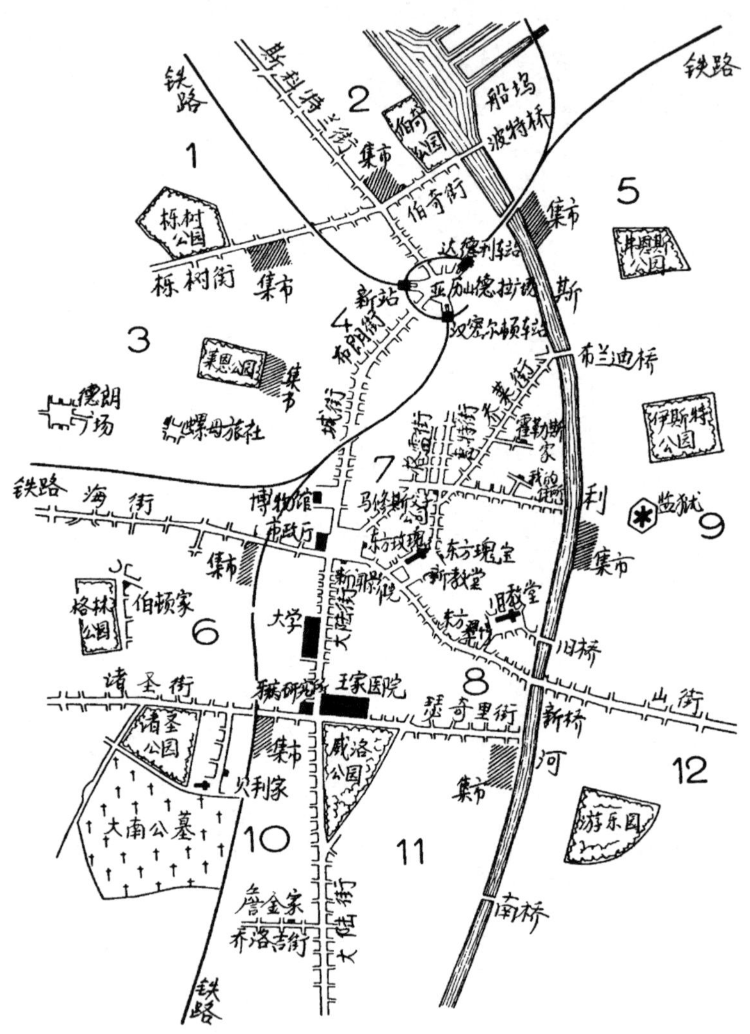

铁路
1
2
斯科特兰街
伯奇公园
船坞
波特林
铁路
集市
伯奇街
5
栎树公园
栎树街
集市
集市
达德利车站
新站
亚历山德拉广场
斯
3
4
布朗街
汉密尔顿车站
莱恩公园
集市
布兰迪桥
德朗广场
城街
伊斯特公园
7
铁路
海街
博物馆
利
监狱
9
市政厅
东方玫瑰
东方瑰宝
集市
集市
新教堂
伯顿家
格林公园
6
大学
大陆街
旧桥
诸圣街
王家医院
8
山街
琵奇里街
新桥
诸圣公园
集市
威洛公园
河
12
贝利家
集市
大南公墓
游乐园
10
11
詹金家
大陆街
南桥
铁路

1

5月1日星期四

灯火越来越密集。

此时，我独自坐在火车厢的一隅，挨着窗户，面朝着列车前进的方向，列车进入了这个我准备逗留一年的城市；当我慢慢地从蒙眬中醒过来时，这一年已过了大半时间；车窗外黑洞洞的，窗玻璃外面缀满着水珠，一颗颗水珠像一面面小镜子一样，反射出车厢肮脏的天花板上的电灯颤动的微光；火车行驶发出巨大声响，犹如一床厚厚的被子，连续几个钟头把我紧紧裹住，现在终于松开了，掀掉了。

车窗外，一缕缕褐色的蒸汽、一根根铁杆迅速地往后退，然后慢慢地滑过；铁杆间挂着一盏盏路灯，上面罩着涂釉铁皮，大概，是从煤气灯照明的年代就开始使用的；每隔一段距离，便出现一块长方形的红色牌子，上写着白色大字："布勒斯顿·汉密尔顿车站"。

车厢里只坐着三四个旅客，这不是一趟直达列车，我本可以乘直达列车，而且到站时有人接我，只因我在尤斯顿车站耽搁了几分钟而没有赶上它，所以我不得不在一个中转车站等候许久，才等到这趟邮政列车。

要是我早知道到达这里的时间是那么不适当，当初我会毫不迟疑地搭另一趟列车，或者推迟一天动身，只消发一个电报以表歉意。

我站起身，用手抹平沙茶色的雨衣上的褶痕，此时，我才明白这一切。

我仿佛觉得我在行李架上准确地找到我唯一的行李——一个沉重的手提箱，把它放在通往门口的座位之间。

我眼里的泪水还没有变黑；从那时起，每一天往里掉一撮灰。

我下了火车，站在冷清清的站台上，才发现因刚才的碰撞把旧皮箱的把手弄断了，我得小心地用拇指按着断开的地方，手指痉挛，格外地费劲。

停下歇一歇，重新挺起腰杆，两腿微微叉开，以便在这陌生的土地上站稳脚跟；我看了看周围，左边是我刚乘坐的红色车厢，厚厚的门还在摇晃着；右边是其他铁路线，几道强烈的灯光照在铁轨上，远一点的地方，几列火车熄了灯，一直停在用金属杆和有机玻璃搭成的穹形棚顶下面，透过雾气，隐约能看出棚顶的裂缝；在我面前，一位车站职员正准备等我走后关上栅栏，栅栏上方一个闪光的大钟时针正指着两点。

我深深地吸了一口气，空气显得发苦、发酸、有煤味，闷得很，好像每一小口雾气都含着一粒煤屑。

一阵微风拂过我的鼻翼和脸颊，风里夹着又涩又黏的毛味，好似一床潮湿的毛毯气味。

我难道要在这样的空气中生活整整一年吗？ 我用鼻子、舌头问道；我深深地感到这种空气里含着一种晦气；七个月以来，它压抑着我，使我昏昏沉沉，而我现在刚从朦胧中醒来。

现在我回忆起：当时我突然感到害怕（我那时目光是敏锐的，我害怕的正是这种神志的昏乱和我本身变得昏聩），有一阵子，我荒唐地想打退堂鼓，想放弃，想逃走，但是一条宽大的壕沟从此横在我与早上的事件之间，横在我与熟悉的面孔之间，当我跨越它时，它就无限地扩大，结果我看不见沟深，我仿佛觉得对岸无限遥远，像一条淡淡的地平线，无法看清任何细物。

5月2日星期五

我提着箱子，开始在这陌生的土地上，在这异样的空气里，在这些停着的火车间行走。

工作人员关好栅栏门，离去了。

我很饿，大厅里，“酒吧”、“饭馆”的牌子跃入眼帘，但金属门帘都关上了。

烟瘾来了，我在上衣口袋里摸了摸，高卢牌的烟盒里空空的，也没有别的什么东西。

但是，就在这口袋里，我先前，或几个小时以前，我也记不清楚了，我想是放着马修斯父子公司经理给我的介绍信，信上有预订的旅馆的地址。

我曾在车上最后一次看过信，而这封信不可能是放在箱子里，在整个旅途中我都没打开过箱子，我在外套衣兜里没有摸到，我得赶紧找一找，手伸进内衣里摸一摸，也没有。

信大概是掉在车厢里了，而此时我不能返回去找，但我并没有把这事看得很重，我相信在附近找个临时住处应该是很容易的事。

一位出租车司机把这一夜的最后希望放在我身上，问我去哪儿（他的话里不可能有别的意思），但他讲的话，我听不懂，我想说几句感谢的话，但无法表达出来，只是用我自己才能听见的声音咕噜了几句。

他看着我，摇摇头；当我离开火车站时，我见他的黑色小车在我面前悄悄地驰过，并围着平台转了一圈，然后沿着有护墙的坡下去，消失在另一边万籁俱寂的街道上。

高高的路灯射出橘黄色的光芒，照在已熄灭的灯箱广告上，高大的门面没有百叶窗，所有的窗户都是昏暗的，所有的玻璃都关紧了，没有任何旅馆的标记。

我来到房子比较分散的地方，在空地上，我看见有几辆双层公共汽车正在启动。

街上行人稀少，与我擦肩而过，匆匆地赶路，似乎离熄灯时间很近了。

我现在才知道，我那夜走在左边的这条街叫布朗大街，我刚从阿妮·贝利的店里买到一张本市地图，我注视着地图上那夜走过的那条街道；但在那昏暗的时刻，我甚至在角落里也没有找到我渴望见到的字："旅馆"、"公寓"、"供应早餐的客栈"，而我后来白天经过那里，一眼就望见挂在二楼或三楼的招牌上闪光的涂釉大字，但那时却深深地隐匿在黑暗中。

我又回到这时已空荡荡的广场上，在几栋建筑物后面的小街上拖着脚步走，每走十来步，就得放下那口沉重的箱子，换只手提；后来，浓雾似乎变成细雨，我决定返回车站，等天亮后再说。

走到坡上时，我奇怪地发现车站正面会那么宽，这大概是我刚才没有注意看这些，然而，我怎么会从柱廊下穿过？车站不是有月台挑棚吗？ 而这一回我怎么什么都没有看见呢？

我走进车站里面时，才明白怎么回事：原来，刚才转了那么一小圈竟使我迷了路，我现在是进了另一个车站——布勒斯顿新站，它和前一个车站一样，夜阑人静。

我的脚走疼了，出了一身汗，手掌也磨出了几个泡，看来最好是待在这儿了。

我看了看每个门上方写着："询问室"、"售票处"、"酒吧"、"站长室"、"副站长室"、"行李寄存处"、"头等车厢候车室"（我转了转把手，想打开门）、"二等车厢候车室"（同样打不开）、"三等车厢候车室"（里面亮着灯）。

我走进去，看见有两个男人睡在长凳上，这两人都很脏，一个侧身睡着，帽子盖在脸上；另一个仰着睡，膝盖向上弯曲，头向后仰，咧着嘴巴，牙齿快掉完了，胡子有半个月没有刮过，右脸颧骨上有一块疤，右手向下垂，触到地，手上断了两个指头。

第三个人在没有生火的壁炉旁坐着，他年纪较大，弓着背，双手抱在胸前，他上下打量着我，用眼光示意我不要去惊动他的两个伙伴，然后动了动下巴，示意还有个空位，我草草地擦了擦凳子，放上我的箱子，挨着箱子坐下，胳膊肘搁在箱面上。

过了一刻钟，听见一记沉重的脚步声传来，醒着的那位闭上了眼睛。

我看见门的把手在慢慢地转动，门的合页发出吱吱的响声，门缝中露出了一顶蓝黑色盔帽，接着露出一张警察的面孔，他似乎对这安静的气氛很满意，他关了灯，门又吱吱地响了一下，门锁轻轻地锁上了。

过了一会儿，尽管我强打精神，但也睡着了。

2

5月5日星期一

我右胸一阵疼痛，醒了过来；我试图翻过身子；手擦着粗糙冰凉的地面，我仿佛觉得身子被冻土覆盖着。

我站起来，全身的肌肉好像冻僵了一般，浑身关节也僵硬不动，我只得一个一个关节地活动、舒展。

我睁开眼睛，灰色的光线似流水样地射进厅内，那三个流浪汉只管齁齁大睡。

我翻了翻口袋里的东西（传来火车的鸣笛声），从地上碎纸里拾起一截长长的白绳子，凑合把箱子把手捆好，蹑手蹑脚地走出大厅，朝一家终于开了门的酒吧走去。

酒吧里面有十来个客人，他们都没有用托盘，端着白色陶瓷杯喝着，有的坐在小圆桌旁，有的坐在很像候车室那样的壁炉旁边，但这个壁炉里燃着煤球。

还有三四个顾客站着，胳膊肘支在柜台上等着，柜台后的两个女人提着大水壶忙碌着。

我看了看货架前挂着的价格表，货架上摆着很多光亮的酒瓶，我朝柜台走去，想要一大杯朗姆酒。

“先生，您说什么？”

这是一位至少40岁的妇女，面容非常憔悴，身材瘦削，动作带神经质，那浆洗过的小帽下大概有了不少花白头发。

“一杯朗姆酒。”

我本来想说“劳驾您”之类的客套话，使我的请求充满友好的意思，但我费了很大的劲也没有找到恰当的词语，我知道，我说的英语有很多错误，这使我很尴尬。

“是要朗姆酒吗？”

“是的！”

“唉！ 没有了，先生，很抱歉。”

“那……”

她忙着服侍另一位顾客，这位顾客递过杯子，她给他倒上茶。

墙面上，我看到标着牙买加字样的图片挂成一圈，图片上画着一个个黑人的面孔和一棵棵甘蔗。

“那么，来一杯威士忌吧！”

“哦！ 先生，也没有，很抱歉。 要茶吗？ 橘子汁？”

她旁边的另一个女人年纪更大，60 岁的样子，用严厉而惊奇的目光审视着我。

“还有别的什么吗？”

“有矿泉水、苏打水、咖啡、开水……”

“有白酒吗？”

“没有白酒，先生，再问也没用。 11 点半以前没有。”

“那就要点茶吧！”

我走到火炉前喝茶，我的沙茶色雨衣冒着水汽。

我把空杯子放在一张桌上，看见杯上留下我的手指印，我站在这位女招待面前，一副狼狈相，我感到十分惭愧，把两手贴在粗糙的脸上，我几乎跟方才那些睡觉的流浪汉一样脏。

我走下楼梯，进了盥洗室，没有肥皂，不可能刮胡子，用水洗一洗就觉得好受多了，我的内衣黏在身上，照了照镜子，我几乎认不出自己来，脖子上有好多灰道道，头发上还不时掉下黑煤屑。

5 月 7 日星期三

我到寄存处把箱子寄存后，紧了紧裤带，双手揣在口袋里，开始寻找理发店。

车站外面的大钟指着 6 点半，雨停了，几辆黑色出租车沿着柱廊旁停靠着，几个搬运工没有穿外套，用手推车运着木箱，并把它们装上卡车；几个旅客身穿深色外套，头戴小小的瓜皮帽，胳膊上挂着雨伞匆匆离去。

我转过身来仔细地打量车站的正面，它的钟楼在我的右边，长方形的红色底面印着几个白色大字：布勒斯顿新站。

我沿着斜坡走下去，嘴里叨着：我昨夜出站不是在这里，是“汉密尔顿车站”，这是我第一次朝这个方向走这条路，但我很难相信这些，这两个车站大楼在我的印象中混同在一起了，我无法回忆出它们各自的外貌。

好像有什么东西在捣鬼，使这些还在沉睡的房子在我周围变得越来越高。

广场上空是一片 10 月深秋广袤的天，阳光暗淡柔和，微带玫瑰红，一片片云彩在追逐，好像北极冰原上一群浑身潮湿的动物在奔跑一样，一阵旋风袭来，把人行道上的车票根、麦秸、碎木屑和树叶都刮了起来。

广场中央，双层红色公共汽车又聚集在一起。

在一块基石上，钉着两块铸铁板，我认出了上面的字："新站大街"、"亚历山德拉广场"，对面，在一根路灯柱的半腰处钉着一块牌子，箭头指向右边"汉密尔顿车站"。

我认真回想昨夜走过的大概路线，认出了"布朗大街"，昨夜我走了这段冤枉路。

约二百米处，我看见了昨夜浓雾遮盖的东西，那是一座厚实的桥，有两层楼高，从大街上空跨过，桥上通行火车，这座桥很像我过一会儿绕着这个三角形广场时看见的几座桥，广场均匀地朝各个方向辐射出好几条街道，每条街道上空都架了座桥，除了直接通往火车站的几条街外，所有拱桥都像围墙上的一个个门洞，我想我大概置身于布勒斯顿市中心。

在三角形广场的两条边的合拢处，四根短而粗的陶立克柱支撑着一个柱顶盘，我从下面走过，柱身包裹着一层黑皮，使人想起森林火灾后被烧尽的针叶树的树身；广场第三条边的顶端，是达德利车站，车站正面重新用砖整修过了，外表还红红的；我走进大厅，时钟指示 7 点。

时间一分钟一分钟过得真慢啊！ 我急着要去马修斯父子公司，而公司 9 点钟才开门，一切事情还未进入正轨之前，时间过得太慢了！

我喝了一杯又一杯茶，等候近一个钟头，广场上的店铺开门了，我去理发店剪去脖上的脏头发，这些事做完后，还要等约一个小时，我买的第一盒英国烟抽完了，我便躺在公共汽车旁的长凳上。

我听见钟声敲了九下，就去新站寄存处取回箱子，这时，人群悄悄地从柱廊下拥出，出租车排成了长队，间隔均匀地向前驶动。

我跳上了一辆出租汽车，告诉司机马修斯父子公司的地址，我曾多次在信封上写这个地址，为了顺利到达那里，我记得很熟。

显然，司机没有听懂我讲的英语，但他迅速地启动车，以便不阻塞道路，他打开中间隔着的玻璃，扭过头，大声问我。

我要向他多次重复："惠特街，62 号。"尽量使发音准确一点，当我们慢速下坡时，他关上车窗，向右拐弯，又打了一个弯，我们从布朗大街的桥下穿过。

一条条街道、一栋栋房子、一个个广告牌、一盏盏十字路口上的红灯，从我们身边一晃而过，我们超过一辆辆大客车，我很奇怪，路会这么长，突然，我们的车子停下来，司机下车，为我打开了门。

我朝计价器上瞄了一眼，我多付了些钱给他，以便少说一些话，我站在人行道上，箱子放在我跟前，足足站了好几分钟；我看到两边的门窗都敞开着，门两侧各有三块铜板，我发现一大早都擦得铮亮，除了一块粗糙一点，呈灰绿色，上面凸起的字母，写着公司名称和它们位于的楼层，尤其是"马修斯父子公司"那块铜板，与我齐眉高，挂在门的左边，其上、下两块铜板分别是"布卢姆菲尔德有限公司"和"哈伯斯公司"，最上方挂着"62 号"门牌，往上望去，有五排窗户，越往上窗户越窄小，高楼仿佛插入云天，六个挑檐上横跨着檐槽管。

5 月 9 日星期五

箱子很重，我慢慢地扶着栏杆登上楼梯，到第一个转弯处，脑子里努力回忆所掌握的少量英语单词，反复默念着常用的礼貌用语。

我很紧张、不安，害怕别人听不懂我的话；我按了门铃，门自动开了，这是一间很大的房间，我现在每天就在这儿上班。

九个绅士模样的人，有的在伏案工作，有的在打字，其中一位抬起头以询问来访者的口气问我：

“先生，您找谁？”

“我要见马修斯先生，我是雅克 · 雷维尔，我……”

“啊，您是法国人，对吗？ 您一路顺利吗？ 雷维尔先生，很高兴认识您，我叫阿德威克。 请在这儿稍等片刻，我去看看马修斯先生能否接待您。”

我看了看第十张桌子，挨着最后一扇窗户，这张空着的桌子，毫无疑问是留给我的。

“您是雷维尔先生吗？”

一个个子不高、胖胖的男人，脸色红润，脖子缩在高高的硬领里，带着小跑似的走来，把我带进了他的办公室。

“雷维尔先生，很高兴见到您。 我叫约翰 · 马修斯，大家都叫我约翰 · 小马修斯。 请您原谅我父亲，此时他不愿意有人打扰。 您在旅店住得好吗？ 詹姆斯 · 詹金到车站接过您……”

“我乘坐了另一趟火车，今天早上才到，对不起……”

“没有关系，雷维尔先生，不必介意，但您应事先告诉我们。您真的很疲倦了！詹金，您向雷维尔先生介绍完新同事后，就陪他去螺母旅社。雷维尔先生，您好好休息，安顿好，明天早上 9 点来这儿。”

詹姆斯 · 詹金在我身后关上门，把我带到每张桌前转了一圈，我听见他说了八个人的名字，而我几天后才开始记住：布莱思、格雷托恩、沃德、多尔顿、凯普、斯莱德、莫斯利、阿德威克，这是我七个月以来每天都在这里见到的八个人。

“雷维尔先生，您的行李都在这里吗？”

詹姆斯说话和气，略带羞怯的快活，使我颇受鼓舞。

我看见他握紧了箱子把手，他的大拇指巧妙地遮住了捆把手的白细绳；他那明亮的蓝眼睛眨了眨，我感到脸羞红了，几乎不知所措。

“您肯定住在螺母旅社，老马修斯先生总是把新来的人安排在那儿住，这几乎成了我们的惯例。螺母旅社在他的老住处旁边，因从来没有人埋怨过，他也就认为用不着调换了。您会看到，这个区还是挺不错的，附近就有一家电影院，我想这会中您的意，至少住几天是可以的，我们坐车一刻钟就可到达。”

车启动了，天下起雨来，玻璃板上的刮水器一上一下地来回擦着，詹姆斯继续轻声地说着，他说这辆黑色莫里斯轿车是公司的车子，交给他保管，因为他母亲家里有一个空着的车库；我无法用英语回答他，很快就听不懂他说些什么了。

我们在一个有一排圆柱的门廊前停下，门廊上刷着厚厚的一层微白色的油漆，门廊上方有一块镀金的六角形的大螺母的牌子，被铁链吊在直角形支架上，随风摇摆着；在接待室的窗口前，詹姆斯和一位年轻姑娘谈了很长时间，姑娘有一头金发，戴着一副看上去很不舒服的玳瑁眼镜；我呢，完全听不懂他们的快速谈话，看看这位，又看看那位，做出一副微笑的样子，等待谈话结果。

最后，詹姆斯慢慢地向我转过身，意识到他扮演着翻译的角色，尽量以最清晰的发音对我说：

“给您订的房间在四楼，再没有其他房间了，您不会有意见吧？”

我点了点头表示同意，在登记册中“10 月 2 日，星期二”那一页上填写我的姓名、护照号码，随后詹姆斯坚持帮我把箱子提上楼，放在那个房间的小床上。

“詹金，”我第一次这样称呼他的姓，直到几个月后我才叫他的名，“请原谅，我的发音太差，我想问问，在我来此之前坐在第十张桌子的是位法国人吗？”

“不是的！ 雷维尔先生，自战后，马修斯父子公司就没有外国人来工作，以前我不在这儿工作，您要知道，您是我遇到的第一个外国人。”

“这家旅社有饭供应吗？”

“没有，雷维尔先生，只供应一顿早餐，但离这儿不远处有一家餐馆，那位姑娘会告诉您的。”

“谢谢！ 詹金，明天见！”

房间里没有桌子；窗户朝着深院里的红墙。

在楼道洗浴间里，我边脱衣服边自语道：“我不能待在这儿，我不应该待在这儿，如果我住在这儿，我就会毁了自己；明天我就去找个好点的住处。”

那天上午我上床时，我的表是 10 点半，而下午我起床时，已是 6 点钟了。

我在附近一家快餐店里草草地吃了几块火腿三明治，喝了几杯茶。

啊，在布勒斯顿的第二个夜晚，我久久没有睡意！

3

5 月 12 日星期一

当闹钟响时，我掀开被子，微弱的光线已透过薄薄的窗帘照进屋来；我把刮脸泡沫涂在下巴颏，冰凉冰凉的，越抹越浓，口里却在喃喃自语："9 点钟去马修斯父子公司上班，惠特街 62 号，"渐渐地，这变成了一个问题："怎么去？"我细心地准备好几句英语去问楼下的小姐。

她靠在椅背上，用铅笔叩着牙。

"您是问惠特街吗？ 在城里哪个区？"

"我不太清楚，我想，在市中心……"

"如果离旧教堂不太远的话，您最好乘 17 路公共汽车，车站就在附近，第二条街向右拐，上车后再问售票员，他会告诉您的。"

车上售票员对我说：

"您最好在托尔街下车。"

我登上了汽车的上面一层，看见许多小轿车在我眼皮底下移动，就像许多鱼儿在河里游一样。

"托尔街，先生，托尔街到了！"

我走到了门旁装有铜板的大楼之间，楼前，职员们匆忙地赶去上班，大钟敲 9 点时，我拦住其中一位，问道：

五月，十月

“请劳驾，惠特街？”

“先生，这儿就是。”

这时，我认出了大门，交叉路口旁的第一个门，62 号，六个挑檐、檐槽、三步台阶，接着是楼梯。

“早上好！ 雷维尔先生。”小马修斯停下了正与阿德威克的谈话，向我打招呼，“您昨晚睡得好吗？ 一切都好吗？今天您的工作是登记信件，东西都放在您的办公桌上，您的桌子在靠窗的角落。 如果您还有什么不清楚的地方，可以问詹金先生。”

我坐在我的位置上，看了看左边，透过玻璃窗，外面是高楼、天窗、烟囱、石板瓦屋顶和“居安思危”保险公司大楼上的避雷针；我转过身，我的面前是布莱思先生（我一直不知他的名字，我从未与他打过交道），他背对着我，坐在一张旋转椅上，支轴每动一下就发出响声；我的右边是詹姆斯 · 詹金先生，这种格局七个多月都没有变动。

这天早上，我还没有见过面的老马修斯出现在大厅里，他与他儿子一样骨瘦如柴，但皮肤更干瘪，他看见我，便喊道：“您是雷维尔先生？ 很好，不必起来。”

12 点半，我按照其他人的样子站起身，我很奇怪阿德威克和格雷托恩仍坐着不动，好像什么事都没有发生一样。

“等我们回来后他们再去吃饭，”詹姆斯向我解释道，“公司从早上 9 点一直办公到下午 6 点。”

我跟着他进了托尔街的一家低级小饭店，在地下室里，没有窗户。

“这里便宜一点，但要自己动手取，我觉得这样更好些。”

有一点汤，一点点油炸鱼，几块煮得很硬的土豆，桌上放了一瓶红沙司用来调味，一块似网球状的圆面包，一杯茶，吃到最后，是一块名符其实被叫做“海绵”的点心，上面还少不了涂上一层暗黄色的奶油，吃完后口里留有一股浆糊的味道。

“如果您没吃饱，我再要点奶酪和饼干……”

晚上，我再次独自来到这个地下室，省得去找别家好点的饭馆，但我听不到他中午那柔和殷勤的声音。

饭菜都是一样的，没有什么变化，除了小小的不起眼的花样（如汤绿一点，或呈褐色，饭后的点心有几粒葡萄干或是加点果酱），特别是听不到他中午清晰的发问，他是那么耐心、那么宽容地等待我结结巴巴的回答，这饭菜，我越吃越觉得乏味。

他像我身边的随员一样，我引起他的好奇和敬重，同时产生某种同情，他总觉得我有许多困难，他努力设想是哪些困难，并加以解决。

多亏了他，我很快地适应了在马修斯父子公司的工作，他是我的同事中唯一的亲密朋友；除了纯粹工作关系外，还有其他关系；虽然我常与多尔顿或凯普在兰开斯特饭馆同桌吃饭，这家饭馆比詹姆斯去的伯林顿饭馆条件优越，他们还习惯买饮料伴着喝，但是他们从不主动找我说话，他们从不问我 10 月份的时候是否能听懂他们的话，我现在才知道他们三句不离本行，总是讲：“今天早上的小雨真好”，“老马修斯生气了”，“您好像很饿了”，或是“今年仍是布拉福德队占优势”，当时很明显，我处在听不懂、说不出的困境中！

5月13日星期二

我旅途的倦怠还未消除，又被头几天的工作累得筋疲力尽，尽管交给我的工作很简单，但这是我在这里一年中最难熬的时期，因为我要不断费力地翻译，还要适应新的日常行政事务，每天傍晚我独自一人无法作出任何决定，只是匆忙吞下最后一口淡而无味的饭后，爬上17路车的上面一层，经过一条条我还叫不出名的街道；回到我的房间，一进房间，我尽量什么也不看便上了床。

我躺在被子里，在黑夜中自语道：“星期六，我要换房子，我会有时间重找住处的，有时间熟悉一下我还不知底细的城市。”

10月6日中午，从公司下班出来时，所有的面孔都因周末的来临而松弛（对于我办公室的九位同事来说，与其他星期一样，这是很长的一周，至于我的到来，只是一件微不足道的事情），我看到一道道松弛的目光和晴朗暖和的天气，精神也由此振作起来，我沿着托尔街向右拐去，希望找一家比较舒适的饭馆。

上午，我下了17路公共汽车，看着那高大、红色的车身消失在阴森的街道上，两侧阴郁的屋面上写着一行行粗粗的大写字母，黄色已褪掉，歪歪斜斜的，就像小学生在黑板上写的粉笔字一样。

我想大概快到旧教堂了，它位于这路车的终点站；我以为旧教堂就在我前面，被几栋高房子挡住了，但它却在我右边方向。

我经过的一条条街道、一个个广场，我见过的一栋栋大楼，甚至也就是我只知道的几栋大楼，它们在我头脑里汇集在一起，形成虚构模糊的城市布局图，而我现在还没有弄清方向就行走在街上，我还未看过这个城市地图，因此我还不能确定脑中的布局图的真实程度。

职员们穿着雨衣，戴着瓜皮帽从各个大门里走出，街上熙来攘往，车辆缓慢地行驶；我原以为我越往前走，人会越多，商店也越多，恰恰相反，我走进了背街小巷；马修斯父子公司附近的橱窗、招牌就很少，而这个地方却更少，喧闹声也越来越小。

我加快脚步，来到一个冷僻的地区，马路上有许多坑洼，周围的房子只不过两三层楼高，马路被一堵矮墙隔断，墙后是一条二十米宽的壕沟，沟壁笔直，就像城堡的护城河一样，我发觉河水浑黑，起着泡沫，带有煤浆，散发着我在汉密尔顿车站站台上第一次闻到的那种晦气，只是更加刺鼻、更加难闻。

天色昏暗了，我已饿了。

一个坐在一般向下延伸的铁楼梯口的男人听见我走路的声音，转过头望着我，他的脸和水一样黑。

“对不起，先生，您能告诉我一条去市中心最近的路吗？”

“请再说一遍！”

他说话费劲，使人听了不舒服，他蜷缩成一团，就像一堆土疙瘩上搭了一件大衣，身子前倾，两腿弯曲，两肘支在膝盖上，与我小腿一般高；皮肤，甚至连嘴唇，都像长时间没擦油的薄皮革一样，他抬着头，睁着黄褐色的眼睛望着我。

“请问去市中心的路？”

“您说的中心是什么？”

他说的每个字都有点走样，好像很伤心似的，但他慢慢地用那沉重而沙哑的声音说出来，使我能一字一句听得清楚。

“亚历山德拉广场。”

这是我想起来的第一个地方，本来我还可以向他说“旧教堂”、“市政厅”，但我都说不出口。

“我不知道亚历山德拉广场。”

他慢慢地摇着头，以加强他的话意。

“我真的不知道，我已经有好几年没有去那儿了。”

“您从不离开这个区吗？”

“这不是我住的区，要知道，我住在您现在可以看见的那座桥的附近。”

“这一带有饭馆吗？”

“我不清楚。”

“对不起，打扰您了。我是外国人，这个星期才来……”

“不必说这些，先生，看得出来。”

“您家附近有吗？桥附近有吗？”

“外国老爷，您来这儿是干什么的？好吧，您就别走了。”

他站了起来，我很惊奇他长得这么高（他比我高出一个头）。

“这么说，先生，您饿了，您想吃午饭吗？ 正好，先生，我也饿了，我们一块儿走吧！”

他纵声大笑，这笑声并未完全掩盖住他的忧郁，这种突如其来的笑声，哪怕是今天，我也很少再听到。

5 月 14 日星期三

我们俩沿着河边走，并未注意到河水，他把口袋里的硬币敲得叮当响；当我们经过一扇栅栏门前时，他停下来对我说：

“我就在这儿工作，知道吗？ 这家棉纺织厂，您呢？”

“我在马修斯父子公司工作，负责与法国的函电联络工作。”

“怎样联络？”

“我用法文起草信件。”

“您是个职员，哎！ 整天就坐在椅子上，是吗？ 这挺不赖！ 您是法国人吗？ 我还从未碰到过法国人，这里法国人大概不多。”

“那我就不清楚了。 我还不认识其他人，除了与我一起工作的同事外。”

天下起了濛濛细雨。

“那您呢？”

“什么？”

“您是从哪儿来的？”

“我吗？ 跟您不一样，我到这里很久了。”

“那以前呢？”

“从非洲来的。 当然啦！ 和他们那些人一样。”

他在一扇半开着门的店铺前停下，店铺两旁是用螺丝钉拧上的啤酒广告牌，牌子是用釉彩铁皮铸成，白底上画着巴斯的红三角形和吉尼斯的竖琴。

“这就是您说的饭馆吗？”

“进去吧！ 这儿挺好的，我们待会儿再去吃饭。”

于是，我就这样认识了这家到处是油污、冰冷的饭店，店里坐有一半顾客。

“您喝点什么，法国先生？”

我还不知道布勒斯顿的饮料味道、价格以及要饮料的问法。

“随便。”

“老板娘，拿两杯黑啤酒来！”

这种饮料颜色深、有黏性，它从带柄有槽的大杯子里往外溢出，我觉得这与方才看见的河水差不多，只是经过煮沸，变得更浓罢了。

他不由我分说，付了酒钱，一口气就喝干了，然后用黑手背擦了擦嘴角，而我却喝了很久。

我不愿欠他的情，付钱又要了两杯；我空腹喝，顿时感到周围的墙开始转动起来；我不得不再坐一会儿，用三个指头紧紧地抓住赤褐色的桌沿，眼睛注视着棕红色漆布上的圆泡沫和气泡，每个泡上有一个小窗户的影子。

当我们出来走到外面时，地面被雨淋湿了。

他又开始讲起来，但完全换了另一种口气，声音更低，带有怨气地嘟噜着，眼睛盯着脚下。

“在布勒斯顿，有一些黑人，也有很多像我这样的人，尤其是往北过去一点更多，但不是和我同一个国家，他们差不多都来自非洲的塞拉利昂，他们相互间讲家乡的话，英国人听不懂，连我也听不懂。

“他们都和家眷们生活在高楼里，他们有留声机、有唱片，我有时去看他们，但您要知道，我和他们不完全是一个种族。”

一个大橱窗上用白字写着每日菜单，我从橱窗望入，看见一个矮个子的独眼男人，系着围裙，低头在看他的账本，等候顾客的来临；我们俩走进去，共三张桌子，我们在一张桌旁坐下，他略跛着脚走过来，带有斑点的纸桌布上放着一副餐具。

“和平常一样吗？”

“一样，要两份！”

“面包……鱼……蔬菜……醋…… 茶……可以吗？”

随后，他又坐在收款处后。

几分钟后，这位伙伴从嘴里剔出最后一根鱼刺，小声对我说：

“不错吧，嗯？ 您还要吃点心吗？”

“您呢？”

“我嘛，一般来说，什么也不吃了；您知道，这儿的点心不太好……如果您也不吃的话，我想我就不再喊他了。”

我又感觉冷起来。

“我还想喝一杯……”

“那您上我家好了！ 我给您泡茶喝，比这儿的茶好，我们走吧！”

他站起身，把雨衣扣好，走到账本旁放上一枚硬币，说声：“喂，杰克。”那人没吱声，在雨中，两个穿黑衣服的小姑娘向我们跑来，发出尖脆的笑声。

“我该给您多少钱？”

“不用给了。”

“怎么？ 您对我这么客气呀！ 别看我是新来的，可我挣的钱大概和你一样多。”

我从口袋里抓出一把零钱。

“我知道，您赚的钱和我一样多。”

“既是这样……”

“您为什么不愿意让我来请客？ 让一个黑人为您付一顿饭钱，您感到耻辱吗？”

“完全不是……”

“那么，为什么还站在那儿不动？ 要是我没有记错，您还想喝茶呢！”

他在我肩上拍了一下，要我走。

尽管我感到拘束，甚至他使我很感不安，但还是跟他走了；这是因为我好奇，当然也因为我感谢他的坦率和大方，尤其是因为他话说得慢，我完全听得懂；同时，与他说话，哪怕说得不好，也不会因发音不准而不好意思。

“当然，我家里不是很宽敞。 但您可看到，还是相当干净的！”

我看了看周围，没有小店，路两边的招牌很少，房子不再相连，都是两层楼，楼上的窗户没有挂窗帘。

他用拇指和弯曲的食指转动着发亮的钥匙片；我发觉楼梯和栏杆很陡，手扶在栏杆上，整个栏杆直晃动。

5月15日星期四

我疑惑地进入一间阴暗的房间，映入眼帘的是一张没有整理的大床，扑鼻而来是一股旧衣服的酸味。

“把雨衣脱下，挂在这里，请坐吧。”

当他把遮住窗户的被单拉下时，光线就像一阵风吹进来，敞开的床单上石膏色的皱褶歪歪扭扭。

“您不冷吗？ 我来开烤火器。 瞧！ 烧得多旺啊！ 坐过来一点，把衣服烘干，我去烧壶水，一会儿就好了。”

地上，几乎是在洗脸池下面，煤气炉的蓝色火苗在跳动；煤气炉的右边，是一小块地毯，地毯上有两只高跟鞋，他刚刚关好壁橱，里面有好几条裙子。

他拍打着床铺，抱歉地说：

“她好几天没有来，您要知道……”

“她，常来吗？”

“我想她不会再来了，她大概找到工作了。”

他把一张旧报纸铺在桌上，摆上两个玻璃杯，倒了点白纸袋里的糖，放上两把镀银的金属勺子，拿起一个陶罐，把一个薄锡纸包的盒子里剩下的茶叶大把大把地扔入陶罐里，过了一会儿，水开了。

“您喜欢浓茶吗？”

“还可以。”

“这是浓的，我没有牛奶。”

他给我倒的茶如同刚才喝的啤酒以及沟里的水一样黑，一片片枯茶叶在水中游动，强烈的刺鼻气味从这里出来。

他一直站着，黑色的右手端起滚烫的杯子，那透明的杯里似乎燃烧着冒烟的火焰。

“欢迎您到我家来，法国先生，欢迎您来到布勒斯顿这个美好的城市……”

他想愉快地说出这些话，但缓慢的表达使这些话带有奇怪的庄严；他突然从喉咙里发出一阵笑声，当说到“美好的”一词时，笑声马上止住了，最后几个词说乱了，接着又爆发出一阵讥讽的狂笑，震得窗上的玻璃都晃动起来；最后，笑声戛然而止，好像玻璃一下子被打碎了一般。

有多少次，我在街头徜徉或在房间里踱步，仿佛又听见他那辛辣的欢迎辞，仍在我耳边嘀咕着，至今还如此；有时他不在场时，我在聚精会神地思考霍勒斯·巴克这个人，首先想起的是他这种慷慨的待人态度，或更确切地说，他初次给我的印象。

他喝了一大口茶，舔了舔嘴唇，然后坐下，双手捧着喝了一半的杯子。

“您要在这儿逗留很长时间吗？”

“一年。”

“至少薪水还可以吗？”

“每月大约 35 英镑。”

“您挺有钱的，法国先生！ 您看，您来布勒斯顿才五天，而我在这儿待了那么多年，您挣的钱比我多得多了，也比许多在这儿出生、从未离开过此城的人挣得多。”

他的声音变弱了，显得苍老无力，当我开始喝时，“咔嗒”一声，他打了一个响指，让我停下。

“等等，我大概还有点朗姆酒，您喝这个可以暖暖身。哦！只剩下瓶底一点点。”

最后几滴酒从细颈瓶里滴入杯中。

“哎，这不算一个太坏的城市，风从来不像海边的风那么寒冷，对您来说，城市还算暖和。”

他把酒瓶子放在砖地上，用鼻子嗅嗅酒味。

“听我说，我来到这里已十年了。当我在加的夫下船时，我就对自己说：每三个月换个地方的日子该结束了。如果找的再是同样的工作，同样坏天气的地方，那我就没有必要离开我现在的工作和住处；如果将来我遇见一些同伴，又得很快和他们道别，那我就没有必要这样快地告别现在刚刚熟悉的同伴；生活在这个城市是很艰难的，但在这一带的其他城市同样艰难；应该等待有一天能真正动身，乘船去找一个一劳永逸的安身之处，在一个完全不同的地方开家店铺。

“我像野人一样地生活，也积蓄了一点钱，但女人们精得很，都从我这里骗走。

“如果她不来拿她的裙子，您想我留它们有何用？别的女人是不会要的。”

他就这样对周围的人和布勒斯顿的环境发泄怨恨，他不紧不慢地、一字一顿地说，每一个字都说得有分量，并不时中断话语，多次插入：“您听懂了吗”，“您明白吗”。对此我只是回答：“是的！”“当然！”而没有必要回答得详细，因为他感觉我是新来的，是外国人，是能理解他的怨恨的白人，这就扩大了他怨恨的影响，证实并增强了这种怨恨。

他皱着眉头喝完了杯中的酒，右手把凉杯子捏紧，过后，为了放松，又用手指尖抚摩着杯子。

就这样，在这个城市里，和我谈话的第一个人指控了这个城市，把我变成了他不幸的证人，要我听他那不满的申诉，似乎我是某位法官派来的；我对他的话尽量保持警惕，试图否认他，但不很卖力：因为布勒斯顿那威力巨大的、阴险的魔法迷住我，诱惑我，使我堕入一片茫茫的浓雾之中，不能自主。

这间凄凉的卧室让我难受，我不敢再看他那平静的脸，我稍拉起袖子，看看手表，他好像醒过来似的站起来。

“饭店马上就开门，您和我一起再去喝一点。”

但我不能再这样无所事事地待下去，不能在这渐渐阴郁的光线中待下去，尤其是应该离开他，离开这个我无法对付的黑人。

我好像害怕他的怨恨，害怕他的痛苦会传染，也许它有传染性，也可能我已被传染上了，我的眼睛渐渐模糊起来，和他的眼睛一样。

我借口我的一位同事邀请我去喝茶，而我已经迟到了，我甚至随口给他说了一个假地址，并且问他是否能告诉我怎么走。

“我怎么会知道？为什么您总是一开始就拒绝？您瞧不

起我，您和我待了这段时间感到遗憾么……”

“我很愿意改天再来，但我是第一次去他们家，我不愿让他们久等……”

“如果您不知道怎么走的话……”

“我想，在市政厅附近……”

“那好，乘 27 路汽车，它从桥上走。”

他陪着我一直走到车站，雨猛烈地抽打着，当我跳上汽车的踏板时，他大声喊道：

“再到我这儿来啊！ 有空再来啊！”

他没有对我说出他的名字，我也没有注意他住的街道名。

5 月 16 日星期五

我登上汽车的上层，它几乎和周围的房顶一样高，渐渐地，两旁的黑色房子变得越来越高大，好像两道煤炭砌成的峭壁一样，壁上渗出水，上面覆盖着生锈的尖顶。

我问检票员：

“请问，去教堂怎么走？”

“您最好在惠特街下车。”

他还说了其他的话，我似乎又成了聋哑人，他免不了皱起眉头，对我的发音显得很吃惊，他说话很快，非常流利地从我耳边滑过，我无法听懂意思。

我曾经在惠特街这一站下过车，我以为听错了站名，也许是另一条几乎同名的街道；据我脑子里对这个城市笼统模糊的印象，我好像觉得从马修斯父子公司附近经过，似乎走了许多冤枉路，而我也来不及再次向检票员打听，他已走开了，汽车不时颠簸，摇晃着，他去给我身后的乘客售票。

我大概清楚地感觉到汽车正在托尔街上行驶，到了“居安思危”保险公司的十字路口，我看见了马修斯父子公司的大门和 62 号门牌；这时，检票员走下小楼梯，刚下一半就倚在扶手上对我喊道：

“惠特街到了，先生，惠特街到了。”

我又回到了中午出发的地方。

在街道的左边，我看见 27 路车身背后的方形红色铁皮上写着黑底白字“到市政厅”，被雨淋湿，几个字越来越小，最后消失了，我加快了脚步，登上了迎面驶来的 17 路车；我很生气，好像被嘲弄过似的，从车顶上望去，在街道的右边，旧教堂显得越来越高，越来越清晰。

我只知道，检票员听我说去大教堂，而没有告知哪个教堂，他就以为是布勒斯顿人常去的教堂，便告诉我去教堂的路线，而一点也不知道还有个新教堂，实际上，它就在马修斯父子公司南面不过两百米处。

当我下车时，已经快 6 点了，车子停在教堂已关闭的侧门前，大门上装饰着克尔特图案，荒凉、狭小的广场上屹立着三座黑色的石塔，路灯在褐色的雨帘中闪烁着。

我低着头，围着教堂半圆形后殿转了一圈，发现了一条比旁边几条更热闹的街，几个旧货店和旧书店的橱窗把街道照得通亮，有一个古典式的茶馆，用暗色的栎木做成的护壁，由几位躁性子的小姐经营，她们供应我的晚餐是烤面包片，夹着沙丁鱼，还有上面涂满了玫瑰色奶油的水果小馅饼。

接着，夜一片漆黑，我冒着黑色的雨，跑到拱桥下避雨，等待 17 路公共汽车，拱顶上装饰着一种狮身鹰头鹰翼的怪兽；我回到了螺母旅社。第二天，星期日，约莫 11 点，天空晴朗，暖洋洋的阳光把我弄醒了，我忽然想去乡村散步；我又乘这趟车，到另一方向的终点站——德朗广场站，这个方形广场四周都是小别墅；别墅周围是修饰得很好但并不茂盛的草坪。

我继续朝这一方向步行，吹着口哨，在修剪过的女贞树篱笆之间笔直地往前走，小巧玲珑的花园里开满了橙红色菊花；房子也相当漂亮，凸出的窗台上露出小梳妆台的反面，门栅上写着“天堂之家”、“世外桃源”、“黑水塘海滨”等名字；这些名字多少带有宁静、清贫的隐居的涵义，我渐渐地不想辨认这些名字，继续在这两排茂密的草木中行走；对于那略显迟钝的目光，这好像是一幅令人凑合满意的大自然写生画一样；若以它们为原型，肯定可以描绘另一番景色，另一类植物，另一个天地，一种寂静，一种隐没在沟壑的大树林中的景致。

平坦的地平线上，不时露出高大的、没有冒烟的烟囱。

我走了两公里，一路上间歇出现幽静的乡间住所，就像测量仪上的刻度一样均匀地分布，没有城里那种嘈杂，异常宁静，只有一缕缕炊烟；室内简陋的布置，简朴的隐居处，可避开城市的喧嚣，还有舒适、简陋的狗窝，见不到水泥基座，见不到钢筋骨架。

过了第一个十字路口，角落上出现四家店铺：食品杂货店、洗染店、小五金店和兼卖报纸的烟店，它们全部关了门；我加快了步伐，走过一家又一家还算恬适的小店时，心中不由感到一阵困倦，最后感到恶心，我不能细看这些店了，双眼时而盯着沥青路上铺的小石子，时而仰望着变得灰蒙蒙的天空。

我又走了半个多钟头，没有到达我希望找到的曲径的终点（马路很长，没有明显的尽头，而是隐没在前方一片渺茫的荒野中），而是到达了另一个路口，一个圆形的空地，旁边有一家饭店，开着门，我走了进去。

“先生，很抱歉，我们没有午餐供应。”

“难道没有什么可吃的东西吗？”

“我去叫我太太给您准备一块火腿三明治，行吗？”

“没有别的吗？”

“没有了，先生。温迪，给这位年轻人准备一块火腿三明治。”

“对不起，这附近有没有饭馆？”

“温迪，你知道这附近有没有饭馆？”

“我想，没有的！先生，您是听说这附近有餐馆吗？”

“哦，不是的！夫人，我没有听说，请给我一杯吉尼斯啤酒，谢谢！这条街通到哪里？”

“哪条街？”

“朝这个方向的街。”

“这不是街，先生，这是条大马路——德朗林荫道，它一直通到汉密尔顿。您现在就快到汉密尔顿了。”

“那儿有房子吗？”

“当然有，先生。”

“汉密尔顿地方大吗？”

“天哪！当然没有布勒斯顿这么大，但那是一个很美丽的小城。”

“还有呢？”

“还有其他的路，其他的城。您大概是外国人吧？”

“我是想到乡村去……”

“汉密尔顿有漂亮的公园，特别是奎因公园，温迪，你说是不是？”

“不，我不是看公园……”

“是的，我知道，看真正的乡村。这一带可不太好找，城与城之间的一些地方只是一片荒芜的土地。我怎么跟您说呢？土地抛荒了，很脏，我想您找的乡村该不是这样的地方吧。我告诉您，最可靠的办法是，如果您有一个周末的时间，您可以去达德利车站乘火车，一直坐到丘陵地区……”

他越讲越快，我再也跟不上，当他意识到我不在听他讲时，突然不讲了；我很不好意思地付钱给他，并道谢。

我又沿着这条路往回走，路两边的房子很相像，很对称。

顿时，我觉得：我好像站着原地没动，好像没有走到这个圆形广场，好像没有转了半个圈，好像不仅仅又回到原地，而且又回到原来的瞬间——这一时刻无限延续，没有任何迹象预示这一时刻被取消；疲劳和孤独感，像从冰凉的坛子里爬出的长蛇缠绕着我的胸脯，勒得我的下巴直打颤，眼睛周围攒起灼热的皱纹，此时天空乌云密布。

五月，十月

当我终于离开这个灰暗的梦幻般的市郊，到达德朗广场时，相形之下，它的热闹程度令我大吃一惊，我跳上了 17 路汽车，一直坐到惠特街和托尔街的十字路口，在这儿我又换乘 22 路车，在布兰迪桥街下车，昨天，我就是在这儿与霍勒斯 · 巴克分手的。

那时候，我还不知道他叫什么名字，我也不知他住的街道名——艾恩街，还有门牌号码——22 号，我还没有看清楚他的脸，只记得他是一个身材高大的黑人，说话缓慢，也不流利；但他却是布勒斯顿唯一邀请我去他家里玩的市民，我猜想能够找到通向他家的路，我盲目地数着一条条街，一条条胡同，一家家的门，没有注意到阴郁的天已黑了，也顾不上自己不好意思，没有考虑我难以用尚未熟练的语言解释，更不管人家会问一个含糊、古怪的问题：

“你说是一个黑人？ 什么样的黑人？”

我多次犹豫地踅来踅去，路灯突然亮了，但光线很弱，灯与灯之间间隔很远，发出煤气燃烧的声音，每盏灯的周围都有一圈雾气的光晕，就像一群带珠光色翅膀的白色苍蝇一样；灯光下，我发现： 出乎意料又返回到 27 路在布兰迪桥街的停靠站，刚才我就是从这儿开始坐车寻找的。

我觉得好像突然掉进陷阱一样，活动门咔嚓一声关上，我惊得一跳，就似乎听到了活动门的响声。

那一晚，我再也没有心思干什么了，只好回到螺母旅社。

布勒斯顿城使用诡计消耗了我的精力，遏制了我的勇气，它的病毒已包围了我。

我从来没有这样径直往前走，试图摆脱布勒斯顿的怀抱；在到达我期待的田园景色之前，在从它的怀抱中解脱之前，我已精疲力竭了，周末休息的时间已过去；从这一天起我明白布勒斯顿不是以堡垒或林荫道为分界线，而是在一片农田中崛起的城市，它像雾中的灯一样，四周有光晕，它散射出的光线和其他城市的光线交织在一起。

我从来没有乘过火车出城去换换空气，在这里生活的最后四五个月里，恐怕我没有能力到外面寻找新的楼房、新的视野和新的土地，这清楚地表明我受城市的传染到了何等地步，我的意志麻痹到了何种地步。

我恐怕只能等到 9 月份的最后几天，我与马修斯父子公司的合同结束之时，才能摆脱布勒斯顿的魔法，我到达这里以前，就已决定我最终要在 9 月底离开此地。

4

5 月 19 日星期一

我对布勒斯顿城的真正探索是从现在开始的；直至现在我所记录的是进城后头一周的事，七个多月以来常在我脑海中清晰、完整地涌现，这头七天每一天发生的事都不可能弄错，这头七天和后来有明显的区别，形成一个独立的阶段，我的到达是一个前奏；自 10 月 8 日开始，我第一次同办公室的同事们一样，在马修斯父子公司里围着星期的车轮转动，我好像被缚在这个石磨上，诸如今天早上如同每星期一早上 9 点，石磨开始转动，我也跟着转动；每当我踏进惠特街 62 号门槛，我总是置身于同一种氛围内，一周之前如此，两周之前如此，甚至 10 月 8 日这一天也如此，唯一的变化是那时日子变短，直到 1 月，而后日子又变长；石磨总是以同样的速度拉着这些同样的演员，这样，我很难确定何时曾发生过什么事，然而这些事虽小，却在很长时间内成为同事们饭后茶余的话题（如：阿德威克的新服饰，他大概五年来未换式样；格雷托恩的气管炎；斯莱德为去世父亲的服丧；老马修斯令人难忘的发怒：他冲进办公室，将手里的白纸都撕成碎片，碎片飞落在我们所有的办公桌上；任伦敦分公司代表的二少爷威廉 · 马修斯突然来访；暖气设备出现故障等琐事，以及“雷维尔先生，壁炉里烧煤球，这挺有意思，是不是？”）当我查看日历时，星期的数目令我害怕，每个星期都过得如此缓慢，因此，在记忆中，所有这些星期似乎浓缩成一个厚实混沌的大星期，去年秋天、冬天和今年初春给我留下无数时光，总是循着同一种运动，一直将延续到今年9月底才能结束，因为据说只要我不继续留在这儿，在这一年内我就不能休假。

我真正的探索是从现在开始的，因为我不满足于这种空泛的浓缩，我不愿为过去而感到失望，我很清楚，过去不是空的，我估量一下现在的我与刚进城的我之间的差别，不仅仅是我的陷入、我的迷惘、我的盲目，而是在某些方面，我丰富了我的知识，进一步认识了这个城市和它的居民，了解了它可憎的地方和美好的时刻；我需重新梳理这些我觉得千头万绪的事情，穿透过那试图淡化事件的云雾，把它们一件件组织起来，并按次序一件件回忆起来，以便在它们完全掉进泥潭之前捞起来；我应该一寸一寸地夺回我的地盘，因为地上的木贼已侵占了它并将它掩盖起来，冒泡的水侵蚀着它，不让它长出别的东西，只长这种炭黑色的小植物。

从一开始，这个城市就与我对立，令我不快，使我陷入困境；在这些墨守成规的星期里，我渐渐地感觉它的淋巴液渗入我的血液中，它加紧控制；我目前失去航向，开始健忘，从而对它深刻的仇恨也在暗暗滋长，我深信其中一部分是被它传染的结果；这种仇恨从某种意义上说是独特的，我知道布勒斯顿不是唯一的此类城市，曼彻斯特或利兹，纽卡斯尔或设菲尔德、利物浦等城市似乎也都有一个新建的、有趣的教堂，大概还有那些美国城市——匹兹堡或底特律等都可能对我产生同样的影响，但我感到布勒斯顿，它集中体现了这些城市的特点，达到登峰造极的地步，在这类城市中，它的魔法最阴险、最厉害。

我防备过它，自卫过；如果当初我不是那么强烈地反抗，我就不可能着手叙述这些往事。

我已不记得 10 月 8 日的午餐是在紧靠公司的三家饭馆中的哪一家吃的，如果是在托尔街的伯林顿饭馆，那就是和斯莱德、莫斯利或是和詹姆斯 · 詹金一块用餐；如果是在惠特街的惠特饭馆，那就是和沃德、布莱思同桌；若是在兰开斯特饭馆里，则与多尔顿和凯普对坐，这是我唯一有时还光顾的一家饭馆，因为那里有啤酒；但自从这顿午饭后，我就觉得不行了，决定走得远一点，寻找味道好一点的饭菜，这不仅为满足我的肚子，而且还为满足味觉器官，要是老是粗茶淡饭，我这习惯于美食佳肴的味觉就会失灵，失去兴味。

中午只有一点点时间供我们用餐，在那周和后一周内，我尝遍了周围三百米以内的所有饭店，并将它们分成各种档次。

我很快发现了最好的餐厅——利剑饭馆，在一个二层楼上，窗沿摆有绿色花草，厨房还算干净，女招待也挺和气，路途也不远：在往市政厅方向、横贯托尔街的第一条街格雷街左边；星期四，我邀请詹姆斯一同去过那儿，我求他帮我找一间较好的住房（我也求过其他同事，他们都答应打听打听，并要我一定得有耐心等待，特别近几年来，要在布勒斯顿住下是很困难的，他们也许履行了诺言，在各自住宅区里找过，但没有结果，可我对此从来一无所知），我想与詹姆斯一块儿平心静气地谈论租房的事。

“最好的办法是留心看《晚报》上的广告，打电话或亲自跑去看看，您需要我哪天陪您去吗？”

“多谢了，我希望有一张详细的市区交通图，我自己就能对付，您知道哪里可以买到？”

“在托尔街稍远点的地方，有一家很好的文具店，我认识这个店里的女售货员。今晚如果您愿意……”

我和阿妮·贝利就是这样相遇了。

5月20日星期二

在此只回忆我第一次与她会面的情况，以及那天她留给我的印象，不谈我后来对她所了解、所见到的事，在后来好几个月里，我一直在揣摩我是否爱上她，在她带我见她妹妹罗丝之前，她是我来布勒斯顿城后唯一和我谈话的姑娘。

10月11日，星期四下午，约六点一刻，我们先相互介绍，此前，詹姆斯已告诉我她的名字，我对此并未十分注意，虽然刚刚认识，我们俩之间似乎已有了一种异乎寻常的关系；在布勒斯顿所有妇女中，在所有不知名的女售货员或女招待中，她在我眼里格外不同，显得更真实。

那天我没有留神看她，既没有注意她鹭鸶般蓝灰色的眼睛，也没有注意看她那绾在一起几乎是棕红色的长头发，然而，我们再次见面时，我毫不迟疑地一下子就认出了她。

现在我还记得，她的手很光滑柔软，她的手指在各种蓝色、黄色的布勒斯顿地图封面上翻找的动作一下子把我迷住了，她那轻柔清脆的声音使我吃惊。

她站在远处柜台后看着我挑选布勒斯顿地图，我不时地把它们展开，又叠好，这么多地图，挑选哪一张呢？ 我犯难了，无法决定，她却不动声色地微笑着。

至于詹姆斯，他转过背，正专心读一堆感化人的《圣经》语录卡，各种各样的卡片上有手工绘制的图案还点缀着几朵花。

她朝我走过来。

“您到底要买什么样的地图？ 我能帮您的忙吗？”

我害怕在她面前说错英语出洋相，反倒使我的话更结巴。

“是的，我想买一张地图，要有……”

我一下想不起“路线”、“行程”对译的英语单词，她平静地等我说。

“您知道……汽车……我不知道该怎么说……”

她给了我一张红色的地图，上面标有城市交通路线，就像一团混杂的线，有各种岔口，各个交叉路口，每条线段上还有一个挨着一个的各种号码。

“但这上面没有街道的名称！”

“没有，这需要另找一张，您要彩色的、反面有索引的吗？”

“要好的、全的、清楚的。”

5 月 21 日星期三

玻璃门在我身后重新关上，我对詹姆斯说：

“现在我们就缺《晚报》了。”

我抬起头，发现另一条人行道上，格雷街的拐角处，有个戴鸭舌帽的报贩的身影，他两手揣在大衣口袋里，在药店的橱窗前清楚地显现，他的影子好像被钉在明亮的路灯柱的底部一样，黄底黑边的广告牌上标有“晚报”两字，上面用墨水笨拙地写着简要新闻，报道当日火灾、盗窃或其他不幸的事件。

《晚报》总共八页，有六页用来刊登广告。

“好了，今晚我有事情干了。詹姆斯，愿意和我一块儿去吃晚饭吗？”

只有对他，我才敢镇定讲话，大胆请求。

“我母亲在等我……而现在又没有电话……”

“那好吧，詹姆斯，改天晚上，明天，怎么样？”

他犹豫了一下，拒绝了；他大概不愿我请他吃第二次饭，他怕我破费太多，但又感到留下我一人吃饭我会多么扫兴。

“您为什么不去我家呢？哪一天对您比较合适？”

我后来才忖度出他给我的殊荣，马修斯父子公司的同事中，我是唯一被邀请去他家并被介绍给他母亲的人。

“听我说，我现在必须另找房子。如果我去您家，我就没有时间了。这对我来说是很重要的，我住在那里很不习惯，等我离开螺母旅社，等我安置好了……”

“但您可以来吃午饭啊，比如找一个星期六？”

“当然可以，我很感谢您，后天怎么样？如果可以的话……”

我抢着答话，但突然又害怕起来，他肯定会觉得我的首次答应邀请的态度太傲气了。

“后天，可能有困难，我们说好下个星期吧！ 再见了，雷维尔先生，祝您好运！”

我又独自一人待在托尔街，独白一人在利剑饭馆吃晚饭；我后悔刚才说要找房子，我敢肯定，如果我不这样回答，他会请我翌日晚上或星期一去他家，我感到自己很可笑，没有说推迟一天找房子；我想象只要按晚报上的三四个地址去找，就可以找到一个适合我的住处。

而他呢，詹姆斯听了我说话的语气，有点沮丧，有点不知所措，他估计我的拒绝是有根据的：即便他对我面临的困难没有直接体验，要是他足够了解这个城市的情况，就能够推测到这些难度；第二个星期，当我看到我为找房子付出的努力毫无结果时，我更后悔我当时的态度，因为我希望这几个晚上至少能有一个晚上过得愉快些，总比天天这么疲惫不堪地奔忙要好一点。

5月22日星期四

我很快地吃完了奶油水果馅饼，擦了擦嘴，匆匆地朝惠特街角落的17路车站走去。

我希望尽早解决住房问题，离第一次去布勒斯顿的一位市民家（即霍勒斯·巴克的家，我当时还不知他的名，由于他是黑人，有反抗精神，代表了一种太特殊的情况；我上个星期天没有找到他，我就不敢相信有朝一日能找到他的家）又过去一个多星期，现在一分钟也不能耽误，应尽早做好找房的必要准备工作。

路上我很焦急；我把两张地图和一张报纸摊在膝盖上翻来覆去地看，目光东扫西瞄，但由于大巴颠簸，一个细节也没有能看清楚；我又回到旅社那窄小的、没有桌子的房间里，我从第一个晚上起就惋惜缺少一张桌子，但到了白天就给忘了；在这照明不好的小房间里，没有百叶窗，只有很薄的一层窗帘，布帘连接得不紧，不可能遮住窗外漆黑的夜晚，我一进屋就心灰意懒。

我先把《晚报》撇在灰绿色的压脚被上，这张报纸的外表，就跟我那晚在药店前、路灯柱下从一个卖报老头手中买的报纸一样，只是文章内容不同；我现在还留着这张旧报纸，它的红色方框里画着汽车路线图，报纸弄脏了、角折了、边毛了；在那一个多月之后我才搬进现在这一间好点的房间，我还把这张报纸放在桌子左角上的一堆资料中，内有一张茶色的方形大交通图，牛奶曾倒在上面留下一些斑迹，若是干净的话，完全像我后来在同一家文具店从阿妮·贝利手中买的新地图一样，我现在左手拿的这张就是后来再买的新地图，用以查证和确定我写的回忆录中所涉及的地方；那天晚上，我坐在那把靠背垂直的，也是屋里唯一的一把木椅子上，细细地、久久地审视着报纸和交通图，嘴里抽着丘奇曼烟盒中最后几支烟，等着做出决定。

最后，我又站起来，把它们展开在床上。

于是，我像在泥土坑中步步掘进的鼹鼠一样，顺着地图上的路线节节探寻；又像一只快要消失的候鸟一样，俯瞰着全城。

不过，当然这是一幅不完整的影像：从上俯视下去，房顶石板瓦、冒烟的烟囱、暗色的砖，马路路面形成的一层起皱的、粗糙的、灰色的地衣，上面画着一道道棕红色条纹，覆盖着泡沫——像寒冷的海滨地带的礁石上的泡沫一样，地上的河流即使在最明亮的白天也只闪动着几丝光芒，仍呈现沥青的黑色；然而，多亏了这张地图，多亏了这幅影像，我才更清楚地了解了布勒斯顿的结构，比一个飞行员在布勒斯顿上空飞行还看得清楚，虽然看到的只是一条条虚线，它们却标明了它的行政管理范围，在虚线之外的住宅小区的名字各种各样，城市的形状呈卵圆形，尖头朝北。

我是一个迷失在这一纤维组织中的病毒，又像一位化验室的化验员一样，用一台显微镜能够检查出这个巨大的癌细胞，图上的每一种印刷墨色以其合适的颜色显现出这个癌细胞的组织系统：

蓝色，表示水，特别是斯利河，这条胶状的河流把城市分成了大小不均的两岸，左岸比右岸面积大两倍；斯利河拐了一个大弯，向东流去，流经六座桥：南桥、新桥、旧桥、布兰迪桥——我熟悉的唯一的桥，就是上个星册六，我第一次与霍勒斯·巴克（我当时还不知他的名字）见面时，看见27路车从这座桥上驶过，还有铁路桥——通往达德利车站的火车从这座桥通过；最后是波特桥，过了波特桥，河面变宽，形成流域，被正北面的船坞分隔成几道支流。

黑色，表示铁路设施，可看出亚历山德拉广场像一个不祥的环状太阳，从三个口子射出细长的弯曲的光线，沿着光线，小车站用结节表示，货车站用球囊表示。

猩红色，是行政区和邮政区的分界线，它不仅画出城市的轮廓，还绘出虚线和数字，标明了十二个区，左岸九个，右岸只有三个，我这才明白马修斯父子公司位置上的“7”以及螺母旅社位置上的“3”的含义。

绿色，代表公园，除了三个中心区以外，各区都有公园，四区有亚历山德拉广场，七区有市政厅、新教堂、马修斯父子公司；八区是老城区，有旧教堂、商场、公园和墓地；主要墓地是大南公墓，位于西南方向的第十区，沿着从汉密尔顿车站过来的铁路，占地面积不亚于一个中小城镇。

浅红色代表房屋，深红色代表公共建筑物，街道主要是两条主干线在市政厅广场的西南角垂直相交；地图上横线是海街，过了海街是山街，山街从新桥跨越斯利河；垂线是大陆街，过了大陆街是城街，再穿过亚历山德拉广场，通向汉密尔顿车站，也路经新站的斜街称做布朗大街，那就是我刚到的那天夜里迷了路的地方，从达德利车站往北过去，是斯科特兰街。

5 月 23 日星期五

我认出：地图上，我所处的位置有一小块浅红色标志，在东北四分之一处，接近左岸；我标出 17 路汽车到惠特街的路线，又标出 27 路从惠特街至布兰迪桥的路线，标出我所能回忆起的几个广场和几条街的街首，这就显示出我还没去过的地方，显然，和整体相比，我知道的地方范围还很小（我曾以为自己能够慢慢地熟识许多地方，只消看我现在手中这张地图——它与那时使用的旧地图一模一样——却发现还有一大片我从未涉足的地区）。

五月，十月

要读懂《晚报》上登的租房小广告需花很多时间，上面每个词差不多都是用缩写字母代替的，而我要查找好几次才能准确地译出意思；抄地址也要费很长的时间，让人头疼；我先抄十个地址，然后一个一个地在地图上寻找方位，因为街道索引印在地图反面，每次我都要翻来覆去地查看；最后，还得细心地确定去目的地的最合理的乘车路线，这也很花时间，真让人厌烦；干到这时，时间不早了，已太晚了，我躺下睡觉，觉得挺满意，充满幻想，似乎了结了一桩心事。

我甚至自忖是否太冒失：十个地址，不会太多吗？况且我的要求不高，说不定我的新居或许就在头五六个地址中？

我想，只消两三个晚上就可作出选择，于是第二天，我开始迷路，我所寻找的遥远的小街到汽车站的距离比我所想象的远得多。这是六区的一条弯弯曲曲的小街，在城西方向，螺母旅社的南边，格林公园的正北面，离伯顿的房子很近，在名叫鞋匠公园的住宅区——鞋匠公园是在一座英式花园的原址上新建的，一位修鞋匠在证券交易中大发横财，随后又破产，约莫1860年，他叫人画过这座英国式的大花园；我开始在这条小街里迷路；我现在回忆不起来是哪条小街，因为我手头没有保存那天的晚报，也没有保存我花很多时间抄下的信纸；我开始迷失方向了，尽管我小心翼翼，尽管我带了地图，却很难在极其昏暗的灯光下看清地图，加之那天晚上又下了雨。

终于，我发现了一扇门，我按了电铃，敲门，却没有人回答；我很累，很失望，不想在寒冷、潮湿的夜里继续寻找，没有再按第二个地址找下去，返回了螺母旅社那间窄小的陋屋。

5

5 月 26 日星期一

在这里，一礼拜的工作日里干的事，要想在周末继续干比起在法国来困难得多，好像时间不属于同一系列。

我已经对雨天，对阴沉灰暗的天空，对这里的气候非常厌倦，过去听人家说过这里的气候恶劣，一点也不假！ 10 月 13 日星期六中午，当我从公司下班出来时，天空格外晴朗，苍白的阳光洒在玻璃窗上，我感到天气暖和，决定趁此好天出去走走。

多尔顿先生和凯普先生同其他人一样，回家吃饭了，我独自一人在兰开斯特饭馆吃饭；午餐后，我乘 27 路车到布兰迪桥下车，从那儿，我沿着工厂、仓库、栅栏走，经过达德利车站背面，从铁路桥下穿过，走到斯利河左岸，到达伯奇公园，公园里有一片桦树林。这里位于二区，该区是发达的工业区之一，正好在波特桥——我可称其为“盲桥”的后面，桥的栏杆是用螺钉固定的生铁板，比人高；伯奇公园呈长方形，里面的草坪修整得不好，几片稀疏的小树林，树叶在瑟瑟抖动。今天，树叶绿得像映在波光粼粼的池塘里的芦苇叶一样，而在那时秋叶枯黄，阵阵秋风刮过，黄叶像花瓣一样飘洒在紫菀丛中，似乎要来点燃紫色的花；这个长方形的公园沿着河岸伸展，岸上有一道比人高的砖墙隔开，像那天那样晴朗的天气，站在离砖墙远一点的地方，可望见河对岸码头上竖立的起重机的顶部和仓库的顶棚，以及拖轮的烟囱；几个月后，我再次前往的伯奇公园却是那么荒凉，依稀望见仓库前面的银白色桦树上的细枝条，棚顶上装着高高的天线；而在这个10月的第二个星期六里，公园里游人很多，男男女女穿着花白狗毛色的雨衣，畏冷似的挤坐在路两旁的长凳上，小径上败叶纸屑与掺有煤渣的泥土混合在一起，几只飞起的海鸥戛然长鸣，划破了公园里嗡嗡的低语声。

然后我又朝西边的伯奇街走去，街的两侧是密集肮脏的房屋，高高的墙上檐口捆着铁丝网，不时碰到栅栏门或褐色铁皮门；我穿过斯科特兰街，这儿的房屋全是商店；我又沿着左边的空地走，这个月这里在举行集市；我从铁路桥下穿过，铁路是从新站通往北面，我就这样离开了二区到了较富裕的、空气略好点儿的一区。

过了伯奇街是栎树街，街道宽敞一些，人行道上种有白蜡树苗，叶子还蜷缩着；路边的房子也新一些，更吸引人，砖墙更红一些，窗户上挂着漂亮的帘布，窗框上装有卡玻璃的铅条。

我沿着右边的空地走，上个月这里在举行集市；我左边是富裕的犹太人的墓地和一个大的运动场，场内可进行板球或足球比赛，我最后来到栎树公园，公园里的草坪上长满了秋水仙，孩子们在草坪上玩耍，保姆们站在旁边看着，栎树公园的名字来自一株单独长在榆树和法国梧桐树之间的大栎树，梧桐树皮犹如狐狸和野牛的皮；我曾走近这棵栎树跟前细看树皮，当夕阳消失在舒适的小屋的烟囱后时，余晖好像在潮湿的空气中撒下一层胭脂般的浮尘，树皮就像一层厚厚的铁锈一样，又像酸蚀后的石头，或者是煤屑和铅锉屑搅拌的混凝土，树皮经过城市污气的侵蚀后，像古老的建筑物一样表面结上了一层疮痂。

我呆呆地注视着一个以沥青堵塞裂缝的水泥池里一群在戏水的白鸭，它们溅上了绿色的脏东西；一位穿着饰有红色缎带的黑制服的公园管理员猛地在我背后吹了一声口哨，我吓了一跳，就像被人扔入池里一样，瑟瑟颤抖！

已过了公园开放的规定时间，太阳落山以后，不允许在公园逗留；我在运动场附近找到一家快餐馆，稍远点还有一家酒吧，渐渐变紫的夜空中出现几颗星星，我走过一条条安静、笔直的街道，街旁房子里的光线使我看到餐厅里的饭菜越来越单调，我一路步行回到我的小房间。

5 月 27 日星期二

星期天天气依然很好，我又去位于三区的莱恩公园散步，园里小径纵横似一座小迷宫，点缀着水泥砌成的岩石，开遍山羊毛似的菊花；随后我又到了六区的格林公园，旁边就是那位鞋匠的住宅区，我前天就是在这里迷失方向；黄昏，天空犹如一块肮脏的薄铝片；我花费了整整一个星期的时间跑遍所抄下的租房地址，我无法描述出每次草草吃几口饭后那些令人疲惫不堪的奔走寻找的细节，所有这些细节都混杂在我的脑海中。

五月，十月

我经常吃闭门羹，有时别人为我开了门，我只是站在门口与他们进行费力的交谈，这种费力不仅仅是因为我发音不准，或是他们的地方口音太重，在大部分时间里，是由于他们疑心太重，提出种种奇怪的问题，最后，他们干脆回答我：我来晚了，房子已被租出。

在那个星期里，我想仅仅有一次，一位妇女让我进了屋，她特别消瘦，嘴唇紧闭，脸色发暗，眼中无光，戴着一顶帽子，胳膊上挂着一个丑陋的紫绒包，正准备出门，她对我说：

“这儿没有暖气，但您可以买石油烤火器，您完全可以自由安排。我对您的唯一要求是，不要晚上 10 点以后回来。”

她还说了别的话，我没听懂，或是我不记得了，她用这种不容辩解的同样口气，让我看了那间房子：屋里没有桌子，家具更糟糕，房间也很窄小、寒酸，还不如螺母旅社我那间不能烤火取暖的陋室。

我应该重新开始准备工作，重新查找《晚报》上的广告，在地图上记下其他街道，该乘坐其他路线的公共汽车。

然而，我现在才知道这些空房间很快被人租去，既然连续在两个地方寻找住房都很困难，我便决定每天晚上从买来的报上只挑一个地址，于是我在餐馆就餐时，甚至在等候服务员的空当里，就定下我的行动路线，以便广告刚一登出，我便迅速上门；按照我预先的计划，不知有多少个晚上，当我从公司下班出来时，天色越来越黑、天气越来越冷、下雨越来越经常（有时虽然别人还没有抢在我前头，但墙上的脏东西，或主人的厌倦态度令我恶心）；按照我预先的计划，不知多少个晚上，我两手空空，在城里游荡，就像一只苍蝇在一块窗帘布上乱撞一样，我没有得到任何结果，只不过开始熟悉复杂的交通路线，像熟悉那些暗淡的淋巴液流经的管道结节一样，淋巴液又好似被洗涤水冲淡的啤酒一样；我熟悉了那些人群的集结点，他们身上溅有白色或淡紫色的泥点，疲倦不堪，如同梦游者一般；我渐渐地醒悟过来，我的厄运好像是城市的一种恶意、欺骗的广告造成的，因此，我必须摆脱预先定下的框框，不能只围着墙外转，不能只被门的假象或人的假象所欺骗。

5 月 28 日星期三

我的注意力被最近连续发生的一些重大事情所吸引（如：遇到罗丝 · 贝利，碰上乔治 · 伯顿，我终于找到新房，今天，5 月 28 日，星期三，我就是在这间房子里写日记），在时隔 7 个月的雾气里，这些事情开始结成坚实的凝块，我需要拿出真正的勇气，转回我的注意力，继续在原来的基础上重新叙述我已暂时放下的故事；眼下我回忆 10 月的第三个星期六，我在詹金先生家吃午餐；为寻找住房，我到处奔波，一再推迟他的邀请（漫长的月份过得那么慢，又一次在我脑际萦回），我心情之所以这么焦急，不仅是因为我终于第一次由一位真正的布勒斯顿市民在他的家中接待我，他在这儿长大，从未离开过这个城市，他让我跨进他家的门槛，打开了这道拒绝和不信任的门栏，我进城的头一天夜里就感受到这种拒绝，后又被这个门栏所禁锢；还因为这位市民已是我的好朋友，他第一天就从封闭的人群中向我走来，像一个护卫天使一样平心静气地讲话，在一片混浊的喧哗声中，唯有他的声音最为清晰可闻；他同时也像一个孩子一样，神奇地走近一个在回忆海外景色的旅游者的身旁，他已成为我的亲密朋友，我正寻找机会想多和他交谈，也许他成功地使我对他母亲充满好奇心，他的话中不时穿插一两句暗示，语气诙谐幽默，越发表露出他对母亲的崇敬，并可以让人揣度这种感情的深度和强度。

教堂的大钟刚刚敲响十二下，中午 12 点整才允许我们下班，离开那厌烦的工作，詹姆斯让我上了那辆由他保管的黑色莫里斯轿车，他带着我经过惠特街、新教堂广场，然后又到了威洛街，沿着威洛公园前进，公园里长着一片柳树，光秃的枝条轻轻拂着一条小溪，溪水穿过十一区的隧道，流进斯利河，柳条把血红的污泥溅在飘落在树干上的野鸡毛上，树干宛如被烤干的骨头一样；最后我们经过大陆街，来到十区南边的一个宽敞的大院，50 年前，这里曾是布勒斯顿最美的区。

10 月的第三个星期六，我第一次走进他家这幢古老的房屋，房子破烂不堪，四周是椴树和没有人管理的草坪，草坪中不时可见到小块的菜地；他们两人住在这个大院，显然太宽敞了，但他们却不能租出一间房子给我住，因为，其他没有使用的房子都漏雨（他们省吃俭用，终于开始修缮房屋，工程远未结束）。

我第一次看见一张上漆的椭圆形的桃花心木桌子，三块小桌布都镶着金黄色的花边，桌上摆着白、蓝色的中国茶杯和茶壶以及玻璃瓷高脚台灯，10 月 20 日，星期六那天，它大概没有开灯；墙上挂着两个中等大小的镜框，框上饰着珍珠，框内嵌着两幅雕刻画（一幅是一艘古老的轮船在大洋上航行；而在另一幅上，我不知是哪位被废黜的国王，裹着大衣，头戴皇冠，在茂密的树林里逃跑，林中一只只狼的眼睛射出凶恶的光芒）。

詹姆斯坐在我右侧，有点惊慌地看着我，尽力为我壮胆，但他心里却在琢磨我是否能顺利地应付他母亲的盘问；他的母亲坐在我的左侧，她那双深灰色的眼睛俨如螺钿一般，在淡灰色的眉毛下闪闪发光，上下眼皮宛如两瓣刚刚凋零的大蔷薇花似的；她的声音极像她儿子的，我毫不费劲便能听懂她的话，而她还更耐心；我回忆不起来那天中午午餐的菜和詹金太太的服饰，但有一点我敢肯定的是她那天戴着戒指（她从未取下），但我只顾自己不要在她面前失态，却没有细看她的戒指，等到后一个星期，我心里在嘀咕：我怎么会不留神一个如此奇怪的细节；我回忆不起来这顿午餐的情况，整个谈话内容都忘记了（大概她问的是有关法国、我的旅行，以及布勒斯顿给我的印象等，我在回答时肯定撒了些谎，心里只顾着不要出洋相），我只记得临出门前说的话，当我说再见时，她邀请我下星期六再来，这就意味着我已成功地进入这堵把我与城市隔开的模糊不清的玻璃墙的裂缝里。

5 月 29 日星期四

10 月 20 日星期六，下午 3 点左右，詹姆斯在我身后关上大门，我听见大门吱吱一响关上了，当我走在乔洛吉街上时，天空由锌白色变成了锡灰色。

我朝最近的一个车站走去，乘上23路公共汽车，我已经知道公共汽车凡由号码“1”开头，终点站是旧教堂广场；号码“2”开头，终点站就是市政厅广场；号码“3”开头，终点站是亚历山德拉广场。

公共汽车行驶在大陆街上，在我右边，经过威洛街的岔口，又经过威洛公园，这个三角形公园的第三条边是瑟奇里街和王家医院，医院有两个圆形屋顶，这是仿造克里斯托弗·雷恩先生为格林威治科学院设计的圆形屋顶；然后在我的左边，经过一所大学，校园内有一个新哥特式的追思台，还有一座钟楼；我终于来到长方形的市政厅广场，它的长与宽相仿，这里很热闹，许多红蓝色的双层公共汽车在市政大楼前的广场上有序地停靠，过会儿又开走；市政大楼正面有两个筑有雉堞、奇怪的塔楼，俨然一座用生铁铸成的城堡，我们的祖辈们曾在城堡里当过兵士；这个长方形广场显然是城市的活动中心、家用商品的中心；这里有三家大商场：位于山街拐角处的摩登商场，耸立在西尔弗街街口两侧的格雷商场和菲利伯商场；这里也是娱乐中心，周围有五家大影院：位于格雷商场旁边的快乐影院，在市政厅对面的王家影院，靠广场南面三家影院紧挨着：大陆影院、艺术影院，以及专门放映短片（时事新闻、动画片、短小喜剧、风光纪录片等）的新闻影院。

这个时候，行人特别多，铅色的天空开始下雨，雨点落在排着长队的观众身上，这些布勒斯顿的居民出门总是穿着湿麸皮或海藻色的雨衣，他们耐心地等待进入这些影像的圣殿，他们将在银幕上看到热闹的场面，看到女人松开美丽的发髻、长时间热烈接吻的镜头。

我隐隐觉得布勒斯顿这座城里有一股与我敌对的负能量，但对詹金先生家那次愉快的访问后，我相信自己能够抵御这股邪恶的力量，因此，我走进菲利伯商场，想买一件本地产的，即用本地原料制成的护身符，我可以把它带在身上，作为避邪物，最终我选了一条手绢，总是随身带着它。

我还没有在马修斯父子公司领过薪水，仅靠从法国寄来的一些英镑生活，由于我在螺母旅社里开支大，每周都得结一次账，我常在盘算怎样能混到月底而不借钱，所以现在偶尔买一点东西还不成问题。

我登上楼梯，上了一层又一层，楼梯是镀铬的钢材制成，踩上去会发出声响；圆形顶层地面嵌着绿色玻璃，透过玻璃往下看，下面是黑压压的一片人群；我一直逛到园艺用具柜台前，那儿喷水器在不断地转动，却没有水浇在种有酒椰的草坪上；我又走到玩具柜台间，两侧货架上摆放着一百来个陶瓷猫，猫的颜色与德朗广场四周的房屋、与行驶在街上的莫里斯轿车、与过往的顾客身上穿的旧雨衣的颜色相仿，顾客们翻来覆去地把它们放在手中观赏。

翌日，10 月 21 日，星期天，从这天起，连续几天一直下雨，直至起大雾，我待在床上，很迟才起床，我注视着像破衣裳一样的天空，须臾，那天又像旧洗脸巾一样散成丝缕；下午，我乘 17 路汽车，穿过薄雾，来到旧教堂广场，广场的铺路石上覆盖着一层稀泥浆。

我仰望教堂西正面的两个钟楼，高高的主塔楼好像要倒下来；教堂只有左边大门敞开着，浪漫风格的圆柱上雕饰着双圆光轮框，框内雕着旧律的创立者的圣像；才登上四个台阶，只见门里走出一个人，匆忙中朝我撞来，我不由得转头看是谁，却失足摔了一跤，趴在滑溜溜的石板上，脸也弄脏了，雨衣沾上我最害怕的泥浆，那是一位姑娘，可能是罗丝·贝利，她在一条小巷里消失了，街上的店铺都关门了；我站起身，幸好昨天在菲利伯商场买了一条手绢，用它盲目地擦着身上的泥水。

我经过黑暗的小前厅，门在我身后吃力地关上，铰链发出咯吱一声，门扇内充塞垫料，表面蒙上假皮，并安上几个大圆扣，这种门很像早时铁路上的座椅，很多裂缝处露出了废麻片；从殿堂的白色窗户射进来的微弱光线下，在空空的凳子和被风化的圆柱中间我看见几个 12 至 14 岁的少女穿着海蓝色校服，扎着小辫，戴着有饰带的草帽，脚穿黑色长袜，其中三人显得笨手笨脚，看见我走过来，她们发出了刺耳的笑声，笑声在穹顶下回响，带队人严肃地提醒她们遵守秩序。

这一次我没有特别注意彩画玻璃窗，玻璃几乎是透明的，几个祭坛上的大蜡烛在燃烧着，湿气笼罩着每团烛火，形成一小圈光晕。

“快跟上！ 姑娘们，快跟上！”两个 50 多岁的男人咕哝着，他们鼻梁上架着夹鼻眼镜，手指着做怪相的女生，催促她们依次从一扇小门溜出；圣器室管理人站在门侧，他的脸色发紫，发现我独自一人在耳堂里，十分惊愕，瞪着我，要我跟上她们，并向我要了六便士。

脚步声和捂着嘴的笑声回响在几乎崭新的螺旋楼梯中间，楼梯直通到方形的中心钟楼最高一层的现代排钟，这座钟楼显然比西面的钟楼要高。

我站在上面，从钟楼窗户的反音板之间望出，透过薄雾，俯视布勒斯顿全城的面貌；这薄雾使10月份的下午4时就进入黄昏，广告招牌已亮灯了，在忽明忽暗的光晕中隐约看见弯弯的斯利河、新教堂的大尖顶、市政大楼上的雉堞；远处是三角形状的亚历山德拉广场，一束铁路线向四方伸展，列车长鸣，下面全是尖顶的老房子，接着是高高的烟囱，就像雷击引起的森林火灾后残留的树干一样，随后雷雨将它们冲入夹着淤泥的洪水中。

5月30日星期五

星期一晚上或是星期二晚上，甚至或者星期三晚上，不管哪一天，总是在这第四个星期初，我都是从公司下班后，步行到市政厅广场，从那儿乘车，再到一个很远的住宅区寻找租房，都是《晚报》上那些骗人的广告吸引我去的；我在西尔弗街巴伦书店前下车，它是布勒斯顿最大的一家书店，它位于阿妮·贝利的兰德文具店和菲利伯商场之间，上周六，我曾在这家商场买了一条手绢；巴伦书店的后门射出强烈的光线，突然我像触了电似的猛然想起，自从我到这个城市后，四个星期以来，我竟然没有翻过一本书，而我过去是那么酷爱读书；我感到我似乎被这冰冷的雾霾污染、遗弃了，远远不像以前的我，不像来此之前的我，那时候的我已消失在远方。

同样，翌日，或第三天，或两天后，约6点光景，我从公司下班出来，朝市政厅广场走去（白天变短了，天色几乎快黑了），在格雷街的拐角处，药店门前，我看见《晚报》摊上挂的黄色广告牌上用墨水写着“布勒斯顿的谋杀”几个字，全是大写字母，写得不好，好像在威胁人似的（我记不清在哪一篇平庸的社会杂文上也看到过这几个字，我没有保存这一期报纸），过了一会儿，在巴伦书店的橱窗里，在“企鹅丛书”的绿色封面上，我又看到这几个字：《布勒斯顿的谋杀》，我立刻决定要买下这本书，因为书名的歧义，我现在才明白完全是出自作者的用意，当时我已经察觉到此书是对这个城市的小小报复。

然而我需等到10月27日星期六这天才去买，因为白天整天上班，而等到我们下班时，巴伦书店又关门了，书店离惠特街有点远，中午我无法利用一点点空隙的时间去那里购买。10月27日星期六下午4点前，我第二次到还不很熟悉的詹金太太家吃饭，我发觉她温柔的外表下掩饰着一种执拗的愿望，文静的表面下藏匿着一种能横扫任何障碍的激情。

于是我注意了她的戒指，金戒指上嵌着一枚宝石，内饰着一只逼真的苍蝇，做工之精细令我赞叹不已。（她微笑着对我说：“这是我的订婚戒指。”）但那天，我不敢多问戒指之事。

我需等到10月27日星期六这天才去买，下午4时（天空由铜屑色变为水银色），我推开书店的玻璃门，门上用镶着黑边的黄字写道：“各类书籍”；我走进店内，有许多人在翻阅挑选，许多老年妇女提前两个月就开始挑选圣诞卡（覆盖着积雪的小屋子；枸骨叶冬青和槲寄生植物；配有缎带、戴着露指手套的小猫），五六个中年售货员，穿得很整洁，显得很谨慎，低着头、搓着手，迅速在桌子之间来回走动，回答顾客们提出的各种问题；在一张桌子上，放着绿色的“企鹅丛书”：“罪恶和侦探类”，我从中拿出一本J·C·汉密尔顿著的《布勒斯顿的谋杀》，翻来覆去地看着，我看到在最后封底上通常用来印作者肖像的地方只有一个空白的方框；今天我手里翻的这本书与10月买的那本几乎一样，平常它放在我的桌子的左角，与布勒斯顿地图以及其他资料放在一起，现在这本不是我于去年10月买的那本小说；那天，我把它拿到收款处，售货员一双洁白的手迅速用褐色的纸皮把书包好，并用一根细带捆上，包装纸上印有“巴伦书店、巴伦书店、巴伦书店”，还贴上卵形的发亮的标签，上面写着“请君再临”；我把书揣在口袋里，从后门走出，后面是一条僻静的小巷，很窄，堆有管子和金属楼梯。

我在J·C·汉密尔顿这位作者身上，不仅找到了一个寻开心的人，而且从书名的寓意上，寻得了一位反抗这座城市的战友、一个敢冒这类风险的魔术师，他教授给我一套相当有效的魔法，使我敢于藐视危险，我顺利度过我在这里的一年，我那时还不知道布勒斯顿城在这一年中将是何等恶毒奸诈，何等不厌其烦地腐蚀着我。

这部小说满足了我的期待，它对于其他城市那些寻求消遣的读者，只不过是一本传统侦探小说，而对于我，由于它与布勒斯顿城的明确的关系，却是一本如此珍贵的参考书，我几乎可以说在我的经历中揭开了一个新的时期；这时，我回到这个我迫不及待想离开的藏身之处——螺母旅社的陋室里，回到这间卑贱的囚室里，第一次读到小说的开头，现在我已牢牢地记在了心里："The old Cathedral of Bleston is famous for its big stained glass window，called the Window of the Murderer ..."我自动地用法语译出这一开头："布勒斯顿的旧教堂以其彩画玻璃窗而闻名，即描绘该隐诛弟的那块彩画大玻璃……"

第二章　前兆

1

6 月 2 日星期一

我应该详细记下昨日拜访阿妮的细节，以便将来重读这篇日记时，昨日的事就会历历在目；昨天下午，我听到附近诸圣教堂的钟敲了六下，那是一座圣徒殿堂，每年 11 月 1 日在此举行庆祝诸圣瞻礼节，即幽魂节。

昨天，天空晴朗、淡蓝，散发着真正的春潮气息，飘浮着几朵稀疏的云彩，太阳似乎也蒙上水汽，高高地挂在地平线上；小街路旁的小椴树长出的新叶在阳光下闪闪发亮、轻轻抖动，第十区诸圣住宅区的花园内一束束褐色、黄色、紫色、毛茸茸的桂竹香晶莹发光，它的香气驱走了那呛人的烟味；这个住宅区的北面以诸圣街为界，24 路车从这里经过，我刚才就是乘这路车来的，西面与诸圣公园相接，南面是一片很大的墓地，东面以通往汉密尔顿车站的铁路线为界，铁路路基很高，与这座城市的其他路线一样，超过了周围一层楼房的高度。

我推开门栏时，看见长长的列车从平平的房顶上方通过，从左边的起居室的窗户望进去，看见罗丝正在摆好餐具的桌子上面摆弄着一束水仙花。

昨天——6 月 1 日星期天——下午 6 时，阿妮 · 贝利打开了诸圣花园路31号门，迎我进去（她有一双苍鹭色的美丽眼睛，金黄色、接近于红棕色的秀发扎成一个发髻盘在脑后，穿着一件很不合身的粉红色粗毛衣和一条绿色的呢裙，脚上穿着一双平底的旧皮鞋，脚趾处有一道裂缝，这是通常女园丁才穿的皮鞋），她喊道：

“您好！ 雅克，”她尽力模仿法语的发音发出“雅”字，“进来吧！ 我过一会儿就下来；我这上面有件东西还给您。”

“您在说什么？”

“您借我看的一本书，很久之前，我又糊里糊涂借给别人了。”

我坐在起居室的桌子旁，贝利太太和罗丝坐在两边，左边是贝利太太，前面有个壁炉，上方装着一面球面镜，和伯顿家里一样；罗丝坐在我右边，她那棕色带黑的秀发朝后拢，和姐姐的发式一样，但发髻更大，背对着窗户，发髻光滑发亮；我从窗户望出，外头有一座卫理公会或是长老会的教堂，露出屋面丑陋的角落（我从不知道这里有座教堂，贝利一家都是天主教徒，她们也完全不知道里面的情况），罗丝的眼睛里虹膜紫得好似威洛公园盛开的鸢尾花一样漂亮。

“阿妮呢？ 她到哪儿去了？”贝利太太喝着茶问道。

“她去找一本书，她认为是我的书。”

“如果是一本我还没有看过的侦探小说，你应该留下给我看看。 要牛奶吗？”

阿妮刚刚下来，高兴得直喘气，一边还摇晃着绿皮的“企鹅丛书”。

“妈妈，很久以前你就看过了。这是J·C·汉密尔顿写的《布勒斯顿的谋杀》。”

“什么？”

我以为这一本早已丢失了，在大前天——上星期五的日记中我刚叙述过去年10月买此书的过程；上星期六我又把后来再买的另一本读了一遍，因为这部小说在一段时间里已售罄，所以，后一本是我后来花了几个月的时间到处寻找，好不容易在一家旧书摊上看到才买下来的，以代替已“丢失”的这一本；后买的这本旧书现放在我桌子的左角，与新教堂画册、布勒斯顿交通图、蓝色精装丛书《我们的国家及其宝藏》阅读指南放在一起，上有我认不出来的签名；而找回的这一本上面则写有我的名字，它曾一度萦绕在我的脑际，贝利姐妹的家是我经常来的地方，无疑是我想象可能找到此书的最后一个地方。

刚才阿妮为我开门时，提起了一本书，我努力回忆着我是否少了一本书，万万没有想到竟会是这本书。

我记得很清楚，很久以前，大概是12月或是1月，我把书借给她了，但我以为她后来把书还给我了。

我脸上明显地露出惊愕的表情，罗丝看着我放声大笑起来（她的笑声使我想起我第一次进旧教堂时那群女孩子嘲笑我的声音），后来她停住了笑声，显得不好意思。

我想努力消除这副狼狈相，为自己辩解，但需要很长的时间来解释我这种表情的真正的原因，很难一两句话就说清楚，我便开始撒谎，讲些我不该讲的事情。

“您做什么怪相，我禁不住……”

“我想很早以前您就把书借给我了，大概是六个月前。我的一位表兄有一天把这本书一起带走了，他大概征得了我的同意，我记不起来了，没有注意到，就答应了。我没想到您对此书这么重视，这才使我一下子想起了这本书来。”

“阿妮，这没有关系，请您放心好了。我又买到这本书《布勒斯顿的谋杀》……”

当我说这话时，我感到我的回答着三不着两，与她问的恰好相反；她得知我急需它，又买到一本，知道了我对此书的重视；但我的回答不仅没有减少她的困惑，反而更使她惘然，同时也使我的态度越来越不可理解；因此，我的面孔刷地一下通红（但天渐渐暗了，我想她们看不出我脸上的变化），然而，我更不应该这么结束我的话：

“这是作者本人赠给我的。”（这与事实不符，它是绿皮的“企鹅丛书”中的一册，我曾在餐馆里把它与其他资料一起放在饭桌的左角上，乔治·威廉·伯顿看到他的作品才与我搭讪的。）“我很愿意把这本书留给你们看。”

6月3日星期二

我的最后一句话远远超过我所预料的结果。

阿妮坐在我的对面，她的身影正好套在门框里，从玻璃窗透进来的夕阳余晖洒在她的半边金发上，头发完全成了红棕色，而在大白天，几乎看不出秀发的红棕色；罗丝坐在我右侧，她在暗处，脸部轮廓看不清楚，扎成辫子盘在脑后的发髻上，映在玻璃里，衬出美丽的阴影，涂成紫色的睫毛好像蒙上一缕轻轻的紫烟似的，不时地眨动着（这个春天的暮色胜过秋天最美的黄昏，是我七个月以来经历过的最美的一个钟头）；阿妮和罗丝听我这一说一起跳了起来，用急切的目光询问着我，使我分不清她们各自的脸色（她们俩长得真像啊！ 坐时，连高矮都差不多，站时，阿妮和我一般高，而罗丝的额头与我的鼻子齐平），她们几乎异口同声地突然嚷道（阿妮的声音响些，而罗丝的声音更柔和）：

“您认识《布勒斯顿的谋杀》的作者？”

四只胳膊肘支撑在桌子上，两双张开的手与肩膀一样高，好像开放的兔子花一样。

她们那吃惊的神态此时令我开心。

“是的！ 怎么啦？ 你们也认识吗？”

“不认识，”阿妮说，两个食指挨在一起，“至少我们还不知道。 您说，雅克，他住在布勒斯顿吗？”

“是的！ 离这儿不太远，在六区，住在格林公园街和哈特街的拐角处。”

“我们有可能见过他，也有可能我们已知道他的真名，但不知道他就是写《布勒斯顿的谋杀》的作者。”

“你们凭什么这么想？”

她的声音变低了，但仍很激动，她并拢右手手指，看了看自己的指甲，在半明半暗中好像几颗珍珠一般闪耀着柔和的光芒。

“我们的表兄亨利把您的这本书借给了他的一位朋友，他叫理查德·坦；他把书还给我时，给我这么讲的；他把书借给他……我不知道您是否记得此事。”

“我最近重读了这本书。”

“但我，除了该隐和亚伯兄弟残杀的内容之外，什么也记不起来，凶杀好像发生在旧教堂……”

“不！ 发生在新教堂……”

“是的！ 罗丝，你说得对，但还是有人死在旧教堂，或者至少他受了伤、流了血……”

罗丝背出书中的一段话：

“鲜血流在石板上，彩画玻璃窗的光线映射在石板上，显出五颜六色。”

更准确地说，那一段的原文是这么写：

“A dark stain，spreading on the pavement，in the red light projected by the running down of Abel’s blood.”（石板地面上一摊暗红的血迹在亚伯伤口的血光映照下不断渗开。）

“这是已暴露的杀人犯流的血，因而您的表兄亨利……”

“他认为小说中兄弟俩，即凶手和被害者住的每一间房子、每一件家具都与理查德 · 坦的住宅装饰一模一样，好像三四年前这套房间曾有人住过。 我也想告诉您我们丝毫没有觉察到，似乎很正常。 我们只是去年第一次去理查德的家，后来去得很少。 因此亨利说作者 J · C · 汉密尔顿——您知道他的真名——曾把他同伴的房子作为小说中人物住的房间的原型加以描写，由此看来作者应是理查德 · 坦的一位知己，他常去看他，对他讲起这些，但理查德却不知道有此书，他要亨利把书借给他看。”

“他认出书中作者对他的房间的描写吗？”

“他开始认为这完全是两码事，不错，是有些相似，然而在布勒斯顿，有许多房子式样都一样，而家具也都是从同一家具店里买来的，他不认识侦探小说的作者；后来，由于亨利再三要他认真想想看，他向亨利声明：他看不出周围的人有谁能写书，最后向他打听谁给他的书，是不是这个人故意要他谈些事？”

在谈话期间，贝利太太一言不发，暮色越来越灰暗的光线照在她的脸上，但我却能清楚地注意到：当谈到理查德·坦时，她的眼睛睁大了，专心致志地听着，似乎阿妮的话中有什么危险。

“罗丝，请把灯打开，把帘子拉上。”

在我看来，《布勒斯顿的谋杀》一书最重要的是作家详细地描写城市的局部和全部的概貌，使我能把握城市的全景；我开始琢磨以下这些问题：小说与我周围的事实的联系是否还不太紧密，从文学的观点看，书中的故事是否大部分是真实的？是不是一种揭露？是不是乔治·威廉·伯顿不满足于写侦探故事，要自己亲自扮演侦探角色而出版此书？这是不是他用J·C·汉密尔顿这个笔名的原因？小说对两兄弟在布勒斯顿城市的情况交代得不清不楚，但对他们住的房间却描写得极细致，这么详细的描写在这类小说中就显得很特别了。

罗丝又坐下了（天花板上的灯把桌上所有的白色杯子照得发亮），我细细地端详了一下贝利太太，我觉得她有点恼火；我也想尽量多得到有关理查德·坦的情况，他的确有一个兄弟，3年前在一次车祸事故中身亡（《布勒斯顿的谋杀》的第一版是去年出版的），为此我认为作者的笔名说明了某些问题，大概作者曾对我讲过这些，这位作者的真名无疑激起了姊妹俩的好奇心，但直到夜里10点，罗丝送我到门口（站在两个台阶上，她的眼睛就与我的眼睛平行，我看见台阶上，稍远点，阿妮的目光同样闪亮、含笑），她才用法语问道：

“那么，他叫什么名字？”

我完全有理由不回答，而她的声音，她讲的法语腔调使我忘记了那些理由，我还是用法语回答：

“他的名字叫乔治·威廉·伯顿。”

她把头转向她姐姐，大失所望，又用英语问道：

“威廉·伯顿，你知道吗？”

“不知道，我们不认识他。”

我甚至没有勇气告诉她们要保守这个秘密，因为我不愿意让她们猜到我认为理查德·坦对其兄弟之死有嫌疑，而他兄弟的死对她们来说是一件很正常的事，实际上也可能是这样的。

绝对可以肯定的是，她们将向亨利表兄谈起这个秘密，而她们的表兄又会与他的同伴谈及此事。

也可能事情已这样发生了，如果他是罪犯，他可能已经知道这位揭发他的作者的真名，他将如何作出反应呢？

我希望我完全弄错，我希望他那间房子与小说中凶手和被害者住的房子雷同是出于偶然，我希望他是一个诚实的人，他真诚地为失去自己的兄弟而悲痛，就像阿妮和罗丝所认为的那样（但她们的母亲，我不太肯定；至于她们的表兄亨利，我从未见过……），我希望不要把我的朋友伯顿的生命置于危险之中。

即使这一切都是真实的，在我看来，用J·C·汉密尔顿这个笔名作掩护，不泄露真面目，不留地址，不公开身份，不写出他的小传，不列出他的其他作品，以保护乔治·威廉·伯顿的绝对安全，这是很容易做到的事，而我为什么要冒这个险泄密呢?

6月4日星期三

诸圣花园是贝利姊妹住的街道，诸圣教堂是一座卫理公会圣堂或长老会圣堂，我从罗丝的黑棕色头发后望去，看见圣堂正面的一角；诸圣公园，整个诸圣住宅区，所有这些地名，多次出现在我脑海里，这几天我把它们写下来，这些名字提醒我11月1日是个节日——诸圣瞻礼节，幽灵的节日；但我回忆不起星期四那天我所做的事，回忆不起是什么能阻止我利用假日了却我前去参观旧教堂的心愿；小说《布勒斯顿的谋杀》开头的第一句话（“布勒斯顿的旧教堂以其彩画玻璃窗而闻名，即描绘该隐诛弟那块彩画大玻璃”）便引起我的强烈愿望，我想仔细看看这块彩画大玻璃；我第一次参观时只瞟了一眼，没有在意它，也没有仔细看它，完全没有料想到其内容，我确信只是在下一个星期天再进去时，由于听了教士的一些话，才特地去看那个彩画大玻璃窗，我还记得很清楚；但在那前一天——星期六，我肯定去了警察局领身份证，因身份证上的印戳是11月8日；在10月的最后一个周末和11月的头一个周末之间，我记不起来有任何特别的活动，以至于我很纳闷，诸圣瞻礼节，这个幽灵节是否真的放过假？ 这一天是否有别于上班的日子？ 那天是否在公司里干了一天，下班后是否又为找房而四处奔波？ 叫人给我打开那些使居住人都感到耻辱的陋室？

所以，今天我问了詹姆斯，他告诉我，自然我们曾放过假，同往年一样，他和他母亲去了南边墓地，那天天气非常适宜，起了比前年更大的雾，这是秋天的第一场雾。

布勒斯顿市民对天气的记忆使我惊叹，也使我害怕，他们能记得去年的今天天气如何，知道今天下的雨比去年的同一天是多或少，好像这就是去年和今年两个“11 月 1 日”的主要区别，而在这两个日子之间，在他们看来，好像从未发生过什么事情似的。

秋天的第一场雾，我在布勒斯顿遇到的第一场雾，我不可能以我本人来确定它的日期，我真愿将日期推迟，因为冬天来临前的几天还相当暖和。

我现在明白那天我为什么没有去旧教堂里看彩画玻璃，显然那天是看不清的；我之所以没有记住任何细节，是因为我什么都没有做过，什么也没有看到。

那天我在莱恩公园漫步，栗树上还留有几片残叶，叶子细瘦、蜷缩，似铁锈色，叶脉硬直、凸起，好似瘪三突出的肋骨，最后的落叶在黄色的空气中慢慢地打转，飘落进泥土中；我在佩德林顿街乘坐 25 路车，附近有块空地，每逢 3 月在这里举办集市，车经过德朗街，又经过城街，直达市政厅广场，广场上我看不见市政厅那筑有雉堞的奇怪塔顶，只见路灯亮了，一盏盏灯变成了一朵朵棉花似的斑点。

这还远没有到大雾季节，这只是秋天的第一场雾；我在莱恩公园散步，此时，还看得见树干；我坐在 25 路车的上层，车沿城街下坡，此时，我还看得见房屋的墙壁，市政厅广场上闪亮的招牌，尽管淹没在雾中，却依稀看得见。

11 月 3 日星期六，尽管天气晴朗，我之所以没去看彩画大玻璃，是因为前一天我在螺母旅社收到一封信（我从未有过这种事，因为我对家里人说过，当我还没有确切地址时，信要寄到公司里），信封上面写有“布勒斯顿警察局”的地址（从这一天起，旅社里的职工都以怀疑的目光看着我，并开始背后议论起我的奇怪事情），信的全文是这样写的（我根据回忆写出来，我当时把这张信纸扔了）。

先生：

请您尽快来布勒斯顿警察局(布勒斯顿 4 区,城街 55 号)外事科,有事相告。

于是 11 月 3 日中午，我从公司下班出来，独自在格雷街的利剑饭馆吃饭、喝酒，约 1 点半，我就去了警察局，它在一栋四方形、八九成新的大楼里，大楼有六层高，屹立在城街和博物馆广场的拐角处。

值班员要我先等一会儿，然后把我带到一位身穿海蓝色制服的警察的办公室里；他衣着整洁，粉红色的皮肤，黑黑的头发剪得很短，他的帽子放在桌上，帽舌朝上，他以友好的教训口气耐心、宽解地问我，为什么不早点来登记，他讲的英语通俗易懂。

“我住的螺母旅社是临时住所，我等一有房子就搬走。”

“您在这家旅社已住了一个多月了，雷维尔先生。您很快就搬走吗？您知道新住处在哪儿吗？不知道。那好吧，我们用旧地址给您办张身份证，当您找到合适的房子后，您再来换。但那时请您不要把时间拖得太长。您有办身份证的相片吗？没有，我留下您的护照和工作证，您去广场那一边的小铺，那儿一个钟头就可洗印出来（您就跟店里说是给我们用的），您把照片拿来后，您就没有事了。前些日子您完全是不合法的，my dear man[①]。我们会办妥这件事。”

我利用等候洗印照片的这一个钟头的空闲时间，走进黑色的爱奥尼亚式梁柱间，上面的三角楣下写着“布勒斯顿美术馆”。走进空敞的前厅，两侧分别是空空的衣帽架和书店小柜台。接着登上楼梯，在玻璃天花板的照射下，楼梯上挂着一幅英国式、经修改的雅典娜女神画像，画框边缘带条状，蓝灰色的底色清晰地衬托出女神的面孔；楼梯从中间分成两边，一边用来上，另一边用来下，楼梯的平台旁边有两个门：入口和出口，接着便是环绕四周的九个展览大厅。

第一个大厅是考古厅（有两三个埃及圣甲虫像、一个希腊陶壶、一块科普特布片、一把罗马硬币，还有从布勒斯顿地下发掘出的公元2、3世纪的几个粗糙的墓丘，墓碑上面写的字表明似乎是埋葬少年的坟墓），一位值班员在打瞌睡，他是那天我在博物馆里看见的唯一的活人。

第二个大厅是17世纪的裙子与家具。

接下来的五个大厅陈列的都是挂毯画，共十八幅（此

① 英语，亲爱的先生。

外，还有几个橱窗，内有银器和瓷器）。

第八个大厅，是19世纪的绘画（一幅康斯特尔的小型水粉画，一幅特纳的水彩画，几幅拉斐尔前派的画，还有一些商人的肖像）。

第九个大厅，现代绘画（本地各种名画）。

我不知道十八幅挂毯画讲述的是忒修斯的故事，墙上没有文字说明每幅画的主题，我只是在后来才认真地看并研究它们之间的关系；当时我还没有布勒斯顿美术馆的导游图，甚至连第三大厅上挂的一块牌子都没有注意到，牌子上的文字大意是：

> 哈里挂毯画。
>
> 这十八幅挂毯画是18世纪初哈里公爵向博威地毯厂(法国)订购的，哈里的最后一位后裔死于1860年，临终前将全部挂毯赠给布勒斯顿市，市里便决定建造这座博物馆保存这些挂毯。
>
> 制作挂毯画的画家姓名不详。

诚然，我想我一开始就认出了第十一幅挂毯的主题内容，在第五大厅，入口的正面，右边有个门通到第六展厅，窗口的光线照在挂毯上，窗外面是博物馆路和小木屋，几个小木棚横在街道与汉密尔顿车站的铁路之间；挂毯上画着：

一个牛首人身的怪物被一位穿着护胸甲的王子割喉刺杀了，这怪物被关在一个走道错综复杂的地下堡垒里，左上方朝着大海开着一扇门，门槛上站着一位年轻的姑娘，穿着绣有银丝的蓝裙子，身材高挑，显得华贵，她左手拇指和中指握着一个纺锤，小心翼翼地用右手拉纺锤上的线，线蜿蜒于曲折回旋的堡垒走道里，粗得像一条充血的动脉，线快要连到王子刺杀怪物的匕首上，王子将匕首刺进了怪物的牛头与人胸之间的喉咙里；在右边，又看见一位姑娘站在远处一条急驶的船的船艏，风吹满了黑帆，旁边陪着一位王子，这位姑娘相貌与前面那位相似，但个头略小一点、身披紫色披风。

然而，在这整幅神奇的挂毯画前，我很难说出我的第一感觉，我一直是那么聚精会神地观看，但其风格无疑使我仍有点困惑不解；一开始，我敢肯定，看了画上的景色、树木和第二、三、四、五幅图案，心里激动不已；这几幅挂毯讲的是忒修斯王子去雅典，一路上历尽艰险，战胜了四个盗贼：西尼斯、斯喀戎、刻耳库翁和普罗克汝斯忒斯；那些树代表了一年四季，显然是从法兰西岛的树中得到启示，杨树，在摇摆，橡树，在发芽，长满了绿叶郁郁葱葱，充满了柔情的幻影，还有一些光秃秃的树枝。

6 月 5 日星期四

在博物馆广场和城街的拐角处，当警察局所在的整个城区上空夜色降临，我才走出来，花了一个下午的时间，终于一切都合乎手续了，所有证件都装在口袋里，包括这个黄色证件，上面的螺母旅社的地址现在已被划掉，代之以我现正在其中写日记的这个住所的新址：布勒斯顿 7 区，科珀街，37 号。

我一直步行到市政厅广场，进了一家电影院，我不清楚是哪一家，完全出于散散心而没有选择片目（我既不知电影名，也不知演员名），我坐在影院里两个钟头，灰暗的影像在我眼前一一晃过。

相反，我却记得很清楚翌日——11 月 4 日星期天下午，参观了旧教堂的那块描绘该隐诛弟的彩画大玻璃，它就像一处取之不尽的宝藏，我多次反复观赏，每次都能获得意想不到的发现。

我乘 17 路车到达教堂南门，绕过侧道从西边的正门进入教堂，较后修建的两个垂直方形钟楼的屋顶尖脊，因早晨雨水未干，在明亮的天空下发亮。

教堂里面静悄悄的，我站在祭坛栏杆前和管风琴下，从栏杆往里望，看见红玻璃罩里的油灯射出光芒，右边有一个彩画大玻璃窗，直通到窗顶上，用一组画讲述该隐的故事；我读过小说《布勒斯顿的谋杀》后，知道这些画描述的是该隐杀害他兄弟亚伯的场面，该隐穿着护胸甲，用饰带紧裹腹部，和忒修斯一样，大腿上飘着饰带，他的姿势也像忒修斯与人身牛头怪物搏斗的架势一样，左脚踏在地上的对手的胸脯上，那人仰着头，裸着身子，遍体鳞伤，所不同的是，他挥舞的是一根根须蓬乱的树干，指向红色的天空。

我听见吱呀一声一扇门打开了，一位中年教士穿着宽袖白色法衣走到我身旁；我已能和他进行长时间的交谈，这说明我一个月来英语大有进步，还有几个我听不懂的单词，几乎没有影响我回答问题。

“您来看我们的彩画大玻璃？ 这令人惊异吗？ 整个英国，只有布勒斯顿这个城市有那时期的美丽杰作。 您是第一次进这个教堂吗？”

“不是，约半个月前我来过这儿。但那天下雨，我没太注意这个窗户，它不像今天这么亮，我这是从一本书里得知这个窗户的……”

“事实上，它是很有名的。我们国家很少有书谈到它。即使在本地，也极少人谈及它，假如您在这周围老城区转几个月，也没有谁会叫您来看这扇玻璃窗户。”

我后来再没有见到这位教士，尽管有好几次我很想见到他，我想他还会告诉我关于这幅迷人的彩画的其他情况，但他的声音仍在我耳边回响着，尤其是他以我难以捉摸的方式，背诵几个拉丁语或希伯来语的专有名词；因此，在他亲切平静的谈话中，突然间激起炽热的情感，他的激动心情毫不掩饰，在说到“殿堂”、“大教堂”、“玻璃窗”或“布勒斯顿”时，他声音颤抖，拖着长音，开心得眉飞色舞。

“您是最近才来的吗？”

“来了一个月了。”

“您大概是来上大学的学生吧？”

“不是，咳！我在一家出口公司——惠特街 62 号的马修斯父子公司，实习一年整，到 9 月底结束。我是个法国人，从我这难听的英语里，您可能已猜到了。”

“这块彩画大玻璃应该归功于你们国家的艺术家。”

“什么时期？”

“16 世纪中叶，窗户是在这个时期重建的，瞧！上方一个圆形的大玻璃描绘着该隐诛弟的场面，下方是一个中心窗洞，比另外两个宽一点、矮一点。这块圆玻璃是罕见的杰作。”

六月，十一月

一束太阳光透过亚伯伤口流下的一摊血，照在左边的十字形耳堂的内壁上，变成了一块红斑，随之很快地消失掉。

“在圆玻璃周围是四个曲线三角形，通到壁板上的窗沿，您便能看清它们像一朵六瓣花一样，六片花瓣可能代表着火焰，花朵中心有一只眼睛，有人想在花朵里面看到六翼天使的形象。”

周围厚实的石头遮住了部分花朵，要看清其整体，就要站得远一点；但远了，又看不清楚细节。

他的手指从袖口伸出（袖口是白条纹的，钉有贝壳纽扣，他穿一件黑条纹的牧师上装，宽袖白色法衣上饰有花边），他指给我看，左窗洞上方，塌陷的拱顶让狭小的壁龛变得更局促了，在壁龛里画着一个几乎赤身裸体的汉子把铲子插进石头中，背景是带刺的叶子。

“您看，该隐在开垦土地，右边，是他向上帝敬献谷物和水果。从他的祭坛上升起的烟弥漫在他头上的整个天空，烟又落下来，把他笼罩住。”

“整个彩画大玻璃都是描述他的事吗？”

“描述他和他的后代的事。”

我受过罗马天主教教育，但很长时间以来，我忘记了《圣经》故事的大部分情节，有人曾反复给我讲这些故事；然而，在这幅该隐诛弟的圆玻璃下方的大彩画中，我想象得出该隐还是站着（他的双手垂在两侧，手心处有红点，是溅上了他兄弟的血迹，亚伯流出的血好像阵雨一样在下面彩画的天空中倾洒）。

“是的，上帝出现在他面前，站在乌云上，手持霹雳，黄色的闪电击在他的额头上，但不是要将他击死，”（这正是我起初假设的，但又觉得这想法有点荒谬，就突然闭口不说了）“正相反，是要使他坚强，要使其他人害怕，避开他，您可看左边的画面。”

在《垦荒的该隐》画面下，该隐的额头有一道伤痕，他走在荒凉的土地上，旁边是他妻子忒墨克，远处有很多人影在躲避。

“右边，与他相对的正在砌砖墙的泥瓦匠是谁？”

“这还是他；艺术家尽可能照《圣经》的原本来描绘，您瞧！三幅画上都有这条带子连着，上面有很清楚的说明，使人能容易地把它们之间的内容前后连贯起来：中间这幅 posuitque Dominus signum（《上帝为他印上记号》）源自拉丁文《圣经·创世记》第四章第十五节的内容；左边这幅 profugus in terra（《在大地上流浪》）源于第十六节的故事，而 et ædificavit civitatem（《他建造一座城》）来自第十七节的摘选故事；整个窗户下方玻璃画全是描绘这个城市，艺术家从他当时的布勒斯顿城得到灵感而作出这幅画，使这部分画成为考察布勒斯顿古城的珍贵史料。因为作品非常忠实地反映出当时的建筑风格，而今天这些古建筑物已不复存在了。请注意看这些人字墙房屋和当时的市政厅钟楼，现在还剩几栋房屋，您从十字耳堂的另一边白色玻璃望出，可见到它们的屋脊。您会认出斯利河上的一座桥——旧桥，”（我当时还没有见过这座桥，我还没有在河的这片地方溜达过）“以及我们现在所在的这座教堂，它的三个方形钟楼上黄色月牙形顶部好像羊角小面包似的。”

它们在淡红色的天空中宛如一只只金色的船儿，初冬的夕阳给它们镀上一层金，闪闪发亮。

“至于近景的人群，显然是城里的人——该隐的后裔；左边，在《在大地上流浪》一图下，旧市场的拱廊前的织布机像当时布勒斯顿的织布工人的织布机一样，织布、造布和染布工的祖先雅八坐在机上，周围有他的山羊，旁边是他的帐篷；在《上帝为他印上记号》的画面下，中间是乐师的祖先犹八站在月牙形的教堂前（他站立着，嘴巴张得很大，好像在叫喊一样），他周围的儿子们拿着吹奏乐器、管风琴、喇叭和笛子，女儿们拿着弦乐器、竖琴、古提琴和一种弹拨弦乐器；右边，在《泥瓦匠该隐》图下方，铜匠和铁匠的祖先土八该隐站在河前面，左手拿着钳子，在铁砧上固定住轮子。”

布勒斯顿——织布工和铁匠们的城市，你要那些乐师干什么？

我听见一辆卡车尖锐刺耳的响声。

6 月 6 日星期五

11 月 4 日星期天，我待在旧教堂里观看许久，外头的光线透过彩画大玻璃照进来，渐渐暗淡了；这位穿着宽袖白色法衣的教士向我讲述了彩画玻璃上该隐诛弟的故事，给我在印象中所认识的古老故事上展示出一个新的前景；过去我上教理课时，曾听过这些故事，我自己也背过缩写的故事，现在教士的一席话使我以新的眼光看待它们。

这是一幅色彩暗淡的画，一经他的讲解，又蒙上一层神秘的色彩，使人仿佛走进神秘的迷宫里；这不仅仅是因为画里隐含着令人惊讶的意蕴，也是因为它与周围有关，与这座教堂和整个城市有关，我刚刚悟出它具有一种确切的表现力。

“为什么用这么大的彩画玻璃来描述一个被上帝弃绝的人？”

他的脸色发紫，比衣服颜色还深暗，他粲然一笑，似乎一直等待着我提出这个问题。

“您应该注意到这是文艺复兴时期的作品；艺术家把该隐奉为艺术之父……”

他停顿了一两分钟，似乎为了使他说的话有时间进入我的头脑里；然后他又以另一种口气接着讲，好像一位度假的教师，非常和气地对一位在野外碰见的学生讲解途中拐弯处的景色。

“要特别注意的是，这幅画不是仅供观赏而作的。我们后面的那块大玻璃，全是白玻璃，透过它可看到灰暗的天空底下一些老房子的人字墙的轮廓，它过去是一幅描述亚伯和塞特的图画。说实在的，我们知道的确切东西太少了，没有一张画流传到我们手中，但多亏一位编年史作者，他详细地描述了当时安装大玻璃的喜庆日子。我们才得以知道这些画的主题内容及其布局安排。

“建筑也一样，两根细柱将屋面分成三个部分，中间部分比两边宽一点，中间上方有一个圆窗，通过几个曲线三角形与上屋檐和柱头相连接，整个都用白玻璃封闭，这种白玻璃与布勒斯顿所有窗户、所有房屋、所有工场作坊的玻璃相仿，十分肮脏，下面有栅栏保护。

“上面，在这个圆形玻璃窗中，我们从十字耳堂的另一侧，观赏了该隐诛弟的画面，这块圆玻璃上似乎什么也没有，透明得能使我们看见外面三个变形的烟囱，但上面画有亚当、夏娃和孩子亚伯的故事；在右边的壁龛里，与‘垦荒的该隐’的壁龛对称，画着牧羊人亚伯；在另一壁龛中，是一幅献果图，该隐奉献的水果没有被接受，烛烟又落在进贡者身上，而亚伯在敬献一只羊羔，中间是亚当之死，他的儿子们围在他身旁，塞特的诞生，塞特是儿子中的长子；下面七位老人代表从以挪士到挪亚的父亲——拉麦等各位族长们的世系；我们看不清他们，只见到光折射到变形的墙面，还有死气沉沉的窗户，但其中，旁边有一个窗户被一盏昏暗的灯刚刚照亮，还能看到大梁和瓦片，它们没有清洗过，被炭黑色的雨水弄得很脏。”

雨水，我们听见雨水用它那钝厚的指甲叩击这个空空的大玻璃窗壁。

“该隐在右边，亚伯在左边，这是怎么回事？ 难道左边不是表示被惩罚的一边吗？”

于是，在大殿中回荡起轻轻的笑声：我记得管风琴后的祭坛中挂着一个红玻璃瓶，里面小小的烛火在晃动着。

“这是因为您从反面看问题；这两个彩画玻璃窗是整体的一部分，这个整体提供取之不尽的阐释；这个整体中各个玻璃窗都有其不同的作用；因此，在半圆形后殿的窗户的玻璃上描绘着最后的判决。”

那一天我在布勒斯顿旧教堂后看到一个长方形的厅室，

如同十字形耳堂（一个大玻璃窗上空空的，和今天描绘亚伯的这扇玻璃窗一样），我感到那么惊奇！ 后来从一本指南（《我们的国家及其宝藏》这本集子里）中得知，大部分英国教堂都是如此。

“上帝坐在天上的耶路撒冷中间，祝圣者可能站在他的右边，亚伯也站右边，在右边这两者之间，祭坛周围回廊的小玻璃窗上，画着圣洁的城市，而在我们的左边呢，也是他的左边，画的是该隐之后被诅咒的人和城市。 跟我来，我让您看几个片段。”

教堂外面，雨下得更大了；里面，祭台上的红灯在一圈光晕中越来越亮；暗蓝色与玻璃上的各种颜色混为一体。

“我不想再耽搁您的时间……”

“5 点，我要为十几个教徒行圣体降福仪式……在这段时间，我愿回答所有愿意欣赏的人所提出的问题。 而只有您一人，我就为您一人效劳了，我们有一座高大的、壮观的、著名的教堂，一些很远地区的居民在其他季节来参观，至于本地区的人，不仅罗马天主教教徒少，而且他们本身也很少来此处，好像这些拱顶、这些彩绘玻璃使他们感到害怕似的。 那些教徒之外的人，他们特别迷信！ 即使在最大的宗教节日里，您也看不到正厅里坐满人，而在过去正厅常挤满了人，那时布勒斯顿的人口才一万。”

有几分钟，我分辨不清他的手（只看到带花边的白袖子在晃动），后来他的手好像皮影戏一样又出现在四扇小窗户的第一扇上，窗户透进的光线照在祭台回廊的左边，越来越暗。

“这就是巴别塔，其状况十分不好。嗨！经常修缮都修得不好。在密集、混乱的铅网中，唯一没有受过任何损害的建筑物，塔顶还没有建完。”

他用指甲画出塔的轮廓。

“最上的两、三层楼，上层比下层缩进一点，只剩下几个墙架，在绞车和脚手架中间竖立着，好像钩子要抓住蓝天似的。等到好天气，光线明亮，您可来欣赏塔的精美构造，细节画得十分细致。下面部分已经没有了。

“所多玛城几乎同样遭受损害，上面四分之一处什么也没有留下，过去在上面可看到远处的戈莫尔和死海边的其他城市；修复工作做得特别细致。

“这时，带有硫黄的雨水开始落下；您看见罗得的妻子已经有一半变成了盐柱，从站在地上的脚到腰部都变成了白色；她腰部裙子的皱褶没有上漆，但被刻在玻璃上，好像真的裙褶一样，她的头转向红砖围墙的门，围墙内黄黑色的雪花打在红红的大梁上。

“巴比伦城只剩下国王尼布甲尼撒的面孔，头上盖着乌鸦的羽毛，变成一只动物，还剩下一只神秘的手指写下的一句预兆：‘Mané，Thecel，Pharès’①。”

他指着这只神秘的指头。

“这两件遗物长期保存在圣器室的橱子里，我的前任根

---

① 巴比伦国王伯沙撒举行盛大宴会时，突然出现一只手，在宫墙上写了三个神秘大字，Mané：意为上帝算出你的王国气数已尽；Thecel：你被放在天平上，称出你的亏欠；Pharès：你的王国分裂为二，归玛代人和波斯人。先知但以理这样解释。果然，当夜，国王被杀死，预言实现了。

据设想的修复方案又叫人放在这里。”

“这最后一扇窗户，也彩绘过吗？”

“它描绘的是罗马城。”

“罗马城？”

“是的，罗马帝国；它与另一边相连，在我们看来是祭台的左边，而在基督法官的右边，在半圆形后殿的彩画玻璃上描绘基督法官的审判，罗马也是教皇的罗马，教会的首府。”

“没有留下什么吗？”

“另一边的彩画玻璃一点也没有留下东西。”

他给我的全部讲解远远不能消除我的好奇心，只会使它更明显，更突出；这些古代的玻璃工匠在画面内容的编排上，隐含着极大的歧义性，他们以彩画来表现《圣经》的故事，似乎想表明他们发现了另一种涵义。

6月7日星期六

“不过，为何会有这么不同？ 这块该隐诛弟的彩画玻璃却保存得这么完好。”

他以沉闷的声音回答我，好像他又为他讲述的事件感到耻辱：

“事情是这样的，这是一个古老的故事：要追溯到制作彩画玻璃的时期——16世纪，英国进入英格兰教时期。 布勒斯顿发生了激烈的争论，街上甚至打起来了，动手打死人。 这座大教堂理所当然地成了东正教的堡垒。”

我们慢慢地走过昏暗的十字形耳堂，在我的左边，南面的彩画大玻璃像深红色孔雀翅膀一般展开，越来越淡。

“有一天，主教在他的宫殿中，这座宫殿18世纪初已被一场大火烧毁，宫殿伸出一条走廊与圣器室连着，走廊两侧用墙围住；他听见汇集在教堂门前广场上的愤怒人群的吼声，便穿上祭服，戴上主教冠，拿上主教权杖，让人打开了中间的大门，他确信只消讲几句话，一切就会平息下来，大家都会回各自的家，回去反省是什么促使自己来参加这次示威。

“果然，他一出现，就鸦雀无声了。但他还没等开口说，突然间一种怀疑、顾虑、恐惧使他浑身瘫软了，看来是他头脑中一种邪恶的意识排山倒海地袭来……

“人群把他的麻木看作是上天的一种惩罚，疯狂的人群安静了一会儿，又爆发起来。

“一阵阵嘲骂声淹没了这个静穆的地方，愤怒的人群指骂这位大人，用他身上的披风连着脖子把他捆住，像抓了一个偷农作物的贼一样，他们又用拳头痛打他，一直把他拖到他的御座，再把他缚在宝座上，他们抬着御座游行示威，一场滑稽可笑的恶作剧在表演，他们一直抬到那块描绘该隐诛弟的彩画玻璃下，过去多少年他在这儿坐镇过。他们大声笑着叫道：

“‘他想把我们的城市变成该隐城，这座教堂是该隐教堂，在你父辈的庇荫下安息吧！’

“他们当着他的面，用石子打碎了那块描绘亚伯的大玻璃和圣城的大玻璃。”

教士越讲越激动，最后几句话在圆顶下回响，他也看了看周围，害怕影响了某位虔诚者的祈祷，但正厅内总是没人。

于是他又用起先那种沉闷的语气继续讲述故事，不时中断讲话，在每根柱子旁把灯打开。

“当夜幕降临时，那些着魔的人都回家了。几个助理司铎躲在一个廊台后看到了全部过程，他们一个个下来，给主教松绑，主教已瞎了眼，浑身颤抖着，他们像喂孩子一样喂他吃饭，三年后，主教死了，自那次骚乱之后，他没有讲过一句话。”

门嘎吱一声，他回过头看了看那扇门，一位年老的妇女进来。

“狂热一旦过去，破坏者们又遗憾他们的过激行为，尽一切力量保全他们没有损害的东西；又恢复了平静，但异端取得了胜利；下一位主教是一位英国国教教徒。”

“但您不是对我说过……”

“是的，我们的教堂又一次成为罗马式的殿堂。听我说，我还没讲完它那不幸的故事。因此，可以说，在布勒斯顿，再也没有虔诚的教徒，尽管旁边就是爱尔兰；一直到19世纪末，我们才开始重新夺回这块地盘，尤其是对新来的人，我应承认这一点……”

他将厅内的灯一盏又一盏地全点亮了，我们又回到了十字耳堂；彩画大玻璃失去了透明，像是许多很光滑的炭片组成的镶嵌画一样。

“然而，长期以来，在我们上方的钟楼有一道很大的裂缝，这对布勒斯顿居民来说是一个严重的问题，因为这就使他们不敢敲响那些有名的大钟，而几个世纪以来，他们都将大钟视为城市的精品，以至于在城市的纹章上刻上它们，他们认为布勒斯顿这个城市的名称是源自它们，意为‘美丽的城镇’。

“实际上，就是在这儿，我们现在站的地方，曾是罗马战争的庙宇，也许是古罗马文明之前的庙宇（安装暖气的时候，在教堂的地下室挖到过古代文物），因为中世纪前期的一些文献曾有过 Bellista 的字样，有人推测其词根是 Belli Civitas（战争之城）。

“然而，在一些盛大的节日里，他们忍不住敲响一阵排钟，因此 1835 年，这座钟楼的一堵墙塌了，压坏了回廊的右侧，直到那时巴别塔、所多玛、巴比伦、罗马帝国四幅彩画大玻璃还完好无损，就是这次事故毁坏了它们。

“那时候，城市神奇般地富起来，市政官迅速动手筹建新教堂，当然新教堂的中心钟楼比其他地方先完工，以便能隆重地将排钟装上去。

“此后，每天都敲钟（您可以欣赏它们宽广的音域、洪亮的声响以及它们所组合成的各种不同的声音），为了我们的宗教信仰，我们能够修复这座令人敬仰的、遭受损害的教堂；我们极其细心地将它修复成原样；甚至在两年前，我们成功地安装了一套更悦耳动听的电钟，而它们没有对墙的坚固性造成任何威胁。”

他完全恢复了平静，点亮了祭坛的灯，现在教堂的长凳上已散坐着十来个人。

“您去参观过新教堂吗？ 当然，与这儿不一样。”

“而它是建于 19 世纪……”

“最有趣的是我们的钟，但它仍然让人感到好奇，您去看看吧！ 布勒斯顿人为此感到自豪。 请原谅！ 我该做准备了。”

一个唱诗班的侍童点亮了蜡烛，我赶紧朝门外走去，一张报纸的广告把我的注意力引向J·C·汉密尔顿著的侦探小说《布勒斯顿的谋杀》，读了这本小说后，又将我引向那块描绘该隐诛弟的彩画大玻璃，而这块大玻璃又引出这么一场交谈，教士的最后几句话又是建议我去看新教堂；这好像是一条专门为我画的线索，这条线索的每个阶段，都向我揭示了下一段路线的终点，这是一条让我更加茫然而不知所措的路线。

我走到教堂外面，下台阶时，广场一片寂静，除了淅淅沥沥的雨声外，这个广场过去曾有骚乱的人群在此吼叫过；我向广场的另一边望去，看见几个中文字，像墨水斑点一样映在紫色的天空上，用几根支架固定住，周围有一圈玻璃管，旁边的房屋窗户射出来的光线照在上面，这几个中国字就是这家餐馆的招牌——“东方翠竹”，在J·C·汉密尔顿的《布勒斯顿的谋杀》一书的头几页里，那个后来是侦探的人第一次遇到那个后来被杀害的人，就是在这二楼的一张饭桌旁，挨着一个朝向那座著名的旧教堂的正门的窗户；他们俩都清楚教堂里的那块描绘凶手的彩绘玻璃（这幅彩画发挥了决定性的作用，因为著名板球运动员约翰尼·温被杀的前一天好像就在了解这座建筑物，第二天人们发现他在新教堂十字耳堂交叉处被人杀害，而众多崇拜他的球迷从未看到他对艺术感兴趣，侦探巴纳比·莫顿回忆受害者对教堂的注意力，开始调查他与他兄弟伯纳德的关系是否和睦，他是否害怕他兄弟的某种东西）；11 月 4 日星期天下午，我第一次穿过广场时，没有想了解东方翠竹这家中餐馆的位置，因为它让我感到很可疑（那时我还不知道 J · C · 汉密尔顿，即乔治 · 伯顿是那么如实地描写城市，这正是使我信任他，并把他的书当作向导的原因之一）；此时，我只想进这家餐馆就餐，换换布勒斯顿当地那些难以忍受的饭菜口味，尝尝几道菜，其中有那位侦探巴纳比 · 莫顿曾经吃过的饭菜，我心里在暗想他一定是一边静静地品尝菜肴（油炸海螯虾、菠萝烧鸭、荔枝肉），一边在揣摩受害者的哥哥是不是该隐一类的人；可惜此时就餐是不可能的，每逢星期天，餐馆关门，金属门帘里没有一点声响，没有透出一点光线。

2

6 月 9 日星期一

前天，即 6 月 7 日，我回忆了七个月前一个星期天参观旧教堂的情景，并将它们记下了，我重新沉浸在 11 月初的冷风凄雨之中，那时，我还未搬到现在这间朝西南的房间里，夏季将临，这时候房间仍很明亮。

自 5 月初以来我埋头于对往事的回忆，前天，这是我第一次用星期六下午的时间来写回忆，以后我得尽量避免这样侵犯我周末的时间，通常在一周中工作日的每个晚上我都用来写作，对自己在布勒斯顿度过的岁月中的经历进行疏浚、挖掘，这种挖掘把我从浑浑噩噩的混沌中解脱出来，从闷闷不乐的心魔中摆脱出来，这种挖掘也使我像一个清醒的人一样行动，避免谬误百出，谨防燃眉之危，最终，能理智地、有效地安排只能在周末干的事；其他日子几乎泡在马修斯父子公司里，因此，在周末，我的注意力特别关注现在，我希望这注意力会重新变得愈加诚实，愈加透彻。

然而，时间开始使我感到紧迫起来，我应该结束回忆那个教士关于该隐的彩画玻璃的长篇讲话，立刻结束回忆他的讲话在我心中留下的影响，因为在那次讲话的几天后，甚至在我现在回忆的 11 月中，即使我记录前天和吕西安的一场谈话之后，我都无法准确地重新回忆起教士的话语中所用的英语单词，当时我对那些词还非常陌生，虽然忘记了，但却在我心中留下了强烈的印象。

上星期六（大概下午 6 点半），我写到最后几行时，写到我从旧教堂出来时，我听到“笃笃”激烈的敲门声，我还没有听见回答声，只见他闯进来（只能是他，唯有他会来寒舍找我；因为詹姆斯 · 詹金如果事先不打招呼是不敢这么闯进来的；自然我的房东、和蔼可亲的格罗夫纳老太太，她的敲门声是最谨慎不过的），只见吕西安 · 布莱斯闯了进来，真是出乎意料之外，因为我们已约好一小时后在东方玫瑰餐馆见面，那是一家地处市政厅广场旁的中国餐馆，它紧挨在王家影院和摩登商场之间，吕西安进屋后倒在皮靠椅上，大大咧咧地笑着，问是否打扰了我，然后比划着手势开始解释（他的南方口音比我重，他的法语比我更通俗），他利用这个季节难得的阳光明媚的午后，沿着斯利河畔散步而来，他认出我住的区，便顺路找上门，看我是否凑巧在家。

“请稍微安静点，等候一会儿，我得把这一页写完。”

“我也应向你学学，我有好长时间没有给家里写信了。”

3 分钟后，他站起来，开始在屋里来回踱步，不时望望堆在我右边的稿纸，而此时我集中注意力在描述东方翠竹餐馆那个熄了灯的招牌；11 月 4 日星期天雨中黄昏，我从旧教堂出来，第一次看见那个招牌。

“你在写一封长信？”

“我不是写信。”

“你在写侦探小说，我敢肯定，在写《布勒斯顿的谋杀》一类的小说。”

“比那简单得多，我在记述我在这里所经历的事。”

“写回忆？ 你写到我了吗？”

“还没有，才写到去年11月初。”

“那已经谈到贝利姐妹了，我想。”

“你特别不要与她们说起这个。 我们去‘东方翠竹’怎么样？，‘东方翠竹’比‘东方玫瑰’好。”

“去‘东方翠竹’？ 是J·C·汉密尔顿的小说头几页里讲巴纳比·伯顿，不对，是巴纳比·莫顿曾在那餐馆里……”

这一切都是前兆；重要的交谈是我们在布兰迪桥街和亚历山德拉广场的角落、在33路公共汽车（从亚历山德拉广场开往游乐场的公共汽车）的顶层上开始的；天还非常亮，只不过天空上雾越来越浓。

“你知道，雅克，你说过你星期三没有空，我就打电话给贝利姐妹，问她们是否愿意和我一起去看电影，晚饭后我便去找她们。 她们跟我谈了你，谈了上个星期六，阿妮把你很久以前借给她的《布勒斯顿的谋杀》还给你，你的神态显得不太寻常，她们好像心里很不安。 我对她们说不要为这事担心，你平常就是这样的……”

“是的，我知道，你们利用机会背后嘲笑我。”

“她们很爱你，你知道……”

“我知道。”

“你得明白： 我，对她来说，纯粹是个法国人，完全是她们想象中的法国人，而你，就不同了……”

“后来呢？”

“她们向你讲述过她们认识的一个人，那人有一栋和小说里两兄弟一模一样的房子是吗？”

“怪事，是不是？”

“当你告诉了她们你知道J·C·汉密尔顿的真名时，你是不是给她们留下了深刻的印象？”

“吕西安，我错了；自那天晚上后，我总在想，我错了。伯顿信任我们，因为我们是外国人，我开始考虑伯顿在《布勒斯顿的谋杀》的封底上隐藏他的身份有没有什么缘故。”

“我同意你没有完全……”

“我错了，吕西安，我希望你不要再传出去，不要使我冒冒失失的话产生严重后果。”

“这真是完全不该说出的话，我不会再多嘴了。”

“吕西安，我想知道她们如何设法向你打听乔治·伯顿的事。”

“根本没有那回事！”

“你撒谎！ 我敢肯定她们问过你是否也认识他，你肯定回答说：认识。 而后她们哄骗你，想从你那儿得到我们是怎样和他搭上关系的。”

“我说是你带我去的。”

“你把他的地址告诉了她们吗？”

“没有！ 因为此时电影已开始了。”

“那你们出来后。 她们有没有继续盘问你？”

“看，到旧教堂了，雅克，我们该下车了。”

六月，十一月

6 月 10 日星期二

黄昏，天空呈玫瑰色，一片粉红，彩画大玻璃的背面变成暗黑，像一块沥青板，上面粘了几片从附近果园飘来的花瓣。我们沿着殿堂外面走，穿过教堂前的广场，登上东方翠竹餐馆二楼；我们坐在这张传奇的饭桌旁，这不仅因为《布勒斯顿的谋杀》头几页里写道：侦探巴纳比·莫顿在约翰尼·温被害的前一天就是在这儿碰到他，还因为乔治·威廉·伯顿在这儿看到我又在一家旧书店买了一本绿色“企鹅丛书”的小说，他第一次在这张桌旁与我谈话，饭桌附近的右边窗户正对着旧教堂正面；上星期六黄昏，旧教堂的黑色在粉红的霞光的映照下变得昏暗柔和，渐渐消失在红霞散开之后的靛蓝色中。餐馆里一位中国侍应生坐在我们对面隅角，装着翻看报纸的样子，眯着眼善意地看着我们吃完了油酥饼，喝完了最后一杯绿茶。

吕西安了解我的嗜好，递给我一支“丘奇曼”香烟，他自己却摸了半天，才拿出一支烟来，然后从内衣口袋里掏出火柴，点着了烟，他吸了几口，两手交叉，双眼盯着掉在桌布上的一颗饭粒，说道：

“你知道，雅克，关于《布勒斯顿的谋杀》，关于贝利姐妹和乔治·伯顿……”

烟呛了他的眼睛，他把香烟放进玻璃烟灰缸里。

“麻烦的是，大概他知道你泄露了他的秘密，是吗？”

“毫无疑问，他会扫兴，或许……烦恼。”

他用牙签在空盘上画着字。

“嗯，他没有任何机会知道这件事，因为她们根本不认识他。她们认为既然这幢房屋与小说中两兄弟的房子很相像，他或多或少属于她们的远亲，但是伯顿的名字，她们太陌生，总之，我想她们从未见过他，这以前……”

他用手指捏断了小小的牙签，打断我的话。

“星期三，当我们从电影院出来时，我看见了他和哈丽雅特，他们在等汽车，我指给贝利姐妹看，我指了两三次，但她们却总是盯着另外一对。”

他用右手上的半截牙签开始剔起牙来，问道：

“你说说，雅克！你真的相信这间房……这个故事……此事，你是不是知道得比我多？总之，贝利姐妹与此事无关。”

“当然，贝利姐妹与此事无关！你又在想什么？我们谈点别的吧，好吗？”

刚才，我看到他眼里真的露出恐惧，但只需几句话又使他重绽笑容；他大概心里在想着阿妮，他是个风流浪荡子，会尽一切努力取悦女人，而他又是那么容易激动。

他重新拿起放在烟灰缸沿让它熄灭的烟，我用一只手帮他点燃了烟，时间过得很快，我们得赶快去王家影院，那天上演一部英国彩色巨片《毁灭性的塔伯莱恩》，我们早已决定去看它，事先就知道电影中有许多滑稽的镜头和幽默的对白，可供我们取笑一番；我向黄皮肤的跑堂招呼一下，他微胖，坐在隅角的一个摆有杯子和盘子的餐橱旁边，一直看着我们，折好的晚报放在膝盖上，他的神态总是那样，嘴边总是露出同样的笑意，大概在另一次就餐时也是一样，我的脑子里不时掠过那次就餐的情形，正是这种回忆使我选择了这个地方；上星期六，我本准备记述那次就餐的情形，就是11

月 6 日星期二我第一次坐在这张饭桌旁用餐，不是与吕西安一起，他是后来才到布勒斯顿的，而是同詹姆斯·詹金一起来用餐，那是为了答谢他，在公司找到他而邀他同来；在那之前的两天，星期日，我听完教士对那块有关该隐的彩画玻璃的讲解后，从旧教堂出来，看见招牌上的汉字在雨夜中显示，走近关紧的金属门帘前，辨认出上面用英文写着："星期日停止营业"；前一天星期一，我就邀请他，他想没有事先通知他母亲，当晚不愿接受邀请，答应第二天——6 日星期二陪我来此就餐；那天我第一次和詹姆斯·詹金坐在这张桌子旁用餐，当时天冷，窗户紧关着，冬天日子变短了，窗户外面漆黑一团，玻璃外面布满了雨水珠，每一滴小水珠都映出天花板上四盏粉红色的灯；去年 11 月 6 日我吃的第一顿饭菜几乎同上星期六吃的一样，这不仅是因为七个月来，这里的"东方翠竹"和市政厅广场边的"东方玫瑰"，以及新教堂广场边的"东方瑰宝"三家姊妹中餐馆同属于一个老板经营，中餐菜单大同小异，这三家餐馆成了我每周来一次的避难所，以躲开布勒斯顿当地那清淡乏味的饮食；七个月来，我有足够的时间逐一领略它们各自的风味；而且尤其是因为我想到要记述 11 月 6 日那天的事，努力回忆出那顿饭的菜单：鸡蛋汤、菠萝鸡、油酥饼，那晚没有我所订的荔枝肉，我像《布勒斯顿的谋杀》一书头几页中写的巴纳比·莫顿所订的菜肴一样叫菜，但没有货。

詹姆斯自然从未来过此处，他尝了这些新的美味，显得又兴奋又窘迫，称赞我已经如此熟悉这个城市的美食（真是极大的讽刺），我开始怀疑我是否可能在这个城市里找到一间比我在螺母旅社里住的陋室还要好的房子，随着冬天的逼近，我越来越感到那间陋室要使我窒息，几乎每天晚上一下班，我就四处徒劳地奔走，累得精疲力竭，甚至到了一些非常肮脏的地方，然而希望越来越渺茫，我对他讲起我是如何发现这家餐馆的，自然我就直截了当地向他第一次讲起J·C·汉密尔顿的小说来。

6月11日星期三

詹姆斯·詹金对这位作家的名字连听也没有听说过，我就问他是否偶尔读读这类小说，他的眼睛像狗一样专注，我还看不出他那猫一样的敏感，他的目光明亮了，露出一丝笑意，笑容如此坦然、质朴，绝不是嘲笑，他觉得我的问题很天真，完全当作一种玩笑，在他看来，这事好像十分自然，不可能当真对它怀疑。

他这一笑使我哑口无语，我简直找不出话语来解释它，因为当时我不知道他收藏了许多侦探小说，几乎占满他那幢宽敞的大院中的整整一个房间；我后来经常到那里翻找侦探小说，那些书伴我度过了许多充实的夜晚，直至5月初我埋头于写回忆录，我书桌的右角堆的一大叠稿纸可以表明我一个多月以来所付出的艰辛的劳动，每天晚上，我伏案写作，编织长长的句子。

他拥有——确切地说是他母亲拥有——这么多的侦探小说的藏书，正如他后来对我说的，全是他父亲收藏的，一直到他父亲十年前死于结核病；在他说话的当儿，一个矮胖的中国跑堂把圆圆的油酥饼摆在我们面前，这些书足够他们母子看的了，因而他们很少阅读新出版的书，《布勒斯顿的谋杀》更不在其中之列了。

“我不像你是专家，但这本书确有不凡之处，写得很好；我肯定这本书会引起你的兴趣。”

我几乎不需费很大的劲就能跟他谈话并且听懂他的话，而每次我去找房时跟女房东交谈都很困难，白费口舌，或者当我去格雷街在药店和利剑饭馆之间的理发店要点新的护肤品时，语言上也是障碍重重；听懂他的话我几乎不需费很大的劲，而和蔼可亲的布莱恩先生每次和我讲话，即使事到如今，我都是干瞪着他那光滑的秃头、花白的短颈，以及他的上装和领口，他那件西装的颜色与他被烟熏黄的手指的颜色相仿。 自从我来公司后，在每周四十四小时的工作时间里，每次他亲切地找我谈话，都含糊不清，我不得不请他再三重复，有时干脆叫人翻译给我听。

我根本没把小说的故事情节讲给詹姆斯 · 詹金听，甚至没有告诉他我们所坐的那张桌子是侦探先生遇到被害者的地方，也是后来侦探又遇到凶手——被害者的兄长的地方，我担心若把这事先告诉他，会减少他的阅读的兴致，冲淡他的惊讶。

当我这么对他说时，他抬起明亮快活的眼睛：

“雷维尔先生，你干脆把故事梗概先讲给我听听，这样叫人不清不楚……”

“你会忘记的。”

“不会吧，雷维尔先生。”

“你听了后连一本侦探小说都不想再看了！ 詹金。”

不久前，我不是刚刚又读了一遍这部小说吗？ 它头几页里的内容不是可以成为我们谈论的话题吗？ 但是我总觉得这本小说与其他侦探小说迥然不同，就像詹姆斯不同于他的同胞一样，对于我这位刚踏进这个语言不通、充满误会的陌生城市的外国人来说，他实在是一位不可多得的热心人。

“有些书我反复看了六遍，雷维尔先生，怎么跟你说呢？它们有一种透明度，从开头的暗示，你可以洞见案情发展的结果，你可以或多或少地猜测出事件的真相。”

我不需回答他，等待着，仔细地看着他；他的目光逐渐变了，我感到他在沉默中细细地思索着、探究着。

他的手指交叉在一起，那手指比吕西安的手指要长，指甲较苍白，修剪得较好，他的声音更低沉更缓慢更柔和，只有他才知道用这种声音能使我感到亲切，他的矜持与凝神使他的本地口音更纯正，通常这儿普通人的地方口音粗重而模糊，就像砌在砖缝中的炭黑似的。 然而他受到法语语调的影响，有时他讲的话非常动听，要是从姑娘嘴里讲出，那简直就像唱歌一样悦耳。

“是在布勒斯顿的侦探小说里的故事，”他接着说，“对，你以后得借给我看看。 我在想我是否已见过一本，不对，我相信，没有另一本，至少在我母亲的藏书中没有，我得承认，雷维尔先生，这简直太让人吃惊了。”

“哦！ 是吗？ 詹金。”

“我从来没有离开过布勒斯顿，雷维尔先生……”

“连附近的海滨、小山丘、湖畔都没有去过吗？”

“我从未见过别的城市，雷维尔先生，也从未见过别人称做村庄的地方。我父亲曾在伦敦上过学，那天我领你去我家时，我们经过大陆街的那所大学，在当时只不过是所培养工程师的小型学校；我母亲也从未坐过火车，我想她现在年纪太大，不能坐火车了。我倒很想漂洋过海做一次长途旅行，但目前看来这不太可能，我没有足够的时间，也没有足够的钱，独自一人会使我闷闷不乐的。”

他露出一丝忧郁的笑容，右手轻快地一挥，似乎向他身后撒出一撮盐，他推开这个长期揣摩、长期保存的梦，这个梦使他把我和吕西安视为充满神奇魔力的人，把我们视为海外使节，视为目击他的活生生的现实的证人，还表明他这个人很容易接近；然后他啃了一口点心，将双手合拢，长长的手指交叉在一起，目光又重新聚到桌布上的一点。夜漆黑一团，看不见旧教堂（只能看见窗户的玻璃背面上的点点雨珠），他朝窗口望去，似乎不是真正地在看旧教堂，似乎他在忍受着它的重压；然而我可以肯定，那天我们进入“东方翠竹”餐馆后，我一直没有向他谈起过旧教堂的情况，也绝对没有向他提起过旧教堂在J·C·汉密尔顿的小说中所起的重要作用。

“雷维尔先生，我只是在电影里见到别的地区、别的城市，但我觉得这里好像有某种特殊的东西，一种持久性的惧怕，在那些发生在外地的故事中我从未读到作者对这种东西作过令人满意的描写。

“你大概会觉得这很可笑，雷维尔先生，但你已经对布勒斯顿非常了解，你好不容易找到几家餐馆，而我从未一人出入过这些餐馆，甚至从未注意它们的门面，你会以一种跟我不同的方式来认识这座城市，你与我的习惯不同。

“迄今为止，你特别看了那些美丽的地方，林荫大道啦，树木葱茏的花园啦，但有一天你免不了要走到那些偏僻的街道里，那里是一个陷阱，也许你已经尝过其中的苦味，也许你已企图从中摆脱出来；但现在这种情况只不过是个开端，雷维尔先生；请理解我的意思（这很难解释清楚，这不许信口雌黄），这还不是你迷失的路。

“这些街道，我是熟悉的；我不熟悉整个布勒斯顿城，有些区，我还不了解，我就像你们那些从未离开欧洲大陆的同胞一样不了解它们，此时我想起那些为数不少的街道，我的脑子里立即出现一个清晰的地图来，如果我凭着思考，即使我闭上眼睛、塞住耳朵，也不会迷失方向。

“你看，这就像一场谋杀，凶手设下陷阱，一切准备就绪：被害人站在门后转动把手，开门出去，走到角落里，他的敌人早已埋伏在那里，食指搁在扳机上；但一切在此中断。

“甚至在中午，稀少的行人贴墙而行，他一边匆匆赶路，一边哼着歌，颈子缩进肩膀里，就像在黑夜中行走一样。

“我只能挪着龟步慢慢地往前走，我越来越渴望所有这些不幸爆发，以便早日结束等待，以便我们最终敢大步行走，大声讲话，大口呼吸，但不幸的事件有时也出现，这就成了《晚报》或《布勒斯顿邮报》的头条新闻；而等待没有结束，一切仍严阵以待；在这种背景下，没有什么别的事会真正发生，只有那些肮脏卑鄙的罪行，其他的一切经过无数的迂回都通向罪恶，其他的一切都不过是遮掩罪行的帷幕罢了。”

6月12日星期四

他长长地吸了口气，吃完了他的点心。

“詹金，你以为这些街道只是在这里才有吗？”

“我希望无论如何，任何城市的街道的威力都不要比这个城市大，侦探小说的作家们一般都是避免把这个城市当作故事的背景，他们大概害怕赌注下得太大、太危险，似乎这种扩散性的恐惧会传染，而使他们望而却步；再说，我们这些布勒斯顿的市民迷信是有名的，”他重新露出了微笑和谦和的态度，“这座城市里旧教堂本身……”他透过布满雨珠的玻璃，看不见旧教堂，但他还是以讽刺的目光瞟了那个方向一眼，“它首先以一块描绘凶手的彩画大玻璃而闻名。”

此时，我多么想用笔立即记下这真实的原话啊！ 而现在我不可能验证这是否他的原话，我只好这样翻译，写下原话的大意，我估计大概没有走样。

此时，我多么想描绘一下他的神态啊！ 一种难为情的样子，我觉得他试图以此神态抹掉他刚刚流露出的感情。

我没有对他说，他刚才几乎是引用了《布勒斯顿的谋杀》中的第一句话；我不知他现在是否还记得，我甚至在想：当他看这本书时是否发现了这一句话。

那天晚上，他用公司的小轿车把我送回家，也就是说，回到那被恰如其分地叫做“螺母”的旅社，我还没有要求换房子，却总是希望第二天就离开它，也就是说，在这间没有桌子的陋室里，一扇窗户朝向一个小小的煤渣地面的院子，朝向一堵已遭侵蚀损坏的砖墙，自从我被诱骗找房一个多月以来，我期待着搬家，一天过一天，连一盏昏暗的灯泡都不想换下，11 月 6 日，星期六晚上，他用车子带我回旅社时，一群孩子引起我的好奇心；我们是在德朗街看见这群孩子的，当时雨刚刚停下，夜晚十分潮湿，为数戋戋的路灯四周泛起一圈毛茸茸的光环，在路灯和车灯的照射下，孩子们用绳子拖着一束束捆扎不牢的树枝；这时，詹姆斯对我解释说，这星期有个“Guy Fawke's Day”[1]，大家准备柴堆，要烧其模拟像，假人是用旧衣服做的，里面塞满草，脸部是用紫墨水或黑木炭粗粗地画在椭圆纸板上，或是画在白色或粉红色的旧布片上；实际上那天中午，我去利剑饭馆时，已见过这些模拟像，它们被装在玩具车里溜达，大的甚至被装在摇篮里，装在颠簸前进的小旧童车里，在托尔街和格雷街上由脏乎乎的小男孩推着，他们把我围住，高声喊道：“为盖伊节献上一个便士。”柴堆用以燃烧这位历史人物的模拟像，詹姆斯没有告诉我这个历史人物所处的准确年代，也说不出其罪行。

此后第三天——11 月 8 日星期四，我利用下班的时间冒着大雨步行回去，看见十字路口烧得浓烟直冒，小焰火噼噼啪啪地暴起，又落下来，熄灭了，夹杂着鞭炮声和单调而有节奏的歌声：“火烧盖伊，火烧盖伊。”孩子们在柴堆里青绿色的树枝和涂漆的小木板上浇上煤油，点燃，柴堆散发出一

---

① 即“盖伊·福克斯日”，美国传统节日。罗马天主教徒盖伊·福克斯是 1605 年英国“火药阴谋案”的主犯，孩子们非常喜欢这一节日，每年 11 月 5 日焚烧其模拟像。

股焦臭呛人的气味，那些身体填满潮湿稻草的吊死鬼，穿着旧毛布或旧棉布衣服，脚上穿着皮鞋或胶鞋，扑上粉末，燃烧时也一样散发出一股焦臭呛人的气味，我的头都给熏昏了；直到星期六，我从公司下班出来，还未吃午饭，径直走进巴伦书店时，我的衣袖还有那股气味，我要在书店里买一本英文《圣经》，以便核实一下教士与我讲的那些话，我觉得教士讲述的方式很奇怪，他不时引用一些拉丁语录，用以润饰他对彩画玻璃感人的讲解。

很自然，那周的星期天，詹金请我去他家吃午饭，以回谢我邀他去“东方翠竹”吃的饭。我们先谈这家中国餐馆和中国饭菜，这使我这位朋友的母亲大感兴趣；之后话题又转到旧教堂和彩绘大玻璃，我发现他们俩对此都不甚了解，只是模模糊糊知道一点，好像好多年来他们没有进过这个正殿，好像他们只是根据道听途说谈论这些描绘《圣经》故事的大型彩画玻璃，而不是亲眼目睹过那图上的火焰与深暗的水。

然后，我开始向他们讲述我所看见的，詹金太太讲的英语不如她儿子的好懂，他们母子的地方腔相仿，不过我可以听懂她的话，她向我证实了教堂曾迁移排钟的事，这使我不由得问了一些关于新教堂的情况，并解释说我还未去看过新教堂，因为我对那一时期的宗教艺术不感兴趣；突然，我发现詹金太太不再回答我的问题，也不再听我讲话（詹姆斯则相反，他微笑着，变得敏感、雄辩），而她甚至连饭也不吃了，右手小拳头在桌上抽搐着，全神贯注地看着戒指上圆宝石里镶着的一只花翅膀的苍蝇。

只消换上别的话题，难堪的局面也就消失了；吃过饭，他们带我到二楼一间没有家具的房子里，那儿存放着他父亲买的许多侦探小说，一堆一堆书零乱地放着，灰尘被掸掉了，他们借给了我几本书。

6 月 13 日星期五

今天天气晴朗，一切很顺利，阳光照进马修斯父子公司的办公室里，下班后我刚刚在市政厅广场的中国餐馆“东方玫瑰”美美地吃了一顿；如果我真像贝利姐妹、詹金母子或格罗夫纳太太等布勒斯顿居民一样迷信的话，那我大概也不会信任今天这样的好日子，而我为了结束消灾驱邪（应该驱除的是这一年的厄运，是这座城市的施魔），也不会信任这篇我现在要记述我第二次与那位黑汉子相遇的日记；他是我本人不幸的化身，这个黑人，布勒斯顿首位在家接待我的居民，自 10 月初的那一天后，我再没有看见他，我也不知道他的名字，我几乎忘记了他的模样（第二次见面，我看了好一阵子才认出他来）。与他见面的结果对我来说是令人愉快的，我从未料到会从他那儿得到帮助，然而，多亏了他，我才能找到现在这个住所，能在这间房子里住下来，能在这张桌上写作；我第二次遇到霍勒斯 · 巴克，是 11 月 11 日星期天的晚上，那天与往日晚上一样，下着大雨；我从詹金家出来，我的雨衣口袋塞满了刚向他借的书。

在市政厅广场上我下了 23 路汽车，又悠闲自得地上了 27 路汽车，经过西尔弗街、托尔街、布兰迪桥街，第一次跨过了斯利河，一直坐到五区的弗恩斯公园。这是一个种有蕨类植物的园子；园里的树木光秃秃的，在灰云堆积、暗淡无光的天空下，地上覆盖着一层浓密的红棕色的蕨草，巨大的叶片像垂涎、像卷曲的野牛毛似的。

当我在欣赏公园这些植物时，夜幕和雨刻不容缓地降临、驻足了，占领了街道和小径，我又回到市中心一带，在位于山街街头的一家糕点铺吃了晚餐，糕点铺正面是摩登商场，为了避雨，我进了一家电影院，这次进的不是王家影院，而是快乐影院，它的大门口有一排石柱嵌着玻璃。

11 月 11 日，星期天，我昏昏欲睡地看了近三个小时枯燥无味的电影：大概是伊冯娜 · 德 · 卡洛，或是其他某个红极一时的女演员在亚利桑那一家光怪陆离的小酒店里，一边唱着“布尔邦”，一边侍候几个穿着方格衬衣的骑士，一群骏马在悬崖旁的草地上奔跑……我看完后走出影院，外面一片漆黑，我冒着雨在四散的人群中穿行；在阴冷、沉闷的雨夜中，商店大门上的各种电光招牌，“牛肉汁”、“游乐”、“晚报”等在闪耀着，公共汽车一辆接着一辆离开停车场，溅起泥水，驶向城市的各个区。 当我穿过人群时，人们的脸色如同被踏在泥浆中的废电影票的颜色一样，票上的墨水已被水浸淡了；这时，我突然听到有人叫了一声：“喂！”我转过身来，丝毫没有料到这声音是在叫我（当然，我现在知道这声音，但在当时，我远没有想到是他，简直没有料到又会见到他），我转过身只是出于好奇，完全是一种本能的条件反射。

他在人群和黑夜中寻找我的目光，而当我看了他许久没有认出他时，他那忧郁模糊的目光流露出极度的失望，我终于认出了他，他又露出笑容，语速缓慢，声音沙哑、悲伤、急切，发音沉重，似乎被压碎了，然而我觉得他的话比布勒斯顿当地人的话好懂多了，他的发音和我不同，但我们俩英语都讲得很不好，没有一点改进；他松了一口气，说道：

“我心里在想您是否还记得我？”

“您为什么这样说？”

“我不知道，我，人家……”

“人家，什么人？ 我不属于这里的人，我和您一样，都是外国人。”

“不，不完全和我一样。”

“您的女朋友呢？ 上次我和您一起吃饭，她当时不在。”

“玛丽吗？ 哦，她又回来了。”

“那太好了。”

“不，并不太好。 明天她就要走了，这次是真的走，并带她的行李走。 她在汉密尔顿找到一个家伙，我想他们会结婚的。 就连今天晚上，她都不来和我在一起，她和她的几个伙伴吃晚饭去了。”

“她也许已经回去了。”

“没有那回事！ 她有时疯疯癫癫地和杰西、弗洛西、明妮那一群人待到很晚……您为什么不来找我啊？”

“真见鬼，我忘了你的住址，我甚至说不出您的名字......”

“霍勒斯，霍勒斯 · 巴克，您呢？”

我的裤脚湿透了，我们走进麒麟酒店，里面气氛沉闷；

它位于市政厅广场和大陆街的拐角，在专门放映新闻纪录片和短片的新闻影院旁边；里面一群男子在摇头晃脑地狂唱，我们一直走到角落里一张暗色的桌子旁，桌上放着六个空酒杯，桌布上一大摊带泡的水渍顺着桌沿滴到地面的油毡上，水泡上的灯光倒影不知不觉地在移动。

他沉默不语，一直到上了酒，他一口气把杯里的酒喝完，用他那黑手背擦了擦嘴，递给我一支烟，又点燃他自己的烟（但我早已开始装我的烟斗），这才开始缓慢地、单调地、好像背诵哀歌似的诉说起来：

“外面天开始冷起来，实在是太冷；我不喜欢冷天，也不喜欢下雨；我喜欢夜晚，但不喜欢这白天又不像白天的日子。我房间里只有一个很小的烤火器；您知道，这样不行！我在想怎么办好。”

当跑堂过来要拿走我们的杯子，让我们付钱时，他又要了两杯。

“您呢？一直在干那份工作？”

“当然了；我来马修斯父子公司工作时间是一年，我得在那儿待上一年。”

“您喜欢吗？”

“我这是免不了的工作。”

“要知道，您很有运气，通常人们来这里工作，很难适应；他们坚持不住，另找别的工作，找到最后，往往不如先头的好，但他们待的时间一长，他们就明白这是很不容易的。大概您的职业不同。”

那边的歌声停止了；只听到连续的脚步声，不时听到撕破嗓子的狂笑。

“您一直住在那个地方吗？”

“没办法。”

“您对我说过，是一家旅社，我打听过，可谁也不知道。”

当他又再要两杯时，跑堂俯下身以指责的口气提醒他说：

“最后两杯了。先生，我们要关门了。”

“给我们上酒来！”

“好的，先生，你们先坐着，我这就去拿酒来。”

“他讨厌我，我这是第一次来，他就讨厌我。您也是第一次来这儿吗？您说说，如果是您向他要酒，他绝不会皱着眼皮好像你满脸长有脓包似的回答您，您信不信？”

跑堂又过来了，要我马上付钱，然后站在旁边看着我们喝；我感到我脸红了，我怕霍勒斯责怪我。

他站起来，抬起头，用令人害怕的蔑视的口吻对跑堂喊道：

“喂，您没长眼睛，我们还没有喝完！”

跑堂害怕了，他向柜台后的女人暗示了一下，她很快地走出去。

“啊！她去报警了，是吗？你们以为用得着警察来侍候我离开酒店吗？”

他恶狠狠地吐了口痰，抓住我的胳膊，我们出去了，外面下着雨，我们拉起雨衣帽子；冻僵的行人正排队等着末班公交车。

“多么悲惨啊，先生！ 在你们的国家里也是这样的吗？走，上我家去；我还有一瓶朗姆酒；我们边喝边等玛丽回来。”

“只是……很远，您家。”

“走吧，只消一刻钟的时间就到！ 您也以为我喝醉了吗？”

“没有，但我觉得您很快会醉的，如果我们再到您家喝的话。”

“如果我一人在家里喝一瓶，那我会醉得更快！”

就这样我又上了他家，他出门时忘了关窗户，靠窗边的一块地板被雨淋湿了。

“脱下您的衣服和皮鞋吧！ 否则会生病的；这是双旧拖鞋。 来啊，喝吧！ 祝您身体健康，法国先生！ 好啦，我将过几天清静的日子，不操心，不用老是想：她在哪儿呢？她在干什么呢？ 她几点钟回来呢？ 她是否不久又要把我甩掉啦？”

“只几天吗？”

“然后，我又迷上另一个女人。 这儿的女人很容易弄到，对我们非洲人来说，容易得到的女人同样也是不好的女人。”

他躺在床上。

“您哪天愿意来我这里吃午饭？ 如果玛丽能留下来不走，她会给我们做饭的。 不用担心，我来做，星期六，怎么样？”

随后，他拿起口琴，忘情地、轻轻地吹起来，好像我没有在他身旁似的，我坐在他的桌边，面对半杯酒，感到头开始晕起来，我越来越害怕在雨中步行回去，要在雨中走一个多小时，才能走到螺母旅社，而那时，门肯定关上了，我得拼命按门铃才能叫醒看门人，让他为我开门。

他开始吹起远航曲，仿佛船儿沿着平平的海岸行驶，岸边长着高高的草，随风摇摆；直到听见钥匙在锁眼里转动的声音，他一下子跳起来，去为玛丽开门，我看见玛丽那头漂亮的白蜡树皮颜色的头发，上面还滴着水珠，她用海绵毛巾擦了擦；他明天上午就要送玛丽去火车站，大概是到一个命运更好的地方；我喝完我的酒，穿上皮鞋，套上雨衣，告别了他们。

“星期六见，别忘了！”

“一路顺风，小姐！”

于是，我消失在 11 月的黑夜里的斯利河畔。

3

6 月 16 日星期一

现在，尽管到了下班时间，天色仍很明亮；下班后，我沿着托尔街、西尔弗街，一直步行到市政厅广场，然后我走进了新闻影院。这是一座走廊式的影院，里面的银幕很窄，一排排木椅也很小，一转动便会嘎吱作响，排与排之间的间隔也不宽，我只得蜷曲着腿坐下，通风更差，浓浓的烟雾使画面模糊不清；冬天，电影院里又是冷飕飕的；詹姆斯曾告诉我来这家影院的路线（这是他唯一定期光顾的电影院，它就像一个窗口，通过这窗口，他贪婪地注视着其他城市和世界其他地方），他的兴致也使我对这家影院感兴趣，前一段时间，我也成了这里的一位常客，直至后来我埋头于记述我在此的经历才无暇光顾。

我之所以又想进这家影院，是因为昨晚上，在 24 路公共汽车站与贝利两姐妹分手后，我和吕西安在汤·霍尔饭馆草草吃了顿便饭，因为吕西安得提前到“大旅馆”去接班，这是布勒斯顿一家最大的旅馆，用法语命名，很有气派，高高的大楼正对着城街和梅奥街拐角处广场，当然里面也有一家餐厅，但就我的经济能力来说，它卖的酒菜太贵了，和正对面的快乐影院旁的王子餐厅一样高级；昨天晚上，我和吕西安去汤·霍尔饭馆时，从新闻影院的招牌下走过，招牌上的霓虹灯字母一闪一亮，天还很亮，灯开得太早了，起码还得两个小时天才会黑下来；影院前厅的圆柱上嵌满小镜子，厅两侧挂着广告牌，厅内一些人正挤在售票处前看节目单：每四个星期上演一次动画片，而昨晚是最后一场；经过广告牌前，我看到从今天起将放映一部与昨日迥然不同的片子——风光纪录片，同时加映时事片和两集《麦克·森尼特》喜剧片；这部风光片可能是部彩色片子，介绍的是克里特岛的风光；克里特岛是阿里阿德涅和费德拉的出生地，是一个迷宫和人身牛头怪物藏身之岛，博物馆里的十一块挂毯描绘了这个古希腊故事，我没有料到它比迄今为止我在这家影院看过的这类风光片的拍摄技术更高超。

啊，影片上这个地方的白天该是多美啊！伊达山脉①的陡坡，高耸云端的峭峰，好像一排长长的巨齿朝天呐喊的样子，山峰倒映在山脚清澈透明的水面上，山从这水面上拔地而起，一缕缕细长的斜阳沿着这道像刀削一样陡峭的、长长的山梁飘洒，似乎在探索沟壑；在这道山梁的背景前我们看到画面上浮现出“克里特岛纪行”几个字，接着出现了摄制人员的名单，出现了章鱼图案的背景，摹仿的是古代陶瓷器皿的图案，我们坐在黑暗中看着这些画面，观众一个挨着一个，互不认识，互不相看；很久以来或者几个月以来，这些布勒斯顿的居民和我坐在嘎吱作响的木椅上，被布勒斯顿城所迷惑，沉浸在浓重的烟味和炭焦味的空气中，目光盯着台

① 希腊古典神话中的圣地。

上一块狭小、肮脏、皱巴、晃动的粗纱银幕。

影片上，白天的景致是多么美啊！ 那柑橘园，那些香蕉叶子像撕成一条条皮带一样，那无数的灌溉渠道，那风车仿佛一只只巨大的蚊子一样，有六对细枝似的翼翅，在中间白色三角区颤动着，边缘不断变大；风车又像蒲公英的巨型白色绒球，花茎透明，露出黑色细眼的纤维网络，风不但没有吹散毛茸茸的果实，倒摧开它的花房盛开；那耀眼的石灰墙的小村庄坐落在带橄榄树条纹的巨大岩石和被咸涩的蓝色海水亲吻着的、永远耀眼发白的海滩之间；那干地亚①被拆毁的城墙，那科罗索斯②的斗牛场，那石板地面缝隙中开放着一簇簇秋牡丹，那一级级石膏或大理石的台阶，沟壑中那考古发掘出来又被遗弃的大罐壶，尽管是12月底，这白天的景色该多美啊！ 然而，在布勒斯顿城这里，那几周内，家家关门闭户，烧着煤气取暖烤火；那几周内，用的是微弱的、白的、黄色的灯光，居民们在灯光下吃饭，在灯光下干活，甚至在灯光下散步；那几周内，就像是生活在地下，每天是污泥般的长夜，仅有几个小时却尽是雾霭弥漫的白天；影片里白天的景色多么美啊！ 克里特岛的深秋也比布勒斯顿城的今天更明媚；现在这里没有一滴雨，没有一丝云，也几乎没有雾气（只有污浊的空气，人身上的汗味，布勒斯顿城不断呼出的废气，发酸、有毒、阴险、沉闷、懈怠，使人无精打采，我经常头昏脑涨，像被铁钳钳制一样难受），今天在这

① 干地亚，即伊拉克利翁，希腊克里特岛上的一个码头。
② 科罗索斯，克里特岛的古代首都，公元前2世纪弥诺斯在此称王。

长长的白昼里，是我在这里见到的最美的一天，太阳长时间地照着公司里我的办公桌，那几缕绿色的光痕才慢慢地褪去；今晚月亮在迪尤街的薄雾中出现，街上每家每户都敞开着窗户，一扇扇窗户透出光亮；我朝街上望了一会，那些扎着小辫的女孩子，穿着短裙子、黑袜子，在人行道上玩耍，难得这一次不弄脏衣眼，人行道上的水坑已晒干了，泥土变硬了。

6月17日星期二

我还未打开房间的灯；但从格雷街的利剑饭馆出来，在回家的途中，我不由自主地走在托尔街右边，在巴伦书店的橱窗前停留了一会儿（橱窗里摆有新版的绿皮和红皮的“企鹅丛书”，各种介绍板球、烹饪、园艺的指南，几本骗人的《怎么做》，这是一套在家里修修弄弄的百科全书，一本介绍各个时代的刑具和一些工程方面的书籍），然后我经过西尔弗街径直走到了市政厅广场，想进新闻影院再看一遍那部介绍克里特岛的风光片；昨天这时候，我把电影里的介绍记在日记里，这部片子在这一周内将连续放映，加映的片子也没有变化，还是时事片和两集《麦克·森尼特》喜剧片，因此，要是我忽然想验证一下我对这部电影的记述是否准确，我可以随时来看，直至星期天最后一场；下周将变换节目单（我看过排片表，下周将有一部关于“佩特拉”的旅行纪录片，“佩特拉”是何处？我不会去看的，我要尽力将这两个晚上失去的时间补回来），以后我再没有眼福看到《克里特岛纪行》了（至少我在布勒斯顿逗留的这段时间里是不可能了，因为电影院有时虽重放一些老片子，但在不到四个月的时间内，一部片子不会重放两次），就像今天——6 月 17 日星期二，我再也看不到前天 15 日星期天集市上热闹的场面，前天，我和吕西安、贝利姐妹俩沿着斯利河散步，离从达德利车站开往北边的铁路线很近，我们经过五区空地上的集市。

从今天大清早起，大概在我醒来之前，一块乌云就遮住了阳光，太阳将比昨天落得晚一点；夜晚短了，就像 11 月份的下午被缩短了，白天被蚕食去一点，也像涨潮的浪花一样，一阵又一阵地侵蚀海滩，那时候黑夜向清晨扩张，每天一大早我离开螺母旅社，房间还是黑洞洞的；那时候下午从公司下班夜幕就降临了，夜里熄灯的时间也越来越晚；今天早上，一块乌云扩展成满天灰云，完全遮盖了昨天残留的、隐约可见的蓝天：啊！相形之下，我刚才在影片里再次见到的科罗索斯山角上空和庭院上出现的蓝天更纯净、更耀眼、更贴近，庭院深处覆盖着一层细草，四周环绕着楼梯台阶；如今的台阶是用水泥柱子支撑着，但据电影解说介绍，从前的柱子是从伊达山附近岭上砍下的雪松树干经修整做成的，柱基是用大理石砌成的，像海芋一样越往上面越大，直至柱头，柱头上方稍稍收缩一下，用一条细细的腰带在上面系紧，然后，又像丰满的乳房一样往外胀开；楼梯平台饰着水色的螺线圈和 8 字形卷曲的盾牌图案，并且布满了花斑马样的或豹皮样的斑点，平台连接着走廊、楼梯和其他院子，通向各个厢房，三千多年前，古希腊的公主就在这里居住过，正如古希腊人把这座宫殿建成迷宫一样，他们把这些公主编出阿里阿德涅、费德拉等动人的故事，在博物馆收藏的挂毯上的图案中，艺术家用不同的服装表现她们，我似乎又看到这些公主的雕像和画像，她们的形象一个个迅速地在我脑海中闪现，她们有着美丽的大眼睛，身材苗条，丰满的乳房在那开口极低的女式紧身衣里露出，就像一个个水灵灵的大桃子，就像我想象中的罗丝的乳房一样（现在，无论哪位容颜秀丽的女子都不由得使我想到罗丝），罗丝的乳房在那领口扎得紧紧的粗毛衣里掩藏着。

晚上，天上有云，看不清迪尤街烟囱上升起的月牙；迪尤街上，两盏小小的路灯发出惨淡的光芒，各家各户挂着窗帘的窄小的起居室或卧室的天花板上吊灯也刚刚亮了；我一边坐下来，一边将一张布勒斯顿的地图摊开在桌子上，这已不是暮色浅灰的余辉，而是那盏射出橘黄色光线的灯光照着地图，这幅地图与 11 月份我在螺母旅社时常摊在床上的那张地图极相似，那时候我总是把那张旧地图揣在雨衣的口袋里，确切地说，出于习惯动作，我总是在这上面找房子，那时，我真希望能找到新房子；每天晚上，从公司下班出来，坐在利剑饭馆里，我便展开地图的一半，在几乎还完全陌生的街区中，标出我在《晚报》的广告上发现的那些愿意出租的房屋的大致方位，至少标出它们所在的街道，但在大多数情况下，经过这么迅速的定位，我好像觉得那些房子离这里较远，坐车也不方便，往往放弃了亲自造访的机会。

当然，在这张已布满了五颜六色的墨迹的地图上标有许多方形小框框，在我的记忆中，它们与我看过的楼房、与具体寻找的时间、与经历的事情有关系，小框框的标记越来越多，所占地盘也越来越大，但仍有很多空白、很多空点，那里的文字说明对我没有任何意义，线条勾不出任何图像，街道成了“布勒斯顿街”的最模糊概念，没有任何特点；我稍微细心地审视地图上那些我最熟悉的区：如第七区，我在那里生活、工作，那儿有市政厅广场、博物馆、新教堂，霍勒斯·巴克的住所也在那儿，再如第十区，贝利姐妹和詹金一家住在那儿；我眼前会出现一个令我吃惊的地名，一条显然我从未走过的小巷，甚至我会问自己：地图上做过标记的一幢建筑物的外貌如何，但有一些楼房，即使我常从它面前经过，却从未去注意它，比方说那座消防队营房，它位于大陆街和瑟奇里街的拐角、威洛公园对面，离王家医院很近，离每年 1 月有集市的那片空地很近，每次我到诸圣花园时，乘坐 24 路公共汽车，都要从这儿经过，然而我都没有注意它的外表。

6 月 18 日星期三

北方，夏至前后，天暗得特别慢，要近两个钟头，灰色的白天才消失在暮色中，白日灰色的光线正照射在从昨晚起一直铺在桌上的布勒斯顿的地图上；善良的格罗夫纳太太谨慎地整理我的房间，一直小心翼翼地保存着这张地图；现在桌上的稿纸越来越多，而且上面写满了字，她一个大字都认不得，只是感到惊奇，并留下深刻的印象，她深信写成这一大堆稿纸是我在进行一件严肃而神秘的壮举，她大概把它看作我职业工作必须完成的一部分，为此她甚至从未想过打听，因为她肯定我不会给她满意的解释。

六月，十一月

白日灰色的光线正照射在这张城市地图上，这个城市对我还如此陌生，它就像一件被伪装起来的斗篷一样，皱褶里藏着皱褶，它拒绝让人检查，好像光线会把它燃烧起来似的，它如同一位需使用暴力撕开面纱才能看见其真面目的妇女，我试图查看她、看清她，这张地图似乎在嘲讽我的努力，我每次再看它时，我不得不承认自己对相当大的一片地方还不了解；这张地图在我的脑海中重叠着其他线条，其他重要位置，其他注解，其他网络，其他布局，其他结构，一句话，重叠着其他地图；起初，它们非常模糊，非常零乱，慢慢地准确清晰起来，并不断互为补充，如集市巡回路线图，这个还算比较热闹的巡回流动的集市，八个月内转一大圈，每个区停留四周，除了十二区外，因为十二区有个游乐园，游乐园其实是一个固定不动的大集市，总是在这个空地位置上，如同詹金给我解释的那样，他非常熟悉游乐园里的货摊老板，这座小闹市用木板筑成舞台，上面拉着帆布，覆盖一层厚厚的煤渣板，就像主干道上覆盖着一层煤渣砖一样；在园内的各个点上，都有木棚和有篷车，如同巡回集市的摊点；两天前，我们去过五区集市，我们沿着从达德利车站开往苏格兰的铁路桥边的斯利河畔，当时我走在罗丝身旁，她因等待大学的考试结果显得有点焦急不安（她完全不必如此；这段时间，她的法语大有进步），但在那天阳光灿烂的午后，她显得从未有过的娇媚可爱，轻柔和煦的微风吹拂着她那羽绒般的头发，她被紧紧地裹在粗毛线衫里，领口很高，微微的呼吸便使一行行毛衣针眼在轻轻抖动，她最后脱下了那件颜色与这里的泥土或雾霾相似的雨衣，我总是看见她穿这件雨衣出门。

我和罗丝、阿妮、吕西安一道去五区集市，我安慰着罗丝，阿妮和吕西安则走在前面；集市上有水果香糖、冰淇淋、香料蜜糖面包，还有打木偶的游戏摊、秋千，像幽灵般出没的小型火车、碰碰车、大转轮，以及愉快的行人等，这番热闹劲，消除了我们星期天的烦恼——即使是好天，也难免有些烦恼；特别是射击照相游戏，射中目标时镁光灯一闪，照下相片，但有的游客不要相片（尤其是乔治和哈丽雅特·伯顿的相片）；自然还有“猎狗熊”游戏：在一个很像演出木偶戏的小戏台上，挂着茂盛的热带树林布景，前面用木头做的褐色猛兽在转动着，在它的腹部和胁部的要害部位上画着三个小斑点，在阳光下清晰可见，游人用气枪瞄准射击（击中时，它便站起来吼叫一声，眼睛闪着凶光，在前方三角楣的玻璃框上，记录下打中的数目）。在“猎狗熊”的小戏台前，我们成了第一批追猎者，我和吕西安津津有味地看着贝利姐妹第一次打枪的样子，我也曾这样看过吕西安第一次打枪，那是3月，集市移到三区，靠近莱恩公园；在那里，霍勒斯·巴克也曾兴致勃勃地看过我第一次打枪的样子，那次是11月17日，星期六（他对这项游戏已相当熟练，我们永远也达不到他那种娴熟的程度，他把枪端在胳膊上，百发百中），那天集市在九区，在旧桥北面的一块沿着斯利河畔伸展的空地上；从那里可以看见河对岸老房子上露出的旧教堂的三个钟楼，我只是上一个星期天早上才发现的，当我转回来时，下起了阵雨，雨水洗刷了天空，一直到晚上，天空都很明净，甚至比6月份其他的好天都清澈。

当时，这块空地上寂然无声，除了几只猫在乱草丛中争夺一条鱼的残骨：这里近七个月没有举办过集市，至少在一星期之后，集市将离开五区的空地，有规则地迁移到这里，重新安营扎寨。

11 月 17 日，星期六，已近傍晚，所有的灯都亮了，斯利河上笼罩着潮湿的、泥炭般的雾气。

11 月 17 日，星期六这天，我第一次搬到了我现在生活和写作的房间里，现在在这里我仍然注视着摊开在桌上的布勒斯顿地图，外面的光线已越来越暗；我是在霍勒斯·巴克的带领和鼓动下来这儿住的，在那个时候，他简直成了我的救星；但他出于谨慎，没有进屋，我当时不明白他这一举动，现在我才知道他的谨慎是多么的正确，他恳求我不要对房东说起他，他一直不敢进我这间房子，他从未见过善良的格罗夫纳太太，而我则是通过这位未露面的中间人才认识格罗夫纳太太的（不过，他不露面是应该的），事先霍勒斯·巴克给了我这位房东的姓名和地址：布勒斯顿 7 区，科珀街 37 号，并给我介绍了另一个女人，威尔逊夫人，她是个食品杂货店老板娘，尽管她还相当年轻，才三十五岁，却备受众人尊重；起初，我对房东格罗夫纳太太有点害怕，我只在信赖威尔逊夫人之后才消除了对善良的格罗夫纳太太的恐惧感；威尔逊夫人在空闲时，热心于传教宣传，此后我才知道这些，她乐善好施，将帮助有色人种或外国人视为自己的义务，我认为她对霍勒斯·巴克特别有好感。

六月，十一月

6月19日星期四

格罗夫纳太太甚至不知道世间有这么一个命里注定他漂泊终生的黑人，他把我带到她家后，我与她的第一次交谈开始时相互听不懂（这是一种陌生的发音，我的腔调使她莫名其妙，我们俩围坐在饼干和茶杯面前，用了差不多一个小时才弄明白一切，才听懂对方的意思），他待在他的住处等着我，他当时独自一人生活，抽着“选手”牌香烟，喝着朗姆酒。

即使到现在，我也特别小心避免向她提起他，就在前天，当我在她的厨房里吃早点时（她比我起得早得多；而且总是在我下楼之前，她就已吃完了），她来到我面前，手里挥动着一张《布勒斯顿邮报》，用愤怒的哭腔念给我听，并议论一桩谋杀案的报道，那是一桩由一个黑人干的惨案，发生在五区集市场地北面，在码头和通往达德利车站的铁路之间的一条街上。

她诅咒所有这些“黑鬼”，她常这么破口大骂，给他们起了无数可怕的名字，此时她只用了这个字眼，毫不顾忌自己的污言秽语，她咒骂要把所有这些黑鬼打进十八层地狱，吊在同一绞刑架上；她怎么也弄不明白为何国王陛下的政府会打开岛上的大门让这些人面野兽进来，他们生性粗暴，随时可能发作，经常使她的女儿们的贞洁置于危险境地，他们只会带来混乱和暴行。

“威尔逊夫人真是有勇气，敢于面对那些如此险恶的目光。雷维尔先生，您知道人家怎样议论非洲人吗？您知道在他们平静的外表下隐藏着什么吗？您大概没有注意到，晚上有的酒吧让他们进去，当他们喝完酒出来时，他们的眼睛和牙齿都发着光，在这个区里，他们的人很多，雷维尔先生；晚上喝茶后，我不敢出门，您也得当心点啊！”

11 月 17 日星期六这天，我对自己四处奔波寻找住房能否成功信心很小，因为我感到趣味与我越来越相投的詹姆斯都无力为我找到一个住处，而我在布勒斯顿认识的少得可怜的几个人中，霍勒斯 · 巴克肯定是我最不抱希望得到帮助的人。(当我从公司出来到他那里时，已近 12 点 22 分，他给我打开门，告诉我他发现了一间租房，我非常感动，非常震惊；我怎么能相信自己的耳朵呢？）11 月 17 日星期六下午，我来到格罗夫纳太太跟前时，我既腼腆又拘束地向她作了自我介绍，我向她讲起了威尔逊夫人告诉我，她有一间朝街的房子要出租，一间我希望合适的房子，其实我当时还从未见过威尔逊夫人，而现在我常去她店里，为表示感谢，我经常买她的烟；当我听到这位夫人的名字时，好像听到“芝麻开门”一样；我还向格罗夫纳太太介绍了我的工作、我来布勒斯顿租房居住的理由，她的头几句话是这样问的：

“您是法国人？ 我从未想到法国人会是这样的！”

她总把我看成一个与众不同的人，与她所遇到的人不一样，她无需了解这种人的习惯，而她觉得奇怪的是这种人很有教养；这种人对一些在她看来浅显易懂的事却一无所知，像一个笨拙的孩童，一个不小心就会走失的孩童：他独自一人在街上踯躅，在他看来，这个地区是个传奇，就像一片新大陆一样，实际上他是在接触这个真实的地区。

我记得很清楚，我过后好一段时间才发现自己交上好运；这不是在格罗夫纳太太让我第一次进房间的时候，过后我才明白我终于找到了房子，我就要搬过来了，就要坐在这里，靠在这扶手椅上，这意味着那种令人疲倦的、毫无希望的、从城市的这一头走到那一头的四处奔波的日子终于结束了；以前每天晚上，从公司下班出来，在利剑饭馆或其他餐厅，像吃冷盘一样，先拿着张《晚报》仔细地阅读那些让人怀疑、没有指望的小广告，这一切都结束了；从此我可以看《晚报》上的其他文章，而过去我看得很少；螺母旅社的星期日早晨、可怕的下班归来、可怕的照明、恶劣的夜晚统统都结束了；我在候见室整整待了一个多月，我总觉得有一个无形的守门神要寻我开心、侮辱我、禁止我进入；我终于被布勒斯顿城接受下来，我将可以更清楚地注视这个城市。

不，起初，我曾一度保持着一个倨傲的游客的态度，一个挑剔的顾客的样子，事先就确信找不到所要的货物，却故意让售货员打开橱窗，打开盒子。

我只是渐渐地、慢慢地发现这间房子明亮干净，天花板雪白，糊墙纸崭新（房间里刚刚重铺过地毯），我还可以愉快地从窗户看到对面的迪尤街，而再也不是科珀街上几栋朝向西南令人恶心的屋面，我还想到这里是市中心住宅区，离马修斯父子公司挺近的，交通十分便利；我听见和蔼可亲的格罗夫纳太太回答我说：如果我需要的话，第二天就可以支起桌子，这是最简单不过的事，那张桌子就放在底楼起居室里橱柜和壁炉的中间；现在我正趴在这张桌上写字，桌上铺着一块带流苏花边的小桌布，摆着一个锡器花瓶，里面插了几支带花的苹果枝，花瓣像一枚枚贝壳似的；我只是渐渐地、慢慢地日益惊异地明白：对！住在这里，我将能生活，将能反抗；我不仅惊异地而且不久将看到一切都满意解决（天啊，我付的房租是出奇得少，还包括了家务活、取暖、早餐和洗衣服的费用），真让人感到莫大的欣慰！

这是多么令人愉快啊！ 我到艾恩街霍勒斯的住所找到他，我把租房的经过告诉了他，他热烈祝贺我，那神情真像个小孩！

应该庆祝这一切，因此，尽管雾天还相当冷，他第一次带我去了集市，我乘坐 27 路车直达市政厅广场，然后换乘 28 路，从旧桥通过斯利河，直到黑水河畔的九区空地上；上个星期天的早上我重返这里，是为了重新唤起我的回忆；集市已在九区空地上安顿好，下个月将重开木棚货摊；在那里他教我玩"猎狗熊"游戏，我们一直待到夜幕降临以后，在那儿吃了晚餐，我们围在一个火盆四周，站着吃土豆煎鱼和浇有牛奶咖啡的红肠三明治，然后我们又去了一家酒吧，喝了几杯吉尼斯酒，暖了暖身体；上星期天我又忘了去看这家酒吧的名字，它就在 28 路车站旁边；而后我们俩又乘这路车返回市政厅广场，那里在肮脏的雾气中，霓虹灯招牌泛着五颜六色的光芒，一些布勒斯顿的居民在电影院门口排着队。

我和霍勒斯道别后，上了 26 路车，它经过亚历山德拉广场和波特桥，开往码头，但我在城街和布朗大街的接合处下了车，换乘了 17 路车（从旧教堂广场开往德朗广场），最后一次（我多么愉快地确信这是最后一次！）回到螺母旅社那可怜的陋室里睡觉。

六月，十一月

6 月 20 日星期五

旅社柜台后那位姑娘戴着一副眼镜，长长的镜片后露出无神的目光，她摆动着我房间的钥匙，坐在小方凳上，如同我刚到布勒斯顿的第一天早上，詹金带我进来时那样，当时我走进这间潮湿的前厅，很疲倦，无法使人听懂我的话，后来每天我多次都从这位监狱看守，这位法院记录员面前经过；终于我心情轻松地告诉她——可以给我结最后一次账了！

11 月 18 日星期天早上，我怀着极其欣慰的心情把我拿出来的东西又放进那口唯一的沉重的箱子里，并把我在布勒斯顿买的几件东西也放进箱子里：一张阿妮·贝利卖给我的城市地图（那张地图与我现在卷放在桌子左角上的地图一模一样），一张我不必向她再买的公共汽车路线图，一本 J·C·汉密尔顿写的小说《布勒斯顿的谋杀》，当时我还不知道作者的真名，那天这本书还在我手里（因为我记得很清楚，我把书借给詹姆斯，是在他第一次带我去游乐园的第二天），那本《布勒斯顿的谋杀》现在大概还在贝利家中，她们的表兄又还回来了（是阿妮同意她表兄拿走的，而我先把书借给她的；罗丝大概不会忘记，她大概不会硬说她姐姐已把书还给我了），她们的表兄又转借给一位朋友，后来才把书还回来，那位陌生的朋友理查德·坦告诉她们：奇怪得很，他的房子竟与书中两兄弟——凶手与被害者——的房间一模一样；这本书我原以为已丢失了，当时还有七八成新，至于内容，绝对与我现在看见的桌上左角放的一本相同，外观也大体相似。

我这个皮箱曾倒空后放在我身后右边衣橱顶上，现在已积满了灰尘；我最后望了一眼飘着雨的窗外，望了一眼堆满煤渣的院子和砖墙，算清了我最后的账目，我便挣脱了此地与我的一切束缚；我怀着多么爽快的心情，扣上沉重的皮箱，乘坐 17 路车，在马修斯父子公司附近、托尔街和惠特街的交叉口转乘 27 路车，最后步行了两百米，绵绵细雨轻轻地抚润着我，我怀着多么爽快的心情来到这里！

格罗夫纳太太在门口迎接我，我拥有了真正的数平方米房屋，多么轻松愉快啊！ 我把这口幸好不太湿的箱子放在桌上，此后很长时间内，我在这张桌上书写寥寥几封毫无意义的家信，在上面看书，而且还很方便地在上面摊开布勒斯顿的交通图（难道这不是一个重要的改善吗？），把我衣橱里所有格子都塞满了东西，往窗外望去，渐渐地看清了迪尤街。

我这是第一次醒过来；我相信霍勒斯·巴克完全能掂量出这几天他给我的暗中帮助的分量，他那双天真、深暗的眼睛里隐含着那么多缓慢、深沉的骚动！ 我想，即使他不能用一种方式自然地表达出来，甚至他对自己都无法解释清楚，他表面上易怒、笨口拙舌、缺少心计，但内心却隐藏着耐性和智慧，他知道，可以说他在某种程度上拯救了我的生命，他在我身上拯救了一种意识——一种在他心中却被压抑的意识，这种意识是病态的，已被玷污，但它却残存着，它现在在寻找一条通往治愈和光明的路。

这样，我稍许摆脱了布勒斯顿将我陷入的困境，我敢肯定，如果没有得到他那种出乎意料的秘密帮助，没有得到他那几乎是奇迹般的干预，那我可能会陷入泥潭而无法自拔，至少是在布勒斯顿居住的日子里，因为我明显觉得我的勇气逐渐被消磨耗尽。

那时，每天晚上我都出去找房子，后来我出去渐渐少了，徘徊在那些与螺母旅社一带一样阴森甚至更远的街区里，《晚报》上那些骗人的租赁广告引我去寻觅住处，当然它们对别人来说不全是骗人的，而我却越来越不相信这类广告，我抱的希望越来越小，我感到我要继续寻找的毅力也越来越弱了。

倘若继续这样下去，我就可能立即停止这种徒劳无益的奔波，这种所谓碰运气；我渐渐地就要接受我的命运的安排，渐渐地习惯于自己的渺小，就要放弃这种劳苦，就要视若无睹、浑浑噩噩、庸庸碌碌地生活下来。

烟尘、雾气、烦恼、寒冬、泥沙、丑陋和单调就可能损坏我的双眼，毋庸置疑，我将完全失明，厄运将大功告成，那么我剩下什么呢？

当然，如果霍勒斯没有把我引到这个房间，那么我现在就不可能在此伏案写作了，我甚至可能忘记了我曾经看到的旧教堂的那块描绘凶杀的彩画玻璃上闪耀的奇异光芒；我心里明白，从那以后，我可能不做任何事情；那个星期天下午，我仍去参观新教堂，在此前两周，一位教士曾给我谈及新教堂，而在一周前，我在詹金太太面前无意中提起它，她却出奇地沉默和恼怒，由此唤起我仅剩下的一点点好奇心，因而参观了新教堂；如果霍勒斯没有给我介绍这间房子，那么我就无法摆脱《布勒斯顿的谋杀》带给我的对新教堂的蔑视，我就无法欣赏新教堂，无法知道那里是一条断断续续、充满陷阱的线索的新环节，我追踪这条线索已有一段时间，但还未发现它的尽头，因为它消失在冬天的雾霭中。

啊，当我走进新教堂时（外面又下起雨，雨点敲击在灰白、肮脏的玻璃窗上），感到多么惊愕啊！ 眼前是殿中间高高的拱穹，像一座座装有精细栏杆的拱桥一样，成对地架在大殿的圆柱上，群柱中间是圆形平台；眼前是许多平台，它们沿着墙壁，紧紧连接，往前伸展；眼前又是十字耳堂和两个奇特的祭廊的交叉点，祭廊周围有许多尖顶窗户，从上面垂直照下来的光是淡绿色的，与海底颜色差不多，暗淡、阴冷的光线射在石灰石的石板上，甚至投射在J·C·汉密尔顿小说第二章中发现尸体的地方——在一个大X字形的阴影中心；眼前还有许多自然主义风格的动植物图案的装饰，看到这一切，我多么惊讶啊！

那一天，我没有细看教堂外面，从南边门廊出来，走入雨帘中，黄昏里，我久久地注视着草坪和那完全光秃秃的树木，以及贴满广告的栅栏，不远处在拆房子，废墟前，左边第三家中国餐馆“东方瑰宝”的金属门帘关上了，它和其他两家中国餐馆一样，星期天不开门，我曾答应过詹金，带他到这家餐馆来尝尝。

4

6 月 23 日星期一

天空终于越来越经常变成蓝色（如果我可以相信那部克里特岛的风光片的话，那这里的天空还远不如克里特岛上古希腊宫殿遗址的广场、屋角、庭院以及楼梯上空的蓝天；我一星期前看了这部纪录片，第二天我又到新闻影院看了一遍；新闻影院这周换了另一部反映某地风光的片子，我忘了地名，它没有给我留下什么印象），白天越来越漫长，每天都在蚕食夜晚，犹如涨潮的波浪，每涨一次就向夜晚的沙滩侵蚀一点；现在正是夏至后的一周，白日停止延伸了，好像遇到了障碍，或是力量已达到了极限。

白日力图侵占黑夜，但枉费心机，在我们这一纬度上，甚至在盛夏，白日也无法进犯到深夜这一禁区，白日经过这种努力，不久便倦怠、变弱；它们将气短，就像一支精疲力竭的、准备退却的军队那样撤退，又像退潮的海水一样，以后每一个白日将退还一份完好无损的黑夜。

黑夜这一对手将越来越容易腐蚀这支溃退的队伍，以其浓雾来污染白日，越来越多的角膜翳将渐渐覆盖白日那水灵灵的眼睛，覆盖那由远渐近的蓝天。

夏季是短暂的；9 月底我将动身回国，最终离开布勒斯顿，离开这个喀耳刻[1]和她的魔法，我最终得以解脱，重新找回我的人形，并洗清我的眼睛，到那时，白天将只剩下令人心碎的、可怜凄惨的、忧郁暗淡的光明——去年10月初我刚步入这个城市时的那种光明，那时候我初到这里，四处找房、流浪、抗争、失败、抵御；尔后白日的光明渐渐变得昏暗阴郁，那就是我生活的去年11月的日子，如果待在这里能称之为生活的话，后来这些光明将继续像尸首一样腐烂、液化；继续像鬼魂一样披上裹尸布，布上溅上越来越多的泥浆；继续像淹死鬼一样往下沉，沉入黑炭般的水藻里，沉入淤泥中，正如去年圣诞节前的日子。

哦，今晚多美的黄昏！多美的夕阳！阳光照出浮沉，光线湿津津的，好像柔软的绒毛一般照在我身上，它们从迪尤街右侧昏暗、阴沉的砖房二楼敞开的窗户里透射过来，街上的露水染上浓重的玫瑰色，越来越深，几乎成了深红色；一个小时之后，石板瓦顶上方满天美丽的晚霞。

多么美好的冬日下午！ 我漫步在格林公园里，在微微颤动的郁金香花丛中，花瓣如同懒洋洋的金鱼一样，在淡淡的乳白色的光芒中慢慢地飘浮着；草坪上躺满了人，他们的脸上盖着《星期天邮报》，小径上停满了小车，车上坐着孩子和在织毛衣的女人；随后我来到伯顿家吃茶点，吕西安接踵而来，伯顿家是一栋位于格林公园街和哈特街拐角的舒适楼房，我们打完桥牌才打开灯！

多么美好的周六下午（整整三天没有下雨，几乎没有

---

① 希腊神话中的一个女巫，精通魔法，住在艾尤岛调制魔酒。

雾；这样的好天能持续多久？），我们在游乐园的露天咖啡餐厅里聚会，一起庆祝罗丝考试成功；夏天在动物园中央临时搭上露天咖啡厅，四周尽是兽笼禽池，分别关着灰狼、狐狸、野鸭、仙鹤、海豹等，仙鹤的翅膀被剪得圆溜溜的，海豹池中有个白色的水泥建造的小岛；我在动物园中发现过去曾有一条小铁路，呈大 8 字形，坐上小火车沿途可观赏园中风景，但不久前遭火灾烧劫，铁路残留的水泥杆还竖立在那边，工字钢轨仍捆在杆的顶端，从木棚屋顶上望去，参差不齐，在光亮的薄雾中阴森森的，好像一个个绞架，又像遭了雷击、脱去皮的树桩露出的残干一样；我听见拆屋工人的斧头声，我的伙伴们一点儿也没有注意到这声音，甚至他们根本没有察觉到这些，因为斧头声被谈话声、餐具碰击陶碗的声音，以及野兽和鸟儿的呻吟声淹没了；在这一片嘈杂声之外，我听到了废墟坍塌的声音；自从在《晚报》的广告栏上读到这一火灾消息后，我怀着说不出的好奇心，在上周六我久久地凝视着这堆废墟。

那天下午，我们一起庆祝罗丝顺利通过法语考试，她的成功，我们当中谁也没有怀疑过，自从我第一次遇到罗丝和阿妮那天起，她的法语就开始有了进步，所谓一起，就是贝利姐妹、吕西安，还有詹姆斯 · 詹金和我。

（我不知道詹姆斯对她们俩如此感兴趣；我没有料想到他会参加我们的小庆祝会；这是我好久以来第一次在工作时间之外看见他，他过去经常邀请我到他家中和他母亲一起吃便饭，然后在他父亲的藏书中挑选一本新的侦探小说；而自从……自从 5 月底在二区集市的那个晚上以后，自从 5 月底的最后一个星期六——即我把J · C · 汉密尔顿的真名告诉贝利姐妹的前一天以后，这一切邀请都停止了。）

那天下午，阳光好似灵巧、白皙、纤细的指头，在我的罗丝近乎是红棕色的秀发上拨弄着，又像一根根柔软的、温暖的细针一样在她的秀发上织锦，我的罗丝——我的克里特岛上的美人、我的小费德拉，有时候她比用鲜艳的金银线织成的哈里挂毯上的费德拉还要美丽，尽管她的服饰不尽相称。

（我尽力克制自己不要靠近她，以免过分流露出我喜欢看她、喜欢和她说话，流露出我对她越来越强烈的兴趣，如果我稍不留神，她完全可能把这种兴趣理解为一种爱情，视为一种根本不是，也不应该是的东西；如果我稍不留神，这种兴趣就会转化为一种真正的爱情；幸好，她还没有觉察到；我想我们会顺利渡过难关的。）

多么美好的周六下午，玫瑰花香第一次渗入斯利河散发的气息里，弥漫在空气中。

迪尤街上空的紫红色越来越深，然后又呈现出绿色，在天空的池塘里，在浓密的芦苇丛中，绽开一盘蒙上薄雾的月亮，宛如一朵只开一片花瓣的、毛茸茸的、淡淡的黄菖蒲。

6 月 24 日星期二

今天，天空万里无云，已是连续第四个晴朗的傍晚，这在以前我连想都不敢想，简直失去希望。

这个城市多么阴险奸诈！ 这就是我对它的领悟，这是一种如此艰难、缓慢、沉重的了解；它通过减轻奴役，企图动摇和搅乱我的这种领悟，然而我远没有沉沦于这些诱惑——我知道它们是暂时的，没有让它嘲笑我这几个月的忍耐、反抗和烦恼，我继续一行又一行、一页又一页地记述，一锄又一锄地挖掘这条地道，通向我最终的觉醒。

帮帮我吧！晴朗的天空，我尽管表面尚好，还能得到抚慰，但我一直陷入布勒斯顿设下的泥潭里，这个城市用一种稠厚的混浊把我与清澈的蓝天、清纯的溪水、明媚的阳光，以及纯黑的土地分离开；帮帮我吧！晴朗的天空，这个城市在收买你，你这位令人心碎的小兄弟；最近四天来，你如此慷慨大方地展示出一派晴空，你现在还有效地给我提供给养：血、酒、炭粉，尘埃从这块潮湿的红色大玻璃直扬到我的桌上，玻璃中清晰地映出迪尤街的屋顶和烟囱的轮廓，就像在旧教堂的彩画玻璃上看到的天上月牙、城里的钟楼、圆顶、尖塔，以及人类的始祖该隐的后代在城里默默地织布、打铁和歌唱，他们用号角和古琴伴唱。

从昨天开始，我枉然地集中注意力专心回忆 11 月 19 日星期一这天经历的事；那天，我从公司下班，我自己也不清楚在哪家餐馆吃了晚饭，第一次没有乘 17 路汽车回螺母旅社睡觉，而乘坐反向的 27 路车来到新住所；在公司，我已掌握这个小小职业的所有窍门，一直没有什么变化，只不过我语言上的障碍在日益减少，如同在双曲线的横轴上动点与原点的距离渐渐在缩小，但并没有消失。

现在的事（也就是近日的事）突然挤进我的脑子里，占据了主要位置，我已经花了一个晚上的时间企图挤走它，而眼下，我心里明白，我无法挤走它，今晚只有先写下近日我与詹姆斯 · 詹金的一场对话，可以说，这是一次言归于好的新接触。

上周六，他也在游乐园里，当着罗丝、阿妮和吕西安的面，可以说，他没有和我说一句话（自从我与他一起在集市里游逛的那天晚上以来，我们之间的这种拘束局面一直持续着，这太明显了；当时我在集市上远远看见伯顿夫妇，我指给他看，我们尾随着他们，但没能跟上；随后我们又聊了那本好久没有谈起的《布勒斯顿的谋杀》一书；第二天——正是与詹姆斯谈话的第二天，我在贝利家里吃晚饭时也与她们谈论这本书，那天，我去年秋天借给她的那本书又出现了，我当时还以为此书早已丢失了，我曾跑了好多书店又买了一本）；甚至可以说，他，詹姆斯·詹金没有回答我一个问题，正当我要去吃饭时他来问我是否看过新闻影院这周的排片表，其中关于……的旅行纪录片，怎么搞的，我一时也想不起来什么城市。

我回答他说没有看过，因为我不知道这是个地名，我便问他是否知道：

“这大概是一个城市。”

废话！ 但这是个什么样的城市，是死气沉沉的还是生机勃勃的、病态的还是健康的、新兴的还是古老的、令人鼓舞的还是使人颓丧的，关键的问题在这里。

我想象着，明天我们一块儿去看这部电影，然后我们将到“东方玫瑰”吃晚饭，我们俩将坦诚地交谈，努力像一个月前的那种同志式地谈论那本书，就像5月底的最后一个星期六我没有傻乎乎地向他透露《布勒斯顿的谋杀》的作者真名，就像我没有在我已经在他身上烙下的奇怪的伤口上再熨烫一下一样，去年秋天我借给他那本书，就已经给他的心灵烙下伤口，正在发炎。

这样一插述，时间已很晚了，夜晚，姗姗来迟的夜幕完全降临了，已太晚了，无法再写下去，明晚我们看完电影回到房间后再写我们交谈的情况；在我租下这间房子时，我就用乳白色带有银色细粒状的墙纸把墙壁重新裱贴过；隆冬，每当我非常无聊时，我就用指甲把小颗粒一点一点地刮出来，我大概可以辨认出被刮的地方，有时，我用手指，甚至用被雨打湿、沾有煤灰的衣服去擦拭那脏兮兮的银色细粒，有几处墙纸沾上了灰尘，但有的地方则保护得很好，几乎没有受到损害。

11 月 19 日星期一的这个时候，天完全黑了，我的窗户紧闭着，玻璃外面大概淌着雨水，玻璃里面我只看见灯光的映像；如果我当时像现在这样坐着写作，我就会像上一个月的晚上那样感到我的背后煤气取暖器散发出难受的热气，但现在它已熄灭了。

那时桌上已经有张布勒斯顿地图，是阿妮 · 贝利卖给我的，与现在这一张相似；图中的街道几乎没有什么变化，但实际上城市有了小小的变化；图中没有标明去年秋天开始动工、继续建造或已竣工的建筑物，也没有删去已倒塌成瓦砾，或被烧毁的建筑物。

那时桌上已经有本《布勒斯顿的谋杀》，是现在在贝利家中的那本，而不是现在我左手拿的这本，但字页是相同的，因此，要是以前我翻开那本书的某页，现在我打开这本书的同一页，我看到的是同样的内容；虽然在对新旧版本的两次阅读中积累了一些问题，但还是先前阅读时冒出的一些问题现在又在心中唤起，而且总是找不到答案。

这样，在我心中，某种东西经历了这些岁月，既不增多，也不消失，但岁月的冲积使其露出一块空间，我在这块我自己变成的空地上闲逛，寻找自我理性，在巨大的沉积堆上探索，突然我跌进一个裂缝中，下面是光秃秃的昔日地面，于是我测量这些我应该探测和筛选的堆积物的厚度，以便重新找到底座和基础。

现在，我正摊开这本后来再买的《布勒斯顿的谋杀》，放在左侧，阅读其中的一段，正好是 11 月 19 日星期一我在原先买的那一本上读的一段；那是参观新教堂后的第二天，我在公司工作一天后，第一次关在房间里看小说，读的是第二章的开头部分：有人发现了板球运动员约翰尼 · 温的尸首，他倒在白色地板上的一大摊血泊中，雨天，殿里灯光格外昏暗，两个交叉的祭廊就像厚实的交叉穹窿一样在地上投下 X 形阴影，尸体正是倒在这个昏暗的阴影中；我曾想重读小说中关于新教堂的这段描写，因为我当时几乎无法准确回忆它，这使我很吃惊，不管怎样，它乃是对犯罪地点的描写；再就是因为其他教堂影像的干扰，使我的回忆更加模糊，小说产生一种视觉幻象，这正是作者的企图所在，这从作者后来对我和吕西安讲话的措辞中可以明显看出，我曾像罗丝 · 贝利一样沉迷于这种视觉幻象之中。

描绘该隐诛弟的那块彩画玻璃给人的印象是那么强烈，在读者的脑海里，很自然把凶杀的概念与它所揭示的意思联系在一起；两具尸首是那么相像，一具是在阴暗的十字架下，另一具是在光线的阴影之下；这样，兄弟自相残杀的场面只不过是一种惩罚场面的前奏，新教堂只不过是旧教堂的缩影。

我曾回忆不起这一段，只是模模糊糊，现在我重读它，因为这一段几乎自我消失，它几乎努力要抹掉新教堂，它描写新教堂只是为了使新教堂消失而突出其他地方。

啊，J·C·汉密尔顿对新教堂不惜嘲讽之能事：“一场悲惨的闹剧”，“this make-believe”（怎么译好呢？大概是“这种假装”），“凭空摹仿一个不理解的模式”，“愚蠢的建筑物”，“一个爱唠叨的模仿者的建筑”。

一位敏感而睿智的作家竟奇怪地失去理智！虽然我新来布勒斯顿，但我已经觉察出在这座奇怪的建筑物中除了剽窃之外，还有其他东西；我不得不感到一位出奇大胆的作家在书中彻底改变传统的主题、修辞和细节描写，由此这本小说成为一部有明显缺陷的作品，我称之为畸形的作品，然而它富有一种深刻的、无法驳倒的幻想，一种暗中在孕育的力量，一声向往自由和美好的成功的悲怆呼唤，正如J·C·汉密尔顿所说的，“a distorted shadow”（“一个变形的影子”），但他不会看到的是，这种变形是多么宝贵！

因此，在这一点上，我对这座城市的认识超过此书的认识范围，当然，书中对其他地区的了解有着不可比拟的准确和深刻，正如我常感觉到的；而我在那里要通向另一个地方，J·C·汉密尔顿一直在很好地引导我，但他无法再当我的向导了，我必须独自去探险。

六月，六月

6 月 26 日星期四

从昨日起，又是满天乌云；昨日我和詹姆斯从公司下班出来，我坐上了由他保管的莫里斯黑色小轿车，直驱市政厅广场边的新闻影院，观看关于佩特拉的旅行纪录片，如同往常，又增映了新闻，这一次还加上一个特别俗气的小短剧；这部风光片介绍的是东约旦的一个城市，在明净的天空下，悬崖上几根圆圆的大木柱还在燃烧，白烟滚滚，城市留下焚烧后的伤痕，四周尽是橄榄树干（真的是橄榄树干吗？）和卵石，卵石中间有时还可依稀辨出一段坍塌的屋脊，一段古老的曲梁碎片，一块棕榈饰残片，还有磨损的叶板断片；在羊蹄下滚落的卵石中，灰烬留下的伤痕就像在一名苦役犯黑色的皮肤上烙下永久的印记一样；昨晚 6 点左右，一团团乌云突然急转直下，占据我们的低空，俨然似一伙高大魁梧的鬼怪，铺天盖地地袭来，它们蓬头垢脸、满脸苔藓、浑身毛茸茸，高高的头上戴着一顶珠光耀眼的冠冕，在风中向我展开一张张裹尸布，拨弄着灰色的苔藓；风扬起尘土，灰尘助纣为虐，像寒冬凛冽的朔风一样匆匆地追逐着行人，男人缩起了脖子，面无表情，女人猫着身子，他们迷惘的目光犹如池塘里混浊结冰的水面，不时射出惊慌的神色；他们刚才在跟狂风激斗，他们反抗、忍耐，耗尽力气，只好任风鞭笞、撒欢、弥漫、推搡；他们消沉隐没、默不作声、身不由己，吞忍着凌辱、压下了欲求，他们失去秘密，忘却一切，才好不容易换回这一点点平静。

现在，雨一点又一点敲击窗户的玻璃，这种令人沮丧的无休止的声音吞食、削减着我的勇气，雨水嘲弄似的捣得我今晚不得安宁。

昨晚，看完了短剧后，我和詹姆斯在“东方玫瑰”二楼的一个窗户边坐下来，我们都竭力寻找话题交谈，但话不投机，我们似乎看见在那座像一个巨大的铸铁玩具似的市政大楼上古怪的雉堞上空，一群贪婪、好斗的鬼魂和把我们隐没在黄昏中的乌云在疾飞。

我们强打精神闲聊，但不幸的是，没有讲两句，就像不可避免似的，又引到了那个敏感的触点上，引到这块禁区——乔治·伯顿的小说，也就是J·C·汉密尔顿的《布勒斯顿的谋杀》；关于这本书，5月的最后一个晚上，我们在二区集市上交谈后，我才明白，它给他们——他和他的母亲——造成了怎样的心灵创伤，尤其是他母亲，我想起很久以前，去年12月我把书借给了她；那次集市谈话的翌日，我到贝利家吃晚饭，事后，我幸好如实地把那次晚宴记录在这些稿纸上（啊！　那天晚上——5月的最后一个周六晚上，当他提出他想重读这本书时，我提防他是有理由的，我害怕再次伤害他，便理智地岔开话题，但是，我怎么也想不起来J·C·汉密尔顿在书中对新教堂的描写和诅咒的话，我确实从未注意过，直至前天，我特别留神地重读这一段我过去总是觉得够乏味的描写）。

自那次集市交谈后，特别是詹姆斯此后对我的态度有了无可争议的变化，现在更加疏远，他已感到我觉察到这一点，也感到自己做得太过分，这是病态的、不理智的行为，他竭力隐瞒这种变化，尽可能地装着没有事。

昨晚，在东方玫瑰餐厅，所有的话题似乎都把我们引向这个敏感的触点上，每次，我被迫岔开话题以便回避这个带磁性的难题；每次出现的沉默犹如结霜的冰层沉重地横在我们之间。

我感觉到四周笼罩着一种悄然无声的恐惧，如同一条结冰、静静地带着泥浆的河在这个初夏势不可挡地上涨，似乎我周围有某种阴谋在策划，它与我有关，步步逼近，渐渐形成一个丑陋的面目，然而我无法认出它来，它在空气中压下，正如詹姆斯曾对我所说的，那些在等待的凶杀，像鬼魂一样出没在布勒斯顿的街巷，我去年秋末和冬天逛街时，被雨淋得发抖，那时我常常强烈地感觉到这些鬼魂出没于街巷。

今天早上我在《布勒斯顿邮报》的广告上得知昨晚发生一起火灾，晚上我又在《晚报》的广告上得到证实；昨晚那时，我们正在新闻影院看电影，银幕上出现东方沙漠，在纯净的蓝天下，闪闪发亮的石头迸出暗红的火焰，一个罗马城市起了火，灰烬随了时间的风被吹散到各地；看完电影，我们在市政厅广场旁的一家中国餐馆吃晚饭，我们俩都很尴尬，都为这种窘态感到遗憾，而这种拘束几乎痛苦地加重着詹姆斯天生的羞涩；就在这段时间，在十一区的南桥和12月份举行集市的空地之间，斯利河畔的一个大仓库着火了，我不由得感到这个消息似乎是冲我来的；我联想到博物馆的最后一幅挂毯上吞没雅典城的火焰，联想到旧教堂的彩画玻璃上该隐城后的红色天空，正如两周前，我得悉游乐园中大8字形的小铁路遭过火灾，我那时也是这般沉思的。

布勒斯顿总是发生火灾，而且这段时间以来，火灾似乎愈加频繁，集市上有过一次火灾，位于市政厅广场边的王家影院和警察局之间的“游乐店”也发生过一场火灾……

这一切只不过是场噩梦，产生噩梦的原因是斯利河散发出的一股鸦片烟味、布勒斯顿人的迷信和厌烦，以及恶劣气候的影响。

6 月 27 日星期五

天空最后几丝云霞像大火中扬起的燃烧物，又像大火后森林中的残树干一样，一阵狂风扬起，又把火拨旺；最后几丝云霞在疾驰，下面是迪尤街雨后发亮而黏腻的屋顶和烟囱；这时天空渐渐放晴了，晴空似一望无际的草原，湿漉漉的，蒙上一层淡淡的乳白色，袅袅升起的蒸汽轻烟，在空中留下一道道痕迹；这草原上不时有几处茂密的果园，里面盛开着鲜花，花瓣飘落，无数蜜蜂在静静地采蜜，翅膀沾留着糖味强烈的油脂蜜汁，沉甸甸的、毛茸茸的；红苍蝇在飞窜，冲断连在这片叶尖到那片叶尖上透明的细丝；屋顶上空，弯弯的月牙的脚尖在草原上狂舞，扫清雾障，又还给天空那草原般的翠绿。

时间不早了，已是 9 点多了，我在小街上漫步，沐浴在这温柔如水的月光中，但在 11 月里，不仅在晚上看不到月光，就是在早上也无法看到太阳，因为那时太阳 4 点就落山了，早上要到 8 点才升起，而又是那么缓慢，那么遥远，那么遮遮掩掩地出来。

啊，假如我 11 月底就看出 J · C · 汉密尔顿对新教堂的描述是有缺陷的，出自不公正的偏见，尤其是假如我当时就意识到这座建筑物与詹金太太之间重要而密切的关系的话，那么受过教养并且处事谨慎的我显然不会和她儿子谈论《布勒斯顿的谋杀》这本书了，就不会在他面前夸耀它，更不会把它借给他，交到他们手里了；但我还是没有完全弄明白，为什么 11 月 11 日星期日那天，我还未参观新教堂，就嘲讽过这座建筑物，詹金太太听时全身抽搐，全部注意力都转移到戒指上宝石盘中的苍蝇装饰；我只不过感到其中必有蹊跷，出于好奇、出于消遣，我几乎开始去了解是什么缘由使他们那天的态度这么古怪。

于是，11 月 24 日星期六，我邀请了詹姆斯吃午饭，想从他口里打听点秘密。

他是那么难以捉摸，那么彬彬有礼，那么矜持，却又那么神秘，总是含而不露，暗中小心提防，总是闭口不谈，就像一只贝壳一样，只要周围的水中稍有动静，就立即合上壳；自这个月初以来，这个我曾不可理解的事又出现，就像水中耸起一块暗礁，更加陡峭、更加迷惑、更加危险，此后我们之间的那种局面更加僵持了。

于是，11 月 24 日星期六，我第一次带詹姆斯去了新教堂广场边的一家中国餐馆“东方瑰宝”，我特意选了一张靠窗的桌子，希望他自己讲出他透过薄雾所看到的东西，讲讲那些塔、门廊和那个有的地方几乎还是白色的钟楼尖顶；然而在晚餐期间，我们的话题都扯到其他方面去了，如果我当时就像现在这样了解他，我大概会料到这些，我想当时我们谈了市内上映的电影（大概就是在这个时候，他向我披露他几乎每周都去一次新闻影院），谈了关于我还给他的侦探小说，这使我不得不问他是否乐意陪我去大教堂，而没有告诉他一周之前我已进去参观过。

在新教堂里，他聚精会神地看着祭台上的柱头，中厅里祭台上伸出好几条祭廊，桥从一边墙的半腰通向另一边墙，我仍用结结巴巴的英语问他这些柱头代表什么。

“我无法给你讲解得很确切，”詹姆斯微笑地答道，这种笑容显然表明了他也会弄错的，而他应该知道这些，“我不是相当精通动物学，不知道所有动物的名称。”

他给我指了一组呈卵形的、星形的、花瓶状的、带角或带刺的柱头。

“这是些动物吗？”

“是的，这是放射虫类的柱头。”

开始，我不懂这个新词；需要他给我解释好半天。

“那么，这根柱头呢？”

“这是棘皮动物柱头，海星、海胆。”

这时，我开始品味这些陌生的词汇。

“每根柱头上雕刻的动物都代表该类的动物吗？”

“每两根一组，主要选择一些有特色而又容易辨别的类型以表现其品种的丰富性。 在殿内，无脊椎动物……”

“我很想看看昆虫。”

“十字耳堂的角落里有。”

“有跳蚤吗？”

“看，这儿就有。”

“苍蝇呢？”

“苍蝇很好看，在另一边，中间位置。”

“接下去是什么？”

“这一边的柱头上是鱼，和蝾螈一起的是青蛙、蜥蜴、蛇、乌龟、小鸟，另一边柱头是哺乳动物；中间是猴类。”

“那么祭坛上有什么？”

“有人想在那儿雕上各种人种；依我看，那是最逊色的部分。”

“有植物吗？”

“在教堂侧道里。”

“有矿物吗？”

“那个时候，还很不容易找到与之相应的可区别的图像。 您对动物感兴趣吗？”

“怎么了？”

“布勒斯顿有一个相当漂亮的动物园；如果您没有其他安排的话，我们今天下午可以去转转；在南边公园里，斯利河那一侧，这是另一个固定的游市，称做‘游乐园’；那里有许多漂亮的小鸟。”

但是就在我们要乘公共汽车前往动物园之际，天下起倾盆大雨，詹姆斯——我当时只叫他的姓詹金——第二天又没有空，我们只好改在下个周末去；我钻进莫里斯小轿车，再次由他陪同回到我的住所，此时我想起昏暗的十字架周围的四根柱子，十字架中间躺着被兄弟杀死的板球运动员——约翰尼·温，这四根柱子的柱头上小猴子和大昆虫在注视着他的尸体。

5

6 月 30 日星期一

连续三个晴天的阳光似乎晒暖了风，风轻轻吹拂我的鬓角，像行了驱魔法一般，解除了我的烦恼，风转移了我的注意力，使我不再去诅咒那丑陋的屋面：上面尽是剥落的黑斑、肉芽、硬皮及玻璃的破洞，连照在上面的淡黄色的阳光都变成了青铜色和腐败的铅色；风减弱了工厂高大的烟囱构成的威慑，每次我穿过马路，它们就像关闭的大厅里的柱子一样阴森可怖；此时，我离开了马修斯父子公司，步行走过托尔街、西尔弗街，到新闻影院看一部新的纪录片，是关于以色列和死海的风景片，这两处荒凉的沼泽地下覆盖着沉睡几千年的所多玛城，在那含硫的灰烬中间有一块罗得妻子变成盐柱的岩石。

和昨天一样，我想独自一人出去看电影，昨天星期日没有人邀请我，我便一个人出去转悠转悠，甚至吕西安也不能陪我，他每四个星期轮一个周末在旅馆值班；我漫步在北面的小花园里，富人们在小花园修剪女贞树围成的篱笆，以消磨时间；我又漫步在栎树公园和伯奇公园，这两个北面的公园里满是喧闹的人，游人躺在草坪上，头上搭着《星期天邮报》，我在美丽的绿荫下寻求慰藉，嫩枝在抖动，斯利河水波粼粼，仿佛一只只金龟子的甲壳在闪亮；我沿着河边快走到霍勒斯 · 巴克的门前，很迟才想起去找霍勒斯 · 巴克做伴，然而我看见他的门紧闭着。

此后，我茫然地返回市政厅广场，已非常疲倦，在电影院的前厅里我长时间地盯着挂在那里的照片，但并未真正用心看，我拿不定主意是否进去，最后笨头笨脑地进了麒麟酒店喝了几杯。

今晚的风吹得我心旷神怡，我像昨天和前天一样，独自一人去新闻影院看了关于死海的风光片，在这种徒有虚名的休息中，我毫无意义地虚度时光；然后，我又独自一人，在“东方玫瑰”吃晚饭，经过西尔弗街、托尔街，慢慢地步行回到房间里，忘了时间在流动，忘了光阴在逝去，忘了今天是 6 月的最后一天，忘记了我应该赶紧回去，寻找回忆并记录下残留在我记忆中的 11 月最后时光里的往事，以便不使去年的往事与现在开始写回忆录之间间隔的七个月的距离进一步拉大，这段距离太大了，我希望迅速缩小，我希望随着我的写作的进展，努力压缩这段距离，但在某种程度上，这段距离却日益增大，变得更加昏暗。

晚风依旧撩逗着我，风用它的手指挡住我的眼睛，好像要让我的眼合上，这时，乌云似乎抬起头，在斥责、在怒吼，弯弯的月牙也牴着两个角，一起向遥远的天际进攻。

在 11 月的最后一星期里，当然最重要的大事是我同阿妮 · 贝利在利剑饭馆里邂逅，我到那里吃午饭（我想是 26 日星期一），我又一次遇见她，她坐在一张双人桌旁，旁边剩下唯一的空位，于是我走过去用蹩脚的英语问她，是否允许我在她旁边坐下，她抬起头，望着我，认出来了，微笑地点了点头。

在我的雨衣口袋里揣着一张布勒斯顿的交通图，这是前一个月詹姆斯·詹金陪着我在她那里买的，这张地图已卷角、弄脏，因反复折叠而磨损坏了，现在我已将那张地图烧掉，换了一张新的交通图。

我们一起在这家餐厅用了午餐，第二天我们再次在这里会面，以后的日子，几乎三个月来的每一天中午都如此，我们开始交谈起来，谈她，谈我，谈我们各自的国家，各自的工作，谈到那天她为什么来这里吃饭，因为她的同事病得很重，使她中午没有足够的时间回家吃饭，渐渐地，我们也谈到了她的妹妹罗丝，她是大学法文系学生。

那大概是在 11 月的最后一个星期，一天晚上我刚看完一部电影，离开市政厅广场旁的一家电影院（是艺术影院还是大陆影院，我已不记得了），我所能回忆的只是几个斗牛的镜头，我是和霍勒斯·巴克一块儿看的（我们是偶然在大厅里碰见，还是约好一块儿来这里碰头，我也记不起来了），从电影院出来，霍勒斯·巴克第一次带我从一道狭窄的横楣下走过去，上面是霓虹灯招牌，无论是用我的法语，还是布勒斯顿的本地话都读作“娱乐场”，它位于王家影院和警察局中间，形状似一条走廊，正面是市政厅大楼，里面有电动台球、打木偶游戏摊，就像十二区那个固定的大型游乐园一样，它是游乐园在市中心的一个缩影，他带我第一次走进去。

这种娱乐场面在这家店里是司空见惯的，而那天晚上，我却是第一次看到；今天这家娱乐场因一次小火灾暂时关门，而对于这次火灾的发生，霍勒斯·巴克无疑心中有数，我第一次看见他端着那架神奇的机枪，眼睛瞄准着，弓着黑黝黝的身子在射击，瞄准器里可以望见很多有待击中的小黑飞机，在一座浓烟滚滚的城市上空盘旋，似乎在轰炸城市，而在上方，一个彩色的窗玻璃上，一阵铃声之后就有闪光的数字显示击中的枪数。

但所有这些事离现在那么遥远，那么模糊；那么多的忧虑和那么多可能发生的事交织在一起；此后又发生了那么多的事，沉重地压在我的现在上，如果我现在不尽早把那些事记下来，我就可能使它们变形，或把它们遗忘。

但是，今天晚上，疲劳，时间……

第三章　“车祸”

1

7月1日星期二

因此，我不得不中断一个月以来我所记述的故事顺序——上个月每周我都有规则地把眼前的事和去年11月发生的事糅合在一起；我不得不中断自6月2日星期一晚上以来我的叙述顺序，那天晚上，在那些追忆遥远的去年秋天的稿纸中间，我曾记述前一个晚上发生的事；在那些稿纸中间，我为了解释清楚，细心搜索细节，尽可能忠实地把往日发生的事和6月1日星期天晚上在贝利姐妹家里发生的事糅合在一起；那天晚上，阿妮手中又出现《布勒斯顿的谋杀》这本小说，很久以前，我曾借给詹姆斯，后又借给她，我本以为它丢失了，我忘了她还没有还给我，为了再买回一本，曾跑了许多家书店，终于在旧教堂后的沙普尔街上的旧书店里找到一本旧书，现在它放在我桌上的左角。

在贝利姐妹家里举行的晚会，如果翌日星期一我没有立即将它记述下来，那么我这个不听话的记忆就不会再给我提供细节了（我现在试一试不看那篇日记再来回忆那天的晚会，随后我对着日记再核实一下，我发现我的记忆不准确，有许多遗忘，由此我才知道我的记忆很不听话），而只会提供一些模糊不清的印象；要是再前一天晚上——5月的最后一个星期六晚上我没有说出J·C·汉密尔顿的真名，没有他这本小说的干扰，那么第二天晚上我在贝利姐妹家里也不会再次泄露J·C·汉密尔顿的真名，连续两天我泄露两次，我觉得太奇怪了，也构成太大的威胁了，我本不应该那样冒失说出的。

因此，我不得不中断我的叙述顺序，我于5月的最后一个晚上和詹姆斯在二区集市上也是谈论同一话题：《布勒斯顿的谋杀》及其作者，我现在要捞回那次谈话在我的记忆中浮起来的只言片语，并把它们记述下来；那正是贝利家晚宴的前一晚上，我们还在集市上追寻伯顿夫妇，我们在射击游戏台上发现他们的照片，他们忘了回来取走它；这些唤起我回忆的痕迹越来越干扰我的注意力，似乎它们在反复说："我们是重要的、宝贵的，没有我们你什么也不懂，我们渐渐走远了，不久我们将消失在远方，你将难以重新找到、分清、抽离你所需要的细节，你只好猜测。"

5月的最后一个晚上——那个星期六的傍晚，太阳已下山近半个钟头，天色不早了，我们来到第二区集市上，这里十分热闹，木棚里生意红火，射出明亮的光线（它们有权开到夜间11点半，可比一切固定的娱乐场所晚一个钟头关门），我和詹姆斯坐在公司的黑色莫里斯小轿车里，因为他家大院有一个空的车库，公司叫他保管车子，除了通常公司派他外出外，他从来不贸然用车，但每次上集市时，他常开车去，以防坐不上最后一班夜间公共汽车；在我初来公司时，我显然不敢想象他会私人用车，只相信他那一派循规蹈矩的外表。

他不敢对我谈起此事，他不知道我将会怎么想（我真想弄明白他还对我隐瞒什么事，詹姆斯这人像一部童话一样，只有许多条件集中在一起才能打开新的一页），我们第一次去集市，我本想带他进去逛逛，但想不到他竟如此熟悉集市内的情况，认识这个巡回集市上大部分店家。

天色不早了（我们已在新教堂广场旁的一家中餐馆“东方瑰宝”里吃过晚餐），星期六晚上大约 8 点半，可能还要晚一点（在最后一抹晚霞中，毛茸茸的月亮已升到帐篷顶上空），这时，一个戴鸭舌帽、穿着粗毛线衫的小伙子大步朝他走来，张开双臂，快活地说：

“是您吗？ 詹金先生！ 您好，到我家喝一杯吧！ 我该让您认识一下我的太太。”

“您好！ 迪伦，他是我在马修斯父子公司里的一位同事，法国人，雅克 · 雷维尔先生。”（他把“雅”发成“迪亚克”，阿妮 · 贝利和伯顿夫妇也这么发音，只有罗丝懂得法语长音，只有罗丝）。

“哎！ 法兰奇（西）人？”他高兴地嘘了一声，开了个玩笑，“哦，简娜将会多么高兴地看到一个法兰奇先生，你们愿喝啤酒吗？ 你们是知道的，我家没有高度酒。”

我记得那辆有篷车里的房间狭小、清洁，小小的桌上铺着一块粉红色的方桌布，弯曲的天花板上涂着清漆，吊着一盏煤油灯，左右晃动，那位年轻的少妇腼腆地擦着我们的杯子，一声不响地给我们端来酒；这时她的丈夫和詹姆斯正在起劲地谈集市搬迁到五区空地上的事，五区空地沿着斯利河畔延伸，靠近铁路大桥，这次搬迁已临月底，稍微晚些，因为以前都必须在周末前安顿好，集市主要靠周末收入。

我们每人喝了两杯巴斯酒，接着，迪伦 · 布鲁克斯请求我们原谅，他得到大转轮那边去见他父亲，要我们边走边谈；汤姆 · 布鲁克斯老人见到詹姆斯非常高兴，邀我们免费登上升降车，车子涂着黄色，门上装着栅栏。

这时，慢慢地，随着一阵阵摇晃和咯吱咯吱的响声，我们在这些支杆和滑稽的灯泡中间升起来了，升到五层楼的高处，下面尽是帐篷和矮矮的屋顶，夜幕尚未完全压城，我们想像着帐篷远处亚历山德拉广场被三个火车站的铁路像铁钳一样围拢着；集市地面上人头攒动，在一条临时搭成的狭长曲折的小街里，游客窃窃低语，乱哄哄的，在人群中间，我居高临下看见乔治和哈丽雅特 · 伯顿的背影，他们俩像年轻的伴侣一样搂抱着；然后，我们慢慢地，却是那么缓慢地降下来，终于踏上地面，我甩掉詹姆斯去追他们，没跑几步，转身叫詹姆斯等着我，我挤进人群，又见到他们俩的头顶在人堆中浮现，远远地，他们走到射击摊前停下，伯顿举起一把气枪，瞄准着，一会儿又放下，在昏暗中闪了一下镁光；这时，我气喘吁吁地跑到这个射击照相摊前，他刚刚击中靶心黑点，被拍下照片，但他们已消失得无踪无影了。

我向柜台后一个高瘦的中年女人问冲洗和取出一张照片需多久，她穿着黑裙，脸上涂着厚厚的粉，生硬地回答我："半个钟头！"她在布满旧弹壳的柜台后为我装上一把气枪，我拒绝了，转回来找詹姆斯，他让汤姆 · 布鲁克斯老人独自守着重新转动的大转轮。

"我刚才好像看见人群中有我的两个朋友。"

“没有找到他们吗？”

“我不知道是不是他们，我追不上他们；他们大概半个钟头之后会回到那边射击台前取照片。”

但大概如同往常，疲倦一下子猛袭哈丽雅特，像猛禽扑向一只小兔一样，他们离开了闹市，我们再也没有见到他们，他们也忘了去取照片；靶前的女看管刚刚把照片放在货摊上，我们再次来到她面前，许多布勒斯顿的游客兴致勃勃地在瞄准、射击，镁光不时闪亮，但她拒绝卖给我照片，说是有人已经付款了，她面带愠色，以某种规定为借口拒绝给我复制照片。

我站在货摊前仔细端详照片上的乔治·伯顿，他在枪管后眯着眼，旁边站着哈丽雅特，她注视着镁光微微含笑，脸上泛着一种不安的神态，我用法语自言自语道：

“我真想保留这张你被当场拍下的照片，J·C·汉密尔顿。”

我没有料到詹姆斯会留神我用母语说的这句话，但恰恰句末这个英国名字J·C·（迪亚·奇）汉密尔顿唤起了他的注意，过了一会儿，我走进一家用帆布搭起的酒店里，两杯入肚，他问我：

“这位先生，他叫什么名字？”

“就是刚才射击的那位吗？ 你也认识他吗？”

他的脸红了，然后又要了两杯啤酒。

“詹姆斯，你大概不会忘记，他叫乔治·伯顿。”

他的脸又红了，慢慢地喝着，然后，他用手帕擦了擦嘴唇。

“我一点也回忆不起来他的脸型；你说的是他的姓名，我想，但刚才你说的不是这个名字。”

“的确，我可以叫他另一个名字，比如说可以叫他J·C·汉密尔顿……”

“汉密尔顿？ 正是这个汉密尔顿！ 这在我心中唤起什么呢？ 这是一个离此不远的城市名称，一个通向那里的火车站名，一条街名，但不是这些名字在我脑中回响；我认为这大概是某一个人的名字，你说过J·C·汉密尔顿？ 是的，这正是开头字母；大概有人给我讲过这人，我大概见过这人的名字……”

“詹姆斯，自然在《布勒斯顿的谋杀》的封皮上，你记得，我很久之前，大约去年秋天借给你的一本侦探小说，你不太喜欢这本书。”

7月2日星期三

5月的最后一个星期六晚上，我无法拿到乔治·伯顿的那张照片，但它的底片现在却在我手中，底片暗暗闪亮，像猫头鹰一样在尖叫，它化成光与声的重合；昨晚，我还没有写完我和詹姆斯在集市上的谈话，不知怎么搞的，我不由自主地又走回那块空地，找到这张底片，似乎一只无形的手拽着我从集市的这个空地又走到另一个空地，直走到斯利河对岸的空地上；我现在注视着这张底片，不能不感到一阵昏厥和惊愕，似乎它成了我身陷困境的证据，证明我从今以后将成为一种巨大的阴险力量的占有物和玩物。

“《布勒斯顿的谋杀》？”詹姆斯当时在集市上回答我，

“这如何会在我的记忆中出现呢？ 那么这就是《布勒斯顿的谋杀》的作者的真面孔，他不敢在书的封皮上露面，雅克，我们再去射击摊一次，你不会感到厌烦吗？”

“我想不到这本书给你的记忆留下这么深的印象，詹姆斯。”

“这是一部奇怪的书，的确很奇怪，这是唯一一本故事发生在布勒斯顿的侦探小说，其他小说的作者似乎都想尽量回避这个城市，他们好像怀有某种恐惧感……我记不起来，无法告诉你，我可能读它读得太快，我自己应该搞到一本。”

“詹姆斯，难搞到，书已卖光了。 我借你的那一本已丢失了，后来我去了好多书店寻找，好不容易才买到我现在手中的这本旧书。”

大部分的临时店摊都关上门板，射击摊后的女老板显然不认识詹姆斯，他在细看货摊上伯顿的照片，但女店主认出我，勃然变色，恼怒地从台上取走照片。

“对不起，先生，关门的时间到了，你不想射击，是不是？ 那……”

我们离开射击摊，刚走几步，他停下来，转过身，若有所思地盯着木板棚：

“他的脸孔是这样的……有某种东西，我忘不了，请相信我，有某种东西，我真想好好核实一下，相信我……但不，这没有用，我现在弄明白，我现在确信……啊，毫不重要；再也不要给我谈起这本书了，走吧！”

这一切是那么令人窘迫！ 那么异样！ 在詹姆斯身上这

是一种反常的态度；我竭力拐到别的话题上，就像他开着黑色的莫里斯轿车转弯抹角把我带到这里一样；我后来才知道，在这个帆布、木板、金属杆组成的流动集市中曾燃起一场小火灾，这个游民村落像行星一样围绕着城中心转，在这条轨道上运转一周需要八个月。

我努力岔开话题，因此，我向他提起一个一直烫我嘴唇的问题：

“詹姆斯，你告诉我，你是如何认识这么多集市上的人的？”

这个问题即刻缓和了紧张气氛，他笑了。

“在马修斯父子公司里，我好像没有这种关系，对不对？我父亲从他童年起就和这些人接触；那时我爷爷常带他去，因此，他年轻时就认识大转轮的汤姆·布鲁克斯老汉，那时他们俩年纪相仿，这样，我在很小时就认识他的儿子迪伦。我们常去看望他们；父亲去世后，我继续和他们来往，我母亲再也不愿来，也不鼓励我来；我有时向她讨点车钱，她却让我来了，她听到这些男女老少的消息，也感到高兴，过去我父亲也很感兴趣……”

我们的车子到达我的住处门前，这时，迪尤街上空黑云翻涌，开始滴雨。

那边——我们刚刚离开的二区集市上，那些遮掩不紧的木板、栅栏、油布、帆布燃起的一场火，我们后来才知道，很快就被一场大雨扑灭了；射击摊里一个挂着大锁的木箱里放着那张詹姆斯曾惊奇地注视的伯顿夫妇的照片，还放着它的底片，这张底片现在却神奇地落到我的手里，昨晚，我无意识地步行很久，显然是朝那边空地走去的。

啊！ 7月的傍晚渐渐延长，暮色的烟波霞浪徒然地在砖红的悬崖、满是烟臭的海滩、雾霭弥漫的海湾和充满海藻的鱼篰中溅起高高的水泡，尽力向前泼去，但昏暗的天气仍主宰着大部分时间，我不得不披着沾满城市污垢的大衣出门。

现在是夏天，尽管下午4点就开始下雨，天色昏暗，但仍可感觉出夏天的来临。

昨晚，雷雨后难道不是放晴了吗？ 显然，这晴天不会给我们持续很久，这诱人的晴天促使我于6点离开往常走的路，改变方向，前去敲霍勒斯·巴克的门，他曾于去年11月第一个带我到斯利河对岸的集市——九区的雏菊旷野上；他不在家，我就朝市政厅广场走去，独自在附近的“东方玫瑰”里吃晚餐，然后登上29路车（从市政厅开往圣祖德花园），这路车直通圣祖德这个老城区，我将来得去那里看一看；我在旧桥下一站下了车，尽量沿着河畔步行（河两岸全是房屋……在一条街的通道里，不时看到旧教堂的钟楼、新教堂的高大的尖顶，下面流着黑黑的污水），朝着北郊，朝着雏菊旷野——九区空地走去，我心里想那里集市大概已安顿好，大概在星期一后就开始搬来。

我在街道上漫步，尽量与斯利河保持平行，穿过这个可以说我一点也不了解的城区，我身上没有带地图，它放在房间的桌上；早晨，我没有料到我从公司下班后会想来逛街，于是，我不得不向行人问路，他们总是耐心回答我，甚至我快走近集市（我不是问去雏菊旷野怎么走，只是问去集市），行人还是回答：“还好远哩！”大家都以为是去上个月在五区空地上的集市，它昨天还没有完全搬迁过来。

我走到这个城市的集结点——九区空地上，那里仍是相当荒凉，尽管搬来一些有篷车，几个售货棚也提前开张，但仍是冷冷清清，一些行人在途中偶然遇到这些摊子，并非特地来赶集的，他们在徜徉，打听集市里有什么新花样和变化，以便在下周末来逛逛。

那里只有半个集市，为了重新找到另半个集市，另半个未搬迁的集市，我继续朝北走去；这时，暮色渐浓，我朝着五区空地走去；那里，在最后几辆载满货物的客车中间，一位艺人手里玩着火，我走近才看清，正在这时，他跳上一辆开动的车，车子隆隆作响，屁股后头排出一串黑烟，就像一只乌贼排出有毒的墨汁一样，黑烟如胶片那么黑。

在地上，在枯黄的草地上，尽是废纸、罐头盒、废胶片，明天一早清洁工将清理这些垃圾，我捡了十多张胶片，在一盏刚刚亮起的路灯下久久地照看，胶片闪闪发光；灯光是铁路大桥的另一侧路灯射来的，大桥上一列长长的列车呼啸而过，朝苏格兰驶去，我一直对着灯光照看胶片，终于在其中的一张底片——就是我现在左手拿的底片——上认出伯顿的脸部，他在枪管后眯着一只眼睛，据我手持它的倾斜度，枪管好像一个黑点或透明点；他的另一只眼睛睁得大大的、圆圆的，长长的鼻梁，宽阔的额头，稀疏的头发，粗呢西服，而哈丽雅特神情不安，还穿着大衣，像我一样怕冷；我怀着一种恐惧感注视着这张半透明的方形底片，我犹豫不决，舍不得扔掉，应该把它烧掉……难道是布勒斯顿这个城市使我习惯于用火烧来报复吗？

七月，七月，十二月

让我们搁下这些不谈了，今晚时间不早了，玻璃窗外的黑幕中雨淅淅沥沥地下着；我再也不知自己在想些什么，我如何能控制我所写的这些呢？

我把这张底片夹在小说的书页间。

7 月 4 日星期五

我不仅记述过去发生的事，还插述最近的事情；现在几乎已临 7 月第一周的周末了，只剩下今晚开始叙述我去年 12 月发生的事，至少可以不让这相隔七个月的距离拉开，我还无法将它压缩；今天傍晚，天色明亮，夜幕未降，一块块散开的晚霞宛如章鱼的一条条触须，迪尤街上空好像露出一块浅滩，慢慢地堆上红泥沙，街上，几乎在每家每户的门槛上都有一只猫儿伸着懒腰，躺在地上，每个敞开的窗户都露出严厉的目光看着我沿街而过，在昨夜和今晨下雨留下的水洼四周，穿着黑色或褐色裙子的小姑娘在用瓢盆玩水，她们的兄弟们在交换邮票，或从集市那边归来，腋下夹着小球。

12 月 2 日星期天的短暂下午，天黑得特别快，就像每天清晨我起身去上班时那么黑，每天早晨，我离开房间，去公司上班，街上路灯仍亮着，僻静的迪尤街上雾气弥漫，蒙着水汽的玻璃窗里也不时透出光芒来；在这个短暂的下午，黄昏前在阴冷的雾天中露出一个红红的太阳；詹姆斯邀我到他家里——或按他经常所说的，到他母亲家里——吃午饭，饭后，他带我去十二区固定游乐园里玩。

我们在大陆街上乘坐 32 路公共汽车，从南桥穿过斯利河，一直走到一个巨大的入口处，两旁竖立着两座高大的方塔，用灰泥粉饰，已十分污黑，顶上有盖，犹如彩画玻璃上该隐城里一座大教堂的钟楼一样（是否可以说像寺庙或清真寺?），上面避雷针上钉着两个黄色的大月牙形铁片，方塔上横接两根铁梁，上面挂着用红钢管制成的字，嵌着电灯泡，闪耀着柔和的粉红色光芒："游乐园"。

啊，公共汽车上的检票员在汽车到站时大声嚷叫："游乐园站到了!"在发"plaisaanntse"（游乐）这个古老的法语词汇时，他们的声音是那么的响亮，有时他们的语气流露出既轻蔑又贪婪的表情，在我听来既放肆又令人讨厌，他们故意拉长第二个音节，好像不愿一下子发完"游—乐—乐—园"，声调里常流露出一种积郁心头已久的、想改变、出发、观看的欲望。

过去好多次，我看见这几个大字在黑夜的雨帘中闪光，下方两扇包上铁皮的大门扇，似乎在守卫着这座堡垒；只在重要节日和迎接要人列队前进时才打开大门，而我们这些平民百姓只得从右边（出口在左边）六个猫洞似的小门中的一个入口进入，在窗口买票，在旋转门槛前检票。那天，12月2日星期天下午3点左右，只有两个猫洞打开着，因为离人流高峰期还太早，詹姆斯对我这么解释。

我是首次走进这个游乐园，我不了解园中规定；门口一位老翁髭须雪白，满脸红光，头戴一顶绣着饰带的黄绒大盖帽，帽檐下露出一双陶铸般的眼睛，一动也不动，每次我来时，我总是看到他毫无表情的脸色；他剪了我刚买的入门票，交还给我，我漫不经心地收下，随后我无意识地塞进一个口袋里。

七月，十二月

我们来到第一个小广场上，四周尽是酒吧，中间挂着一张告示，我抬头一看，是叫游人必须保留票根，出口要检查才让出去，我急急忙忙在几个口袋里乱翻，詹姆斯微笑地看着我的窘态，我找到票根，仔细地读着这张黄色方形的硬纸板上写满的字。

在一面上，用细长的大写字母写着“游乐园”，接着是较小的字：本票只限一人，12 月 2 日，当日有效。

另一面上写着“联票”，你记得吗？用细小的英文字写道：“此游乐园乃娱乐场所，非放荡之地；在任何情况下，请你自重。”

奇特的禁令，我的法国朋友吕西安第一次看到，感到好笑；要是那天我有个法国人做伴，要是雾中冻僵的太阳没有洒出阴沉的、粉红色的光芒，那么我大概也会发笑；然而，禁令上的冷冰冰的字样非但没有令我发笑，却构成一种威胁，令我心慌意乱。

我们来到第二个广场上，那天十分冷清，我们在一张上彩釉的陶制桌面前停了一会儿，上面画着游乐园的立体图，图上绘着各种耀眼的色彩，有说明文字，还有各种小装饰，讲解园中各处的布局，这张图放大了市交通图右下方所画的这个绿色扇形公园，这个扇形相当于圆的四分之一，其扇尖直指向城中心；当时，市交通图就放在我雨衣的口袋里，那是我第一次见到阿妮·贝利时从她那里买到的，但后来我将它烧毁，在我写回忆录前夕，4 月底我又买了一张新的布勒斯顿地图代替了它。

我们停在第二个广场中间，那天，那些廉价的饭馆，以及摆满台球桌的大厅里几乎阒无一人，四周有许多小道，道口用黑白箭头标明去动物园、体育场、高低起伏的滑车道、鸟园、人工湖、出口、猴山等景点的方向。

然后，我跟随在詹姆斯的后面，他神态悠然，却有点不自在，我们俩一声不吭，经过静止不动的旋转飞机和旋转木马，来到小火车站前，一节无盖的小车厢的长凳上三个小孩在打哆嗦，等候小火车开动，湖畔空荡荡的，无一游人，因为有人在湖底清除淤泥。

到处都挂着广告牌，上面写着："新年再来，再来观看焰火"；暮色迅速消逝，这时，小径上渐渐挤满了人，人们起先窃窃私语，渐渐地大声喧嚷起来；而我们来到有暖气设备的马厩前观看凄凉的斑马；天色迅速变暗，夜幕几乎降临，我们离开爬行动物馆，去观看那些闪光的小火车厢在巨大的"8"字形轨道上行驶，支撑铁轨的脚手架晃动着，后来起了一场大火，如今只剩下烤焦的大梁。

火灾，布勒斯顿的灾难；今晚我在《晚报》的广告栏上看到，昨日在离詹姆斯家不远的第十区又发生了一场火灾。

12 月 2 日星期日晚上，我回到这间已住了一个多星期的新房子，坐在桌前，慢慢地翻开《布勒斯顿的谋杀》，大概想在书中找些描写游乐园的章节，我手中不自觉地拿着一支铅笔，对着其中一段，也没有细读它，却发觉其中有三个字："新教堂"，我画了一只小乌龟，心里马上在嘀咕着：那天我看了许多动物，而新教堂的柱头上都雕刻着相应的动物像，我为什么偏偏选画一只乌龟呢？

2

7月7日星期一

新闻影院每四个星期放一次动画片，我每逢星期一傍晚都去看电影；今晚我从新闻影院出来，在东方玫瑰餐馆吃晚饭，我坐在窗口附近的桌子旁，从窗口望出，7月的夕阳仍十分明亮，黄昏8点，夕阳冉冉落在市政厅大厦的雉堞后面，我口中喃喃自语道：

“不，这不是一种偶然！ 特别是不仅仅对我来说，我觉得上星期我太轻率，我对詹姆斯随口说出J·C·汉密尔顿的名字，第二天，即6月1日星期天我坐在贝利姐妹家中沙发上，又是随口说出，”(啊，罗丝肯定听得出来，她是那么的温柔)，“连我自己都觉得那么意外和不安；5月的最后一个星期六，我在二区集市的射击台前，看着哈丽雅特和乔治·伯顿刚刚被拍下，但忘了取走的相片，当着詹姆斯的面，清晰地说出J·C·汉密尔顿的名字，这绝不是偶然的。”

这张相片，我无法弄到手，但它的底片，现在被折弯、划伤、弄脏了，无法再冲洗，变得模糊不清，我又把它夹在《布勒斯顿的谋杀》小说中，使书增厚。

昨天下午，天气晴朗，我决定步行去参观圣祖德教堂，我还不了解它，它位于九区的腹部；当我路经旧桥时，一些模糊不清的事、一些想象和恐惧蓦地令我焦虑不安，我脑子里突然出现一个怪念头：如果我不愿把这张底片烧掉以摆脱其困扰，至少我可以把它扔进桥下黑色的河水中，以此摆脱它，似乎它像一张不祥的符，我顺从了这个荒唐的念头，折回原路。

我并没有穿过河，而是怀着不安、犹豫、踌躇的心情沿着这条在阳光下熠熠发光的、可怖的河道往回走，只有回到房间，只有看到一堆像木筏一样的稿纸时，我才能支配自己，但还没有完全清醒过来，我打开书，拿起了这张半透明半昏暗的方形底片，我握紧拳头，狠狠一捏。

我用法语随口说出J·C·汉密尔顿，显然，这完全不是出于偶然，而是受到一种无声、执拗的欲望的支配，我企图摆脱这种欲望，但枉费心机。

那天，我和詹姆斯坐在大转轮上，升到高处，我一眼瞥见人群中乔治·伯顿和他的妻子，我立即感到我无法完全回避他们，我后来叙述了和他们会面的情形；自从几个月以来，自从我猜测到《布勒斯顿的谋杀》的真正作者以来，尤其是自从我肯定作者的真名以来，自从吕西安和我成功地得到他的供认（两周之前，对，正是5月18日星期天）——当时他用一种诙谐的，却十分清楚的口气供认不讳，不过他吩咐我们要替他保密——以来，我已预见和他们会面是危险的。

而两次会面说的话有许多是很接近的，特别是他在两次谈话中对创作侦探小说的认真态度，因此，我无法只回忆5月18日的谈话而忽视了一周之后即5月25日星期天的一席话，上一周的供认成为后一次谈话必不可少的前提，那天他向我和吕西安谈论了关于艺术的观点，如同他在其他场合说的话一样，这些观点对研究他擅长创作的一切侦探小说都有参考价值，同样，这些艺术观点被他卓绝地运用于他以J·C·汉密尔顿这个特殊笔名发表的小说《布勒斯顿的谋杀》的创作实践中，他是这样对我们评论侦探小说的：

“每一部侦探小说的故事情节都建立在两场凶杀上，”（我再也回忆不了他所使用的英语词汇，回忆不了在一系列问答中句子的正确顺序，只好把他说的三言两语组成一篇紧凑的话语）“每一部侦探小说的故事情节都建立在两场凶杀上，凶手进行的第一场凶杀只不过给第二场凶杀提供机会；在第二场凶杀中，第一个凶犯成了一个难以制服的纯杀手即私人侦探的对手，侦探会将他置于死地，侦探并非靠凶手使用的卑劣手段如毒药、匕首、无声手枪或勒脖用的丝袜等，而是靠证据，靠事实攻心。

“是的，他才是真正的行刑者，”（他讲话时总是带着讥讽的语气，神态矜持，有节制地比划手势，突然大笑，头往后仰）“而刽子手、检察官、一切法律机构——苏格兰场[①]或凯德索尔费佛[②]的监察官等，只不过是他侦察时被利用的人，你会发觉，他们多少会抱怨他干涉他们的调查，利用他们，其目标与他们的意图相左（因为他们是处于危险之中的旧秩序的卫士，而他却要搅翻、干扰、搜查、揭露和改

① 伦敦警察厅所在地，用以指伦敦警察厅。

② 法国司法警察总署所在地，用来指法国司法警察总署。

变），有时，为了愚弄他们，他会自己充当唯一的法官，从他们那里窃取猎物。

“他的活力集中表现在最后的案情分析的关键时刻：他解释透彻、一语破的，他常用一种深沉、忧郁的语气揭开整个案情，这种语气缓和了那种激烈辛辣、锋芒毕露的词语，在被揭露的罪犯听来是柔和的，却又是残忍、震惊、刺耳的，他击中要害的分析打击了罪犯的气焰，置罪犯于死地，仅最后的事件就足以提供最后的证据，他以其锐利和准确的目光揭开了真相、涤除了罪恶。

“这场悲剧的所有参与者之间的关系主要靠谬误、无知、谎言来维系，他揭穿了它们，人物的星座分布根据一种新的形式加以组织，旧体系的成员之一自动被涤除在这个形式之外。

“他在这部分世界里除去一种谬误：与其说清除的是凶杀本身——人杀人的简单事实（既然可能存在一种纯凶杀，这是一种复苏的牺牲），不如说是清除凶杀带来的脏污、杀人时周围留下的斑斑血迹；同时他还要清除一种根深蒂固的、习惯的不睦，凶手以其恶行表明这种不睦的存在，不睦体现在凶手身上，唤醒隐藏在深层意识的敌对情绪，这种敌意扰乱了现行的秩序，暴露了秩序的脆弱性。

“由此可见，第一场凶杀，”（板球运动员约翰尼·温被他的兄长在新教堂的祭廊的交叉处杀死）“不仅给第二场凶杀提供了机会，而且预示着将发生第二场凶杀，”（兄长伯纳德·温最后被侦探巴纳比·莫顿击毙在旧教堂该隐诛弟的彩画玻璃窗射出的红光中）“第二场凶杀结束了一桩已开始的悬案。

“侦探是杀人犯的儿子，是一个俄狄浦斯，不仅因为他解开一个谜，而且因为他杀死赐给他封名的人，如果没有这个凶手，他就不可能以侦探自居（没有罪恶、没有暗中的罪恶，他又如何出现呢?）因为他一出生，已被预示将有一场凶杀，或者如果你愿意，也可以说这场凶杀已经铭刻在他的天性中；靠他一人的力量，他真的成为国王，拥有高于日常生活中我们所享有的权利的王权。”

现在乔治肯定从伦敦回来了，我应该打个电话给他，以便周末去拜访他。

7月8日星期二

在这次谈话中，我经常想到詹姆斯；乔治·伯顿不仅首次给我们谈论他的文学艺术见解和侦探小说技巧的新颖观点，而且还谈论这种技巧的实质，讲解他给侦探小说定下的基本主题——凶杀、双重凶杀的意义；这样，他给我们带来了许多独特的真知灼见。

6月1日星期天在贝利家中吃晚餐时，我第二次把他曾叫我们保守的秘密泄露出去，阿妮和罗丝告诉我：她们表兄一位朋友的住宅和J·C·汉密尔顿写的小说中两兄弟住的房屋惊人的雷同，我忘了这位朋友的名字，他的兄弟好像在几年前的一次车祸中丧生；自从那次晚餐以来，我心里暗想这一次乔治·伯顿是否想亲自扮演侦探这一角色，而在其他小说中他只满足于用笔名去塑造侦探这一人物。

这次谈话中，我之所以经常想起詹姆斯，不仅因为我听到的话使我明白他爱读侦探小说的原因，而且是因为前一天——5 月 24 日星期六下午，我跑了一段很长的冤枉路后，站在旧教堂的广场上，出乎意料撞见了他，他告诉我：至少有好几年他未曾走进这座令人肃然起敬的建筑物里；他聚精会神地观看彩画玻璃窗的背面，它是两个巨大的难解符号之一，这些符号似乎在布勒斯顿城墙的正面刻上了“凶杀”两个字，这个城市经常发生凶杀惨案，我第一次和他谈起 J · C · 汉密尔顿的小说时，他即刻使我感觉到凶杀的阴影笼罩着城市；他聚精会神地观看，目光奇怪地充满仇恨，似乎他一点也不知我站在他身旁，不知我从来没有给他提起的那次会面。

他私下和贝利姐妹频繁接触；今天午餐后，我们回公司上班（几乎整天下雨，差不多像去年 12 月天气，天天下雨，早秋季节这么快就到来！），我看见詹姆斯匆匆到达公司，他全身溅着泥水，在雨衣的口袋里摸找什么东西，又匆匆忙忙地跑到下面，稍后拿回一本弄脏的《布勒斯顿的谋杀》，当他拿给我看时，书已非常模糊，我认出它是去年 10 月我在巴伦书店里买到的那一本，上面写着我的姓名，我来此后曾把它当做向导，它曾使我注意到旧教堂的彩画玻璃窗，它还把我引到东方翠竹餐馆；去年 12 月 2 日我从游乐园回来之后，在书上画了一只小乌龟，第二天，我把书借给了詹姆斯，以后又借给阿妮 · 贝利，我本以为它已丢失了，我不得不又买一本旧书代替它，现在这本旧书总是放在我的案头，上有墨汁斑点，写着一个陌生的名字，大概是苏格兰人，叫麦克某某（我无法看清字迹）；6 月 1 日星期日，在那场难忘而又令人惋惜的晚宴上，我出乎意料在贝利姐妹家里重新找到那本书，我留给她们，心想让她们将来保留它，以作留念。

他好像要自我辩解并替她们辩解，自以为必须向我详述他于上星期六拜访她们的情况（他现在常常去看望她们，而我故意疏远她们，我回避这位罗丝，她身上的香水诱惑着我，令我着迷，这位罗丝现在讲一口漂亮的法语），在拜访期间，她们把此书递给他看，向他转述我们于6月1日晚上的谈话内容，而他为了不欠她们的情，也告诉她们：5月的最后一个星期六，我在二区集市上怎样追寻此书的作者的情景；7月的第一个星期六，他去拜访她们，而那天我却傻乎乎地坐在栎树公园附近的大体育场的台阶上，装着样子努力使吕西安相信我和他一样有兴趣看体育比赛，他恳切地邀请我陪他来这个地方，他先前一个人发现这个地方，他比我先进体育场。何况他表面矜持——一种虚怀若谷的矜持。

接着，作为结束，他补充一句：他已经再次读完了此书，他在书中找到了他所要找的东西，这些正与他的记忆相符，与他所期待的一致；詹姆斯，神秘的詹姆斯，实在难以认识他。啊！今天下午，我注视着坐在桌边的他，他的目光竭力躲开大家，特别避开我，不时低头随手翻那本书，此时，他目光充满着仇恨，真是意想不到，如同以前他观看彩画玻璃窗的背面时射出一样恶毒的目光，我看到这一切，确信无疑！

7月9日星期三

去年12月我借给他《布勒斯顿的谋杀》时（现在我记得

非常清楚，是一个星期一的早晨，我刚刚来到公司办公室，他已经坐在办公桌后），太阳已消失，这里的阳光有的季节日渐暗淡，有的季节日渐鲜红，冬天它整日躲在云层里；到了春天它重放光芒；而现在夏天它又普照在迪尤街的砖墙和玻璃窗上，水蒸气冒出的轻烟袅袅地升腾到宁静的空中，宛如远方一棵棵挺拔的小杨树，又宛如秋天快掉光茶红色树叶的小杨树；那时太阳已消失，阴雨已安营扎寨，之后阴雨绵绵，直至大雾笼罩方肯罢休；那时的雨比昨天的雨更冷、更黑、更脏、更阴、更令人气馁、更寒气刺骨；昨日忽而阵雨，忽而晴天，直到晚上 7 点，天终于开晴了，这时我在利剑饭馆吃晚饭，去年 12 月几乎天天中午我在这里和阿妮·贝利共进午餐。

那时，格雷、菲利伯、摩登等几家大商店已准备过圣诞节，朝向市政厅广场和西尔弗街及山街的玻璃橱窗里装饰着真的或用纸板制成的松树，树枝上洒着脱脂棉花或是硼酸钠，插着电烛，点缀着一个个闪闪发光的小球和星星，披着一簇簇枸骨叶冬青，挂着一束束槲寄生；在白茫茫的雪景中隐藏着小木屋，窗口闪闪发光，树上挂着小钟；侍童两眼朝天望，他们身穿绣花的宽袖白色法衣，衣上饰着伊丽莎白一世式的打裥颈圈，有的两手交叉在胸前，有的手捧曲谱；还有长翅展飞的天使，雪橇上钉满闪闪发亮的金属小圆片，系着铃铛花环，上面放满一包包礼品，有衬衣、小马、布娃娃等；雪橇前套着驯鹿或北极狗，驾橇者是一些满口秽言、一脸快活的家伙，他们满脸通红，满腮胡须，眼睛闪闪发亮，背着背筐，穿着靴子，裹着一件猩红色的大皮袄。

商场里面，喧哗声越来越大，不时听到装饰工的铁榔头的敲击声，在卖贺年片的柜台前聚集着一大群妇女，其中不乏贫苦女人，她们穿着潮湿的雨衣，站在柜台前犹豫半天，选择反面有什么样的图案，正面有什么样的贺词，乐呵呵地傻笑着，然后签上自己的名字，寄给她们的朋友、邻居和亲戚。

啊！ 我讨厌12月的布勒斯顿，然而这阴郁的、沉闷的、漫长的西密利冷空气我才经历了头几个星期；我嘲笑新教堂，或者更恰当地说我尽力取笑它，正如《布勒斯顿的谋杀》的作者嘲笑它一样，一直到那时此书才成为我的行动指南，那时我已经懂得他在这一点上是轻率的。

但我也抑制不住自己，也一样这么轻率，12月8日星期六，我又去新教堂，我应该承认，我去的目的是要剥下它那华美、经过粉饰的表面；我曾经觉得它庄严，后来我对它嗤之以鼻，我要对这种误解进行报复，要摆脱这种错觉，以便我能自由自在地放声嘲笑它（然而我当时回忆起詹金太太的目光和沉默，以及詹姆斯的谨慎和矜持），此时，面对着这种耀眼的光芒——我却竭力自我表明它只不过是一种假象，面对着这种默语——我却在孤独中听到它继续执著地在渐渐的黑暗中轻轻回响，我把这种可耻的、无能的嘲笑压回胸中。

我开始走进这座巨鲸似的教堂昏暗的内厅，令人厌倦的阴雨从高大的绿玻璃上流下来，在祭廊的遮蔽下，几乎很难辨认各种柱头，风琴演奏者无休止地重复着一支四节拍的曲子，总是有一处奏错；我一走进去，恐惧便袭来，就像冬天里我走进一片大森林时突然夜幕降临。

我又去看棱皮龟，它比我上星期天在游乐园看的活乌龟大得多，而后者要比我在《布勒斯顿的谋杀》这本书中画的乌龟大得多，这本小说我曾于星期一借给詹姆斯；现在它又在他手中，沾上了泥巴；我画的那只乌龟也比博物馆第三条挂毯画上那只食人肉的残忍乌龟小得多，我决定第二天去看它。

随后，我无所事事，双手插在潮湿的雨衣口袋中，在回廊里游荡，目光盯在石板上，我的鞋留下脚印，我觉得挺好玩，又踩着自己的脚印往回走，后跟盖住后跟，鞋底靠鞋底，以便产生一种图案，我终于辨出它像一只苍蝇（我脑际里老是萦绕着一只大苍蝇，詹姆斯曾亲手指给我看飞虫柱头上的苍蝇，刚才我又看了它，自然它又使我回忆起他母亲戒指上宝石盘中装饰的苍蝇）；这时，我迷了路，走到圣母像的祭台前，圣像特别昏暗，石膏有点弄脏了，大概近年修缮过，石制的壁龛装饰着一条雕刻中楣，远看好像花饰或卵饰，但我走近看，才认出是只苍蝇饰。

圣器室门边的一个货摊上摆了一大堆虔诚敬奉圣像的小册子，我从中拿了一本《布勒斯顿新教堂图解》，它现在放在我的桌子的左边，桌上还放着一本《我们的国家及其宝藏》丛书之一《布勒斯顿指南》，那时我还没有买到这本书；还摆放着我新买的一本J·C·汉密尔顿写的《布勒斯顿的谋杀》，以及去年10月我在阿妮·贝利店里买的一张公共汽车线路图，还有一张我在写此回忆录之前又买到的本市地图。

七月，十二月

我在募捐箱里扔进两个先令，我打开书随便翻了翻，但光线太暗，此时我无法读它。

风琴演奏者继续断断续续地弹奏着，只有键盘上的小灯在空空的大殿中闪亮着。

7 月 10 日星期四

今晚，我忘了给伯顿家打电话，我想明天一定要给他打个电话。

12 月 8 日星期六，当我回到房间时，雨和夜沉重地压在玻璃窗上，雨点停留片刻，然后淌下去，无数晶莹的水珠滚动起来；我仔细翻看这本刚从新教堂买来的小册子，找不到任何对苍蝇柱头的说明，甚至一处也没有提及圣母像周围的苍蝇饰，但有一处插图迷住了我，是我还没有看到的一处门廊的详图，上画艺术和科学之神的寓意图，有一幅画的是穿着长裙的植物神，好像绣上了蕨草似的，右手拿着一个正在发芽、开着子叶的大种子，另一手拿着一把果，额上自然环绕着花和穗，我好像已经见过这张面孔，或准确地说我似乎见过一个活的女人的肖像，也许最近在这个城里遇见过，显然，这是不可能的，我暗想，因为我来此城市才不久，而我知道这尊圣像雕刻于 19 世纪最后三分之一的年代，画的右下方写着雕刻家的姓名 E · C · 道格拉斯，他融合二十多个他所能回忆的不同头像，加以艺术的酝酿，产生一种艺术的幻想、他在削凿石块时不是简单地从这种萌芽的幻想中汲取灵感，如果真的存在一个模特儿，那么她大概生在一百多年之前，早已老了或很久以前就死去了。

漫长的岁月和自然的腐蚀改变了这尊石像的外表，但远不同于它们改变和损蚀姑娘的细嫩皮肤，石像使我想起一位豆蔻年华的姑娘，我想象她的面容渐渐变硬，渐渐出现皱纹，渐渐改变表情，肤色越来越深，突然她那和善而神秘的双目凹陷了，这个宽大的额头下的鬓角轻轻起皱，鼻子细小、笔直，鼻翼两侧深陷，两片薄薄的嘴唇有点不对称，这两只修长的手臂能够像一把精密的钳子那样轻易地打开和束紧；我在短短的时间内想象她的脸庞饱受四季日雨风霜的损蚀，无疑我意识到她可能就像詹金太太那张饱经风霜的脸一样，如果我没有记错的话，她未超过六十岁；我曾轻声地对她谈起新教堂，顿时，她沉默警觉，目光死死地瞪着手上的戒指，似乎她从那里汲取力量，好像表示一种眷恋，她的目光还瞪着戒指上的宝石盘里的苍蝇饰，显然这也不是一种巧合，一只真的苍蝇也许被当作戒指上苍蝇饰的模型，也可能作为圣母祭台上一条中楣上雕刻的苍蝇饰和柱头上的苍蝇的模型，我总觉得三者之间有一种亲缘关系，不过我不能准确地知道其特性和来源。

虽然我觉得可能如此，但我对此毫不重视，也不认真看待，几个月之后，5 月最后一个星期六，詹姆斯在集市上以及后来在公司的办公桌旁出现奇特的反常态度，我才开始意识到这些关系的深度和亲密性。

我已认出这尊石像的神态就是詹姆斯的母亲的神态，星期一我把 J · C · 汉密尔顿著的《布勒斯顿的谋杀》借给他看（小说里到处可读到对这座教堂的讽刺挖苦，最后我又读了一遍，相当欣赏其措辞的激烈），现在他不顾我反对又捧起这本书；第二天，星期日下午，我再进新教堂去验证这种印象，不仅在植物神像前，而且在门廊上他的随从神像前，这种印象得到肯定和加强；一周之前，就是我首次参观游乐园的晚上，我已决定要在这周星期日上午再次参观博物馆的挂毯画。

那天清晨，天刚蒙蒙亮，街上差不多仅我一人，狭窄的小街上满地是雨水；在博物馆大厅中能听到从汉密尔顿站开往南方、开往伦敦的火车的声音，此时，我经过罗马石棺和变黄、干燥的古代花边裙前面，来到第三块挂毯画前；在撕碎的人尸（尸体两眼紧闭，头往后仰，刚刚从两个石头间滚下，惊动了蝎子和蜥蜴）中，在一片石头和灌木丛中，地平线上显出一座古卫城的轮廓，我看到一只大乌龟，它血红的嘴、方格纹块的头、满是皱褶的脖子、圆圆的眼睛，就像一只瘫痪的大秃鹫，它的羽毛变成岩鳞，两个大翅膀闭紧，凝缩成现在沉重的甲壳，往日它粗壮的鹰爪几乎无法顶起自己的甲壳，鹰爪的指尖紧紧抓住地面，其他的爪从肩膀的甲壳下长出，旁边站着它的奴隶和帮凶，高大的斯喀戎逮住过路人，献给它当粮食；那天我还不知其名，只等到第二周，我在巴伦书店里买到《我们的国家及其宝藏》丛书之一《布勒斯顿指南》后，才知道其名，我现在甚至不需翻书，心里就知道博物馆里十八幅哈里挂毯画的全部目录：

“忒修斯的童年，杀死恶徒西尼斯，杀死大盗斯喀戎，杀死巨人刻耳库翁，杀死普罗克汝斯忒斯，忒修斯被父王认出，杀死叛臣帕拉斯众子，海伦被绑架，安提俄佩被绑架，出发去克里特岛，杀死弥诺陶罗斯，阿里阿德涅被遗弃，埃勾斯驾崩，忒修斯当上雅典王，进地狱，费德拉与希波吕托斯，遇见俄狄浦斯，忒修斯的流浪。”

7月11日星期五

我刚刚打了电话到伯顿家，但他家中只有女仆多丽丝，她告诉我先生和太太都不在家里，用不着再问她，因为她已答应过什么也不说，但我仍然问她明天什么时候我可以再打来电话，她似乎没好气地回答她不知道，随后用力地放下听筒，以表明她在那里是说了算的人。

我读了今天的《晚报》，得知第六区他家附近发生了一场火灾，这个住宅区过去是贵族区，名叫鞋匠公园，我一直觉得这个区十分平静，不可能因此而发生骚乱。

在接到回电之前，我觉得昨日记述的事对我的回忆是至关重要的，为了不让它们溜掉，我应该补充我对去年12月第二个星期日上午参观博物馆的叙述；我至少应该大体地重新回忆起当时我把所有挂毯画扫视一遍的情况，那天，我环视一圈，慢慢地意识到所有这些画的统一性，并开始诠释它们的意义；我对其中一些画还是迷惑不清，如第八和第九幅画：“海伦和安提俄佩被绑架”，或第十七幅画：“遇见俄狄浦斯”（我相信那天我还认不出这位瞎眼老头），但我已看出所有这些画都贯穿着忒修斯这个人物，所有画都在叙述他的故事。

如果我省去这番深入研究的努力，如果我一下子事先拿到一张挂毯画目录——如同我现在所知道的一切有关女人、地点、被处死的罪犯等，那么这些挂毯画就不会在我的生活中起了这么重要的作用。

那么这几行画的标题又告诉我什么呢？ 它们远不是帮我进入这个用十八条挂毯画围成的领域内，相反我认为它们永远禁止我入内，因为如果我没有珍视它们的价值，那么我大概会认为我已够了解它们了，我也许不会再深入探讨，我可能永远不会重返大厅中，然而我已经开始探讨这个迷宫；当我手中已掌握这些情况时，我就能正确评价它们；这些挂毯画既是珍贵，却又是贫乏，我能从中获取所有信息。

我站在大乌龟的画前，我看见右侧第三个厅的另一堵墙上，画着一个巨人被同一位穿着护胸甲的青年人杀死，背景是春天挺立的榆树和桦树，树叶好像皮鞭上狭长的皮带一样展开，树也弯曲成刑具，残忍地把一团果实弹到空中，树枝也像劈啪作响的皮带，果实好像是一团在抽搐的人体（西尼斯逮住过路人，然后把他们系在两棵幼嫩的树干上，他使树干弯成弓形，利用树的强大弹力把路人从纵向撕裂开；在左下方的角落，这半个头的眼睛还动着），在地平线前方有一个小小的古卫城。

在我的左边，门的另一侧，挂在同一堵墙上的那幅画昏暗不清，窗户外格里克街上正下着雨，光线不足，我看见画上有一个兽面似的巨人被同一位披着铠甲的青年杀死，背景是秋天的橡树林，粗大的树枝弯得像拱扶垛，挂着大串可怕的总状花序，晃动着几具尸体，尸体的上半身被打碎，手臂吊在树枝上，头歪斜到两肋下，双腿却插在土里，地上长着奇怪的植物，尸体肚子绽开巨大的伤口（刻耳库翁逮住过路人，然后捆在矮壮成熟的树干上，再像弹簧一样松开，以便从横向撕裂人体），在地平线前方有同一座稍大的古卫城。

我走进第四展室，展室处在格里克街的角落，在我刚刚穿过的门的右侧，我看见画上有一个面部更酷似野兽的巨人，被同一披着铠甲的年轻人杀死、背景是黑色的矮树丛和岩洞，那些奇特的铁床上装着绞车和铡刀，在其中一架铁床上，躺着被砍去头和脚的人尸（普罗克汝斯忒斯逮住路人，然后他以拉长或砍断来矫正他们的身材），在地平线前方出现同一个更大的古卫城。

然后，在我左侧的墙壁上，在第七条挂毯画上，在这个神圣的城市中心广场上（我认出这些多利安和爱奥尼亚的神庙，认出这些王宫和建筑物，我一个场景接着一个场景地接近），来到坐在御座上的老国王埃勾斯前，我看见同一位披着铠甲的青年在杀害王宫里一群贵族纨绔子弟；这位青年总是持一把手柄装饰得很漂亮的剑，我在上个展室的第一幅挂毯画上看到过这把剑，它是由一位年轻少妇（埃特拉）从老国王的腰带上窃取的，她抱着一个男婴逃走，后来把这把剑交给右边的这个男孩，他的面孔极像那位披着铠甲的青年武士的；我刚才见到的门右侧的第六幅挂毯画上，老国王坐在广场的御座上，看着那位披着铠甲的青年武士的腰带上的一把剑，他惊奇地用右手指着剑，左手却推开手捧一个黑色小药瓶的王后，药瓶是一个老女仆带来的（美狄亚认出忒修斯，想用毒药除掉他）。

最后，穿过左侧门，门朝向第五展室，我去观看第十一幅挂毯画，这是张中心画，是我那天唯一能准确地辨认其内容的画，还是那位披着铠甲、手持一把手柄装饰得很漂亮的剑杀死弥诺陶罗斯的忒修斯，这个城市是雅典，是18世纪艺术家热衷表现的城市。

我走近阿里阿德涅一图，她站在通向迷宫门口的海岸上，穿着绣着银线的蓝色裙子（在右上角，船载着她和比她略小的妹妹；在另一堵墙上，我认出一艘大船，它往前驶去，运载着贡品，黑色的船帆还没有完全挂起，船上载着七对流泪的童男童女，老国王埃勾斯含着眼泪站在码头上为他们送行，地平线上有一座古卫城）；在位于博物馆街和罗马街之角的下一个展厅中，阿里阿德涅躺下歇息，睡着了，被遗弃在一个山岛（那克索斯岛）的岸上，没有料到在这些岩石后面，一位年轻的神坐着二轮马车，前由豹子拉着，后有一队随从，刚刚从另一条船上岸。

我还认为詹金太太酷似新教堂图解上印的植物神像；但那时候我在布勒斯顿唯一认识的姑娘是阿妮·贝利，那一段时间内我几乎每天中午和她在利剑饭馆共进午餐，她成为我这几个月干涸的沙漠中的绿洲，因此，我几乎视她为和任何美的东西都相关的女人，这尊植物神像立即使我联想到她，我知道对于一个思想不是足够深刻的人，是看不出两者的神似的。

随后（尽管挂毯画还有些模糊不清，现在一切都清楚了！ 尽管挂毯画还有些遗漏，但现在一切已能组成一个整体！）忒修斯成为国王，在雅典的广场上他坐在埃勾斯的御座上给自己加冕，周围是神庙、王宫和其他建筑物；最后，位于拉斐尔前派的绘画展室前的第六展厅里，最后一幅挂毯壁画上大海的对岸城市发生火灾，忒修斯被逐出城，成了白发苍苍的老翁，穿着撕成碎片的王袍，躺在一个小岛（斯库罗斯岛）的岸边的残骸旁，这里同他遗弃的阿里阿德涅躺着睡觉的小岛十分相似。

第二天，星期一上午，或者第三天，我在公司里把《布勒斯顿的谋杀》借给詹姆斯；他对我说等他母亲看完后再还给我，还说他找到……啊，他的话是什么意思？ 咬文嚼字又在卖关子，他说什么“非常奇特”等，但他没有说真话，我知道。

3

7 月 14 日星期一

昨日整天下雨，几乎没有停过，雷雨一阵接一阵，雷电和暂时的晴朗交替或同时出现，在灰黑的骤雨之间，天空一边是古铜色，另一边则是蔚蓝色；天色已开始变暗，夏天黄昏持续到晚上 9 点，之后天才黑，但这些天傍晚渐渐缩短，如同 12 月的下午渐渐缩短，3 点就天黑一样。

倾盆大雨骤落在市政厅广场上，这时，我来到大旅馆，向吕西安宣布我预料中的不幸消息，但我无法确定将是什么样的不幸，就像人们在一场雷雨中预料会出现一声霹雳，但无法确定它将在哪里落下；好几周以来，特别是自从 5 月在格林公园附近的伯顿家里的谈话以来，这种不幸在每一个场合威胁着人们，压抑在我们心头；那次谈话乔治 · 伯顿向我们证实了我们很久以来就在猜测的事：他就是《布勒斯顿的谋杀》的作者（当时我们走到较亮的地方，很早就开了灯，天下着雨，很寒冷，那天是冬天的最后一天，冬天消失在阴雨后暂时出现的晴天里，今天我们也处于雨后的暂晴中），我和吕西安一起度过这忧郁的时刻，几乎一声不吭，随后我们决定去快乐影院，看了一部相当蹩脚的意大利片；吕西安和我几乎一样震惊，起初简直不可理解这是怎么回事，因为我以一种含糊不清的话语和骚动的情绪表达，然后稍作一番解释，勾起他的回忆，他感到不安，两眼圆睁，是的，目光里充满一种恐惧（他是那么健康！ 那么平静！ 那么稳重！ 那么“法国相”！ 表面上他对这座城市的不祥幻象是那么欠缺灵敏！），渐渐地目光似乎流露出一种哀求，似乎他请求我原谅，似乎恳求我宽恕他，总之，这一切与他关系不大，这时，我发现他弄错了，他想象乔治 · 伯顿已不幸死去，他断定这是一次谋杀，我给他解释清楚，安慰他，最后他的脸色才恢复正常。

的确，是他在5月的第三个星期天向伯顿提出问题，他替我把我们的客人逼到无法退步的境地，逼着伯顿当着我们的面承认和公开声明他正是J · C · 汉密尔顿，这位作者曾拒绝把自己的照片印在“企鹅丛书”他的小说的封底上，显然他也许想让读者长期处于狐疑不决的状态之中；伯顿被逼着当着我们的面承认和声明此事，有点尴尬，掩饰不住心中的犹豫，他想到我们最终都知道而激动，迟疑了片刻；这片刻，我起先没有注意到，渐渐地我觉得它好像是这场谈话的关键所在，它像一盏警报灯一样在我心里闪亮；他沉默了几秒钟，也许仅一秒钟，但现在却对我来说好像几个月之长；他突然大笑起来，笑声像尖刀一样划破沉默，如同敲碎了一块把我们蒙在鼓里的玻璃一样。

我们大家都被这笑声逗乐，大家，就是乔治 · 伯顿、吕西安和我，因为哈丽雅特只不过莞尔一笑，但那时候我没有多想我所见到的场面，没有意识到他是努力强颜欢笑，没有意识到娇小、敏锐的哈丽雅特所保持的距离；现在每当我回溯到那个时候或者每当那个时候迫我回溯时，我心里就越来越明白了。

“当然，”他对我们说，“当然！”

他笑得喘不过气来，声音还没有恢复自然；他快活地望着我们两人，竭力想扮演一个花很长时间准备一场成功闹剧的演员，当玩笑爆发时，演员会幸灾乐祸地看着观众目瞪口呆的样子。

外面天几乎黑了，在雨中几乎看不清格林公园中树木幼嫩的枝叶，它们在阴郁的黄昏中摇晃。

“你们肯定在寻思我怎样谋生，那好，亲爱的朋友，我是一位专写侦探小说的作家，一位作品发行量很大的作家，”他又一次发出假笑。

“啊，我看得出你们所猜想的，《布勒斯顿的谋杀》是我唯一用笔名发表的作品，当然，不能指望单靠它的稿费养活哈丽雅特；我的巨大成功是用巴纳比·里奇这个笔名，我还在我太太的非常宝贵的合作下，用卡罗琳·贝这个笔名写了大量的侦探小说。”

他们松了一口气。

“有一天，大概十年前，亲爱的，”哈丽雅特递过香烟，“出版商向我们要照片（好像广告需要），我们开了个玩笑，两人都化了装，戴上夹鼻眼镜、硬领、白蝴蝶领结，留着小胡子，我假名为巴纳比。

“至于我，戴了一顶奇怪的假发，还撒上了滑石粉，画了几道皱纹……

“一点也认不出来！ 至于J·C·汉密尔顿，你们知道，我采用新发明：没有肖像，留下一个空白的相片框，巨大的神秘感。我请求你们不要泄露出去。你们想想看：要是我老是围着侦探小说转，就有可能使那些耐心听我讲故事的读者永远倒了胃口，因此我得有一些借口不露面才好。”

5 月 25 日星期天，他紧接上个星期六留下的话题，继续吹捧自己的艺术，并解释他的艺术观点，开始他的高谈阔论；但他换了另一种语气，供认不讳地以他自己的真名向我们宣布：在侦探小说的最佳作品中，他特别喜欢在小说内部出现一个新的维度；他解释道：在读者的眼里不仅仅是人物和他们之间的关系在变化，而且从这些关系中，从他们的故事中读者可以推断出最后的结局、故事确定的结局，正如他在后来一周告诉我们的那样，故事的结局是凶手被消灭，这是一种纯杀害，在这场杀害中侦探达到生命的光辉顶点；小说通过各个方面，步步推进，才出现最后结局，因此，叙事再也不是一系列事件的平面投射，而是重建它们的结构和空间，因为小说情节顺序是根据侦探或叙述者所据的不同位置被编排起来的……

那两次他说的话还模模糊糊留在我的脑海里，但离那两个月之后，他被车撞翻，刚才不幸的消息传来，扰乱了我的回忆。

7 月 15 日星期二

很久以来，我就想打个电话到伯顿家，终于在上星期五决定去打电话，但伯顿夫妇都不在家，上星期六晚 6 时我又打去电话试试，看他们在不在，但都没有找到，还是传来那位几乎要让人发狂的可怜女仆多丽丝的声音，平常周末她从来不在他们家里。

“你是不是下次打来？ 今晚太太相当累。”

“那先生呢？”

接着我听见话筒好像不小心掉下去的声音；星期天上午10时，我第三次拨号打电话，哈丽雅特接了电话：

“您是雷维尔先生吗？”

她的声音多么虚弱！

“昨晚我非常抱歉；您知道我真的不知所措；我是那么担心，一直在等候医生来电话；感谢上帝，他现在好多了，一切还顺利，再过一个钟头我要去看他；警察不会再来吧！我想，呵！ 他们老是缠着问这问那！”

“发生了什么事？”

“哦！ 是啊，您还不知道，对不起，我刚刚度过两个可怕的夜晚，我还没有清醒过来，头也没有梳过……幸好，多丽丝在这里，您认识她吗？ 我们的女佣是那么好，她答应这几天和我一起待在这房间里，我觉得现在房间里好像一切都乱七八糟。 我害怕一人睡觉。 她刚刚给我端来早餐，您瞧！ 我是多么懒惰……”

“我不谈了，您吃早餐吧！ 我敢打赌多丽丝躲在墙角，正恶狠狠地瞪着电话。”

“您听见了吗？ 您真会逗我，事实证明一切将会好转的。”

“我什么时候可以再给您打电话？”

“当然等我回来后，您要什么时候打来都行，乔治大概能和我谈话了；昨天，他口里只吐出几个不清不楚的词；我甚至不敢断定他有没有认出我来。我应该告诉您这一切：星期五晚上发生的；我在家沏了茶，等候他回来，他迟迟不归，我开始担心，差不多 7 点，电话铃响了，我想是他打的，可能会向我解释他被堵在某个地方，我要轻声抱怨他；随后在听筒里我听见一个陌生的声音，我起先听不明白，只听他反复说：'这里是布勒斯顿王家医院。'话筒里的声音以一种怜悯的语气机械地重复着，令人心寒胆战：'您是哈丽雅特 · 伯顿太太吗？ 您就是乔治 · 威廉 · 伯顿的妻子吗？我们应该通知您：您的丈夫刚刚在一次车祸中受伤，当他正要穿过布朗大街时，被一辆轿车撞翻，马上被送到我们医院里，您可以来看他，16 号病房第 7 床。'好像伤势并不很重，不过他至今还没有醒过来，今夜将动手术。当然我要求医院尽快把他放在一间单人病房里；昨天，正当我回家歇下喘息时，一个人接踵而来敲门，他是便衣警察，问了我各种各样的问题，甚至问了一些很不得体的话，大部分问题是无法回答的，譬如：我丈夫常去哪里？ 他有没有树敌？ 等等；我能知道什么？ 啊，我实在受不了这么盘问，今天，如果乔治能张口说话，不再发高烧，那么警察肯定会去纠缠他；我们小说中曾写过这些事，因此我们应该对此有个思想准备，但当它们这样突如其来，连我们也措手不及！ 多丽丝又回到厨房，我这么唠唠叨叨，她十分气恼；她煮的蛋已凉了。"

她说过，她接到电话时大约 7 点左右，这样推算，乔治 · 伯顿在布朗大街被车撞翻大概是 6 点半，那时我在利剑饭馆安静地吃饭，心里在遐想着博物馆的挂毯画和这位阿里阿德涅——阿妮，我于去年 12 月几乎每天中午和她在这里共进午餐，那时她已经给我谈起了罗丝；正是在医院电话通知后不久，我在迪尤街和托尔街拐角处的一个电话亭里给他们家挂了个电话。

我理解那位可怜的多丽丝的疯癫，她大概总觉得她的主人有一种不很得体的职业，过着一种怪诞的生活，她可能经常嘟哝着：总有一天，一切不得好结果。

晚上，我们离开快乐影院，来到“东方玫瑰”吃晚餐，在衣帽间里，我手提话筒又开始我们的谈话，吕西安站在我身旁。

“是的，他好一些了，好多了；现在可以吃点东西了，烧退了一些，谈话也自然了，我可以较长时间地待在他身边；他像从噩梦中醒来，便衣警察也来询问过他，他告诉我，警察问了有关车祸的一些问题；但他无法提供准确的情况；他只记得他正要横穿街道，看见一辆轿车直冲向他，他想躲开，然后他就发现自己躺在病床上了。我告诉他您打了电话问候，如果您能来看他，他肯定很感激您；当然，用不着马上来，他现在很累，不过下周您可以来。他至少得住院半个月，他的耳朵曾被拉破，肩膀被撞碎，有伤口，现在包着绷带；他流了许多血，您知道，他差一点报销掉，大夫告诉我：他真害怕颅骨破裂；我根据他昨日说话的语气，其伤势之重可想而知，幸好，还没有更严重的伤，现在只好让他缓口气，等待、休息。请原谅我控制不住，哭成这个样子，这样心里才好受些。”

7 月 17 日星期四

昨晚我在哈丽雅特 · 伯顿家里待了很久，比原先想待的时间还要久，我第一次像这样在乔治不在家时去探望她，而她也是第一次这样以主人身份接见我，以前她在家庭里总是默默无闻（我预感到几年之后，罗丝结婚后将也是这种状态）；我们谈了很久，谈了他的目前状况，他的伤口，谈了不明真相的“车祸”，大概这是一次未遂的谋杀，警察局的调查和假设好像都没有结果，好像拒绝解开这个谜，对他们来说这非常重要，既然没有死人；而她，哈丽雅特，我清楚地觉得她脑子里苦苦在思索着一件事，她不愿告诉我，肯定也没有告诉便衣警察，但我不由得推想它可能和《布勒斯顿的谋杀》此书有关，与J·C·汉密尔顿的笔名有关，大概与阿妮和罗丝曾告诉我的那个人——那位她们表兄的朋友有关，我一下子想不起他的名字，不过我可以在这些日记中找到他的名字，因为我记得曾写在那篇关于6月1日晚宴的日记中，也可能与那幢好像与小说里温兄弟住的房间相似的住宅有牵连。

这个事件，昨日报纸还只字不提，今天早晨《布勒斯顿邮报》广告版的头条新闻仍是报道刚刚在第三区莱恩公园和螺母旅社之间的一个车库发生了火灾，而今晚，在《晚报》的头版大标题上出现了一行粗体字的标题：

布朗大街之谜

一位著名的侦探小说家幸免于难。

布勒斯顿市最杰出的文学家之一，乔治·威廉·伯顿曾以巴纳比·里奇的笔名闻名遐迩（这里用不着列举他众多作品的目录，大家都会记得《蓝色的罪恶》、《腰果树之环》、《三榆树之屋》、《影塔》、《狐狸湖》、《角质骨锉》等侦探小说，以及他所塑造的一位戴着草帽、穿着白鞋的独眼龙小侦探所巧妙破获的许多疑案），他是著名作家卡罗琳·贝的丈夫，上星期五晚 6 点 29 分，当他穿过布朗大街时，被一辆飞速开来的轿车撞翻，汽车不顾红灯信号直驶而过，仓惶逃走，迅速消失在特里尼蒂街。

好几个目击者认定车子突然改变方向，直奔乔治·威廉·伯顿。不幸的是一切都是这么快地发生，在这人流高峰时间里一切是那么混乱，以至于他们中的任何人都无法准确地描述司机的体貌特征，没有人记下车牌号码。警察局正在调查之中……

但一点也没有谈到 J · C · 汉密尔顿，也没有谈及那本小说。

詹姆斯 · 詹金竭力躲开我，星期一下班后，我本想请他去看电影，这使得我也不敢要求他和我一道去新闻影院看关于巴尔米拉和巴勒贝克的电影，詹姆斯 · 詹金整整一周没有和我说一句话；今晚，我们从公司下班，他来找我，他好像十分疲倦，有点局促不安，要求我像往常一样星期六到他家吃饭，我有一个多月没有去他家大院，而 12 月我几乎每周都去那里一次（那时除了霍勒斯 · 巴克的家之外，在这个城市里，他家是唯一向我开放的人家；我几乎每天都和阿妮到利剑饭馆共进午餐，但我未曾认识罗丝，因此，我还没有到过她们家，还没有踏进诸圣花园路她们的家门，到后来、她们家才成为我熟悉的去处），在乔洛吉街他家的大院里收藏着许多 19 世纪中叶的小古玩，自从 5 月我们在二区集市上又一次谈论《布勒斯顿的谋杀》以来，我再也没有去过那里。

7 月 18 日星期五

“据消息灵通人士透露，J · C · 汉密尔顿的《布勒斯顿的谋杀》一书的作者可能不是别人，正是乔治 · 威廉 · 伯顿，又名巴纳比 · 里奇，他刚刚在一次奇怪的车祸中受伤……”

今日报纸上才开始出现这个名字：J · C · 汉密尔顿，《布勒斯顿的谋杀》的作者；5 月的最后一个星期六，我根本没有想到阿妮 · 贝利又找到那本签有我名字的小说，现在书却在詹金手里。

我真想知道这个幽灵的出现会对詹姆斯母亲产生什么样的影响，因为她不可能没有看到它的存在，正如詹姆斯不可能想躲开她，但我觉得她已识破他努力想逃过她的目光，她从他的脸部表情（天晓得他的表情是不是有变化！）就知道他干过什么，她用不着刨根问底，这是一种太庸俗的做法；我觉得她将促成一次机遇，将使会面成为不可避免的事，将强迫她的儿子供认，而他甚至无法对她隐藏，他是位谨慎矜持的君子，我隔了这么久又应邀到他家，我也是小心谨慎的。

12 月第三个星期天，16 日，下了一场脏雪，我这一年来此城后下的第一场雪，雪未触地就融化了，她在还给我这本小说时一再道谢，有节制地恭维，不禁使我注意她的姿态、语气和目光，特别是她的目光比平常更经常地瞪在戒指宝石盘上的苍蝇饰，好像要从那里汲取力量，或至少得到宽恕，也流露出一种那么严重的不快，尽管她努力表现良知和善心，但仍伴随着一种深刻的不信任感，就像对一个假装端着冷饮而内放毒药的人一样。

脏兮兮的雪花飘落在玻璃的另一面，融入花园中小径的水洼和泥泞里，太大的院落，内有一个太大的花园，但花木修剪得太差劲。

我像处在一个到处是陷阱的境地里，前面是一座设防森严的城堡，在那里，阅读《布勒斯顿的谋杀》像引爆一颗炸弹一样，必然炸开城堡，使其裂开一条巨大的缝；直至最后，我还不相信裂缝是那么深，那么长，但一下子惊动所有的警报铃，以至于如果我想进去，哪怕跨出一步，就得麻痹卫兵，掩盖我的意图，等待，运用计谋，以便潜进去。

因此，12 月 16 日星期天，我克制自己，不提及我上个星期六在新教堂的画册里的发现，这种发现在第二天即 12 月 9 日星期天下午我去观看门廊的雕像时得到证实和补充；16 日那天我在她家中仔细地审视詹金太太这个活生生的模特儿的脸部，在想象中抹掉她额上、鬓角、手指上许多细小的皱纹，再使她容光焕发，使她两颊的肉绷紧，给她的头发洗染一下，变得更柔软秀丽（至于她的眼睛，只有在她注视戒指上的小蝇时才炯炯有神），总之从她现在的表面去想象她青春时的容貌，这种发现得到加强，更加准确。

在那次午餐上，我越是凝神她的脸部，越细心地观察灯光下她的一举一动，心里的感觉就越变得压抑，我似乎觉得新教堂门廊上的艺术神和科学神的寓意画像在我眼前一次又一次地活动起来（这只手举着茶壶柄，似乎是天文神的手在操纵六方仪星座），并非因为手势完全一样，而是因为雕像的手势活像一个女人刚要做出某一动作的一刹那，预示着她将展开手臂，表现出一时的羞怯，这是对现实动作节奏高度的浓缩、完美的概括。

她是那位大部分神像的雕刻者 E · C · 道格拉斯的女儿，因此也是一位模特儿的女儿，他曾是那么深情地、那么细心地、那么频繁地挖掘和观察那位模特儿，因此她和作品的关系是那么密切，但这种解释是不够的；我想象她曾把自己的父亲视为真正的皮格马利翁[①]，她从童年开始慢慢地尽自己的可能把父亲在石像上所雕的人物的目光、曲线、风韵吸收过来，这些姿态在她身上集中并体现。

① 希腊神话中的塞浦路斯王。 他善于雕刻，有一次他雕刻了一个少女像，并恋上了这尊雕像。

4

7月21日星期一

夜幕又降临；下午，我和吕西安一起去看电影，看完电影后，他离开我去贝利姐妹家，他叫我陪他一起去（而我却傻乎乎地拒绝同去，回到房间里，埋头于这一大堆稿纸上），他只有两周的时间和我相处，他确定在两周之后启程，8月3日星期天将离此返法；下午我和吕西安一起走出新闻影院，我们刚在那里看了有关牛津的纪录片，牛津的一些广场和建筑物使我联想到博物馆挂毯上的雅典（下周放映《壮丽的共和国》系列片，将可以看到加拿大的大湖），这时的气温显然比5月底高，我在同一个时辰从同一条路返回这间房子，但光线是一样强，太阳在同一位置上，挂在雾霭中隐约可见的烟囱上方。

白日更长、更晴朗、更自信，我心头感到多么轻松！5月的最后一个星期六，我在集市上告诉詹姆斯·詹金小说《布勒斯顿的谋杀》的真正作者，其实我自己知道得也不很清楚，心里也不很愿意告诉他；在此前一个周日，乔治·伯顿在他家里向我们谈起凶杀和话语的能力时，已经向我透露一些秘密；又一周之前，他曾向我们承认他就是J·C·汉密尔顿著的《布勒斯顿的谋杀》一书的真正作者，我们很久之前就推测是他，如此一来，他就给我们展现了一个最重要的秘密；再一周之前的那个星期天也是阴雨，但白天已比以前长些，更晴朗、更自信，即5月的第二个星期天，10日（我回溯那月的日程，在那之前，白日较短，直至冬天），那天我们的对话好像一场讲座，不时被打断，我们要求讲得更清楚些；我们是第一次这样集中话题谈论侦探小说，这个话题是我们很久以来经常涉及的，我们从一开始聊天就离不开这一话题，因为正是《布勒斯顿的谋杀》这一书使我和乔治有幸相识。

整个晚宴期间，他注视着我，笑着看我们犹豫不决地向他提出有关汉密尔顿的问题，他悄悄地做一些暗示来刺激我们，心里暗忖着什么时候适宜开口，他断定我们一定会问及，他胸有成竹，越来越肯定，同时故意拖延，看我们最后会不会问，但最后我们离开了，他对我们几次欲言又止的窘态感到幸灾乐祸，对自己能够继续这样玩弄游戏而感到洋洋得意。

不！ 要是我们弄错的话，那我们一点也不怕我们的假设会刺伤他的自尊心，既然他好几次在我面前说他十分敬佩那些专门写侦探小说的作家；我们的沉默中带有某种不安，他曾设下种种疑阵，让我们推测，假若不是这么回事的话，他就会觉得我们太蠢了，我们之所以不安，根本的原因是我们坚持要从他口里得到一个明确的供认，我们清楚地感到他希望让我们最后留下一个疑惑，正如我那时所想的，不仅因为他知道在我们眼里，《布勒斯顿的谋杀》的作者与他的声誉关系重大，何况他成功地隐名埋姓，一直成为“神秘”的作者，而且显然是为了保证自身的安全。

后来发生可悲的事件，只不过进一步表明，他对我们的不信任是有道理的，后一个星期日他踌躇不决，迟迟不肯承认也是有道理的，他放声大笑前保持沉默也是有道理的；他曾估计到要冒许多风险，因为如果我还有一点点怀疑，我肯定不会对詹姆斯·詹金和贝利姐妹泄露他真实身份的秘密。

吕西安和我都清楚地感到：如果5月的第二个星期日那天，我们立即迫不及待地向他提出这个问题，那么他就会保持警惕、闭口不谈，或者他可能以一个准备好的谎言搪塞过去，但也可能不是一个谎言，他只会敷衍塞责，不让我们相信（或者，他回避正面回答我们，以防止我们再问这个问题），因此，我们觉得应该保持沉默，我们越是耐心等待，他就越成为我们的同谋，以共同反对他自己，他的防线也越容易击破，而他越嘲笑自己的警惕，我们也越有可能知道真相。

因此，我们俩都缄口不语，一言不发地静静地听他说，他使我们明白在侦探小说中，故事是倒叙的，因为它先从凶杀开始叙述，这是各种惨剧的结尾，侦探就得一步一步地追踪溯源，这在许多方面比从来没有倒叙的故事自然，顺叙故事先是叙述故事发生的第一天，接着第二天，再是后来事件，循序渐进地叙述，就像我那时叙述去年10月来此的经历；在侦探小说中，故事慢慢地挖掘它开头叙述的事件之前发生的事，这可能使一些人感到困惑，但倒是非常自然，因为在现实生活中，我们往往是遇见某人之后才开始对某人以前做的事感兴趣；在现实中，经常是在不幸的灾难突然降临、扰乱我们的生活之后，我们才警觉起来，寻找它的根源。

因此，我自己也努力寻找是什么原因使我把J·C·汉密尔顿的真名告诉阿妮和罗丝，接着传到她们的表兄弟，再传到表兄弟的朋友的耳朵里，是什么原因使我背叛伯顿，但我找不到什么话来解释这些现象，我好像觉得心情是那么沉重和难受。

如果乔治没有躲过死亡，如果我必须正视事实——我也参与了这个事件，那么我的心情难道不应该更沉重和难受吗?

因此，我回溯到5月的最后一个周六，我在二区集市上第一次向詹姆斯泄露这个秘密，回溯到在位于格林公园附近的伯顿家中那一次三人谈话，寻找能够给我作为借口的理由；回溯到5月的第二个星期天的谈话：我们还不想立即问他是否是《布勒斯顿的谋杀》一书的作者，那次他使我们明白侦探小说的故事是倒叙的，或更确切地说，故事有两个时间重叠着：从开始调查凶杀的日期和惨剧从开始到凶杀的日期，这种时间重叠是十分自然的，因为在现实中，思想在时间的进展中逐渐完成对过去的思索，同时其他事件的细节也在逐渐积累收集。

因此，我在回忆录中叙述现在这几周我觉得重要的事，并继续追述去年秋天发生的事，故此，我才能叙述到5月第二个星期天的那次谈话；那天他使我们明白事情往往会变得复杂化，尤其是侦探常被受害者叫去保护其安全，他害怕被暗杀，这样，调查的时间甚至在凶杀之前就开始了，调查他眼前罪恶撒下的疑云和恐慌，最后紧锣密鼓地加快速度；而凶杀的时间在侦探的调查中步步逼近，直至另外的凶杀发生，它们是前者凶杀的兑现、回声、强调；他还使我们明白属于调查过程的每一事件会出现在后来一个时刻的倒叙过程中，介入另一个系列；我们逐渐发现的这些事实都在为他想在第二周星期天告诉我的事做铺垫，我只有通过另一次谈话才懂得我们的发现的真正意义。

7月22日星期二

直至现在我所叙述的5月的事只不过是那些好像直接使我冒失地、草率地说出J·C·汉密尔顿的真名的原委，在5月的最后一个星期六我泄露了这一秘密，第二天又再次泄密；而我忽略了详述我多次造访贝利家的情况，以及我有几次在詹金家吃饭的情况，还有我和吕西安多次一起散步的情况，吕西安再也没有时间和我逛街，一心忙着准备十三天之后的启程；但在5月我有条不紊地把他带到城里的许多隐蔽的角落里散步，我好像觉得这些地方有某种涵义或某种迷人之处。

因此，在5月的第二个星期天午后，我先带他去参观位于城街的博物馆，然后在喝茶时间我们去了伯顿家，他的家位于格林公园对面，格林公园是名符其实的园林，到处郁郁葱葱，枝头都亮着芦竹绿的微光，光芒好像从芽尖泻下，而那些潮湿的草地上，水仙花和长寿花散发出阵阵清香。

白云间射出柔和的阳光，其色彩犹如透明的瓷器，阳光照在三间朝南的大厅的窗户上，窗纱已撩起，当微风吹动时，绉纱泛起波纹闪着光。

他好奇地听着我对各幅挂毯画的解释，我小心地提防，不向他讲述我自己的感觉：在我看来，今后阿里阿德涅代表着阿妮·贝利，费德拉代表着罗丝，忒修斯代表着我本人，而他则是第十五幅画上的年轻王子，我走进地狱，引导着王子去夺回普卢同的妻子——冥国王后普罗塞尔皮娜。

在画面的左边，他们俩在山腰裂口前；画的中央是个山洞，里面是一个钟乳石的拱形大厅，烟雾弥漫，四壁挂满浅褐色的、湿淋淋的植物，在一簇簇褪色的阿福花中间，他们登上御座的台阶，四周魔鬼一片惊奇，只等一声令下，就会大发雷霆，企图抢下这个女人，这个费德拉，这个罗丝，她还披着春天般鲜艳的色彩，她的王冠和全身装饰着火花及宝石，但故事的结局很惨，因为在画面的右边，我们发现他们被缚在地狱里的囚室中，就在这个山的一个洞穴中。

现在我不仅在这个皮里托俄斯（显然我念出这个名字时，它使人感到好笑），而且在另一个人物身上认出了他；在我买到《我们的国家及其宝藏》丛书之一《布勒斯顿指南》之前，我把这个人物和皮里托俄斯视为同一个人，这个神是第十二幅画上的狄俄倪索斯，他在那克索斯岛上岸，当他坐着由豹子驮拉的四轮车时，发现了被抛弃的阿里阿德涅。

当我第一次遇见这些用毛、丝、银、金线织成的挂毯画时，我不懂其意，但他比我更不懂古典神话，只有第十七幅画的俄狄浦斯的名字在他脑海里唤起了对古老神话的回忆；当我努力把有幸找到的片断加以回忆整理时，我渐渐地懂得忒拜和雅典两位国王的相遇是多么自然，几乎是不可避免的。

的确，这两个小孩的命运多么相似！ 他们弄错了自己的出身和种族，生长在离家乡遥远的地方，两人都杀死了危害边境的妖魔，两人都猜出谜语，疏通了道路，两人都杀死了自己的父亲（忒修斯，不是用刀，而是由于疏忽，实际上罪行更大，因为埃勾斯之所以自尽，是因为他看到儿子船上挂着黑帆，儿子本应该换上白帆，但他知道看到黑帆就可能使父亲失望而死，而俄狄浦斯不知道死者的身份，不知道自己和他有血缘关系，如果他没有这个费德拉，这个罗丝的话，儿子可能不会留下黑帆；为了她，他抛下阿里阿德涅这位公主，他没有成功地利用这位公主来保护自己，她占据他整个心灵，使他变节和失明了，两人都得到一个脆弱的王位，两人最终都被赶下王座，流落遥远的异乡，看着自己的城邦起了大火，却无法去解救。

半个月之后，在一次关于侦探小说的谈话中，乔治 · 伯顿嘴里又提到俄狄浦斯这个名字，那天下午吕西安和我离开博物馆，来到他家中，继续 5 月第二个星期天下午的那次谈话，在那次谈话中，我们成功地使他供认不讳，他正是《布勒斯顿的谋杀》的真正作者，他正是小说封底上白色相框下写的 J · C · 汉密尔顿笔名后隐藏的真正作者，我禁不住把此消息告诉了詹姆斯 · 詹金，然后又告诉了贝利姐妹；但我告诉詹姆斯是个大错，因为这重创了他心灵的伤口，肯定也伤了他母亲的心；特别是我告诉贝利姐妹更是大错特错，因为我越来越害怕小说所揭穿的那位她们表兄的朋友，他的住宅很像小说中温兄弟的房间，既然他自以为埋藏很久的罪恶就要被揭露出来了，我就越来越害怕这位朋友千方百计想报仇，想利用别人来保护自己，他暗中思量这位作家是不是正在收集证据；我害怕正是我自己说话不慎，使乔治·伯顿面临着死亡的危险（根据星期天他在医院对我讲话的语气，我认为这正是他自己所想的；我必须知道的是，这个人是否有一辆黑色的莫里斯轿车，我在第二天写的关于在贝利家的那次倒霉的谈话的日记中，我想能够重新找到这个人的姓名），这个危险还存在着，只要事实未澄清就还会存在下去，在布勒斯顿全城里笼罩着这个死亡的危险，它已一下子集中在他身上。

现在，J·C·汉密尔顿的名字传遍全城，上星期四，还没有一家报纸谈起，星期五，只有《晚报》上的一篇小文章羞怯地报道了，到星期六就像爆炸新闻一样在所有报纸上以醒目的标题长篇加以报道，自然出现了那醒目的书名——《布勒斯顿的谋杀》；现在乔治·威廉·伯顿的大名已传遍全城，他要是没有遇见我，那大概不会躺在病床上，他曾特意嘱咐我要为他保密，我一时疏忽，差点儿害了他。

7月23日星期三

上星期六下午4点左右，正如我们事先跟哈丽雅特许诺过的，我们来到王家医院的病房里看望他，这时，他看到我的上衣口袋里插着一张《布勒斯顿邮报》；那天下午，我很久以来还是首次在詹金家里（他们两人的精神多么紧张啊！）吃午饭；饭后我去找吕西安，刚才路经市政厅广场，在大旅馆的角落里买到这份报纸，在报纸的头版大标题上醒目地印着“布勒斯顿的谋杀”，但遭到讥讽和涂改；我们一走进病房，他就看见了报纸，他努力想坐起来，放低枕头，然后用手指指着报纸，开始大笑起来，笑声如同打碎玻璃的声音，突然他停住了，显然这使他极度难受，开始像老头子一样吃力地咳嗽，然后精疲力竭、悲痛欲绝，就像失控的人一样瘫倒下去，厌烦地苦笑着，低声地呻吟着：“布勒斯顿的谋杀。”他的头左右晃动着，就像被一场噩梦折磨一样痛苦。

这时，吕西安去找护士，我待在床前守着他，直等到他的目光终能朝我望来，他能重新抬起头，能和我讲话，这危机终于平静下来，他渐渐地被一只大苍蝇嗡嗡的声音吸引住，苍蝇刚从敞开的大窗飞进来，窗口朝着威洛公园，公园里到处是游客。

天很晴朗，但相当热，有点闷；而这些天来，尽管夜晚不可避免地减短，但天气越来越热，越来越闷，空气里污垢越来越稠，纷纷扬扬的铅屑洒落在我房间的窗玻璃上，大煞迪尤街的风景。

我的目光盯着一只在乔治·伯顿头周围盘旋的苍蝇，它飞的圈子越来越小，最后停在他头上的白绷带上，然后爬到额头上，用细头的吻管吸着额上的汗珠，一只毛茸茸、硬邦邦的苍蝇，这里人叫它“兰瓶”。他的眼睑紧闭；他那粗壮的手无力地挥了一下，想赶走它，我不敢靠近病床，不知所措，当我听见门开了时，才松了一口气，只听见一个女人的声音，她和吕西安一道进来，告诉我们现在最好让他休息，最好明天他镇静时再来看望他。

星期天，哈丽雅特坐在他床头旁的白色椅子上，成功地把这间空荡荡的房间整理得令人舒适悦目，房间尽管大窗敞开着，仍有股乙醚的味道，那天天上几块灰白色的云朵慢慢地飘到模糊的太阳前，在这里这可算是非常好的天气。

他神态安详，坐在床上，背靠在垫高的枕头上，他一点也没有提起我昨天不幸的访问，以殷勤的态度和讥讽的语气同我们谈话；但在他的语气中有一种不同寻常的亲切，一种十分谨慎的亲切，似乎他知道我的一切错误，似乎他在原谅我们，似乎他在心里不停地喃喃自语："我不怨恨您，我差点儿死去，但您要了解我，我一点也不怨恨您，您瞧，我还是像过去一样对待您。"

他给我们讲了他对"事件"（他使用的正是这个词，显然，他向我们所说的一切只不过证明了我们的害怕）的看法，说他没有留下任何回忆是不真实的，他对警察局也这么说，各家报纸也反复这么说，然而，他在两个月之前给我们讲述的关于侦探小说的观点仍然不变，他想在他面前能保留一些基本东西，以便给自己留下解决问题的方法，以便能使凶手狼狈不堪，不是靠自己的手，而是靠自己的声音来处决凶手，他向我们宣布这点，这大概是为了试探我们，看我们的理解能力达到什么程度，但他含蓄地告诉我们：

"我构思、我构思，使一些虚构具体化；冒冒失失地著成书；描写烦恼与凶杀；与死尸、脱险者、逃命者打交道，从中寻找乐趣；然后事态突发，射出的子弹像游戏一样在许多墙壁上跳跃，回弹打中了您；您知道，我希望自己也像书中一个主要人物一样亲身参与其中一次真实的事件，尽管如此，但这很可能只是一次车祸，这位司机也许喝得太多，事情就是这样，这才可以解释他那迟滞惊慌的眼神；当时我感觉到他直向我扑来的那种怒气，我在不到一秒间瞥见的那张脸孔是那么痉挛（是否因为他发觉自己不可避免要碰上这场事故而感到恐惧？或是因为他下决心这样做是受了疯狂的仇恨的支配？）。他的脸孔是那么痉挛（如果现在我在正常的情况遇见他，那我会认不出他的），他恐慌地逃脱，他可能已全忘了当时的情景；大概再也找不到坐着黑色的莫里斯轿车里的他。”

没有一家报纸报道过是什么牌子的轿车，这完全是一个新的线索，他如何能看清车样，何况他的那一瞬间要比周围的目击者短暂得多？

的确，整个场面可能非常清楚地印在他的脑海中，但真正的答案难道不是他在追踪中，他怀疑某人，他知道此人有一辆黑色的莫里斯轿车吗？

我必须寻找的，是贝利姐妹的表兄的朋友是否与此案有关，我写这些日记时还不知道他的名字，但怎样向她们问起他的事，而不立即引起她们的怀疑——有可能这种怀疑是荒唐的——不使她们感到不快，又不使她们觉得可笑呢？

因此，我不愿陪吕西安，他离开医院后去看望她们；我想让自己一个人静下来思考这一切，我步行了很长一段路，最后迷失在第十一区凄凉的街道里，直到我又走到发臭的斯利河岸上。

“那是一辆黑色的莫里斯轿车吗？”我曾这么问过乔治·

伯顿，他回答说：

“噢！ 当然，我不敢绝对肯定。”

我真想自我解释，自我辩解，向他供认一切；正是我背叛了他，我们不值得他信任，是我把他交给死神，置他于死地，我曾在6月1日星期天的晚宴上向贝利姐妹泄露了J·C·汉密尔顿的真名（先是前一天在二区集市上向詹姆斯泄露，那时我们在射击台前看到伯顿的照片，其底片已弄脏、刮坏，不能再复制了，现在夹在我的那本《布勒斯顿的谋杀》中，我把它和其他资料放在办公桌的左角），现在当我的怀疑得到证实时，他要求我们保密完全是有道理的。

然而，在尚未弄清事实真相的情况下，又如何介绍这些事呢？ 为了不使人家误会，我既害怕又内疚的复杂心情又从何处说起呢？ 倘若他和我怀疑的不是同一个人，那又如何不觉得荒唐呢？ 假使我的线索表明是错了，那为什么还要冒着风险把他引入歧途呢？ 如何对他谈起他不认识的罗丝、阿妮呢？ ——我在他面前从来没有做过半点暗示——如何对他谈起我所估计她们俩在这个事件中所起的作用呢？ 但不管怎样，她们是无辜的，因为我没有对她们说这是一个秘密，也没有对詹姆斯说；这时我觉得伯顿很疲倦，哈丽雅特有点担心。

沉默了一会儿，护士进入病房，朝我微微一笑，暗示我们探望时间有点太长。

7月24日星期一

我们告辞了，答应他们下个星期天这时候再来看望，我将一个人来，因吕西安十一天之后将离开布勒斯顿，星期天轮到他最后一次在旅馆里值班；这时，我不停地想着詹姆斯。

今天比昨天还要闷；我巴望能下一场雨；我的双手粘在纸上，衬衣粘在背上；当我走进房间里，浓稠的空气中含有下坠的浓烟的呛人气味，就像体育场附近一区的轮胎库火灾后的余烬气味，今晚的《晚报》已不再报道乔治·伯顿的车祸，而是报道火灾情况，似乎这种火烧气味在追逐着我。

星期日这次到医院探望期间，我不停地在想着詹姆斯和他母亲（他的幽灵似乎在这间病房里徘徊，她的目光盯在戒指上宝石盘里的小蝇），他开着一辆黑色的莫里斯轿车，前一次那只讨厌的苍蝇在盘旋，我们第一次去医院没有看成之前，我被邀到他们家里吃午饭，那是很久以来第一次到那里用餐，那是一次气氛紧张、难以忍受、寻求和解的午餐，吃饭期间（她以超人的努力做出和蔼的态度，而詹姆斯一直缄口不言，不时以忧郁的目光望着我，似乎他要从我身上寻找帮助和宽恕），他们执拗地一再向我打听乔治的消息。

大概他们羞于向我表露出他们对一位现在卧床的病人的奇特的仇恨；《布勒斯顿的谋杀》一些章节的描写给他们留下心灵的创伤，破坏和损伤了他们最珍贵的东西，但当伤口差不多快愈合的时候，由于我的笨拙、冒失和泄密，又将伤口创深了，他们要为自己的创伤而报复；他们看到报纸上登载的车祸事故，就像听到他们的复仇胜利了一样，大概感到幸灾乐祸；但他们也可能为这种仇恨、这种幸灾乐祸而感到内疚，在我这位J·C·汉密尔顿的朋友面前感到惭愧，为所有这些缘由，为他们对新教堂的狂热的眷恋、亲密和千丝万缕的关系而感到羞耻，他们现在因让我发现到他们这种感情而感到遗憾，而他们在去年秋末以友善的目光注视着我的调查进展，他们嘲笑我的好奇心所使用的策略，慢慢地放松了他们的防备；在去年年底那多雨多雾的几周里，在圣诞节前后那些短暂阴郁的日子里，他们十分佩服我锲而不舍的恒心，如12月的第四周星期六那天，我将詹姆斯带到东方瑰宝餐馆，吃过午餐后，我和他站在门廊前，站在湿淋淋的艺术和科学神像前，我发现他注视着我，我随口赞叹："多么令人奇怪的相似！"他简单地回答："是吗？"投有提问题，也没有作出评论，证明了他完全心领神会，我调查的线索是对的，他鼓励我继续探索，然后他建议我去看一部强盗影片，以便晾干身上的雨水。

在去年那个暗淡的秋末，我开始缩在我的房间里，它已成为我的避难所，桌子已成为我对抗布勒斯顿的城墙；在我写日记之前，我在桌子上铺开那张我现在已烧毁掉的城市交通图，我后来换上了另一张新的地图，当时印刷厂还未排印出，在这张新地图上，两座教堂好像一根巨大的磁针上的两极，根据磁体上的金属属性和磁能，这两极不同程度地朝不同方向干扰由人群组成的磁场微粒轨道，詹姆斯·詹金母子处于磁针的一端，另一极就是J·C·汉密尔顿，我当时还不知道他的真名。

在去年那暗淡的秋末，我开始和善良的房东格罗夫纳太太融洽相处，我曾借给她《布勒斯顿的谋杀》；互不信任的时间一过去，每天晚上她会给我唠叨半天，我不是很困难地就听懂了她的话；圣诞节前夜，她被邻居邀去过节，却为我准备了圣诞晚餐（一杯雪利酒、一点布丁、一碟热猪肉），我回家才发现这些饭菜；我在雨中徜徉了很长时间，新教堂的钟用力地敲响，似乎要把我逐走，我在游荡中不时路过一些寺院，我走进去，没有注意是哪个教派的，到处都听见同样的圣歌，可以想象在这些信徒表面欢乐的脸孔下，他们心里忧伤不安，我觉得到处只有节日的阴影，一种死人节的幽灵，但我被排除在这幽灵的阴影之外，很快，我再也不能忍受所有这里惊奇的目光，他们把我视为一个僭越者、一个危险的人，我压不住内心的怒火，不得不离开寺院，又回到濛濛的雨帘中，又听见钟的撞击声。

第二天，这是一年中最黑暗的日子，格罗夫纳太太在她家中接待我，在此之前，我一直在外流浪，她有点不快；我独自一人在布勒斯顿最污秽的街道上踅来踅去，就像一只瘦猫一样沿着光亮的楼旁（啊！ 白日的光芒这时候你变成什么呢？）墙脚溜到下个不停的雨中，在那光亮的住宅中，父母与小孩在玩牌，礼物刚刚分发，五颜六色的小蜡烛沿着松枝慢慢地往下垂滴，远远地望见一堵长长的墙，它像我一样被排斥于这一片欢乐的气氛之外，甚至被剥夺去最基本的东西，因为饭店被法令规定 8 点关闭，我最后一个返回这个居民区，看霍勒斯是否在家，发现他的窗户漆黑，我仍摸上楼，希望他会在睡觉，星期天下午他常常如此，听见邻居屋里在笑闹，我敲了敲门，喊了半天，没有人回答。

7 月 25 日星期五

圣诞节这天，圣诞节这难以忍受的一天，（布勒斯顿城，我怎能不背叛你？）我回到房间里换衣服，因为我全身湿漉漉的，我又出去，沿街走到市政大厅的广场上，我走进一家游乐店，看见了霍勒斯·巴克，他的眼睛贴在一把硕大的机枪的瞄准镜上，正紧张地对准玻璃框中一座硝烟滚滚的城市上空的飞机射击，突然他恼怒地摇动着器具（我听见薄薄的铁皮的脆爆声），他偷偷地望了坐在收银台上的老太婆一眼，突然认出我来，大笑一声，挽着我的手臂，把我拉到外头去了。

在雨中他凑近我低声说："我想我已弄坏了它。"这时，钟声又开始响了；他握紧拳头，咬紧牙根，黄黑色的眼睛斜视着，开始嘀咕："他们的钟声，他们的圣诞老人，他们的侍童，眼朝天、手抱胸、唱着歌……"但钟声已经停下；这并非新教堂的钟声，也不是布勒斯顿的真正的钟声，只是市政大厅上的钟楼敲了七下钟，已经7点了，我们一下子觉得饿了。

广场四周所有餐馆都不营业（今天是圣诞节），两座教堂附近的餐馆也一样（玻璃罩里的灯光、弥撒、风琴的怪味、静谧的小巷，今天是圣诞节）；我一点也不想回屋向格罗夫纳太太讨一顿饭吃，她今天上午提议要为我准备圣诞夜餐，我回答说没有必要（此时，她大概在她表兄弟家里，今天是圣诞节），因此我和霍勒斯来到他零乱的房间里，但壁橱里什么也没有（饭桌上只有三支烟，他放进口袋里，然后关上灯），我们又出门，在黑暗和寒冷的雨中走回到市政厅广场，我们刚刚离开这里一个多钟头（我们步行来，只有一路公共汽车，半个小时一趟，今天是圣诞节），那里排着长长的队伍，人群慢慢地蠕动，直达电影院门口，酒吧终于开了，我们终于能喝上两杯吉尼斯酒暖暖身子了。

然后，我们穿过城街和布朗大街，直走到亚历山德拉广场，因为我几乎确信我们至少可在那里找到一家车站餐馆，吃点东西。

我们爬上汉密尔顿车站的斜坡；走进大厅，里面湿漉漉的，挤满了旅客，他们是从郊区来布勒斯顿过圣诞节的，现在要返回去，我们推开玻璃门，餐馆里座无虚席，挤满客人，许多旅客站在壁炉旁，壁炉里面烧着煤，他们把行李放在地上，等待着空出位来。

挨到9点半，终于轮到我们，我们终于可以坐下来（我们站着喝茶，在炭火前烘干衣服），我们吃得很快，但总觉得没有吃饱，四周等座的客人火辣辣的目光盯着我们，希望我们快点吃完；由于我们还没有吃饱，却又不可能在这里再叫菜，我们飞快地冲下汉密尔顿车站前的斜坡，穿过布朗大街，又跑到新车站；但当我们来到新车站大厅里的餐馆的玻璃门前，看着里面在逐走最后一批客人，女招待在锁门之前告诉我们来得太迟了，因为最后一趟火车，大概是我们要坐的那一趟车，将在五分钟之后开走。

我们还是以同样的速度，冒着污黑的雨水，在光亮的人行道上疾跑，脚底下咚咚地响，我们想到三角形广场的第三个顶角达德利车站碰碰最后的运气；在那里，我们并没有遇到那么多的烦恼，跑堂马上给我们端出饭菜来；但当我们终于酒足饭饱地走出餐馆时，时钟已敲响10点半了，这时所有饭店全部关门，再也没有公共汽车可坐回去，因为我们也知道，按规定（今天是圣诞节）没有夜间服务。

我们穿过亚历山德拉广场，又从布朗大街、城街折回，重返市政厅广场，那里再没有人排长队，阒无一人，也没有车辆，电影院的广告牌也熄灭了，什么也看不见，只有那密密的雨帘中的路灯的光晕。

我们疾步快走，经过王子酒家的百叶窗、快乐影院的栏杆、格雷商场的橱窗，在用大链环制成的铁帘后，在一片黑暗中隐约可猜出树影和模特儿的形状，模特儿身上的装饰片和银具在黑暗中闪闪发光。

我们走进西尔弗街深处，显然这不是最近的路线；要是大白天，霍勒斯可能会带着我走，现在他昏昏欲睡，走起路来摇摇晃晃，口里嘟嘟哝哝，像一个大小孩一样，也像一只被人带着走的棕色的熊，我还不太熟悉布勒斯顿这些住宅区，不知道别的路，只能沿着大街走。

突然他停下来，告诉我既然今天是圣诞节，我们理应到游乐园痛痛快快地过个通宵，因为那里挺热闹的，但随后一想，不对，今天是圣诞节，游乐园也肯定像去年一样关门了（他厚厚的嘴唇慢慢地叫出模糊不清的词语；在我们头上方，在雨帘中列车呼啸而过，内燃机吐出灰白烟雾），到了元旦，它又将开放，我们应该去玩一趟。

我们又步行到托尔街，然后迪尤街，我们来到这个房间前，全身淋得像落汤鸡，筋疲力尽；我们含含糊糊地订了一个计划，要好好地度过圣西尔斯特之夜[①]，将在新车站附近的黑人小酒馆里度过除夕夜，那里可以唱歌、跳舞；他预先告诉我：如果他和那些讥笑他的流氓喝啊、唱啊，与我都没

① 即新年前夜（12月31日夜）。

有关系，因为他和他们不是来自同一地区；那里会碰见妓女，他可能会找到一个愿和他睡一会儿觉的女人。

第二天，12 月 26 日星期三，我在格雷街的餐馆里吃午餐，等候着阿妮的到来；这时，我看见她走进来，后面跟随一位比她更娇小可爱的姑娘，显然是她的妹妹——罗丝，她已经给我讲过她的妹妹，她坐在我的桌旁，向我介绍，并告诉我：她妹妹是位大学生，来这里度假，她花了整整一个上午在各店打听，最后找到文具店，使阿妮吓了一跳；我可以和她用法语交谈，因为这是她在大学学习的一门主课。

自从我来到布勒斯顿，我第一次有机会用我的母语与人交谈；我感谢阿妮，使我有机会这样开心地交谈，在整个谈话过程中，她始终朝着我笑，而阿妮却一点也听不懂！因为我英语还懂得不多，只是模模糊糊地理解人家对我说的，我觉得我发的每一个英语音节都可能有错，我的对话者必须跳过我的错音，在我乱七八糟的错误中猜测我的意思；我没有掌握足够多的英语词汇，为了使对方猜度我的意图，我不得不常常歪曲词义地翻译，但总能表达出我的大意。

我一下子年轻了好几岁，我向姐妹俩提议，下星期六，带她们到游乐园观看焰火。

圣诞节的第二天傍晚，我回到房间里，格罗夫纳太太问我是不是能借给她另一本小说，她还给我了那本《布勒斯顿的谋杀》，我已告诉过阿妮这本书，我答应一有可能就拿给她，第二天我带给她这本上面签着我名字的书，后来，我以为它丢失了，又买了一本，我在五个月之后，即 6 月 1 日星期日又看到了它。

5

7 月 28 日星期一

粉红色的夕阳染红了我的房间，照亮了我的办公桌，就像 5 月 1 日傍晚我第一次坐在办公桌前一样，面对着前一天在阿妮店里买的一刀白纸，那天傍晚，我撕掉仍封在白纸上的粘胶纸，拿出第一张纸，它呈透明状，隐约可见一道道条纹，我把它平铺在夕阳下，它好像开始在我的眼里燃烧起来似的。

那天黄昏 7 点左右，我抓紧时间吃晚餐；而现在是 8 点，我从新闻影院回来，刚才在那里看了一场有关加拿大大湖的影片，下星期一是每月的动画片专场。

在我眼里，夕阳余晖似乎要燃烧这第一张白纸；这时，我转动着钢笔杆，看它有没有装满墨水，我在纸的左上角滴了一滴墨水，让它烧着；这时，我在右上角写上“1”，周围画个圆圈，以保护它，不混淆在将来写的龙飞凤舞的句子中。

5 月这一个月，最重要的，不只是我和乔治 · 伯顿的谈话，他现在该出院了；我的行为最重要的改变，是每周工作日的晚上我开始伏案写作，因此，我几乎没有空去见阿妮和罗丝、吕西安或霍勒斯，除了在公司上班时看见詹姆斯 · 詹金之外，下班后再也没有时间去看他了。

夕阳越来越红，照亮了我桌子的左角，而5月前好几周天都是阴沉黑暗，淫雨绵绵，肮脏的雪水，冰冷的雾气，可以说我们从未看到这么明亮的太阳；它不时使我们感觉到它高高地在云间穿行，云层裂开一处，天气变得明朗，但还蒙着雾霾，在较暗的云块四周射出光芒，最后太阳重现了，仿佛一个美丽的圆环，射出淡淡的光芒；空中露出一处处乳蓝色的天，蓝得像洗涤液一样，渐渐地，乳蓝色终于变成纯蓝色；这个淡淡的美丽光环在烟雾后穿行，没有一点变形，突然到达云块的边缘，变成一束束光线；风的手指像在风琴的键盘上拨弄一样，光线时升时降，调换重叠，宛如薄纱一样翻卷，然后变淡、消散（唱出这首优美歌曲的双唇突然间像剪刀一样闭紧）；5月1日晌午，太阳终于成功地使一缕光芒照射到我这张自从来公司第一天就使用的办公桌上，逗留片刻；这束光线啃食着我手中拿的纸上用打字机打下的字，因此，我觉得每个字四周好像都围绕着白色无烟的小光焰，它们没有给纸上带来任何热气，但它们灼痛我的眼睛，致使我闭上眼，让它们凉爽一些，在我的睫毛的阴影下，这些打出来的字总是火辣辣的，并非被光线围绕着，而是被它们勾画出，凸现在紫黑色的背景中，就像旧教堂里的巴比伦彩画玻璃上写的“Mané，Thecel，Pharès”①的最后一个字母一样浮现，现在太阳消失在科珀街的小房屋的烟囱后。

我眼前这第一页稿纸上标明5月1日星期四这一日期，

① 参见第二章注。

我在夕阳的照耀下，写完了这张纸；已经三个月了，这张稿纸一直放在最下面，上压着一堆慢慢增高的稿纸，不久之后，将堆上另外的稿纸，我现在在它上面写东西；我在辨认我起初写的第一句话："灯火越来越密集。"当我闭上眼睛时，这句子开始灼痛我的眼睛，在暗红色的背景上用绿色的光焰写下这句话，当我睁开眼睛时，我在这张纸上曾找到这句话的余烬，而现在我又找到它的灰烬。

夕阳的余晖离开我的桌面，它缩进迪尤街拐角的房子的烟囱后面，我写了第二句："此时，我独自坐在火车厢的一隅，挨着窗户，面朝着列车前进的方向，列车进入了这个我准备逗留一年的城市；当我慢慢地从蒙眬中醒过来时，这一年已过了大半时间。"随后，我渐渐地沉浸在对去年 10 月的回忆中，首先是对第一夜的情景的回忆："车窗外黑洞洞的，窗玻璃外面缀满水珠……"现在我在阅读和抄写这头两句时又重新沉浸在对往事的回忆中，又从蒙眬中醒过来。

长长的句子犹如细绳一样绕在这个墩上，又把我连在 5 月 1 日这个日子上；那天我开始编结这条细绳，这条句子细绳是一条阿里阿德涅的线，因为我处在迷宫之中，因为我埋头写回忆录以便重新处在迷宫里，所有这些线都是我给已识别的路线上标记的路标，我在布勒斯顿度过的日子的迷宫比起克里特岛迷宫要复杂得多，因为我越往前走，迷宫就越在扩大；我越想探索它，它越是变形。

我把这张上面标明 5 月 1 日的稿纸放回原位，上压着一大堆续写的稿纸；在这张桌子上放着与 5 月 1 日那天写的同样的稿纸，左角还放着同样的资料：一张同样的市交通图，那天还是崭新的，是在此前几天才从阿妮·贝利店里买来的，还放着一本同样的《布勒斯顿的谋杀》，一张公共汽车交通线的草图，以及《布勒斯顿指南》和新教堂的画册。

翌日，我继续写回忆录，自此之后，几乎每一个工作日的晚上，我都埋头于这种不倦的探索之中，当然我没有预见到这种探索是如此缓慢，如此艰辛；那时我想象着 7 月末我不仅将完成已开始很久的有关去年秋天发生的事的回忆，而且将完成去冬今春发生的故事，一直回忆到 4 月底；第三日星期六，我又孤独一人，就像去年 10 月刚来时一样，我接下去要描写那天的情况，因为那天吕西安在旅馆值班，就像他于昨日和前日的最后一次值班一样，他将于这个星期天离开布勒斯顿；那天下午我孤身一人在亚历山德拉广场转来转去，从一个车站逛到另一个车站，在汉密尔顿车站的餐厅里吃午饭，一杯接一杯地喝酒，随后沿着斯利河直走到晚上下雨时分。

7 月 29 日星期二

那时候，我根本没有料想到会有许多事情影响我写回忆录；我根本没有料想到谜团日益复杂、增多、扩大；我没有料想到我会紧紧地卷入一次企图谋杀乔治·伯顿的阴谋中去；对于这场谋杀，自从一周以来，我的调查毫无进展，因为我埋头于回忆录中，在一种担心与另一种担心之间徘徊不定，不知我该如何行动；我还没去寻找贝利表兄的那位朋友——理查德·坦，我完全有理由怀疑他，我又在这些日记中找到他们的名字；我的调查没有任何进展，因为前天下午，当我来到医院时，我在病房里遇见一些陌生的人，这使谈话十分困难，何况他们讲得很快，我听不惯他们的腔调，他们也不作出努力让我听懂他们的话，因此，我随后退出……

7月30日星期三

昨晚，罗丝和吕西安两人一道来找我，当我听见敲门声时我已开始援笔疾书。

他们俩的神情是那么快乐；她戴顶白布帽是那么漂亮；这个罗丝，我让她从手里溜掉了；这个罗丝，我不会爱她，我没有胆量把她从布勒斯顿带走；这个罗丝，我曾提防她，在最后一段时间里我躲开她，我从来没有想到我和她心连得那么紧；我的沉默和轻率，我亲手把她推到吕西安的怀抱里；我关在这个房间里，没有料想到事情会发展得那么快，没有想到这成为这么严酷的现实，原先我根本不相信这可能发生。

他们俩的神情那么快乐，他们对我的惊讶感到好笑，而我从来没有相信这是从我本身引起的，我不得不握紧拳头克制自己，不放声大哭，不勃然大怒。

看到他们进屋后，我只注意到他们的神态，我突然感觉我要被妒火焚毁了，摇摇晃晃，似乎大地裂开了；我上气不接下气，似乎被旋风困住；我的心变硬了，似乎被烤焦了；然后听到他们开口宣布，她用那么柔和、那么坦诚的微笑说出那个可怕的词“订婚”，那句残忍的话语：“您是我们最好的朋友，我们希望您第一个到来。”她用法语说这句话，语法几乎很正确，腔调圆润动听，有点颤抖："况且，这一切都是您的杰作。"

我感到所有这些稿纸一下子掉进了尘埃里。

现在何必继续作出这种巨大、荒谬的努力埋头写作，只不过为了看清布勒斯顿的面目，却使我更加迷茫？ 何必继续做搜集资料、画路标这种徒劳和危险的工作？ 何必试图重新连结已断掉的线？ 何必又重新回到 12 月末，重新沉浸在那些雾霾蒙蒙、寂寞短暂的白天和漫长的黑夜里？ 何必回想起那天晚上，我带着罗丝——我的罗丝，她大概是我的罗丝，但我无能使她成为我的罗丝——我没有向她求爱；我由于目光短浅，由于害怕，由于对这个城市的仇恨——我一直企图从它那里逐走阴森可怖的魇魔法——我失去了罗丝；我由于布勒斯顿的可憎的魔力，由于它隐伏着肮脏的、麻痹人的烟雾，由于连续不断的火灾的遗骸残迹散发出呛人和难闻的臭味，何必回想这些往事而又撩起我心灵上的伤口呢？

昨日，在第二区，就是 5 月在那里举行过集市，在曾经的那个射击照相摊的附近，一个油库着火了。

去年 12 月末的晚上，我带着罗丝（啊！ 现在我写她的名字时，喉咙就堵住！ 我希望看到她幸福，我并不怨恨吕西安，我不能扰乱他们的快乐，但我要他赶快离开布勒斯顿！）到游乐园观看焰火，她的姐姐阿妮陪着，阿妮坐在我的右边台阶上，她的手搭在我的手腕上，焰火在这个烟雾蒙蒙的城市上空开放，每听到一声爆炸，她就紧张地拉紧我的手，她那长长的指甲刺进我的皮肤，现在何必再回忆那欢乐的夜晚？

在动物园那边不时传来动物的吼叫。

何必又回忆那个黑人开的小酒馆呢？ 新年前夜，霍勒斯·巴克带我去那里，我和他一起狂欢，就好像我在布勒斯顿从来没有喝过酒一般，也像从今以后我不再喝酒一样，他在那里遇见一个妓女，和她欢宵一回，何必回忆这些呢？

我真想喝酒，还不到 10 点钟，我可以去喝了。

第四章　姐妹俩

1

8月4日星期一

我又振作起来，恢复原来的写作习惯，这是唯一的出路。

我走出马修斯父子公司，去了新闻影院，那里每四周放映一场动画片。

在布勒斯顿，我又重新变得形单影只，唯独我一人是法国人，唯独我一人讲法语，在这座城市中要是还有其他法国人，他们可能也是孤独地在房间里度日，他们也努力想互相认识，在人流高峰期他们大概也经过市政厅广场，但他们认不出我，我也认不出他们。

在他们之中我只碰见并认识了吕西安，他从我手里夺走了罗丝，他已结束了他的工作期限，昨日已走了，这对我、对他、对罗丝来说都是件幸事，因为我无法继续长期扮演一位被一种残酷、荒唐的嫉妒折磨，却又得保持忠实的朋友的角色；因为我觉得我的面纱时时有可能被撕掉，我的心里堆积着仇恨的咒语，差不多要冲毁我努力用以抗拒而构筑的堤坝；因为我非常难以压抑一种卑鄙的欲望：希望他们分离，希望他们毁掉相互天真的信任，毁掉那种我被排除在外的幸福，那种建立在我的痛苦、我的盲目、我的疯狂之上的幸福。

他终于在昨天走了，如同我将在两个月之后离开这个城市一样（即使还有八个星期，我已开始瞥见我这一年流浪的尽头）；我和罗丝陪他到汉密尔顿车站。

啊，他们分离时流下眼泪，我真嫉妒他们能洒下那么多泪！ 而我的泪，掺杂着烟、锈、酸，我只得克制住。

罗丝，我真不想看到她，突然，她好像成为这个城市的局外者，好像被拯救出此城。

我没有真正地爱过她，我不会真正地爱着她，我禁止自己爱她，那我对她又有什么权利呢？ 只有这种痛苦……

我和罗丝送他上了火车，我还得把她带回诸圣街，一直送回到她的家门口，并安慰她，我和她谈吕西安，我谈到他的优点时，她是那么快活，每次说到他的名字时我的喉咙都会卡住；罗丝叫我跟她一道进去，和她共进晚餐，这的确是我力所不能及的事；尽管离住所还有段距离，为了平定我纷乱的思绪，压住心里嘀嘀咕咕的怨言，我一直步行到家，朝着第六区铁路桥东边，穿过大学里那些贫民窟，那列载着吕西安的火车呼啸而过。

我穿过新教堂的门廊后，从一条“之”字形小街钻进布勒斯顿最古老的城区，因为我知道这里有一家茶馆；此时天空变得青青的，三座钟楼高高耸立，这是晚期建的竖塔式钟楼，巨大的“东方翠竹”的招牌引人注目，牌灯已熄灭，暮色渐暗，比今晚暗得更慢，慢得我回到房间时，没有开灯，借着窗口的海王星的亮光就可以脱衣上床。

随后，无法入睡，我又起床开灯，拿起桌上一大堆稿纸，几乎整夜在读我 5 月 1 日星期四晚上开始写的东西。

这就是为什么我现在感到全身痉挛，难以睁开眼睛的原因，这就是为什么我现在几乎写不下去的原因。

我又回到 6 月 2 日星期一这篇日记上，回忆我于前一天在贝利家中谈论《布勒斯顿的谋杀》的情况，当时吕西安不在场，那时的不在场和昨日开始的不在场完全不一样，因为当时他人仍在布勒斯顿城，在他的旅馆里；你要是愿意，可在第二天或第三天去见他；甚至你相信他可能还会来敲你的门；然而现在他已远离这个城市，这对我、对他都是件幸事，现在我不再害怕撞见他。

我又沉浸到那次交谈之中，在整个谈话期间没有一个人说出他的名字，没有人问起他的情况，然而他却占据了每个人的头脑——我那时还蒙在鼓里——也占据了贝利太太的脑子，她对他不信任，我知道，他只能慢慢地说服她，她后来同意他和罗丝订婚；他走了，她大概也感到高兴，她小心谨慎，觉得这爱情来得太突然，希望能在双方的远离中进行考验；他不但占据了贝利太太的脑子，也占据了阿妮的脑子，自从她感到我脱离了她以后，她也越来越对他感兴趣，他更占据了罗丝脑子，我禁止自己爱罗丝，但我却想引诱她。

昨夜失眠，今晚我筋疲力尽，脑子里一片混乱，他的离开给我留下了孤独，比我前一周所想象的更难受，昨夜里我又读了这篇已写了很长的日记，今晚我又开始补充，继续叙述 6 月 1 日星期天在贝利家里的那次谈话，它很可能是企图暗杀乔治 · 威廉 · 伯顿的缘起；在那次谈话期间，我第二次讲出 J · C · 汉密尔顿的真名，然而我已经预感到我的泄密将引起严重后果，自此之后，似乎布勒斯顿城的所有十字路口都在叫喊着这个名字。

这一切使我蒙在鼓里，罗丝和吕西安背着我暗中相互接触。

因此，昨夜我阅读这篇我自己写的日记，但我却似乎觉得它越来越像另一个谨言慎行的人的作品，似乎我只给这个人提供我的一部分秘密；我没有太多时间，无法辨明哪些是重要的，同样我得承认，也是因为我希望欺骗这个人，而实际上这是自我欺骗。

在这些稿纸中，我又找回许多我已忘记或变样的细节，尽管如此，我仍有许多细节，关于这一次谈话内容，我还有一些情况——也许是大部分情况——没有被记录下来，那些情况还躲在暗处，后来发生的事件把它们从暗处掏了出来。

我在夜读中读到 11 月初发生的事，读到我第二次参观旧教堂时，我感到它们叙述不够详细，我几乎无法忍受这些遗漏；6 月 1 日下午星期天我再次参观旧教堂，我完全忘了叙述这次参观的情况，去年 11 月第二次参观，这次参观与当晚在贝利家中的谈话有密切的关系，这次参观部分可以解释我在晚上的行为，也可能就是因为那天下午的参观而泄露了秘密。

8 月 5 日星期二

我必须重新钉一根木栓，既然我的回忆这么准确，从现在开始我必须在这些稿纸中拴住这些回忆，否则以后它们又将受到其他事件和记忆浪潮的冲击而消失、淹没。

八月，六月，四月

下面正是6月1日星期天下午我去贝利家前几小时发生的事。

在那前一天，我和詹姆斯·詹金去二区集市，我们在大转轮上俯视人群中的乔治·伯顿和哈丽雅特的身影，随后我们来到射击照相摊前，仔细端详他们忘了带走的照片，这时，我无意中说出伯顿的笔名——J·C·汉密尔顿。

在那前几天，我已在日记中回忆我第一次参观旧教堂的情景，就是我去年10月的那次参观；在那次参观中，我没有看到教堂的彩画玻璃窗，我曾在一位姑娘面前摔倒，她后来逃走了，随后我登上钟楼。

为了能更好地重新回忆、描述我去年11月第二次参观旧教堂的情景，我原打算在第二天，即6月2日星期一记述它（但没有料想到那次晚宴发生的事），所以我于6月1日下午又回到这个广场上，那里“东方翠竹”的金属卷帘门每逢星期天都关上，旧教堂前广场聚集着喧嚷的人群；我从左正门进入教堂，经过众先知的神像前，穿过一个昏暗的小前厅，厅里灰尘味道很浓，总是非常潮湿，即使最暖和的天气也是如此，我又一次“吱呀”一声推开包着假皮的门扇。

我从未看到殿里这么明亮，此时，殿里四壁肃然，我在殿里的柱旁转来转去，待了好长时间，好像在等人，手里拿着《布勒斯顿指南》一书，就像拿着一本做弥撒的书一样，随后坐在耳堂的交叉甬道旁的一条长凳上，以便观看该隐诛弟图，阳光照在上面，穿着护胸甲的该隐骁勇强悍，在一洼血泊中亚伯的头是那么苍白，我想看清亚伯的脸部表情，但枉费心机，因为这块小玻璃距离太远，一时反光太强。

我的双眼发酸，不久，窗框上卡住玻璃的铅条开始抖动、熔化，从亚伯鲜红的伤口到下框该隐被上帝审问时涨红的血管，浓红的色彩好像一股鲜血从上面直流到下面；上帝在该隐额上用霹雳击出一道痕迹，以做记号。

鲜红的血直流到下面，在红色的城上空，如同一场血雨在慢慢地下，洒落在雅八的织布机、犹八的乐器和土八该隐的打铁铺后面，然后，漫过彩画玻璃，流到墙脚，流到地板上，甚至流到长凳上，流到我的手上，特别是我戴手套的手，染上红色，印上这光亮的浓色，如同凶手的手，似乎我被判为杀人犯，我的手伸入血泊之中，全身沐浴在上面彩画玻璃静静地洒下的红光之中。

我孑然一身，唱诗班的栅栏后的风琴沉默着，一切都在寂静中：描绘兄弟凶杀的玻璃，建筑物；勤勉的劳作：织布机静静地织着，铁锤静静地锻打着，作曲家静静地摹仿声音；这时，从这些无声、禁闭的话语，从这曲由锤声、铜乐、呜咽组成，冻结在这个窗口的无声合奏中，我隐约听见一辆警车的刹车声，它突然停下，接着是喇叭鸣叫声，好像它又开走了；的确，在这座玻璃灰暗的城市里，胡同小巷不时会发出这种撕裂的声音。

此时，我站起来，走到圣器室的门前向外望出，圣器室里只有一个教士在读日课经，它对我没有任何用处！ 当我又回到我的座位（光线照下来的斑点已稍移动）时，我打开《布勒斯顿指南》，再次阅读关于教堂彩画玻璃的描写，从这几行铅印的描写上看，虽然它没有全部介绍，但可感觉到这些描写和 11 月教士的讲解有差别，我曾成功地、相当准确地回忆出 11 月的谈话内容。

然而在这仲春之际来确定我想描写的去年秋天的一日，又涌出稍往前的另一日，前些天，我已经从混乱之中理出这一日，就是我于 10 月第一次参观教堂的日子，天色更加黑暗，那天下雨，特别是正门前台阶很滑，突然走出一位姑娘，我经过她面前时滑稽地摔倒，可笑地弄得满脸是泥，我越来越相信这位姑娘正是罗丝 · 贝利；我越来越害怕那次可悲的撞见给她留下记忆，害怕她最终在她的记忆中认出我就是那个满身污泥、肮脏的可怜虫，就像一个惊慌失措的癫痫者一样，这使她心底感到本能的厌恶，怕得急忙逃走，一想到这里我就忍受不住，无论如何要采取些行动，讲些话挽回我的面子，在她眼中提高我的威望。

因此，在晚上的谈话中，当我们谈到 J · C · 汉密尔顿的小说时我看她是那么兴奋，这时，我不能失去在她面前表现自己的机会，现在我看得出来，我当时是故意卖关子，让她向我讨秘密；我当时也知道，我这样可能会置乔治 · 威廉 · 伯顿于死地（因此我无法做别的，只好一到第二天就记下我所说的话），但我毫无顾忌，为了取悦罗丝，我已变成杀人犯，但她只想着吕西安；这个罗丝，我曾不愿爱她，现在我却不得接近她，她一心只想着吕西安；我不能爱她，只因布勒斯顿这个城市，我与它抗争，只因我埋头于写这些回忆录，埋头于探索，累得精疲力竭；自从 5 月初以来，自从我向这个城市宣战以来，自从我决定自我摆脱以来，我几乎花去所有的晚上专心写作。

那是 4 月底，吕西安犹豫不决，在两个姊妹中选择对象；而我也有自由选择的机会，但我感到很压抑，陷入困境太深，我不想要她们，我在阿妮面前是那么拘束，去年年底在我看来她是那么珍贵，我差不多要正式向她求婚，但我却阴险地离开了。

那是 4 月底，不是最后一天，不是我 5 月 1 日开始写回忆录的前一天，不是 30 日星期三那一天，那天我到朗德文具店买来一刀白纸，此后，我不断地在上面笔耕。

那天，阿妮站在柜台后多么执著地瞪着我！ 她为我买这么多稿纸感到奇怪，显然要等待我的解释，但无论如何，我是不能对她解释的，因为当时太难开口，太难为情，但她猜出我心里发慌，她默默无言，我只能傻笑。

那是 4 月最后一日的前一天，即星期二，当我回到房间时，看到桌上放着前天晚上，即星期一再次在阿妮店里买的布勒斯顿的地图的崭新封面，桌上还放着这本《布勒斯顿的谋杀》，这本《布勒斯顿指南》，这张公共汽车线路图，这本新教堂的画册，但桌上还缺少后来买的两堆白纸和已写好的稿纸。

那时，我觉得星期天晚上我想换上新地图，烧掉旧地图，这种举动好像有点失常。

那时，我决定写回忆录，以便我重新回到过去，治愈自己的病，以便弄清我在这个充满仇恨的城市中经历过的那些事，以便抵御城市的迷惑，使自己从麻木的状态中苏醒过来；这个城市经常下雨，到处都是砖红色，孩子肮脏，住宅区荒凉，还有那斯利河、火车站、木棚、公园，这一切令我麻木；为了使我不与那些常从我身旁经过撞见的昏睡者同伍，为了不使布勒斯顿的污垢染黑我的血、我的骨、我的眼睛，我决定在我的周围筑起一道城墙，它是用一行行回忆录来构筑的；我感到我已被污染得那么严重，已变得那么龌龊，我已让那么多的淤泥充塞我的脑袋，使自己落到这种愚蠢的地步，感到多么心烦意乱；布勒斯顿城，它哄骗我，使我丧失警惕性，在几个月可憎的抚摸中，它使我的头脑灌满它那仇恨和麻木的毒液。

8 月 6 日星期三

那是 4 月底，星期一，我从公司下班，和詹姆斯一道走进托尔街的文具店里，只有阿妮一人在里面，就像去年 10 月第一次进店一样，在那几天之后我记述了第一次进店的情景，那天的情景太像 10 月那一次买地图，我向她要一张布勒斯顿的地图，她莞尔一笑，认为我在和她开玩笑，以为我在用恋人常开的玩笑来表达我们会面的欢乐，我不得不向她解释我真的需要一张如同六个月前买的一样的地图，我不得不撒谎，因为我不能告诉她我故意把旧的地图烧掉了，但事后我把它看作一种荒唐的行为，为此我感到惭愧，真想忘掉它。

正为此我撒谎；这不仅仅为了让事情看起来不可笑，也为了试图搅乱这事，把它在我的记忆中抹掉。

但是，从第二天开始，当我回到房间里看见这张地图异常崭新的封皮时，我才懂得：对此，我的一切托词，一切撒谎都是徒劳无益的；我装着无事，竭力想掩饰、隐瞒此事，反而使人看出我脸上异常的表情；我有幸找到的这张新地图与我六个月前买的一模一样，那次我也是在詹姆斯·詹金的陪同下，也是在这家朗德文具店，也是向阿妮·贝利购买的，我希望这张新地图不仅能代替旧地图，而且毫无缺陷地继续发挥起旧地图的作用，它同样对我有用；这张新地图出奇地崭新，可以说从未折叠过，显然从未随身放在湿淋淋的雨衣的口袋里；这张新地图远没有掩盖旧地图的消失，反而更明显地突出它。

我懂得4月最后一个星期天晚上所做的这个举动太不理智，将不会被淹没、消失，总是想要得到新地图才烧掉旧地图；只要我没有弄清我在这个可憎的城市中经历的事，弄清使我将旧地图付之一炬的原因，只要我没有摆脱城市暗中的控制，只要我没有从大衣上抖落掉积聚在我生活中的灰烬，只要我没有从我灰黑的皮肤上洗去污垢，只要我没有振作精神、看到光明，那么我总会去搔那发痒的伤口。

我在文具店里对阿妮撒谎，我硬说我已丢失旧地图，从表面上看这不是一个严重的谎言，却使我可怕地发窘，因为这几句假话本身，就暴露出我对她的虚情假意。

那是4月底；自从10月那天以来，我们三人之间发生了许多变化；10月那天，詹姆斯把我带到她店里，介绍给她认识，其实他和她也不很熟悉。

我经常看到她，我曾极力想讨她喜欢，去年冬初，她几乎成为我生活中必不可少的人；但好几周以来，我的兴趣已不在她身上，而在罗丝身上；好几周以来我竭力表现出对她似乎一点也没有变化的样子，正由此产生了谎言，似乎什么也没有发生一样，好像我只从她那里获取友好的青睐。

八月，四月

那是4月底，离现在已三个多月了；4月的最后一个星期一；我又买了一张布勒斯顿地图，用以代替我前夜烧掉的旧地图；那是4月最后一个星期天夜里，我秘密地，似乎有点庄严地烧掉了它，失去理智很长、很长的时间。

4月的最后一个星期天傍晚，我告别了吕西安这个善于引诱女人的惨绿少年，他现在成了罗丝的未婚夫；那时候我曾带着他在全城一个角落又一个角落地参观，我自己乐意给他当导游，参观了一些我曾长时间地、痛苦地流浪的地方，我保护他，帮助他，引导他，而他却来嘲弄我；那个星期天，我和他在游乐园整整待了一个下午，一下子感到很厌倦，因为天下着雨，加上前一夜我们在伯顿家中喝得太多，睡得太迟；随后我和吕西安在汤·霍尔饭馆吃过晚餐就告别了。

当时天开晴了，黄昏还未消失，许多人在电影院前排队，雨点继续顺着雨衣的边缘往下淌。

我很想步行回去，踏着光滑的人行道，像穿长靴一样踩溅出水来，我钻进西尔弗街，两边是格雷商场和菲利伯商场的大橱窗，隔着栏杆，可猜出橱窗里在一束束人造花中摆放着春天的裙子和运动服。

我向右边的一条街拐去，然后又向左拐，接着还是向右拐，继续朝着旧教堂的钟楼方向走去；渐渐黑暗的浅绿色天空衬托出淡紫色的钟楼轮廓，我在拐弯时还觉得它在远处，迷了路，突然停在一个我从来没有来过的小十字路口上（然而这却是我熟悉的城区），是塞尔街和格尔德街的交叉处，周围一片冷寂，月亮从那里升起，很快被一块黑云挡住，夜越来越黑，这时我感到一股冷气浸入我的腿、小肚，疲倦从背后袭来。

在一片漆黑的窗口中间我看见远远有一家酒店的灯火，我朝前走去。

我走进酒店，里面杯盘狼藉：蒸汽、水泡、老婆子、含糊不清的歌曲片段、烟味极浓的帽子。

我坐在一张圆桌旁边，桌上布满水渍，我喝了一杯又一杯的酒后，把雨衣口袋里的地图摊开在桌面上，那就是我于去年 10 月向阿妮买来的地图，已经弄脏了，褶痕都磨伤了，某些地方的字都看不见了，啤酒滴在上面，斑痕越扩越大，侵蚀了一个又一个区，这时我标下我现在所处的街道——塞尔街，显然比我所想象的更靠南面，又标出我回家必须走的一段很长的路，此时，我觉得周围许多双眼睛都在悄悄地看着我，随后我把这张弄湿的地图卷起来，用手帕快速地抹去水渍，然后放在皮夹子旁边的口袋里，皮夹子差不多没有钱了，只够再喝一杯酒。

8 月 7 日星期四

那是 4 月底，4 月的最后一个星期天，已经很晚了，夜幕降下，雨滴滴答答地下着。

我扶着栏杆，登上楼回到房间，房子里冷冰冰的，我点燃了煤气炉，镂空的耐火陶管上吐着绿色火苗，吱吱作响，像吹笛子似的。

我脱下湿淋淋的鞋子，放在炉上烘，一动也不动地蹲在炉前取暖，蹲了很久，都忘记了脱去湿衣服，煤气炉给这个黑洞洞、湿淋淋的房间带来了温暖。

我没有去动电灯的开关，灯泡里有微弱的反光，我可猜出它位于我的头上方，我听见背后无数的雨点不停地敲击着玻璃窗。

然后，我拿出布勒斯顿地图摊开，双手拉紧，在火光上，地图透明可见，我的衣服和地图都冒出水蒸气，透过蒸汽可清楚地辨认上面的主要街道和重要建筑物；不久，地图上出现黑斑点，散发出烤焦的味道（我膝盖上的裤管也烤焦了），突然地图上烤黑的地方冒起火星，范围不断扩大，火星变成火苗，火覆盖、蚕食、烤炙、撕碎了这张地图（火舌一下子猛烈地向我的脸扑来），地图被烧为两半，再化为灰烬，黑色的灰片在房间里飘舞（我注视着地图上第九区代表监狱的那颗六角星消失了），直烧到我手指压的两个角也化为灰烬为止，我站起来，把这两角的灰烬扔入烟灰缸里，缸里几根已用过的火柴梗也一起烧着了。

4 月的最后一个星期天夜里，我就这样烧毁了这个城市的地图，之后做了一个梦；我明天就得买张新地图来取代那张旧地图，因为我要在这些狭窄的街道里弄清城市的面目，我不能没有地图。

我关灭了煤气炉，脱衣上床，黑暗中弥漫着焦味；黑暗中依稀可辨窗口的三块玻璃，雨点滴滴答答地落在上面，我的床离窗口不远；黑暗中天气骤冷，我在床上做了个梦，梦见我如同昨晚一样，在吕西安的陪同下到伯顿家里吃晚饭，作为餐后点心，多丽丝端给我们每人一本《布勒斯顿的谋杀》，书浸渍着朗姆酒，乔治叫她关掉灯。

八月，四月

我梦见我们每人的碟里，在黑暗中“布勒斯顿”四个字闪闪发光，朗姆酒开始缓缓地燃烧，火烧到作家J·C·汉密尔顿的名字上，一个字一个字像火炭一样清晰地显露出，我们每人都屏住气，最后一切都消失了。

前一天，4月的最后一个星期六，我第一次带了吕西安到伯顿家里吃晚饭；他第一次看到哈丽雅特，他极害怕在这间家具布置得很漂亮的私人饭厅中出洋相，他的职业使他极重视礼仪。

他害怕自己的英语讲得不纯正，因为他到布勒斯顿才两个月，还只能用简单英语交谈。

然而，他在晚餐期间几乎没有说一句话，特别是因为乔治当时给我们布下的疑阵；上星期六，我们在罗丝的陪同下去看望卧床养病的乔治；特别是因为《布勒斯顿的谋杀》这两个版本，我们当时还不知道他就是此书的作者；他们在门厅衣帽架前的小桌子上并排放着这部小说的两个崭新的版本，为使我们一进门就能看见；在他介绍此书期间，我们的目光都没有离开过它们，因此，哈丽雅特问吕西安：

“您读过它吗？”

乔治纵声大笑（看到我们尴尬的神态，他幸灾乐祸！），替我们回答：

“当然读过！　雅克拿给他看，你想想看，我会邀请没有文学修养的人来此吗？”

我们老生常谈地谈些法国的烹调，抱怨城里几家蹩脚的餐馆，又追忆“东方翠竹”——我们初次认识乔治的那家餐馆；他叫我们提个问题，我们转弯抹角地提了，他非常巧妙、迅速、圆滑地回避开太明显的暗示。

“您知道J·C·汉密尔顿是谁？”

“我想我会知道。”

“他大概很熟悉布勒斯顿城？”

“显然，他曾在此住过一段时间。”

“您认为他写过其他作品吗？”

“难道你们不觉得这是一只训练有素的手吗？”

“但是，为什么用这个特别的笔名呢？”

“大概这本书与他平常写的作品迥然不同，我敢打赌他用别的笔名写的书大不一样。”

乔治·威廉·伯顿在4月26日星期六作出的这些回答显然是在开玩笑，几周之后，我们迫他供认，但我们泄露了他的秘密，使他险遭不测；现在他出院在家疗养，上星期六，我来到第六区的格林公园与哈特街的拐角，走进他家这幢漂亮的房子里又看到他，他身体正在康复，脸色发白，住在二楼房间里，窗外是一片葱翠的小树林；那天，外面下着倾盆大雨，窗户紧闭着；那天是一个可恶的日子：我受辱、狂怒，做出揪心的努力强压下心头的痛苦，而我的情敌蠢蠢欲动。

8月2日星期六刚好午后（啊！这一次是轮到我说不出话来），我和吕西安、罗丝来看乔治·威廉·伯顿，吕西安完全没有意识到我心里也正在下雷雨，罗丝也不知，靠近她就重新燃起我痛苦的火焰，重新洒出灼心的酸泪，这泪我无法从眼睛里涌出。吕西安想向他介绍自己的未婚妻，并向他告别；吕西安曾于中午邀请罗丝在他的旅馆的大餐厅里共进午餐，他第一次自己付账，因为短训班已结束，他不再属于旅馆的工作人员了，他冒着雨和罗丝一起步行，经哈特街和迪格街朝诸圣街走去，去准备晚上的订婚招待会，一路上两人搂腰、抚摩和亲吻。

8 月 8 日星期五

罗丝，在上星期六（外面又下着大雷雨）那场讨厌、沉闷的订婚晚会上，我在许多宾客中又认出她；在贝利家中，一间小小的起居室里装饰着白花，挤满了客人，她穿着一条淡紫色长纱裙，不很合身，显然是借来举行仪式用的，因为她来不及定做了。

罗丝，她坐在一张覆盖着白毯的桌子边沿，这张桌子过去放在墙角，用以摆放各种肥大的糕点，她坐在那里用差不多还算规范的法语和大学里的同学交谈着；而贝利太太则用严厉的目光监视着吕西安，一步也不离开他，怕他说出蹩脚的英语，她阻止他讲英语，她给他当翻译，而阿妮惨淡地、呆滞地微笑着，机械地嗫嚅着几个名字，我没有注意听，她把我介绍给她的朋友、她家的亲戚，介绍给她表兄亨利，在 6 月 1 日的晚宴上在这间屋里曾谈到过他，我于第二天读了那篇关于那次晚宴的日记（此时，詹姆斯·詹金和他母亲走进来，我们一起去迎接），她最后还把我介绍给理查德·坦，正是这个坦——，她告诉我《布勒斯顿的谋杀》中有一段关于他的住宅的描写（当然，我在今晚的订婚晚会上，我一点也不想谈论乔治·伯顿和他的“车祸”），这位理查德·坦显得相当和气，他去过好几次大陆，我真想知道他更多的情况；我听见这位理查德·坦回答一位太太“不”，他今天也没有开车，他的车子在修理，再过几天才能修好（詹姆斯母子出于他们习惯的礼貌，委婉地邀请我回家时坐公司的黑色莫里斯轿车，这时，我拒绝了）。

罗丝，她以动人的目光望着我，似乎看透了我的心，为某事感到遗憾（这种怜惜，这种同情，一点也不影响她的快活），她提醒我：明天吕西安邀请去大旅馆的餐厅里吃午餐，她若不提醒，我的确已忘记了；这时，我看见理查德·坦走出门，我急忙向她说声“再见”抽身去追赶他，我在诸圣街上的24路公共汽车站追上了他，正好在铁路桥下，铁路通到汉密尔顿车站，我看见他登上车（车已起动，检票员帮我登上车厢外的踏板）；沉闷的、红色的闪电划破黑褐色的天空（预示着一场新的雷雨即将来临），我在第一排椅背上认出理查德·坦的后颈；公共汽车到了终点站——市政厅广场，他下了车，又坐上27路车，我紧紧地尾随在后面，27路车从西尔弗街两边的格雷商场和菲利伯商场之间穿过（在栅栏后昏暗的橱窗中隐约可见：服装店的模特儿坐在花园的长沙发上，脚踩在沙砾石上，好像在低声交谈），然后经过马修斯父子公司前的托尔街，霍勒斯·巴克家附近的乔莱街，再从布兰迪大桥上穿过斯利河（又一场雷雨豆大的雨点开始打在车窗的玻璃上），车子再沿着五区的空地行驶，那里曾举行过6月的集布，我于7月初在此捡到伯顿的底片，空地的另一侧是一条通向达德利火车站的铁路，在冒烟的热雨中，空地上夜深人静（附近有一家家具店发生火灾，今晚的《晚报》报道了这个消息），理查德·坦在弗恩斯公园附近的 27 路终点站下了车；这个居民住宅区的矮小的房屋外表上几乎一模一样；因下骤雨，理查德·坦跑步回去，一下子窜到我前面的两三百米处，好像要逃过我的跟踪，只听见砰的一声，栅门关上了，他已回到家里；我一下子没有看清他进的是哪个栅门，面前这三幢黑洞洞的房屋，不知道哪一幢是他的家（他的房间窗户大概朝着另一个方向，没有一个窗口亮着灯），这三幢房子挺舒适，都配有车库，也挺方便，他房间（不知是哪一间）里面的摆设就像 J·C·汉密尔顿在他的书中详细描写过的，这间曾发生凶杀的房间，我找不到它的门牌号码，大概在莱肯街，离 216 号不远。

罗丝，第二天，我和她在大旅馆的餐厅里共进午餐，当然还有吕西安在座，所有侍应生都来向他祝贺，祝他找了个漂亮的姑娘，我为吕西安叫了一辆出租汽车，替他买了从布勒斯顿到伦敦的火车票；分别时，他们紧紧搂抱（太阳照在玻璃上，冒着青烟，汽缸喷出一缕缕蒸汽，闪着微光），我们送他上了火车。

罗丝，站在我身旁，捏紧手帕，看着火车开远了。

罗丝，我得把她送到她家门口，但无法进去。

罗丝，她希望我能在她面前多讲些吕西安的事，或她告诉我有关吕西安的情况。

罗丝，去年 12 月底，我认识了她，在游乐园里一起观看焰火，1 月在利剑饭馆共餐过，她是全城中唯一用法语和我交谈的人；那季节全城弥漫着黄色的浓雾，甚至有时中午也伸手看不清五指。从那时候直至现在仲夏，七个月以来，她在成长，她的学业在长进，她不时与我们会面，她的变化多大啊！她终于和一个外国人订婚，这桩爱情来得那么突然，那么猛烈，那么迅速，越是如此越引起我的注视，我的警惕，我亲切的、阴险的窥视。

罗丝，模样长得更俊俏，说法语的声音、声调更动人，面孔洗得雪白，头发像花一样绽开，衣服穿得很合身（除了星期六那天在订婚仪式上借了一条讨厌的长裙外）；而阿妮也度过了这七个月，阿妮大概也有点变化，但变化不大，因为她稍大些，她的形象和我1月初留下的记忆一模一样，那时她在利剑饭馆送给我一张年历，她曾对我说：这上面的日子还没有过完，我就将离开她，离开这个可怕的城市，我把这张年历片当作一枚书签夹在那本从巴伦书店买来的《布勒斯顿指南》中介绍挂毯画的页间，那时我已经慢慢地疏远阿妮，而亲近罗丝。

罗丝也许猜中了我的心思，也许给我设下了圈套。

罗丝，我得彻底打消对她的奢望，就是说，我应该成为一个忠实、耐心的朋友，一个安慰她的朋友，一个卫士（啊！至少不愿她太早来敲门）！因为我一点也不怨恨她。

罗丝，我的珀耳塞福涅，我的费德拉，自从大雾季节以来，在混浊的空气中，在这闭塞的沼地上，我的玫瑰花[①]开放了；呜呼，她不是我的罗丝，只是罗丝，接近不得的罗丝，隐秘、矜持、艳丽、纯真、温情、残忍的罗丝！

---

① 玫瑰花（La rose）和罗丝（Rose）同音。

2

8 月 11 日星期一

上星期六晚我开始阅读两个月之前——即 6 月的第二周——在这同一张桌上写的日记，今天我利用剩下的时间读完这些日记。

前天，我读了 6 月 9 日星期一、6 月 10 日星期二写的日记，它们记述了我于 6 月 7 日晚与吕西安的谈话，先在我的房间里，后在 23 路公共汽车上，再到东方翠竹酒家的二楼，我们坐在一张靠近窗口的饭桌上，窗口正对着旧教堂的正面；吕西安已离开布勒斯顿一个星期了；我们当时谈到我的泄密，谈到吕西安在罗丝和阿妮 · 贝利之前指名道姓地说出乔治 · 伯顿的名字，把我的秘密完全挑明了，在此之前我已经在她们面前和盘端出伯顿的名字了；我的双眼曾被布勒斯顿的浓雾、泥沙遮住，我曾想努力拨开障雾、洗清污垢、睁开眼睛，但我的泄密扰乱了我的神智，使我的眼睛更加失明。

特别是自从在布朗大街发生“车祸”的那一天以来，我变得更盲目，我认为这是那些不谨慎、不诚实的泄漏的直接结果；我想凶手就是她们表兄的朋友，他的房间似乎那么像小说中温兄弟俩住的房间，我从来没有进过这间房间；我想凶手可能就是这个理查德·坦，他因被揭露而狂怒，在我看来，6月1日星期日在贝利家的那次漏风可能是不祥之兆，另一次泄密，就是在此前一天——5月的最后一个晚上，在二区集市的射击照相台前面……不过，如何能相信是詹姆斯，温顺的詹姆斯干的呢……

在我看来，星期日的泄露是不祥之兆，因为我昨晚看清，这位理查德·坦的莫里斯牌轿车不是黑色，而是灰色，相当光亮，如果根据证人众口一词认定是黑色这一点，的确很难断定是他的车子，很难断定是他在布朗大街上撞了乔治。

今晚，我在新闻影院看了有关旧金山的纪录片后，来到东方玫瑰餐馆吃过晚饭，然后，我回到房间里，在这张桌上，我继续6月第二周写的一节日记，它复述星期六我和吕西安的那场谈话，突然，它不再复述谈话，却直溯到去年11月的事，根本没有谈及6月8日星期日我和詹姆斯·詹金在博物馆参观挂毯画的一次谈话；在我看来，这场谈话非同寻常，我在阅读时突然回忆起那场谈话，它对我写回忆录、对我从最近一次到最早一次在中国餐馆用餐的回溯方式产生明显的影响，七个月过去了，那个餐馆的跑堂仍是那个黄种人，他个子不高、微胖，神态不变，嘴角总是挂着一丝笑意。

我利用今天剩下的时间继续阅读这节日记，它回忆了九个月之前在“东方翠竹”里我和詹姆斯一道吃午餐的情形，日记涉及到J·C·汉密尔顿和他的小说，它还叙述了“盖伊·福克斯日”的气氛，描述了詹金太太听到新教堂时表现出一种奇特的态度，最近记述了我与霍勒斯 · 巴克第二次见面的情形；我在 6 月第二周写的这节日记中曾划去好几行；然后我站起身开了灯，因为现在天已很黑了，每天傍晚日渐短暂，夜幕几乎已降下，这时，只在这时，我才开始动手写作。

8 月 12 日星期五

6 月 1 日星期天下午，为准备追述我于去年 11 月参观旧教堂的彩画玻璃，我再次进去参观它；但我在第二或第三天却是记述前一天晚上在贝利家里的那场谈话，那是我在短短的两天中第二次泄露出 J · C · 汉密尔顿的真名的一次谈话；当我重新追述已中断的去年秋天所经历的事时，我回想起来，我是先走进博物馆欣赏挂毯画，后来才进旧教堂欣赏彩画玻璃，也就是《布勒斯顿的谋杀》一书中第一句所提及的描绘该隐诛弟的彩画玻璃；11 月初我到警察局办临时身份证，需要个人照片，在等待照相店冲洗我的小照片期间，我走进博物馆第一次欣赏哈里的挂毯画；参观后，我取到了照片，在身份证上贴上它，警察局盖上钢印，正式发给我身份证；现在，我还保留着一张小照片。

我必须花工夫详细追述那次参观，它却激起我想再次欣赏那些豪华的羊毛挂毯画的愿望；在那不久之前，不到一个月，即 5 月 11 日星期日，我和吕西安在到伯顿家里喝茶之前曾又去参观了一次；6 月 7 日星期六也进去参观了一次，但仍无法满足我的愿望，因为那天我也是走马观花地巡视了一圈，就急匆匆地赶回房间写完那周正在追忆的往事，它追述了那位教士在旧教堂中对该隐诛弟的彩画玻璃发表的长篇议论；6 月 8 日星期天我又一次进博物馆参观，更激起我强烈的愿望；那天，詹姆斯和我两人在城街的孟买饭馆里用餐，我们不知该聊些什么，我们回避谈集市的事，也不想谈《布勒斯顿的谋杀》，更不想谈论新教堂，只想谈些萦绕我们脑际、痛苦地使我们疏远的事；当我向他提议去参观附近的博物馆（天下着雨），会不会使他扫兴时，他几乎松了一口气；诚然，他已很熟悉博物馆里的挂毯画，但他却对我说，他很久没有进去参观过，非常乐意陪我去；他对画的见解深刻独到，再次令我大吃一惊，他使我发现挂毯画的一个我一直没有留神到的基本特点，就是它们不是描述瞬间发生的故事，而是再现连续性的动作：可以看到在同一幅画上连续发生的几个场面，同一人物在第十五幅画上出现两三次，如“下地狱”(左边，忒修斯和皮里托俄斯站在通向冥界的裂口前；中间是忒修斯和皮里托俄斯登上王位的台阶，被珀耳塞福涅拉下；而右边，忒修斯和皮里托俄斯被关在地狱里的地窖里，用镣铐锁住），再现了某一段时间内持续的行动；更加给人以强烈印象的表达是同一人物能参加明显相隔好多年的事件，如在第一幅“忒修斯的童年”里，它是直到那时我觉得最费解的一幅画（左边，可看到一个广场；在第六幅“父王认出忒修斯”、第七幅“忒修斯杀死叛臣帕拉斯诸子”和第十四幅“忒修斯当上雅典国王”上，广场不断拓宽，埃勾斯坐在王座上，美狄亚站在旁边，挥手示意驱逐一个女人；这个女人一只乳房袒露着，脸上蒙着面纱，几乎遮住了她的小王冠，她在逃跑，跑向一个坐在右边山洞里的老头，她把手臂上的一个婴儿交给他，而另一只手扔出一条长长的腰带，腰带的另一端还触着国王的一只脚，右边老头子没有看她，两眼却转向少年的忒修斯，他好像即将出发，好像在向这个老头和这个女人告别，再三向他们道谢，并把她给的腰带扎在腰上，腰带上挂着一把宝剑，他从此之后，随身带它，寸步不离，他用这把宝剑刺死西尼斯、斯喀戎、刻耳库翁、普罗克汝斯忒斯、帕拉斯纨绔子弟和弥诺陶罗斯；这把宝剑擦得闪闪发亮，装饰得非常漂亮，一眼就可以认出，在第六幅画上，埃勾斯惊奇地指着宝剑，从此以后他相信这个年轻的外国人就是他失踪的儿子，他曾听从美狄亚的劝告，本想命令他喝下一个老太婆带来的毒药，但这把宝剑与众不同，救了他，最后他成了国王）。

第一幅“忒修斯的童年”，直到那天我还觉得它是最费解的一幅，但詹姆斯 · 詹金知道画的内容，第一次给我提供了令人满意的解释，他把全图分成三个主要时期（首先，埃勾斯改弦易辙，被离弃的前王后带着儿子逃走，然后，他们到彼条斯王[①]家中避难；最后婴儿长大成人，离开他的师傅和母亲，母亲给他带上这把宝剑，她过去特意为儿子盗来这件武器，它是他真正身份的证据）。詹姆斯准确地解释了这个女性角色，在她身上所固定的，不是她逃跑历程中的一个片段，而是一个很长的故事，一个不断发展，却变化缓慢的故事，埃特拉这个女性角色，她的历程跨越好多年。

詹姆斯 · 詹金真是位无与伦比的专家，深谙布勒斯顿的

---

① 彼条斯王，艾特拉父亲，忒修斯外祖父，特罗亚国王。

一些秘密，他使我观察到我过去在画上没有留神到的地方，我再次浏览了这些画，他使我弄明白几乎所有的画，直至最后一幅：忒修斯流浪异乡，死在斯库罗斯岛；此时，远方雅典城在起火；参观后，我们走回广场，6 月微弱的阳光在雨后的云间透出，仍旧潮湿的广场沐浴在阳光中，我们不知道谈些什么，也不知道朝哪里走，都感到十分尴尬，突然，他借口他母亲身体不太好，让她一人在家，他有点担心，因此我们沿着城街一直走到市政厅广场的 23 路公共汽车站，因为那天他来时没有开公司的黑色莫里斯轿车。

我们经过游乐店，店两旁是警察局和王家影院，游乐店每逢星期天都关门，在铁栅栏上贴着一张小告示，用手抄写的，告知该店将于 6 月 16 日重新开张。

我顺便问詹姆斯知不知道这爿店为什么关闭，他说不知道，自然他是一点也不知道的，不过，他好像记得听人说这里发生过一场小火灾，或者类似的事故，这可能纯属一种想象，因为五区集市也闹过一场火灾；在此之前，他去过那里，那是 5 月最后一个晚上，一幢木屋发生了火灾，倒霉的是保险公司，要赔偿火灾损失。

他几乎无意地给我说起这些，后来明显地埋怨我以这个问题来引出他的秘密，引他谈及这个令他苦恼的话题，但在此之前他却非常巧妙地回避开（我几乎感到他在责怪我多话，我想集市这一话题在折磨着他，一谈到集市他就十分敏感，焦虑不安；我想他也许又去了射击照相摊，再次看到乔治 · 伯顿的照片，我后来于 7 月初在五区的空地上捡到他的底片；詹姆斯明显在埋怨我），当 23 路公共汽车一到站，他几乎没有说声再见就匆匆离去。

8 月 13 日星期三

然而，我认识游乐店里的一位常客，他可能会给我提供有关火灾的情况，这个人是黑人，圣诞节那可怕的一天，我在那里找到他（此店每逢星期日都关闭，却在节日开放），我想向他了解情况；已有一个多月我没有看到霍勒斯·巴克，就是自从我带吕西安到他家的 4 月的那个星期六以来，那天我和吕西安在旧教堂对面的一家中国餐馆吃午饭，遇见了乔治·伯顿。

霍勒斯·巴克先是迎接我，随后埋怨我忘了他，随口稀奇古怪地、绝望地辱骂了一番；显然，我的来访打扰了他，当我走进屋时，他正和嘉碧在一起，嘉碧穿着小黑鞋；然后他如同往常给我倒了一大杯朗姆酒。

“游乐店？ 它还没有开张？ 哦，好几周之前的确曾发生过……一场小小的火灾，店内有一个打木偶游戏摊子，木偶的身体用布制成，头用木头做的，排成行，其中有一个穿高领礼服的牧师，一个戴盔的警察，一个戴假发的法官，一个戴黑方巾的大学教授，一个穿军大衣的救世军女兵，一个戴军帽的军官，一个戴王冠的贵族，一个帽上插花的老贵妇，顾客用塞满木屑的子弹射击一个个木制的头颅，木偶被击中，噗喇一声倒在木板上，就像木槌击地的声音，怎么样？就这样起火了，所有这些用旧的木屑弹、用旧的布人、用旧的木头颅都烧着了（您想这难道不容易着火吗？），就是这么一回事！ 不过这可把后墙、天花板都熏黑了，他们决定重新整理，重新粉刷，这倒不错，您说是不是，店里的确脏透了，是不是……”

“但还是不知道如何烧起来的。”

“唉！法国先生，那些旧设备不能用，一摸就坏，您手指一碰到枪，子弹就从枪管里泻出；令人奇怪的是为什么过去没有烧着？您知道，这就是奇迹：墙角总是放一大堆纸屑，只需在上面扔一个没有熄灭的烟头，就够烧着了，也可能那里有一盒满满的火柴，人家不留神扔在那里……您该明白，有人会这样做，甚至可能故意这样做（即使他真的不是故意这样做，当他看见火焰轻轻从纸屑中冒出、旁边的木屑变红时，那么他不是想法扑灭火苗，而是看着它燃烧，您懂吗？），我倒庆幸这场火灾，因为这样至少待到再开业时，店内可能不会那么难看……”

自4月19日星期六以来，我就没有见到他；那天，我带吕西安到他家里吃晚餐（嘉碧不在屋里，我不知道何故，不过往常是她在煮饭），吕西安很想亲眼见一见这个黑人，我已好几次向他讲过这个黑人，而他对这个黑人的故事感到很好玩；然而，当他站在这个人面前时，吕西安觉得他一点也不奇怪，而是有点吓人，吕西安不由地产生一种本能的害怕，一种不舒服、反感、不信任；尽管他努力克制自己，尽管两人都作出努力克制，可怜的霍勒斯也在克制自己，同样显出不信任、不舒服、不自然，他局促不安，很难掩饰内心的反感、愠怒和失望。

自从4月19日星期六以来，我就没有见到他；那天我们每人吃了一个橘子后，三人一起走出去，都沉默不语，心头烦躁，渐渐地感到疲乏无力，三人都像烦躁不安的梦游者，我们互相看了看，而我心里在寻找合适的话，想打破僵局，刈破横在他们之间的荆棘网，好像他们之间的紧张关系正无法挽回地恶化，至少在这个布勒斯顿城是无法补救地恶化；那天我们三人一起走出去，如同事先约好一起走到集市，我从未发现那里有个集市，而自从我来到此城，我从未觉得一个集市会如此阴郁、阴暗和空虚，他们俩都喜欢逛集市，但在湿尘弥漫的、黑暗的低空下，在这寒冷的春夜里，集市也无法把他们的心集结在一起；那时集市在一区的西北方向，在栎树公园和豪华的犹太区之间，此后，它搬迁到二区，5月的最后一个晚上我在詹姆斯·詹金的陪同下曾去过二区集市，那次逛集市对我、他和乔治·伯顿，都是一件倒霉事；随后集市又经波特桥穿过斯利河，搬迁到第五区，来到恶臭的斯利河畔，从达德利火车站延伸而来的铁路旁的空地上（在五区集市上我捡到一张伯顿相片的底片，它已弄脏、划破，不能再冲印，现在夹在我桌子左角上的那本《布勒斯顿的谋杀》的书页中）；接着，集市又沿着斯利河岸向南移到第九区，但它不去十二区，因为十二区那里有个游乐园，它继续循环巡行，一轮八个月；几周之前，集市又从新桥穿过斯利河，移到第十一区的北部，它总是沿着河边移动，上星期六，我带罗丝到那里逛过。

自从那个星期六我们三人一起去集市以来，我就没有见到他；我知道那个星期六是 4 月 19 日，因为那天吃午饭时，乔治·伯顿邀请吕西安和我两人于第二周星期六到他家里做客，就是 4 月的最后一个星期六，第二天星期天夜里，我再也忍受不了那张暗淡不清、模糊难辨、令我迷惘的地图，一气之下烧掉了它。

4 月 19 日星期六那天中午，吕西安和我在“东方翠竹”二楼，吃完油酥饼，喝干最后一杯绿茶，近旁的窗户朝着旧教堂的屋面，一个黄种人跑堂坐在对角的角落，以善意的目光看着我们，他身后是摆满酒杯、杯盖的餐具橱；去年 11 月那次我和詹姆斯谈论《布勒斯顿的谋杀》的晚餐，6 月那次我和吕西安谈论 J · C · 汉密尔顿和贝利姐妹的晚餐，还有冬天的那次午餐（我继续寻找其准确日期，是会找到的，那次午餐上我第一次遇见乔治 · 伯顿，他先向我搭话，因为他看到我桌旁放着一本他写的书，我刚从旧书店买到这本书，它由企鹅出版社出版），以及上星期六我和罗丝的那次午餐（啊，为什么她这么早就来折磨我？ 她一心只想着吕西安），在这么多次的用餐中，我们都习惯坐在这张靠窗的桌子旁，而那个跑堂总是露出同样的神态，嘴角总挂着同样的笑意——这也许是一种微笑，他热情接待我们；4 月 19 日那天，正当我们吃完饭，站起来准备走的时侯，乔治 · 伯顿神采奕奕地走进来，向我们这边走来，看到我们桌上放着一本《布勒斯顿的谋杀》，他突然放声大笑；那天我把这本书借给吕西安，他也像我在去年冬天的一次午餐上边吃边放在桌旁看；乔治看到这本书，突然哈哈大笑；他看上去身体很壮，心情很好，那天我们还没有想到他就是 J · C · 汉密尔顿，也就是书的作者，他后来险些丧命，至今还没有完全康复。

从那天开始，乔治 · 伯顿给我们摆下迷魂阵，使我们——吕西安和我——更加困惑；吕西安——逃脱者和幸运儿，而我呢？吕西安——未婚夫，受人爱，也爱着别人，而我呢？吕西安时来运转，得心应手，他给罗丝写情书，一心只想着罗丝，他已经得到罗丝，而我呢？

8 月 14 日星期四

罗丝，为什么，为什么你这么早就来折磨我呢？这么早就来重启我渐渐愈合的伤口？我心灵的伤口大概快愈合了，现在正在结疤，但是由于你，愈合得才那么缓慢、那么灼痛。

罗丝，为什么，为什么你以那微笑、美貌、快活，以那讲得越来越动听的法语，以你给我，但我无法接受的乐趣，给我带来上星期六这个痛苦的半天呢？

为什么你迫我重新开始拒绝你？

每次看到你，我都无法阻止我的两眼寻找、追踪你夏天穿着连衣裙的倩影，但我这是枉费心机。

为什么当我走出公司时你突然出现在我面前，问我能不能和你一道去吃午餐，能不能陪你走一段路？

当我建议到十一区集市时，你为什么接受了？

我知道你终于把我抛弃，使我比以前更加孤独。

当时我极想见到阿妮，她也许会温柔待我，也许会安慰我，我需要见到她，需要和她交谈，以便了解她对我怀着什么样的感情，她是否会原谅我，此时，为什么你出来告诉我她不在你家中？你还说她和一个男人出去吃午餐，你不知道是谁，也不知道在哪里，她曾建议你和她一起去，但你没有听，因为你更愿意来找我，为了打听我有没有收到吕西安的信?

没有！我没有收到他的信！这个吕西安关我屁事？既然他离开布勒斯顿，带走了你的诺言，过不久将来还要把你整个人——肉体和声音——都带走。

为什么你把他的头几封信带来念给我听？信中不外乎是些甜言蜜语、山盟海誓，以及叙述他的美好的旅行。

为什么你又出来遮住阿妮，不让我看清她的美貌？虽然她比你逊色，但很适合我这位得不到你爱的失恋者，你曾经转移过我的注意力，使我看不见她那种更端庄的美。

上星期六那一天，上星期日那一天，我多么想揪住它们！我多么想把它们全部记录下来，把它们铺陈在稿纸上，以便我能够阅读它们，我过去几个月中捕捞往事时带来了磷光，以便在磷光的映照下使它们成为透明。那两天，是我度过的一周中唯一真正的两天，因为其他日子淹没在公司的灰尘和必不可少的勤奋写作中，我多么想拽住这两天，以使能够了解它们，以便能自我了解，以防时间流逝，以防事情没有我就成了定局。

我觉得，在我周围，经纱线像潮水一样涌向纬纱线；不久我的手被缠在这个纱网之中，而我，整个人被包裹在这架织布机之中，我找不到调整位置的操纵杆。

天已黑了，今天是星期四，这个礼拜快过去了，只剩下明天星期五，为了回溯到 1 月所发生的事的表面，使沉睡在七个月底层的 1 月所发生的事浮到表层，就像我于 5 月回忆去年 10 月来此发生的事一样，我重新捕捞它们，使它们浮起来，并加以记述；相隔七个月，我希望能压缩它，但只能成功地保存它（这是多么困难啊！），那么多的阴影、结局、事件、幽灵横漂在这七个月的水面，水底越来越混浊，因为捕捞的摇晃搅起了泥沙。

今晚，我应该写完那两天经历的事，我不想休息，直写到星期天我入睡的夜里为止，直写到“然后我上床睡觉”这一句为止（时间在流逝；不过要是我今夜睡不够，明天可以再补睡）；这就是为什么我能够及时详细回忆我和罗丝那天痛苦的谈话，回忆那天在“东方翠竹”共进痛苦的午餐；回忆那天痛苦的逛街买头巾：我们到处寻找，终于在布勒斯顿一家最出名的商场——城街上的明顿商场——里买到一条披巾；回忆那天进博物馆的痛苦的参观：当我走到市政厅广场上时（“您愿不愿给我讲讲那珍贵的挂毯画……”但如何向她讲述费德拉和阿里阿德涅呢？），我只好带她进去参观（瞧！她是多么迷人！多么聪明！多么专心地观看！她差不多要迷上它们……），回忆那天在十一区集市上痛苦的游逛，夏日天气晴朗，斯利河在阳光的照耀下熠熠发光，当她登上24路公共汽车，朝诸圣花园路回家时她向我道了声再见，露出最后迷人的笑容；回忆我在霍勒斯·巴克的陪同下喝得酩酊大醉，他的嘉碧似乎越来越不管他了；我回到房间，深夜阅读6月第二周头两天写的日记，它们叙述我和吕西安——仍是这个吕西安——前一个星期六在“东方翠竹”中的谈话。

因此，从现在开始（时间在流逝）我来叙述上星期日下午去看望伯顿的事，我到了格林公园附近的一座宅院，哈丽雅特在二楼的客厅里接待我，她脸上重绽笑容，阳光照进窗口，树叶的气味渗入窗户，传来公园小径上密集的人群的低语声，游人躺在草坪上，或倒在长凳上；明亮、颤抖的阳光照射在床单上，房间里一簇簇光影，乔治安静地坐着，好像已经康复，他郑重地告诉我：

“一切都结束了，我侥幸脱险，以后穿马路时要格外小心。”

我们喝着茶在开玩笑，这时他的眼睛开始注视着一只在光线中盘旋的苍蝇，他全神贯注，一言不发，不久哈丽雅特也一样专注，随后我也紧盯着苍蝇，大家什么也没有听见，只闻苍蝇嗡嗡叫，连同公园里星期天人群的嘈杂声以及风吹过时巨大的松柏发出的沙沙声；这时，他突然立起身，碰翻了盘子和杯子，小汤匙掉在地上发出“铛”的一声，茶水洒在白色的台布上，显出一块斑点，开始往下淌水；然后他乏倒在枕头上，气喘吁吁，头往后仰，又往左右摇晃，眼睛半闭着，双手挡在脸上，好像在保护它，口里低声地向哈丽雅特埋怨，她立即起身，俯身问他：

“你无法逐走它吗？”

而我一动也不动地站着，手里捧着茶杯，她追逐着它，想法打死它，终于迫使它从窗口溜走；她关上窗，再也听不见它的嗡嗡叫，听不见公园里人群的嘈杂声，听不见松林里的风吹声，只听见乔治的喘气声；他重新坐起来后，呼吸才变得均匀规律。

“请原谅。”

“你还要一杯茶吗？”

“我想告辞了。”

“不，雅克，再等一会儿，靠近点！ 我想问你一个问题，人家说那是一次车祸，我对您说过这是一个事件，然而你，雅克，你是否也像我这样想，这可能是另一回事吗？ 雅克，你知道些什么？ 我从你眼里看出您在犹豫，不肯讲实话。”

“您在胡想些什么？ 我会知道什么呢？ 我会隐瞒什么呢？ 7 月 11 日星期五晚 6 点半左右，我不在布朗大街上，我什么都没有看到，我曾想做个调查，我现在还在了解中。”

“你曾想做个调查？”

“但我什么都没有找到；大概没有什么可找到的……”

“雅克，我注视着你，雅克，自从那天开始我就观察着你。 为什么你不信任我？ 请相信我吧！ 无论你做出什么事来，你一点也用不着害怕……”

“您究竟想叫我说些什么？ 如果有人知道那天发生的事，这人正是您，巴纳比 · 莫顿……”

“请别说了！”

“当然您都猜到……请您原谅我。”

“雅克，你到底怎么啦？ 请冷静一下。 我还没有猜到一点东西，我只不过有些怀疑，一些无根据的念头，你为什么不想帮帮我的忙，叫人家猜谜，有什么意思？ 你为什么这么固执？ 这大概只是一次车祸，是不是？ 人家是那么说的，而我是这么说的……请原谅我；我们不要再说了，好了！ 我现在相当疲劳。 雅克，看到你，我很高兴，有没有吕西安的消息？ 他的来访，我曾十分感动，那位姑娘很迷人，贝利，你说过她的情况？ 而你，你也曾追求过她吗？ 请尽快再来见我们。”

我肯定他在想那位理查德·坦，而我也一样想象他是凶手，但这又不大可能，因为他那部莫里斯轿车是灰色的，正如我那天晚上所看到的（啊！ 我真想搞个水落石出！）。 那天晚上，我在第五区莱肯街那个可怕的居住区里，在那三幢房屋附近游荡，这三幢房屋比邻近的住宅更宽敞、更舒适，我还不知道其中哪一幢是最豪华的，周围一片却是狭小的房屋，凋零的小花园；我游荡了好几个钟头直至夜幕降临，我等待他回去或出门，终于看见理查德·坦开着车子来了，的确是灰色的，而不是黑色的，他从车门钻出，也有好几个女人走出；他家对面恰好有个路灯，借路灯的光线我仔细观察这部车子，这时他打开了栅门和停车库，他没有看到我，也不怕被我认出；显然一周之前在贝利家中举行的罗丝订婚礼上他一点也没有注意到我，这辆轿车很像公司那辆由詹姆斯保管和使用的车子，但他的车子是灰色的，还有擦伤的旧痕（乔治是否可能只知这位理查德有一部莫里斯车子，而不知它的颜色？），灰色（但这并不能定案，也不能排除我与此案无关，既然詹姆斯有……啊，我只能相信詹姆斯……），灰色。

于是，我回了家，然后上床睡觉。

8 月 15 日星期五

我独自去格雷街上的饭馆里吃午餐，从初冬到 2 月中旬我几乎每天都和阿妮到那里吃午餐，在那大雾弥漫的日子里，我和阿妮在一起，她帮了我的大忙，使我忍受住布勒斯顿这恶劣的天气，当时，在我的眼里，罗丝只不过是一个可爱的小妹妹；今晚，我离开公司后，去文具店想看看阿妮，但有许多顾客，詹姆斯正好接踵而来，我只得在他身旁等候，顾客都是买些小本子、铅笔、布勒斯顿地图之类的。

“哎！ 雅克，”她对我说，“明天晚上我们会会面，好吗？”

罗丝在场使我心慌意乱，匆忙之际，我也忘记了罗丝要我星期六会面的邀请。

明天晚上我将又看见她们两人在一起，她还是谈些吕西安的来信，而我无法向阿妮开口讲述自己的孤独和需要。

今晚我无法抓住一点时间私下和阿妮交谈，詹姆斯没有离开我们，他陪同我们一直走到市政厅广场上的公共汽车站，雨开始下了，一整天都闷热难受，广场上的沥青路面散发出热气，从工厂、餐厅的厨房、此时拥挤的公共汽车以及汉密尔顿车站来去的火车散发出一阵阵臭味，尤其是火车在冬天鸣笛时吐出的那一股股黄色的油烟。

噢！ 布勒斯顿，烟雾的城市，当我们经过药店门前时，我在《晚报》的公告栏上看见九区的监狱附近一个涂料仓库着火的新闻，布勒斯顿，你的火焰是那么浓黑、无情和恶臭！

光线如同 1 月下午 3 点亮起的灯光（在马修斯父子公司，我们整天开着灯），我注视着灰色的天空和落在我玻璃窗上的雨点，雨像那时融化的雪一样灰黑；各种物体的颜色消失了，在我的桌上，我再也辨认不出其他东西，只认出较明亮的方形白纸，写在上面的一行行字变成模糊的痕迹，要尽量凑近看，才能看出意思；我没有灯光实在工作不下去。

阿妮，1 月那时我的阿妮，那时的阿妮和我那么贴心，而我却抛弃她，去追罗丝，太缺德了；我企图一笔勾销，企图令她相信在我们之间从来没有发生过什么事，只有友谊；明天晚上去见她也是枉然，我无法使她听到我心中的呐喊、凄切的呼救和悲痛的哀求；如果她没有因我的变心而想永远疏远我，如果她没有完全识破我的狡黠、伪善，那么她会回心转意，满足我的哀求的；三个多月来，我埋头写作，历尽磨难，我一直无暇回答她的问题，今天我多么希望回答她，我多么希望向她解释 4 月底我为什么向她买第二张布勒斯顿的地图，以及一刀白纸，我现在继续在它们上面写回忆录。

今晚，我不想写得很迟，在灯光下，稿纸呈黄色，雨点继续敲打着蓝色的窗户；这时，从远处传来沉闷的雷声，睡意袭来，我想上床，睡意要战胜这只勤奋笔耕的手，这只出冷汗、黏糊糊的手。

阿妮，那时一周中每一个工作日的午餐我都和她在利剑饭馆约会，甚至有时星期六也在一起吃中饭，譬如 1 月的第一个星期六，罗丝也在那里，她还没有上课，她带着我走进浓雾中去参观她的大学，外面开始下雪——布勒斯顿肮脏的雪，我们参观了实验室、图书馆、自然历史博物馆，里面有用稻草充塞躯壳的动物，在贴着标签的玻璃瓶中插着稍稍凋谢的寒冷的花。

我把 1 月第一个周末的零星回忆，写在这些白纸上，没有进行长时间的探索，没有做必要的搜寻，今后我只能在越来越恶劣的条件下找些零星回忆，因为岁月的泥沙将越积越厚，但至少这些残存的回忆，潮水是不会把它们带走的！

阿妮，我曾要求她把《布勒斯顿的谋杀》还给我，但她感到十分抱歉，无法还给我，因为她母亲正在看这本书，我自然对她说：这不要紧，但她从来未曾还给我，直至 6 月 1 日星期日之前，她硬说书已还给我了，那天我又看到她手里拿着这本书，这引起我心里一阵慌乱；阿妮，在这 1 月的浓雾中我呼喊着她（我几乎看不清她），但我的声音淹没在融雪中，融雪落在布勒斯顿这块大沼泽地的许多小溪流中，雪，雷雨，但我的声音消失在沉闷的雷雨中，哦！阿妮……

不知过了多久，我闭目养神，一直呆呆地坐着，没有写一个字；我面对着这张稿纸，面对着这张书桌，面对着这扇窗户——在这扇窗户上雪曾融化，元月的雾曾贴在那里，刚才来自远处的一道淡紫色的闪电在抖动，我坐在椅子上，需要安静一会儿，以便使自己相信今晚能继续探索，继续潜航，但这一切努力都是徒劳的，我不必再写，要放下钢笔，盖上稿纸，然后站起身，脱衣，关灯，入睡。

3

8月18日星期一

我从公司下班后，路过伯林顿酒家、药店、《晚报》的报亭：卖报老头总是坐在那位置上，路过朗德文具店，即阿妮的文具店，它每逢星期一关门；我沿着西尔弗街直走到市政厅广场；我混进从格雷商场和菲利伯商场拥出来的人群中；我路过警察局、游乐店：5月中旬霍勒斯·巴克曾在此引起一场小火灾，6月16日重新开业，有点焕然一新的样子，修整和油漆过，新设一个玩木偶游戏摊，牧师、警察、法官、教师、救世军士兵、军官、贵族、老贵妇等木偶都换上新的头颅，现在又变旧了，还是那些旧的子弹、冲锋枪、捕熊器等玩具；路过王家影院、中国餐馆"东方玫瑰"门前；我混进从摩登商场走出来的人群中；我穿过山街，沿途经过糕点铺、大陆和艺术影院；我走进新闻影院，在那里我看了有关罗马遗址的电影（下周放映雅典遗迹的影片，上周是介绍旧金山）；我走进新闻影院，银幕上展现的意大利蓝天，似乎重现克里特岛上空碧蓝的天，重现那岩石和布景之后的弥诺斯[①]王宫，重现6月16日星期一我在银幕上见到的影像和蓝色，那两天，我路过刚刚开张的游乐店来到这家影院里见到相似的影头，这些蓝色的影像使我顺心、宽慰，我于17日第二天又进影院看了一回，回到屋后，将它们一一记述下来，以便将来能准确地回忆它们，昨晚，我读了对这些影像的记述；银幕上，小院地上覆盖着绿茵茵的小草，庭院周围有石膏和大理石砌成的楼梯，广场上有斗牛的角，土地缝中开满银莲花，像透明晶莹的玻璃一般的蓝天，没有雾气，没有污迹，也没有划痕，在罗马帝国遗址上空的一片蓝天中似乎隐约出现克里特岛那种永恒的蓝色，这个生机勃勃的闹市、这个文艺复兴和巴洛克艺术的发祥地留下了罗马帝国的废墟。

天暗下来，天色越来越难看，但在我离开布勒斯顿之前还会有好天气的，如去年 10 月初的好天气，去年，我刚来此处，总感觉到一种局外人的忧伤，不堪重负，没有珍惜那段好时光。

如同每个星期一，今天傍晚我从公司下班后，先去新闻影院看电影，然后穿过市政厅广场，夜幕渐渐降临，我去东方玫瑰餐厅的二楼吃饭，从这里望见最后几缕淡红色的夕阳余晖消失在市政厅筑有雉堞的奇怪钟楼后面；我乘上 27 路公共汽车一直到乔洛街；我回到屋里，打开灯，读完了 6 月第三周写的日记：6 月 15 日星期日下午吕西安、阿妮、罗丝和我到五区集市上，我又在射击照相摊上看到乔治和哈丽雅特·伯顿的照片（但我小心翼翼地避免引起我的同伴的注意，害怕又谈起那件事）；去年 11 月 17 日星期六晚，我在霍勒斯·巴克的陪同下逛了第九区集市，多亏了他，在那天

---

① 弥诺斯，希腊神话中克里特王，宙斯和欧罗巴的儿子。

下午找到了这个住所，第二天星期日我搬到这里住下，然后，那天下午我初次参观了新教堂。

但我没有读到关于 6 月 14 日我独自一人逛游乐园的日记，大概我当时感到问心有愧，回来后没有记下，因为我拒绝记下我当时的感觉，那次出门与那篇日记的动机有密切关系，也与我烧毁布勒斯顿地图有密切关系。

要是我内心不感到懊丧，不感到自己负有责任，难道我去游乐园会只是径直去看前几夜烧起来的大“8”字形的小铁路，而连一家售货棚也没有进去，一处也没有去逛，甚至连动物园也没有进去吗？ 难道我一得知《晚报》上登的游乐园起火的消息，就立即决定亲自去看看废墟吗？ 难道我会迫不及待地跑去看关于火灾报道的文章？ 难道当我得悉没有一个伤亡时会感到松了一口气吗？

那天我刚刚得知：几天之前，5 月 31 日与 6 月 4 日之间的一个夜里，一场火灾毁掉了集市上的一间售货棚；前一个月中旬，一场小火灾也烧黑了游乐店；我感到火焰在乱窜，威胁全城；我感到火焰在燃烧，我对城市的报复似乎如愿以偿；我不停地感觉到火焰在奔跑，我欢呼火灾在城里各区蔓延。

我没有读到 6 月 14 日逛游乐园的日记，在我的心里，它与我烧毁布勒斯顿的地图有密切关系，而且也与其他表面上看似轻微的、微不足道的焚烧行为有关系；4 月的一个星期天，我参观完游乐园走出围墙，拿出门票烧掉，这么细小的焚烧却是我后来烧毁地图的前奏，它牢牢地记在我的脑子里。

八月，四月

8 月 19 日星期二

4 月的一个星期天，吕西安和我在人群中游荡，我们走进动物园，人群越来越稀疏，困兽忧郁地在笼中踱来踱去；动物园离大门很远，大门两旁是灰墁的高塔，已十分脏黑，大门焊着月牙形的黄色铁皮；这时，我在一条僻静的小径上发现一张打眼的方形灰纸板，一面上写着“妥为保存”，另一面上写着“游乐园”，在出口，看门人要向我们讨还门票（那位丢失这张门票的不幸者得被重重罚款）；我捡起来，仔细看它，看见上面盖着前天还是大前天的日期，具体哪一天我记不起来了。

这是一条僻静的小径，不久便阒无一人，我的左手拇指和食指捏着一只指甲钳，用它夹住那张门票，其他三指把一盒火柴捏在手心，我划了一根火柴，火移近门票，吕西安见了十分惊讶，我解释说：

“它曾经逃脱它兄弟们的下场，现在该物归其位。”

4 月的一个星期天，那是一个星期天，因为前一天下午（肯定是星期六）我们曾决定到王家影院，漫不经心地看一部名为《罗马的红色夜晚》的影片。

4 月我经常坐在影院里看电影，布勒斯顿的雾气使影像模糊不清，但电影至少给我提供谈话的话题和讽刺的笑料；4 月我无所事事，我还没有埋头于我现在努力去完成的任务——写回忆录，我还没有一页又一页勤奋地写作，在我的足下还没有坚实的土壤，还没有支撑我的土壤；那时我身陷泥塘，越陷越深，快到了完全淹没和窒息的水面；我越来越疏远阿妮，却又害怕接近罗丝，只有一股仇恨在支撑着，我应该拯救这股仇恨，应该以一种行动来加固它；我曾以微小的破坏来发泄心中的仇恨：当我烧毁布勒斯顿的地图时，我的仇恨就有所缓和，我现在勤奋地写作，以此来缓解仇恨。

那部影片叫《你往何处去》[①]，彩色巨型影片，内有殉难者、猛兽、贵妇的脱衣浴，自然还有熊熊的火焰，大火烧光纸板制成的住宅区，红色的火焰直射天际，大火在云层的红色反光中悄悄地潜入，昨晚潜入新闻影院里，潜入摄影师镜头中的意大利纯净的蓝天和克里特岛湛蓝的天空之间，潜入这两种极其相似的蓝色之间；影片给我们展现出古罗马科里塞圆形剧场的连拱廊，在它们之间，我仿佛看到克诺索斯[②]的斗牛，它们抵着角，往前冲；当时连拱廊刚建成时的光彩夺目的崭新景象到如今已消失，经修葺，它们不再继续颓倒；我仿佛也在这中间隐约看到它们经历漫长的、焚烧后的沧桑变化，遗留下一片废墟，成为这座罗马教皇的迷宫中的迷宫；我仿佛目睹到最后一次的圣祭仪式的火把、侵略者燃起的大火以及大火在云层中的红色反光；那火光昨晚悄悄潜入新闻影院中，潜入银幕上放映的蓝天中；银幕上的蔚蓝色天空显然是不久前某个确切的时期所取的景，尽管我们仍不知其准确日期，可能是在几个月之前，最多几年之前，不管摄影师是在克里特岛还是在意大利上空取景，他们使胶片

① 波兰作家显克维奇（1846—1916）的历史小说《你往何处去》，通过一个罗马贵族青年和信奉基督教的少女的爱情故事，反映尼禄的专制统治和基督教徒早期受迫害的惨景。1901年莫洛（E. Moreau）将其改编成电影，1905年显克维奇因这部小说而获得诺贝尔文学奖。

② 克诺索斯（Cnossos），公元前2世纪克里特岛的首都。

感光到这种碧蓝色；然后他们用这种蓝天为一个更遥远的时期作背景，在我们观众的视觉里几乎看不出时间的差别，这种蔚蓝色把我们带到那些古建筑物还健在、未成废墟的远古时代；这种蓝色表明一种永恒性、持续性，它纯净、吉祥、辽阔，一直延伸到那些宫殿和寺院的青春年代。

4 月的一个星期六下午，吕西安和我坐在王家影院，漫不经心地看一部荒谬的长篇电影，银幕上红色的云彩显然是特技设计、人工制造的，企图迷惑无数像我们这样昏昏欲睡的观众，他们付出的票价远远偿清了电影的制作费用；更荒谬的是模拟的云彩红得像旧教堂里那块描绘该隐的彩画玻璃上的天空，它们借助我们的错觉象征着罪恶，我们这些人跌入像布勒斯顿这么阴险、狡诈、处处有埋伏的大城市设下的圈套里，视觉已麻木不仁；我们的视觉变成一面面劣镜、粗镜、浑镜，一面面失去光泽、模糊粗糙的镜，它们的红色反光一下子侵入我的视觉，然而从王宫挺立的古罗马城市到现在成为废墟的城市，在漫长的历史中这一系列火光——雾气茫茫的火光、噼啪作响的火光、号叫干燥的火光、间歇烧起的火光——通过这些镜头蹿到我们身上，昨晚我在新闻剧院才开始理解那部电影。

4 月的这个星期六下午，我们去王家影院，公开说要去寻开心，啊！ 的确如此，我们在《罗马的红色夜晚》这部令人作呕、使人愚钝、难以饶恕的电影中找到太多的笑料，我们在这些混乱的影像之外隐隐地感觉到其他事，感到火的反光，火的呼唤。 我至今还记得：我们走在市政厅广场时，我注视着墙壁上的红砖，好像它们是逼真地在帆布上绘出来似的，帆布没有系牢，可能很容易被火烧着，我把墙上的红砖视为专用来烧火的炭火；4 月 12 日这个星期六下午，我第一次带吕西安到旧教堂对面的“东方翠竹”的二楼吃饭，一周之后——4 月 19 日星期六，我们在这里遇见乔治 · 威廉 · 伯顿，他邀请我们下周六到他家做客；也就是两周之后——4 月的最后一个星期六，我们去了他家，他在客厅里摆了两个版本的《布勒斯顿的谋杀》，我们对此感到惊奇；也就是 16 天之后——4 月的最后一个星期日夜里，我烧毁了布勒斯顿地图，翌日又在阿妮店里买了张新地图，我以为自己不再爱阿妮，努力使她相信我未曾爱过她，这是不可能的，我现在诚心希望那是不可能的；16 天之后——星期日的夜里，我烧掉了地图，第三天，星期二，我在这张书桌上看到一张崭新的地图，表明旧的一张已毁掉，星期三那天我去阿妮店里买来这些稿纸，那时候，我不能也不愿向她解释原因；也就是 20 天之后—— 5 月 1 日我在这些稿纸上开始写回忆录；4 月 12 日星期六下午，我第一次带吕西安到旧教堂对面的“东方翠竹”的二楼吃饭，我们总是坐在靠窗的一张桌上，冬日的某一天，在这里，我认识了乔治 · 威廉 · 伯顿；去年 11 月的一次晚餐上，也是在这里，我第一次向詹姆斯 · 詹金谈及《布勒斯顿的谋杀》一书。

4 月的第二个星期六，我们在东方翠竹餐馆里吃饭时，吕西安问我谁是乔治 · 伯顿，上周在另一家电影院的出口，我已向他介绍过，于是，我给他讲我所知道的关于此人的事，讲述约两个月之前我们在这同一饭桌上邂逅的情形：我刚刚从旧书店买来一本旧小说——J · C · 汉密尔顿著的《布勒斯顿的谋杀》，把它放在我的饭桌边，他看到书，坐在我的桌旁，我们开始聊起这本书来；在我刚到这个城市的日子里，它曾成为我的行动指南，尤其是靠它，我才找到这家餐馆；要是吕西安想借，我可以借给他看，于是我在第二天，4月13日星期日我把它带到游乐园借给他看，他于下一个星期六——4月19日在这同一张饭桌上还给我，那天乔治·伯顿又看到了它；在这同一张饭桌上，6月的一天晚上，吕西安和我在谈论J·C·汉密尔顿和贝利姐妹，谈到罗丝，他现在成了她的未婚夫；十天之前，我和她在这同一张饭桌上吃饭，还谈到阿妮；我多么希望有那么一天我也和阿妮在这张饭桌上聚餐，我好像觉得在这里我可以更好地向她解释我的遭遇和行为，在这张饭桌上，我可以更好地向她讲述我现在写的回忆录，要向她讲述我为什么烧掉那张很久以前——去年10月——向她购买的布勒斯顿地图；去年10月我第一次见到她；在我烧地图之前已经有了前奏，大概是4月13日星期天我烧毁了一张游乐园的门票，那是4月的第二个星期日，因为前一天——4月12日，我和吕西安去王家影院看了一部名叫《罗马的红色夜晚》的电影；看电影前，我们到了旧教堂对面的一家中国餐馆吃午饭，那里有一个黄种人跑堂以善意的目光注视着我们，我们边吃边聊起《布勒斯顿的谋杀》一书。

8月20日星期三

4月12日星期六，我们在“东方翠竹”吃完午饭，离8点半王家影院放映下一场电影还有许多时间；我们冒着雨一直步行到市政厅广场，经过新教堂前，吕西安还未曾进去参观（他来布勒斯顿已有一月余，我认识他也有一月余）；四天之前，上星期六——8 月 16 日，我独自一人在惠特街街角的一家中国餐馆“东方瑰宝”吃完午饭之后，只身来到这座冷冷清清、像一艘大船似的教堂，当时我心里一直惦念着阿妮，当晚我本应该去拜访她，但一想到罗丝也在旁边，我知道无法独自和阿妮说悄悄话；当时我心里一直惦念着阿妮，也想到罗丝，同时也想到吕西安；于是我回忆起 4 月和他一道去参观这座新教堂的情形，但我忆不起来我们在里面的所见所闻，而是回忆起那时我横穿过广场时的情景，特别是回忆起一幢屹立在布勒斯顿东部、正在广场一侧建造的新百货大楼的钢筋屋架在雨中的轮廓；四天前，阳光照着栅栏后快要竣工的、粗糙的大楼屋面，栅栏上贴着一张广告，上写着新百货大楼将在不到三个月之后——即 11 月初，也就是在我离开布勒斯顿后开张，百货大楼高十层，虽说它不及教堂的钟楼尖顶高，但远远超过教堂的中殿，这座百货大楼今后将是广场这一带的主要建筑物；4 月那时我还未看到它这么高大，那时它在灰色的天空中只有那淡淡的轮廓，就像一曲充满希望的五线谱，而今天希望被幽禁、被扑灭；这幢十层的百货大楼里面有柜台、收银台、货栈处，将是个新的商业点，会方便市民的生活，改变整个城市，繁荣附近的大街小巷，使市政厅广场四周的小百货店黯然失色，将来星期六上街的线路也得改变。

四天之前——8 月 16 日，阳光照耀着商店的门面，更显得它崭新高大，几乎使我忘记还想来参观一次新教堂，我只不过进去兜一会儿，没有认真观察什么东西，也没有认真看圣母像周围的苍蝇饰、祭廊的交叉处、龟类柱头上的大棱皮龟，因为，我透过高高的白玻璃，不能不看到外面大百货商店正面闪光的砖墙，咳！ 它标志着这个破旧城市显出新的生命力，这巨大的变化使其他一切真实的变化都不足为奇，百货大楼的屋面好像在向我宣告：

“雅克 · 雷维尔，你要我死去！ 请你看我这条七头蛇的新面目，它多么坚强！ 多么难以击毙！ 在这个巨大的龟壳上，你集中所有的火种却只烧成这么小的伤痕！ 雅克 · 雷维尔，我是布勒斯顿，我活下去，我是坚强的！ 即使我的一些房屋倒塌，请不要因此相信我会崩塌成废墟，我准备让位给另一个新的城市，给一个你梦中的城市，我成功地使你的梦变得那么淡薄、那么昏暗、那么离散、那么断续、那么无能，你可以想象，4 月那个屋架——如今那么完整地包裹起来——预示着一个新的城市在诞生，我的细胞又在新生，我的伤口正在结疤；我不变，我不死，我活下去，我在永恒中接受每一种新的尝试；我向你展示的这个新面貌，你清楚地看到，实际上这不是一种新面貌，不是一种现在的面目，不是我被那个幻象的城市——有人无法向我描述出那个城市，就想以它来对抗我——感染的初期症状，而这个新面貌却是这座并非古老，却已年老的旧城现存的面目，这座被人认为不可救药的旧城，我依然存在下去；雅克 · 雷维尔，你看，没有什么覆盖住我，没有什么使我后退；你瞧，我还是那么崭新，你那么仇恨我，你将希望寄托在我的颓败上，你推算着我渐弱的时间、我弃位的时间，你随风把我的骨灰撒入你的梦中，你现在得重新推算，你瞧，甚至不是从现在开始重新估计，简直是从我将甩开你这只小耗子的时候开始，因为你已经看到的这幢百货大楼已把你压垮，把你吞没，那时候它将竣工，你想离开的新纪元甚至还没有来临；雅克·雷维尔，你没有希望，一切力量在我这一边，你难道还没有觉察出来吗？ 你差点儿亲手杀死你的同谋乔治·伯顿；你爱过罗丝，你又因自身的过错失去了她，又以同样的过错失去阿妮，你多么想重新找回阿妮，但她再也不想你了；你还是放弃吧！ 小雅克·雷维尔，你竭力想觉醒过来，想摆脱我对你的精力的消耗、摆脱我的灰尘的魔力；你入睡吧！ 闭上使你难受的双目吧！ 你还是放弃吧！ 入睡吧！”

这话只不过增强了我的仇恨，更坚定我继续探索的决心；我回忆 4 月雨中的屋架显出那种伟岸的轮廓，而现在它却被一大堆可怕的砖石包裹起来；大楼前的栅栏上贴着许多讽刺性的广告，它们招引你出外旅行：“乘飞机”、“周游欧洲”，似乎都是鼓动去旅游的内容，4 月的雨打湿了这些蛊惑人心的广告，它们唤起我们的怨恨，唤起我们嘲讽；吕西安和我从东方翠竹餐馆走出，要去王家影院，路经新教堂广场，广场上覆盖着旧广告，上面又贴上了新广告，一层又一层地覆盖着，有好几厘米厚，从上面撕开的广告下可看到内层的旧广告内容片段。

8 月 21 日星期四

5 天之前——8 月 16 日星期六下午，我走出新教堂，离 6 点到贝利家约会还有许多时间，我非常需要镇静一下我的心绪，以便晚上能利用良机和阿妮好好谈一谈，但这正是我没有成功做到的事，我从山街、市政厅广场、大陆街一直步行到诸圣街；到了大陆街，天色变暗，下了一阵大雨，我来到大学里躲雨；暑假校园里空荡荡的；1 月，罗丝带我到这里参观过，那时我刚认识她不久，只把她当作那位每天和我在利剑饭馆共进午餐的姑娘的妹妹；8 月 16 日下午我又在大学里看见那些躯壳充塞稻草、用别针别住的、干燥或浸着酒精的动物标本，它们像新教堂的柱头上雕刻的动物一样分类，那些柱头上的动物是詹金太太的父亲 E · C · 道格拉斯和他的助手雕刻成的。

在大学里，我又去参观自然博物馆，在双翅类昆虫的蝇科标本盒中，我仔细观察一只苍蝇，它很像詹金太太戒指底盘中镶的苍蝇饰，又活像在乔治 · 威廉 · 伯顿头上盘旋的那只苍蝇；我到博物馆地下室参观地质展室，观看一些透景画上的草木禽兽，它们蹩脚地反映布勒斯顿远古各时代直至罗马时代的风景；还观看了一些图画，它们鲜艳的色彩标明各个时期的特色，它们酷似新教堂广场旁那幢未竣工的百货大楼周围的栅栏上被撕破的广告；在参观地质展室期间，我刚才所见到的新教堂正门里的科学神像又使我想到詹金太太的眼神，她的脸朝地上看，两眼以一种我所熟悉的神态不是盯在她戒指的宝石上，而是盯在手里的一块化石上，盯在一块大昆虫的化石上；我心里想着住在大陆街与乔洛吉街拐角处的一幢大院里的詹金母子；在他们的大院里，有一个房间摆满了他父亲收藏的侦探小说，还有一个车库用来停放公司的那辆黑色莫里斯轿车：在地下室的地质展室里，我想起了詹金母子，想起了 7 月 11 日在布朗大街上发生的那桩“车祸”，想起了 5 月的最后一个夜晚在二区集市上的那场谈话，想起了第二天贝利家中的晚宴上，阿妮还给我以前买的那本《布勒斯顿的谋杀》，那天晚上我不愿带走它，几周之后，阿妮将书借给詹姆斯看；这样，我的脑海越来越无法平静，浮想联翩、心潮澎湃；我一直待到 5 点关门，才走出自然博物馆；外面下着濛濛秋雨，我又走到大陆街上，心里一直想着阿妮，只寄希望于阿妮，一时竭力不去考虑我曾经指责她的话，不去考虑我的怀疑、我的调查，以及我每天晚上埋头所写的东西，但仍心猿意马，在我的左侧，我发觉是王家医院，不久前，乔治·威廉·伯顿曾在那里住过院；我走过大陆街，拐到瑟奇里街，在穿过由汉密尔顿火车站伸向南部的铁路桥洞之前，发现左边有一块空地，1 月曾在此举行集市，再过几天集市又会搬到此，整个 9 月都将停留在此，集市上有大转轮、马戏团、木偶戏、捕熊赛、射击照相等，集市回绕着城市三个中心区转，巡回一圈需八个月；我走过大陆街，拐到瑟奇里街，横穿过寡妇街、主教街和孤儿街，到了诸圣街，便到了诸圣花园。

我迟到了，脑子里从来没有这么混乱过，我敲了敲这扇熟悉的门，罗丝，又是你笑盈盈地来开门，我心里暗想最好要提防她的笑容，一进门你就对我谈起你刚刚收到吕西安的来信（他可能相信她的法语写得很流畅！），你叫我走进起居室里，雾夜的灯光格外明亮，这时，你告诉我阿妮还没有回家（而我多么想问你她在哪里，和谁在一起，至少她回来时要告诉我这事，过了一会儿，她和你一样笑盈盈地走进屋，看到她这种笑容，我诚惶诚恐，我的心都碎了，我大概不知道和她一道出去约会的男人的名字）；罗丝，你在场就妨碍我和阿妮的谈话，甚至那晚我无法向阿妮确定一次约会的日期，无法邀请她到旧教堂对面的一家中国餐馆吃饭；吃饭时我将要向她解释清楚，并请求原谅；罗丝，你总是在场，我无法当着你的面向阿妮开口；罗丝，你还在扰乱我的心，在晚宴上，我被你和她的姿容迷住了，我想摆脱你的诱惑，甘心做她的俘虏；我反复得到证实：我在阿妮的姿容上找到了我曾在你的容颜上所见到的美，我多次发现在你的身后隐藏着她。

哦！罗丝，请可怜可怜我吧！请你躲开吧！你的微笑，你的目光，使我无法哀求阿妮在星期天接见我，使我无法哀求阿妮聆听我的倾诉；四天之前，午后，我急急忙忙奔到你家，希望尽快确定我和阿妮约会的时间，但还是你笑盈盈地来开门，含情脉脉地看着我，你这般殷勤真使我难受；但还是你笑着对我说阿妮又出门了；哦！罗丝，在我们两人之间你应该回避，我不愿叫你向她转达我的邀请。

8月22日星期五

阿妮，星期六我找你谈话没有谈成；星期天，我去看你又没有看到；星期二，我经过你的文具店前，去市政厅广场的新闻影院看一场关于罗马遗迹的电影时，你的店如同往常每逢星期一停止营业没有开门；第二天——星期二，我从公司下班后，詹姆斯和我同路，奇怪的是他比以前神秘多了，从表面上看他根本没有以前那样慌里慌张和拘谨不安，似乎他开始忘记一个可怕的、未遂的行为，我让他先走，看见他推了这扇我也想进去的门，我站在对面卖晚报的报亭附近的人行道上等他出来，但你放下金属帘门，你和他从商店的后门走出去，你们一同消失在西尔弗街，我不想尾随你们。

直到星期三，阿妮，就是前天，我终于成功地等到你，我先看见詹姆斯钻进黑色的莫里斯轿车，车子开走了，经过你的店前，也没有停下来，我终于成功地等到你，恳求你于明天星期六和我一起吃午餐。

你似乎有点吃惊，阿妮，但你的心情是愉快的，我相信在你的脸上看到的不是你卖东西时那种佯装的微笑，而是一种宽慰的笑容，长久以来的一种荒谬的嫌隙似乎一下子从你的脸上、在你柜台的阴影中消失了；那天晚上，店的金属帘门放下后，是我陪伴着你，从托尔街、西尔弗街，一直走到市政厅广场上的24路公共汽车站，但一路上你一声不吭，似乎你不习惯于单独和我走路，似乎你忘记了你1月和我常讲的那些亲昵话，我觉得你的周围好像总是蒙着一层雾，它不断在加厚，羼杂着这几周连续发生的火灾的浓烟。

明天，阿妮，在“东方翠竹”的二楼，在那个朝着旧教堂的窗口附近，在那张《布勒斯顿的谋杀》的第一个场景发生的、决定命运的饭桌上，在那个黄种人跑堂像守门神一样的目光下，我希望我将能成功地向你倾诉我的寂寞和我的需要，向你解释我的沉默、我古怪的行为、我的朝三暮四，撕开隔在我们之间的遮布，重新触到你的心底，重新找回你那种神奇的亲切；霎时，我回想起在1月的浓雾中大街上白天要开着路灯，甚至中午都伸手看不清五指，在那些精神上无依无靠的日子里，我感到和你心心相印；在威洛公园里弱小的柳树丛中，我感到和你心心相印；在位于大陆街和瑟奇里街的拐角、王家医院和消防队营房对面的牙病研究所大厅里，在一大堆细长的医疗器械中，我感到和你心心相印。

那时候，我每天和你在格雷街的利剑饭馆里吃午饭，我从公司下班后，以尽可能快的速度走去与你相会，你是我黑暗中的一盏明灯！

阿妮，我的1月时的阿妮，我在这一年中最愉快的时光——1月中旬，曾借给你《布勒斯顿的谋杀》，你大概允许你表兄带走它，你现在又借给詹姆斯·詹金；那时你大概忘记了这本书，你允许你表兄拿走大概是不由自主的，没有丝毫注意；那时，你大概对我说你已将书还给我很久了，我却坚持说书仍在你家，你觉得有点奇怪，为了问心无愧，你在家里寻找，当然书已不在家里；那时我大概开始相信你。

在你的脑子里，也在我的脑子里弥漫着1月的浓雾，这些黄色、会钻营的雾，这些呛人、寒冷的浓雾至今还在我们之间扩展，但愿我们将和过去一样成功地拨开浓雾。

我现在回忆起来，当我穿过几乎看不清的新教堂广场时，一阵钻心的牙痛开始刺入我的下颌；我穿过广场时，我站在广场中心，却看不清边缘，今天快要完工的百货大楼那时还未奠基，还没有什么建筑物高过今天盖满广告的栅栏，甚至那时也没有4月那个看上去还顺眼的高高的屋架，今天屋架用灰浆、水泥模板紧紧地包裹着，外表毫无生气，在布勒斯顿的昏暗中，与周围协调的屋架已消失得无踪无影了。

我现在回忆起来，那时我开始加快步子，为了缓解疼痛，在一些街道徘徊，在黄色和呛人的雾霭中，路灯周围的光晕就像围上了一群白色的苍蝇一样；我到处寻找药店，想买一片止痛药，沿着人行道转来转去，走了很多冤枉路，许多药店前的十字标志已熄灭，店的金属帘门已放下；我终于找到一家药店，位于托尔街和格雷街的拐角，在朗德文具店对面，药店前，每晚都站着一个卖晚报的老头。

整夜，我牙痛得无法入睡，第二天一早我到了公司，要詹姆斯告诉我牙科大夫的地址，他劝我到王家医院对面的大学牙病研究所去看病，那里可以免费治疗。

我现在回忆起来，那天上午，马修斯老先生立即同意我请假去看病，他也没有问我什么，但目光流露出侮辱性的怜悯。 值班护士叫我走进一间大诊室里，里面摆着五排补牙座椅，每排有二十张，器械叽叽作响；阿妮，我在那里看到你，我出其不意地出现在你面前，我当场捕捉住你那种恐惧、腼腆的神色，你那么秘密的神态、掩饰得那么好的慌张。

阿妮，我的阿妮，我如何能使自己相信我从未曾爱过你呢？

4

8 月 25 日星期一

上周六我们设有谈成，这完全是一次暂时的失败，阿妮，一次不祥的迟到，但愿仅仅是一次迟到而已，我一时无法用你的母语准确表达，我被这意外的情况，被这扇关闭的金属帘门搞得不知所措；我等待着“东方翠竹”重新开门，我将带你到那张靠着朝向旧教堂正门的窗口的饭桌旁，我在那里可以告诉你，我觉得在你的目光中有一种失望的期待。

这完全是一次暂时的失败，我认为我将会与你解释清楚的，这完全是一次无关紧要的迟到，它丝毫没有改变我渐渐在调整的生活，重要的是更好地支配它，以便在我重新向你求爱的时刻尽可能保持镇静，这次普通的迟到当然会搅乱我的心思，但一点也没有使我失望，它没有阻止我重新坐下来阅读，上星期六晚我回到房间里开始读我在 6 月写的日记，读到不久前刚刚写完的 6 月第四周的日记（白日越来越长，天空越变越蓝，我们在游乐园度过一个下午，庆祝罗丝成功通过法语考试，关于皮特拉[①]的电影风光片，去年 11 月在詹姆斯 · 詹金的陪同下参观了新教堂）；现在我觉得不久前的 6 月好像是那么遥远，它与现在之间发生了多么深刻的变化，因为那时天气越变越好，而现在秋雨来临，日子变短；

阿妮，那时我以为不再爱你了，一心只想着罗丝，那时我不敢过分暴露给她看（现在你可以看出尽管那时表面如此，但在心里，我是忠于你的，我的阿妮）；在那遥远的6月初，与现在之间发生那么深刻的变化，在那美丽的黄昏里，夕阳黄褐色的余晖在潮湿的雾气中射出毛茸茸的光芒，反射在迪尤街左侧半掩的玻璃窗上，我惊叹暮色的美景；自从那些日子以来，布勒斯顿城伸出魔掌，袭击乔治·伯顿，他幸好死里逃生；唯有布勒斯顿这只魔掌，我最为害怕，我和伯顿之间的友谊阻止我亲切地招呼詹姆斯·詹金；今天下午，我在格林公园散步，那里的郁金香，现在被大丽花代替了，在一些地方，被秋菊花代替了，6月初与现在之间发生了那么深刻的变化，自从那时以来，我看到罗丝和现已离开我们的吕西安订婚，我的眼睛是那么痛苦地看着他们的结合，我的阿妮，我是那么痛苦地眼睁睁地看着他们的结合，以至于我的双眼不得不投向你，从你身上寻找救援的清凉膏，寻找昔日那种精神的食粮，不能不想再见到你，我虚弱的红眼睛被这个城市扑面而来的烟臭那么严重地刺激着。

这是一次无关紧要的普通迟到，阿妮，它一点也没有妨碍我那天晚上读完我于6月第四周写的日记；今天傍晚前，如同往常星期一下午，我走出新闻影院，来到东方玫瑰餐馆里吃晚饭，从窗口望出，夕阳在冉冉下沉、消失，余晖落在市政厅大楼筑有雉堞的奇怪钟楼后面，溶在广场的另一侧，广场上的公共

① 皮特拉，约旦著名古城遗址，坐落在首都安曼以南200多公里的穆萨山谷中。

汽车打开车灯，路灯也亮了，蒙上了一层雾气；6 月 25 日星期三，詹姆斯和我也在“东方玫瑰”吃饭，庆祝我们言归于好，5 月的最后一个星期六在二区集市上，我向他挑明了 J · C · 汉密尔顿的真名，在他心上撕开了伤口，此后，他重读小说《布勒斯顿的谋杀》，其实他于去年秋天已看过一次，他的伤口日趋恶化，这次握手言欢表明他的伤口开始弥合；阿妮，我曾借过此书给你，6 月 1 日我在你家中又看到此书，我留给你，希望你好好保存它，但你却借给了詹姆斯，显然你没有料到你所做的事将带来的后果（这是我上星期六想向你解释的事之一，阿妮；当旧教堂对面的那家餐馆再开时，“车祸”的真相更清楚，我心里也更明白，我不会将真相告诉你），显然你没有料到他的伤口在“车祸”——仍不能称之为百分之百的车祸——发生前后可怕地发炎，今天却出乎意料几乎治愈了，好像不痛了，与受害者乔治 · 威廉 · 伯顿的伤口同时弥合。

这是一次普通的迟到，我并不在乎，这个城市想阻止我到达你身旁，这可能是它在作祟；阿妮，你该又成为我的阿里阿德涅（噢！ 我已识破这个城市的诡计），为此，今天晚上，最重要的是丝毫不改变我的习惯，平心静气地读完我于 6 月第四周写的日记；今天下午，我在新闻影院看了一部关于雅典的遗迹的影片，那也是在一处位于繁荣闹市里的遗迹，就像一周之前放映的罗马帝国的遗迹一样，影院预告下星期一将放映一场动画片；阿里阿德涅，今天傍晚，我从新闻影院走出后来到东方玫瑰餐馆吃饭，我喝了一杯神奇的甜烧酒，它似乎从蔚蓝色的天空涓涓流到岩石上，我品味出这种酒，它深深地浸透着博物馆里挂毯壁画上的羊毛、绸缎、金银线，今晚，我要安静地阅读。

8 月 26 日星期二

我透过我们抽烟的烟雾，透过这些布勒斯顿城影院观众呼出的粗粗的气息，注视着放映机射出的光束，它们如同流云间射出的无力的阳光一样，投射在一块轻轻颤动着的幕布上，它粗糙得可以看清纬纱；我注视着银幕上耀眼的圆柱，它们像岩盐块一样，并非纯白色，而是稍带有矿石的血红色波纹，它们受到罕见的狂风暴雨的侵蚀留下深深的沟缝；我注视着银幕上比古罗马广场还要古老的庙堂的殿角；我注视着银幕上这个神圣城市的遗迹，19 世纪艺术家们为确定古希腊国王、英雄忒修斯所建立的惊人的功绩，以古罗马为蓝本想象出古雅典，虽然两者无细节上的雷同，却大体上相似；我还看到银幕上出现近代庭院和公共建筑物背后的旮旯儿，摄影师在取景时没有成功地回避开，它们最早建于 19 世纪中叶，因此，它们比罗马教皇城市的巴洛克教堂和宫殿的年代要晚些。

碧蓝的天空连着两个不同的时代，随后，蓝天变成红色，在短片的结尾又变成红色，在蓝天下，出现遥远的岛屿、山峰、海湾的风景；在崭新的街道与最古老的三角楣和柱头之间，我又看到罗马的天空，其间出现罗马帝国，罗马都城的光彩，特别是从这个门上可以看出，门上写着这么一句话，我把解说员的话翻译如下：

“忒修斯的城邦在此灭亡，哈德良[①]的城邦在此开始。”

---

① 哈德良（76—138），罗马皇帝（117—138）。

然而，一周前的那场电影干扰着我昨日的视线，而我昨日看的电影却改变了我上周的观点，我似乎觉得罗马弗拉维奥露天剧场、卡拉卡拉大帝的公共浴池、万神殿、巴拉蒂诺山上的遗址等像一个巨大的回波源，反射到雅典的遗迹上（新发掘的集会广场、朱庇特神殿、大图书馆），古罗马也好像一圈镶满镜子的围墙一样，在围墙中央点着一支火炬，墙镜互相映射，形成无数支火炬，热度又传至中央，使中央火炬越烧越旺。

银幕上的一幅幅影像不断在我眼前掠过，但是其他城市的遗址的影像也不时涌现在我的脑海中，那些离这个古罗马文明发源地很遥远的城市废墟，特别是皮特拉古城的影像浮现在我的脑海中，6 月 25 日我和詹姆斯也是在这个影院里看了此城的风光片，第二天我曾在日记里写了几行有关它的景色，昨晚我在“东方玫瑰”吃完饭后回屋里读了这段日记；这座外约旦古城雕凿在朱红或赭石色的巉岩上，古城的废墟在悬崖留下伤痕，犹如一大堆蚕丝，中间深红色的丝团在起伏（一个圆形剧院的台阶，几个坟墓、国会大厦的圆柱），这种伤痕就像在劳役犯额上富有弹性、褐色的皮肤上烙下一个不可磨灭的印记一样（正当我们在观看这些大理石岩洞时，第九区的一个厂棚起了火，我后来在第二天晚报上得知这个消息）；在我的脑海里掠过皮特拉的遗址的影像，还涌现出巴勒贝克[①]的神殿的影像，后者也是我稍后在这个影院

① 巴勒贝克，黎巴嫩城市，城内有古希腊时期建的朱庇特和酒神殿。

里看到的；还涌现奥雷斯山下的提姆加德[①]的方格影像，它们曾在一部我已忘记名字的电影中出现，故事发生在北非的暑日（观众看到一对情人在一个温泉浴池中久久地拥抱，在这舒适干燥的热气中久久地接吻，远方的阿妮，如果你帮我走到你身旁，如果你成为我的阿里阿德涅，那么有朝一日我们也可以一起去享受这种温馨；阿妮，我几乎辨认不出你，我的双眼变得模糊不清，上星期六我和你没有谈成，但愿这只是一次无关紧要的迟到；你随时准备等候听我的解释，你会耐心等待，宽恕我，原谅我；银幕上一对情人在浴池中久久地搂抱，而其他游客知趣地走在街道的石板上，认真观看凯旋门和各种其他城门、镶嵌画和集市；大陆影院放映的那部蹩脚的法国电影中出现提姆加德的方格影像，这部原版片带有字幕，不仅帮助那些不懂我们语言的观众理解，而且也帮助那些只懂点法语的观众，阿妮，像你一样的观众理解，帮助他们不依靠翻译就能理解电影内容；现在我的翻译越来越成功、越来越流利；但那时候，复活节前后，我的翻译还是十分费劲，尽管吕西安的翻译机智而狡诈，简练而含蓄，坦诚而残酷，但那时我翻译时的应变能力比他强多了；他现在远离布勒斯顿，安宁地生活在自己温暖的国土上，对自己的猎物深信不疑——令人羡慕的、易动情、爱唱歌的罗丝，近几周来，我再也不想看到她，因为她的目光扰乱了我的目光，并阻止我看到你的眼睛；那天，吕西安和我去大陆影院

① 提姆加德，阿尔及利亚的古罗马遗迹。位于东北部的奥雷斯山区，四周群山环抱，1880 年开始发掘，经百年之久才发掘完毕。

看了一部蹩脚的法国影片，中间出现了提姆加德的方格影像，当晚，乔治·伯顿在电影院出口看见我，走到我身边，我向他介绍了我的同胞吕西安，他还未曾见过他，他带我们去麒麟酒吧喝酒，它位于市政厅广场与大陆街的拐角处，附近是新闻影院，那时候，我经常到那里看电影；他带我们去喝酒时，开始说口音很重的法语，后来碰上一个词忘记了，又马上改口讲英语（而我们也用很浓的口音回答他），但他仍努力念准辅音，使我们容易听懂，而且还寻找一些法语特有的表达方式，当他和我们交谈时，他的语句失去了协调，而在本地语的影响下，我们也觉得自己的语言在变调；那是在4月初的一个夜晚，离那一周之后，我和吕西安在一家中国餐馆聊天，而上星期六，我们发现它已关门，阿妮，我无法在“东方翠竹”这家中国餐馆和你谈心，是因为这个店遭遇了一场不祥的火灾，事先我一点也不知，这些火焰是从我手掌上发出的，它们在城里乱窜，但城市却成功地使它们变形，弹回报复我；一周之后，吕西安和我在那餐馆的二楼，在那张朝着旧教堂钟楼的窗口附近的饭桌上聊天，他问我乔治·伯顿是干什么的，因为前一个星期，我们从大陆影院走出去后，和伯顿一起到麒麟酒吧喝酒；我把那时所知道的全部告诉吕西安，我跟他谈起小说《布勒斯顿的谋杀》，那时我还不知道这位乔治·伯顿是此书的真正作者，离那一周之后的那次谈话后，也就是两周之后我与吕西安在这张饭桌上重逢；阿妮，上星期六，我没有成功地把你带到这张饭桌上；那天，饭桌上放着一本J·C·汉密尔顿著的小说，现在我将它放在我的书桌的左边；4月初，复活节前后，正是那时，九区北面的伊斯特公园的草地上水仙花晶莹闪亮，在朗德文具店里，你的柜台和布勒斯顿所有文具店的柜台一样，上面放着许多贺卡供客人挑选，贺卡上有饰带和闪光片，装饰着小鸡、小兔和小钟图案；糖果店的玻璃柜里装满鸡蛋造型的礼品，还有各种各样的甜食，这是为复活节这个礼拜日而准备的，那个礼拜日很像其他周末，但对我说来，所不同的只是新、旧教堂的排钟发出长长的、无情的钟声，它们追逐着在雨中拖着疲倦的腿流浪的我。

8月27日星期三

观看这部关于罗马的纪录片，映入我眼帘的是罗马帝国那一场场暗红、呛人的大火，熊熊的火浪毁掉壮观的建筑物，那些彩绘玻璃消失了，古罗马成为一个巨大回响的策源地；同时在我的脑海中掠过一幕雅典的影像，就像古罗马的城门和哈德良的图书馆一样（“忒修斯的城邦在此灭亡”），掠过皮特拉、巴勒贝克、提姆加德遗址的影像，展现出寥廓的天空和耀眼的沙漠；而且出现了小石棺的画面，它们没有那么耀眼，笼罩着一层晦气和颤抖的恐慌，阴森森的，犹如一束枯萎的芦苇，上面栖着一只在寒冬中失散的小鸟，全身颤抖，严寒冻僵了它，最后冻死了它，石棺里的小孩死于高烧和寒冷；他们离乡背井，沼泽地上寒风凛冽，瘴气弥漫，不时传来沉闷、微弱的猫头鹰的叫声，他们因烦恼、惊慌、忍受不了冬寒夏热而夭折。

在我的脑海中也掠过这些白灰色的石棺阴森森的影像，上面刻着死者粗糙的遗像：圆圆的头，上身简单地勾了几笔，歪歪斜斜地刻着几个字，写明死者的姓名和年龄；在新教堂和马修斯父子公司的这个区里，有一次在建一座大楼挖地基时发掘出同样的石棺，现成为博物馆第一展室的主要陈列品。

在我的脑海里掠过大学地下室里最后一幅透景画中间的彩色石膏模型，透景画放在化石和岩石标本的旁边，企图使参观者了解布勒斯顿地区各个时期的地质变化情形；彩色石膏模型形象地展现了公元2世纪的布勒斯顿（古称贝利斯达或贝利西维达）古城，在森林和沼泽地中间筑起方形城堡，内有小型的公共浴池，正如附图所示，在旧教堂的祭坛位置上曾建过一座战争圣殿，在市政厅广场的西南角，也就是在海街与大陆街交叉的十字路口上，古时这里是那些铺着方块石板的街道的中心交叉点，附近就是新闻影院，我现在坐在里面嘎吱作响的椅子上观看银幕上出现的蓝色天空和在宁静的绿色芦荟上方的黄白色石头。

在观看这部关于罗马的纪录片时，我脑海里不仅掠过被征服的雅典影像，掠过皮特拉、巴勒贝克和提姆加德的影像，而且也掠过布勒斯顿的影像；布勒斯顿这个该受诅咒的城市，这个被人遗忘的城市，古时称为贝利斯达、贝利西维达，这个城市给我造成不幸，它激烈地反对我，它是七头蛇，是千爪章鱼，是向我们吐墨汁的乌贼；阿妮，这个城市使人互不认识，甚至使我们两人形同陌路，这位魔法师，这位敌手长期把我们分隔开，还施展各种魔法将我们疏远，在我们之间筑起一堵烟雾灰垢的隔墙，在我们之间放下一扇金属帘门，上星期六，我们在餐馆前吃了个闭门羹，我曾荒唐地期待大火烧毁这座城市，它却将大火弹回烧我，阿妮，使你耳聋，也使我变哑，它用那冒着热气的血粘住我的双目，以背叛来麻痹我的心。

而与此同时，我看见这个城市笼罩着一种新的光芒，似乎我常经过的墙面一时变得不那么昏暗，突然变薄，似乎被遗忘的深处豁然开朗，但我又找到全力以赴地战斗的勇气，在这种新的光芒的照耀下，我感到有能力向这座城市挑战，有能力自我防护，更好地抵御它，直至 9 月底我离开它为止；阿妮，我希望能把你从它污黑的深处里拉出来，带你到我们可以在温暖、晴朗的天空下观看灿烂群星的地方，我感到有能力挫败它的阴谋，有能力向你靠拢，看到你，使你听见我的声音；阿妮，所有这些日记的话都在向你倾诉，一行行字像潮水一样涌向你这座绿岛，因为我这部回忆录是在这一年中我最背弃你的时候，在我忘记你的美貌和你的关怀的时候写的，它已成为一封我将寄给你的长信，将来有一天我来到你身旁，拥有你的时候，当你学会我的母语的时候，你将可以读完这封长信；阿妮，前天我在新闻影院里好像看到阿里阿德涅出现在银幕上，我心里只想着你，在这些纷至沓来的影像和联想中我心里只寻找着你，在这部关于罗马和它的帝国的纪录片中，许多城市被蹂躏、被烧毁、化为焦炭，在罗马这个中心野蛮的侵犯和致命的腐蚀下，皮特拉、巴勒贝克、提姆加德和许多世纪前的布勒斯顿——贝利西维达等城市接连受到传染。

阿妮，我好像觉得阿里阿德涅在雅典的天空下赤脚漫步，随后隐没在克里特岛的蓝天中，克里特岛是你真正的祖国，我从未看到你光着脚丫子，上星期六你穿着一双失去光泽、后跟已破的皮鞋和一双丝袜，袜子的颜色近似于托尔街的路面；你赤着脚，沐浴在阳光之中，走在铺着大理石子的美丽路面上，茂盛的青草和沙砾揉擦着她那光滑的脚底，你赤着脚从厄瑞克透斯神殿的柱廊的基部后面走过去，在我看来，它一点也不像是一座庙宇的廊柱，而是博物馆挂毯壁画上忒修斯称王的那个广场周围的其中一个宫殿的柱廊；你赤着脚从那些包裹着鳞甲的柱基后走过去，它们就像一条古代被征服、顺从神谕的蛇的鳞甲；你的双脚那么美，那么自由自在，以至于我重新找到全力以赴地战斗的勇气，阿妮，阿里阿德涅，你在那么遥远的地方，我穿过日夜下个不停、日愈密集的雨帘，寻找你所在的岛屿，我重新找到勇气，大声宣布上星期六的迟到无关紧要，上星期六，我羞于开口，在路上只和你讲些含糊不清的日常琐事，你听了，脸上困惑一笑，变得有点局促不安，当我们来到旧教堂前的广场上时，看见中国餐馆的金属帘门已放下，你也大吃一掠。

8 月 28 日星期四

上星期六中午，我从公司下班后，如同往常前去文具店找你，一路上，我心突突在跳，踌躇不定，十分害怕和慌张；我背包里带着我写的书稿，当然我带着它们不是为了叫你读它们，而是要拿给你看，以便帮我向你解释几个月以来我为什么每天晚上关在房间里，以便我回答你提出的无声的疑问；4 月底，那是我这一年中最背弃你的时候，我在你店里买了这些白纸，我现在给你带来上面写着密密麻麻的书稿，而我还要在上面写下去。

我的头嗡嗡直响，不知道如何开口，才能说清我的要求和理由，我深信如果我们去“东方翠竹”二楼，如果可能的话，我们仍坐在那张靠近面朝旧教堂钟楼的窗口的饭桌旁，那么一切问题都会迎刃而解了；在那张饭桌旁，我们已多次约会，一个稍胖的中国跑堂将和蔼地看着我们；当我推开玻璃门时，当你在柜台后向我问好时，特别是詹姆斯也来到我们中间时，我的头嗡嗡直响；詹姆斯笑眯眯，似乎他在其中扮演主要角色的那部悲剧没有发生过一样，而几周之前，他却是那么惊慌；他笑眯眯，似乎乔治·伯顿未曾受过伤一样。

我于第二天——星期日看见伯顿能从床上下来了，痊愈了；他大概也发现这位被我们怀疑的理查德·坦与他的“车祸”无关（要是他真的对他有怀疑的话，那我们也从来没有说出他的名字），他曾笑着告诉我他以这次事件为基础构思了一部侦探小说，他想象他幸免于一次谋杀，他甚至相信他发现了这个凶手，于是他亲自扮演侦探这个角色——这是他许多作品的中心人物，但调查之后，所有美好的构架一下子崩塌下来，没有剩下一点东西，这种职业使他在做白日梦。

当我看见玻璃门后露出詹姆斯的脸时，当你百般殷勤地接待他时，我的头嗡嗡直响，心怦怦直跳，暗想这次他会不会再陪着我们，会不会坐在我们两人之间，他似乎知道我们将一起去吃饭，我只等到他向我们道别时，只等到你关上门，叫我从后门走出去时，我才轻松地喘了一口气。

在 18 路公共汽车上，我之所以没有对你说一句话，是因为我怕欲速而不达，怕讲出无法收回的蠢话，是因为我头昏心慌，是因为我在等待最佳的时刻说出我难以启齿的话。

我们在旧教堂广场下了车，开始下雨了，我透过雨帘看见东方翠竹餐馆的涂漆金属帘门放了下来，这对你说来是微不足道的事，而我却感到一阵眩晕，几乎使我绝望：永远无法得到你，立即使我感到至少在那天我是无法向你诉苦，无法得体地向你谈起我写的书稿了，阿妮，我确信在不久的将来你会读到它，将会了解为什么我此时会这样痛苦，这部书稿将使你了解到这个城市是我的敌手，是它造成上星期六我们谈不成，书稿还将向你揭示餐馆的关门对我的讽刺，还有那位工人的回答所带有的讽刺，他当着你的面，出来放下金属帘门，他的工作服上溅满斑斑点点的石膏，我们听见他的工友在店内干活，我问发生了什么事，他回答道：

“唉！险些全部烧掉，但你们用不着替老板担心，保险公司付了赔款。”

你将了解为什么这扇金属帘门一放下立即使我感到那天一切皆错，哎！正如你所看到的，我周密安排的一切努力都是枉然的；阿妮，我不得不和你在雨中步行了许久，随后在回到惠特街的途中找了另一家饭店，我在慌乱之际，忘记了在沙普尔街的旧书店附近就有一家茶馆，它的前面正对教堂半圆形后殿的空荡荡的玻璃窗，这个后殿大概是宗教的最后审判所；我们一言不发走了许久，我看到你脸上渐渐露出厌倦和烦恼，这使我很窘，最后我们走进一家寒酸的饭店，因为你受不了了，而我也再不敢提议了，这真是荒谬不经！只要继续往前走几分钟就可以到达新教堂广场，那里有东方瑰宝中国餐馆；我们却走进一家寒酸的饭店，比起公司的同事们，包括詹姆斯在内常去吃饭的那家饭馆还要差劲，去年冬初，我每天中午都和你到利剑饭馆吃饭，那里饭菜又贵路途也远，我的那些同事对我的做法都感到惊疑，阿妮，我和你不得不冒着雨步行许久，终于走进一家光线昏暗、通风不良、挤满顾客、嘈杂的地下饭店。

8 月 29 日星期五

如果仅我们俩坐在一张靠厨房（里面乒乒乓乓地不停地在敲打着什么）的门附近的饭桌上，那么你可能会帮我恢复镇静，但进来了一个汉子，他走到我们桌前，手拿着圆顶礼帽，臂上挂着一把雨伞，向我们微微地鞠了一下躬，也不等我们回答，拉过一只凳子，坐下来，我们只好答应；然后，他从口袋里拿出一份《布勒斯顿邮报》，半掩着，低头读报，等待菜端来；在一片嘈杂声和怪味道中，我每次讲话都得拉开嗓门，以便你能听清我的话，他的目光离开报纸，开始听我们的谈话，大概是因为我的腔调使他觉得奇怪。

我们吃完餐后的甜食——冰淇淋之后，再也无法待下去，也无法到公园散步，外面雨下得太大；也无法躲到一家影院里，因为你曾对我说过你要提早离开，下午 3 时，你有个约会。

我们只好又到附近一家酒店，坐在角落里喝了一杯啤酒，在那里我告诉你，我极乐意让你认识一下我的朋友伯顿夫妇，我已告诉你他们的情况，吕西安已经把罗丝带到王家医院，在一间朝向威洛公园的病房里认识了他们，他们就是著名的乔治·伯顿和可爱、乖俏的哈丽雅特；在布朗大街的“车祸”后，各家报纸都刊登了他的照片，这次“车祸”实际上是一次有预谋的凶杀，我还不能告诉你，这是一桩未遂的罪行，这是一位年轻人在丧失理智的狂怒之际犯下的罪行，这位年轻人表面上是那么平静、斯文，阿妮，没有他的引见，我们还不认识哩！是他第一次把我带到你的文具店里，相互作了介绍，他就是对你入迷的詹姆斯·詹金，他在追求你，当然你也有理由爱他，但他在谨慎和谦恭的外表下隐藏着一种危险的狂怒，有一天，我曾不小心激怒了他，我的冒失和你的冒失都会激怒他的；阿妮，是你于 7 月初不慎再次把《布勒斯顿的谋杀》这本小说借给他看，这一次是致命的错误，那本书上写有我的名字，我原以为它已丢失，但 6 月 1 日我出乎意料又在你家中找到它，当即我把它赠送给你，7 月 11 日由于我们的不慎，激起了他那危险的狂乱，引发了布朗大街的这场“车祸”。

我给你说过我很乐意让你认识著名的乔治·伯顿，他是《布勒斯顿的谋杀》的作者，用的笔名是 J·C·汉密尔顿，他还是署名巴纳比·里奇和卡罗琳娜·贝的许多侦探小说的作者，这两个笔名就是著名的乔治·伯顿和温柔可爱的哈丽雅特，前一个星期天，我去他那幢朝着格林公园的别墅拜访他们时，我已经告诉他你将来造访；我们错过在“东方翠竹”吃午餐，后来因下雨躲在一家小饭店里避雨，在那里我建议第二天去伯顿家，但你回答说那天你无法前往，你确定于下星期天，即后天前去拜访，你还邀请我先到你家吃午饭，但在你家里，我还是无法和你说悄悄话，因为罗丝也在场。

随后，你突然站起来，看了看表，喝完了杯中的酒，要我送你到托尔街27路公共汽车站，在那里，你在候车棚下仔细端详我，发现我的脸色非常难看，你问我："雅克，你怎么啦？ 你好像愁眉苦脸；是不是我使你感到难受？"

我努力装出笑容来，让她上车，口里喃喃地说道：

"没有什么！ 请放心，没有什么！ 以后我告诉你。"

当又剩下我一人时，我觉得热泪夺眶而出，眼泪和雨水一道从脸颊上淌下，好像你永远离开了我似的。

阿妮，在那可悲的几个钟头里，我依然觉得你的心离我那么遥远，然而，这只不过是一次无关紧要的失败，我将还有机会找你好好谈心，因为我又发现在那1月的浓雾中有好几次你和我是心心相印的，1月的浓雾间转瞬即逝的阳光抚摩着威洛公园中光秃乌黑的枝头，公园附近有一个牙病研究所，刚好坐落在大陆街和瑟奇里街的拐角处，二楼的补牙房里二十张活动椅排成五行，旁边各放一台沾着血、令人痛苦的器械，叽叽作响，我已第二次爬上这张白色可调节的轮椅上，我刚刚从椅子上溜下来，看见你也坐在同样的轮椅上，你张开嘴巴，露出恐惧的神色，努力克制自己，却向我投来神秘的、熠熠闪动的目光；此时，一位穿着白大褂的青年医生准确地磨削你的一个门牙，你哀婉动人地克制自己，却向我装出笑容，投来神秘的目光，这目光是你见到我时不知所措，却又抑制不住，从心底流露出那种已遥远的童年常有的惊慌的目光，我是唯一见到你这神秘的目光的人，它只向我流露，它使我永远成为你心底的这部分的知心者，人在健康时是不会流露这种目光的。

我在大陆街上等候你出来，发现你的脸色仍如同往常，如同我在利剑饭馆天天看到的你的脸色。

那个季节，有时候我们走进威洛公园静谧的森林里，夜幕匆匆降临，我的双手搂住你的脸，用拇指久久地抚摩你的眉毛，似乎要拂去一切痛苦，但不敢太越轨，因为在一种非常细弱的梦里，罗丝的声音好像在低声抱怨，她的法语讲得那么委婉动人，在那一段时间里，她是唯一用法语和我交谈的人，罗丝的声音好像开始低声抱怨，她已开始引诱我离开你。

5

8 月 30 日星期日

在这场春梦中我再没有留下什么，只留下这一小堆书稿中无用的话，就像一座未竣工的大厦崩塌后的废墟一样，部分是因为我的失败，这座大厦无法成为我的避难所，以躲开那含硫的暴雨的袭击，以躲开那奔腾咆哮、含沥青的洪水的冲击，以躲开那阵阵喧嚣的、冷笑的、不停的攻击，笑声在各家各户传开，直冲到我房间窗户上的彩纸上。

这就是我试图对抗的可悲结果，再也没有给我留下什么，只留下这千古笑柄，只好承认无法挽回，不可否认的失败，没有留下一丝可使败者有机会扳回再赛的希望，我似乎已濒临死境，我所痛恨的可怕的恶魔城市，你的力量强大得毋庸置疑，我们的力量悬殊太大。

更残忍、更挖苦的是为了狠狠给我最后一击，你选择了罗丝作为无辜的行刑者，昨日中午，正当我从公司下班走出时，罗丝满面春风，手拿着吕西安的最近来信，郑重其事地向我宣布詹姆斯和阿妮将订婚的消息。

我一下子如五雷轰顶，呆若木鸡，费了半天劲，才勉强说出声来：今天中午，我不去她家里吃饭，并含糊其辞地托词走开，我几乎举不起话筒，我告诉伯顿下午我们不去他家。

我真想烧瞎我的双眼，这双只会使我上当的眼，烧瞎眼睛，烧掉这些书稿，烧掉所有稿纸……

一阵阵可恶的嘲笑声在轰鸣。

第五章　永别

1

9月1日星期一

昨夜我整整一夜在床上辗转难眠，熬过那漫长、空虚的白日后，我像往昔的另一个夜晚一样和衣卧床，难以入寐；昨日成为我一生的转折点，傍晚，我孑然一身，像梦游者一样长时间地、漫无目标地在街道上彳亍，我觉得头昏目眩，耳朵在嗡嗡作响，浑身发冷，像被一群双翅浸着肮脏的斯利河水的白牛虻追逐一样，它们黑压压地包围过来，把我击倒在泥黑的浓雾中；我在极度的惩罚和无能的困境中，在疲惫和凌辱中挣扎着；整夜我难以入寐，我一度老是幻觉到一只奇形怪状的黑龟，长着砖红色和铅黑色相间的甲壳，竖起土灰色的牛角，如同一只巨大的苍蝇长着两个巨大的翅膀，我看不见它的双翅在抖动，它却一动也不动地笼罩在我上方几厘米的地方，它那溅着热血斑点的鼻尖向我喷出粗粗的气息；我无法释去沉重的双靴的重负，在夜间转凉时双靴在颤抖，我缩在一条粗糙黏湿的被子里，就像浸泡在从斯利河流向死海的那黏腻起泡的海水中，被海水冲刷、拖拉，我的衣服上被覆盖一层褐色的甲壳，我的脸被扣上一只褐色的面罩，只留出两个眼洞，我麻木的双手被戴上褐色的手套，我就像被扣牢在地狱中的囚室，我的双手徒劳地往前伸出，想抱住阿妮的头颅，我觉得她的头好像在黑墙的波浪中沉浮，她的头磷光闪闪，眼珠充满着恐惧，她在水面上摇晃着，而她的睫毛没有一根浸湿，她那大理石般的脸孔愁眉紧锁，冷若冰霜；整夜我没有合眼过一分钟，聆听着我在布勒斯顿度过的一年岁月的低语声，它们像一堆劈啪作响、硫黄色的雪一样在我四周旋转，春秋的日日夜夜，特别是去年11月的那个星期一，后来在6月底我把它记在日记中，那天我在利剑饭馆第二次遇见前一个月卖给我地图的阿里阿德涅，后来在4月底我烧掉了这张地图；冬夏的日日夜夜，如流水逝去，我努力用长长的句子编织成的网状链条拴住它们，为了锻打这条长链，我已精疲力竭，这条句子的长链还未编织完，还在摇晃着；3月、2月的日子也在低声嘀咕，我还未开始写到，这空缺的两个月我正在整理它们；4月初的一个星期日也在低声抱怨，那天我在旧教堂叫吕西安看那些描绘所多玛城的彩画玻璃碎片，还有1月底的那个星期六，黄色低沉的天空上飘着昏暗的鹅毛大雪，还未落到人行道上就化了，此时，我走过一家书店又一家书店，走进大陆街上大学对面、王家医院附近的巴伦书店、林德书店，四处寻找《布勒斯顿的谋杀》这本书，许多店主都告诉我书已售罄；我整夜都在聆听自己在这里度过的一年岁月的旋转声，它们像一条条溪流、一条条街道通向我的床沿，又像冰川一样围着我的床铺转，床铺成了斯利河的河谷，它们围着这个河谷旋转；船坞锈红、模糊的铁家伙囤积成巨大的冰碛，我整夜都在聆听着岁月和街道的旋转声，还听到一家又一家、从大人到小孩的回响传播的嘲笑声，它们一直传到遥远的其他城市和其他纪元，直传到石炭纪隐秘的森林里，现在它们深深地埋藏在地层下，在邻近的地层下变成煤炭，直传到鳞木和苏铁科植物的森林里，直传到那些摇晃的棕榈树和乔木状的蕨林里，在它们下面的腐殖土里，爬行动物曾踩过腐烂的死尸和矿石，整夜。

然后，冰冷、和缓的黎明镇住了脑海中的波浪，凝固了池塘变白的水面，池塘就是我的床单，阵阵低沉的抱怨声在水面上传开，泛起涟漪，越来越清楚，在这一片低语声中我听清了两个字“盲目”，它不停地重复，但越来越没有那么挖苦，却成为一种申诉、一种哀求；包裹住我全身的褐色外壳像骑士的盔甲一样，又像昆虫的甲壳，也像疯子的束身衣，渐渐变薄、开裂，碎成许许多多像玻璃一样透明的鳞片，稍有一点响动，鳞片就会发出回声。

这时，晨风吹拂，我渐渐地能摇动我的指头，我能把一个又一个指头从整夜紧束的无形的手套中抽出来；于是，我终于能抬起胳膊，双臂酸痛，关节咔哒直响，似乎我的身体是一个树墩，双臂是两根树枝，人家拧着它们，要带走它们，就像在我的皮上抹一层黏液，从肉中拔出成千上万根的刺，使我疼痛不已；于是，我从床上侧过身，让那双穿着沉重靴子的脚垂到地上，我跌跌撞撞地走到卫生间，借着金黄色的光线，在镜前仔细看着自己，脸色发灰，皮肤紧绷，两颊凹陷，前额中间好像被电烙铁深深地烙了一个洞，我朝脸上洒水，水珠顺着两颊、衣服往下淌，犹如卵石在荒芜的斜坡上滚下来；三个月以来我第一次点燃煤气炉，我脱去衣服、洗浴，从衣橱里拿出衣服，穿上内衣、外套、皮鞋，身上没有留下半点昨夜穿的东西，重新系上领带，系上皮带；

我坐在这张书桌前，就像现在我这样坐着；我从窗口望出，不过现在黑夜使窗户变成一个反射镜，清晨带着湿气的阳光射在迪尤街右侧的玻璃上，掠过科珀街的砖墙，我觉得从那些砖缝里好像传出细微的声音，好像听见附近街道上车轮和脚步的声音，又好像听见那些窗帘拉下的房间里睡在被窝里的人的打鼾声，这些微弱的声音十分奇怪，它们和昨夜不停传来的低语声相似，它们同样不停作响，但它们属于另一个音区，要从另一个音区才能察觉到；于是，我在一张白纸上写上五个字，它们不是来自我的心里，而是我从窗口望出，在科珀街的另一侧，我左侧砖墙的凸出部分上，阳光斜斜地掠过那里，映照着这五个字，我觉得它们可以概括我所听见的那些微弱的声音的意思，我只好抄下这五个字：

“咱们偿清了。”

9 月 2 日星期二

我知道自从我来到这里所经历的一场悲剧已演得差不多了，现在该落幕了，如同一幅快完工的画像，该画上最后的一笔；阿妮瞒着我，不顾我，却也是通过我，和詹姆斯结合了，他们的结合是为了增加我的痛苦，几乎是为了加速我的死亡，为了使我变成现在这样的幽灵，这个阿妮曾爱过我，在去年的隆冬里曾偷偷地窥视我的目光，暗中观察我的目光慢慢从她身上移开；这个阿妮，我近来千方百计地想接近她，她成为我慌乱中的唯一靠山，我艰难地追逐着她，呼叫着她，但她却再也不肯回心转意，而和詹姆斯结合了；詹姆斯此人，我终于相信他就是谋杀、撞伤乔治·伯顿的凶手，这个阿妮与詹姆斯此时如同一个月之前吕西安和罗丝一样结合了；布勒斯顿，为了让我晕头转向，这大概又是你制造的一种错觉、施下的一个诡计，为了嘲弄我，你布下这个圈套，让我掉到里面。

整个画像已快完毕，可以把我甩开了；上星期六，当我回到屋里，看见一大堆上面写着密密麻麻字迹的书稿，在这张书桌上，这一大堆句子就像一座未竣工（部分原因是我的失败）的大厦的遗址一样，此时，我一下子产生强烈的欲望，想全部地、一页一页地、认真地把这些书稿烧毁，不想留下一块碎片，小心地把它们烧成灰烬，从表面上看这就像给一个圆画上闭合的一笔；布勒斯顿，这个圆圈是我在这间房子里烧掉你的地图的 4 月那一夜开始画的，这个城市像一个作怪的魔鬼一样钻入、潜进我的魂，你拼命地挖苦我，你利用我，把我当成工具完成对我的报复；我曾诅咒过你、挫伤过你，你却叫我自食其果，我想烧掉这些书稿的强烈的欲望是由你引起的，但烧掉它们只不过是一个假的结局；布勒斯顿，我现在已经体验过这些火焰，如果真的烧掉，我又得日复一日地重新回溯往事，又得重新在记忆中寻找已经写下的经历片段，这火可能使我在这里一年的大部分经历无法追回；布勒斯顿，我现在已经体验过这些火焰，还是不要烧好，我对这些书稿仍有点眷恋。

正是这些书稿的数量，连同为它们所花去的大量时间，使我舍不得烧掉，挽救了这些句子堆，挽救了这些稿纸，甚至挽救了我；在这一大沓稿纸上，我又把新写的稿纸往上堆，我在不断地延伸这条长句的链条；正是逝去的光阴的重量使我保住了它们，使它们免于付之一炬，正是这数量、这时间、这重量，我才不去听从一种阴险、执拗的劝告，我等待着这个劝告的声音疲乏、变样，直至它累得像一个躺在斜坡上的人一动也不动；此时，雷鸣电闪，布勒斯顿的街道，你们的挖苦声像冰雹一样劈头盖脸向我袭来，此时，我溜进你们满是蛀牙的上下颌间，但你们以一种钻孔机的尖厉的声音袭击我，行人好像丝毫没有听见，但这声音却在我的脑子内外回响，以至于我在电话间里几乎听不清哈丽雅特·伯顿问我的声音：

“亲爱的雅克，你不能来做客是多么遗憾啊！ 我们将会那么高兴认识你的女朋友；她的妹妹是那么迷人，推迟一两天行吗？ 那就等下星期天来吧！”

在此稍前，我也几乎听不清贝利太太干巴巴的声音：

“啊！ 多么遗憾啊！ 罗丝刚刚告诉我，那就等下星期天来吧！”

上星期六，我在公司所在的托尔街上遇到罗丝，她是多么快活啊！ 温柔的罗丝之所以这么高兴，是因为那天早上她刚刚接到吕西安的信，她把信带来给我看，尽管我心中不快，但还是很乐意看到她，当我们开始谈论詹姆斯时，我远没有料到她无意中竟成为宣布我死刑的执行官。

“他常来看我们，”她说道，“他在我们面前谈起你，自然也谈起他那神秘的母亲，他曾带我们到他家那个空荡荡的大院里看她，这位迷人的老太太，有时候出奇地沉默，几乎使我害怕。”

“有时候，我们难道不可以怀疑他们是凶手吗？ 你听得出我话中的假设和委婉的暗示吗？ 罗丝，你回答我，有时候我们难道不可以怀疑他们是暗中干缺德勾当的凶手吗？ 我真的不知道吗？ 他们难道不可能是犯过一次谋杀，却善于伪装的凶手吗？”

“你对你朋友的怀疑真有趣！”

她哈哈大笑起来：

“我希望你病态的想象毫无根据，否则，你的话会使我恐慌不安，我们将会捅马蜂窝——自找麻烦！ 你知道，阿妮和詹姆斯的订婚仪式终于决定好了，我替她感到高兴，你不要对他们说什么，这还不是正式婚礼；我希望你说话谨慎些。”

我听后，匆匆钻进街里，踉踉跄跄，漫无目标，就像牙痛一样难受，踅来踅去，又好像被关在这个大陷阱里一样，圈套刚刚咔嗒一声关上；更像被夹在农家的石磨中间，石轮一转动，嘎吱作响，突然我头上洒下昏暗、寒冷的雨点；我沿着三区的莱恩公园趔趄而行，草地上坐满一对对恋人，一大群苍蝇在我汗津津的头周围嗡嗡地叫着，像盖着一顶王冠一样，我挥舞着双手，这动作就像一个快要下沉的溺水者双手企图推开海藻一样。

我到汉密尔顿火车站餐厅买了一个三明治，后来在亚历山德拉广场的一个电话亭里回绝了星期天的所有邀请；布勒斯顿的窗户，你们好像都朝我关紧，在你们冰雹般的挖苦声的袭击下，我弓着背，慢慢地走回这间房间、这张书桌、这堆稿纸、这条句子长链，这部分原因是我的失败。

九月，七月，三月

9月3日星期三

那可怕的危机已过去三天了，三天来，我作出巨大的努力克制自己，三天中，我又写了一大沓稿纸。

在最后两个钟头内，我重新阅读，重新沉浸在7月初的日子里，阅读这份幸免烧毁的完整的长篇证据，这一行行那时所写的长长句子叙述了5月的最后一个星期六的晚上，我和詹姆斯到二区集市上，告诉他J·C·汉密尔顿的真名，随后第二天又向阿妮和罗丝泄露了这个秘密；那晚在集市上，我指着一张照片，让詹姆斯看清他就是乔治·伯顿，照片是乔治在射击台上照下的，但他一时不慎忘记回来拿走；那篇日记叙述了7月2日星期三那个孤独的夜晚，集市刚从第五区搬走，我在空地上拾到那张照片的底片，自那天开始我一直保留着它；最后，这些文字们叙述了去年12月1日星期日那个短暂的下午，詹姆斯——同一个詹姆斯，总是这个詹姆斯——第一次带我到游乐园。

我在翻阅这些档案似的日记时，我忘了当时要烧掉这张底片的念头，我刚刚读到，在7月3日星期四这天写的日记中发现了这一念头：我想要烧掉前一天捡到的底片；底片上，乔治·伯顿在枪管后眯着一只眼睛，哈丽雅特尽管面带笑容，但神态不安，似乎在担心灾祸临头；布勒斯顿，我忘了你的另一个阴谋，你为嘲弄我，在对我进行报复中利用我，企图把我也牵连到你对乔治·伯顿的报复中，企图使我感到在事件中犯有共谋的罪责以此来打垮自己，即使你的警察局和你的检察官找不到证据判定这是一桩未遂的谋杀案，但，这个事件仍不是一次简单的“车祸”，而是另一码事，是你要陷害我、嘲弄我，是要使我窘困而精心设计的一场噩梦，你为了使我迷失方向而精心设置的这些幻觉如同你所暴露的外表一样最终同属于你的现实。

布勒斯顿，你蓄谋已久，精心策划，继续着你的报复，但我却击中你的要害，显然，我有效地给你造成了创伤，我的日记烧伤了你，我的这部书稿幸免于火焚，如同乔治·伯顿在布朗大街上幸免于难一样，也像7月3日他的底片幸免于火焚一样，有了这些书稿，事实将昭然若揭，你企图使人遗忘的诡计也将大白于天下。

所以，布勒斯顿城，我得感谢你如此残酷、如此露骨地对我报复；不到一个月，我将离开你，既然我以承认我的失败的方式成功地满足了你的秘密欲望——你希望看着我苟延残喘，直至被吞没和死亡，但我仍将是城市的王子之一；现在我在你的狂怒的洗礼下变得如同鬼魂一样久攻不破，我从你那里签订了我能接受的协约。①

9月4日星期四

昨日我读了7月3日星期四写的日记，我发现其中有一个重要的遗漏，大概是因为我那天写到这段时天已晚了，更是因为它与我那天努力想记下的这段经历关系不大，在这段里应该插上这么一件小事。

---

① 与魔鬼订约，是欧洲文学中常见的主题。如中世纪法国奇迹剧《戴奥菲尔的奇迹》中，戴奥菲尔为了摆脱主教的压迫，把灵魂出卖给了魔鬼，与魔鬼订约；歌德的《浮士德》中的浮士德为了认识生活的意义，不惜和魔鬼签订合同。

7月初，集市从五区空地搬走，已部分搬到九区的雏菊旷野上，我从这里沿着斯利河往五区的空地走去，途中我看到监狱的六角形围墙的墙角，我转过身在这个危险的地区绕了一圈，在暮色中贴着墙走，高高的围墙顶端插着玻璃碎片；布勒斯顿，这个监狱犹如你躯体上的一个空洞，你在里面关押那些无法驯化的人，就像液泡中的阿米巴虫，你无法把他们抛到外面，因为你的城界太不明确，你这个地区和远处发生共振，远处也把威胁带进你的心脏，整个城区和六角形中心监狱大楼发生共振；布勒斯顿，大楼既是你定罪的场所，也是捍卫你的地方，它在你的地图上的符号像一块黑色的雪晶，4月底当我把地图当作罪犯模拟像烧掉时，我觉得它好像该隐前额上耀眼的印记在负片上留下的标志一样。

7月3日我未料到我一周又一周地往前回溯过去的日子，布勒斯顿，那时候我对你的仇恨开始在我的心里猛烈地燃烧，以至于我想找到往外发泄的方法；那时候，我还未开始写回忆录，我孤独无援，被压得直不起腰，我躺倒了，日益消沉，城市好像对我施了催眠术，要我忘记过去，因此，我应该无论如何要在黑暗中闪出一道光芒来，尽管那时日子越来越长、离冬天越来越远，但仍是一片阴暗，我几乎直回溯至3月底的一个星期天，那天我第一次带吕西安参观第三区靠近螺母旅社的空地上的集市，然后到了已近黑暗的旧教堂，指给他看那扇著名的该隐诛弟的彩画玻璃。

我在马修斯父子公司实习一年的期限即将结束，归期已定在本月的最后一个星期二，布勒斯顿，在离开你之前，我应该再去看一次那块著名的彩画玻璃上的费解的符号，在它之前你会在我心里自问；在这些屈指可数的日子里，我应该尽可能更多地了解你，了解你身体上这些关节部位，例如了解斯利河对岸的老城区：监狱的东南面、九区的最南端、圣祖德教堂周围一带的郊外，那个教堂也有几块古老的彩绘玻璃，那里有幢明亮的房屋，有一间装饰着小玩意儿的酒店，还有一个犹太小教堂，那里大概是犹太穷人聚会的地方，我曾决定去那里参观，但由于忘记事先的计划，结果没有去成；可怕的城市，我痛恨它，它从我这里夺走了罗丝之后又把我和阿妮完全隔开，以至于我对詹姆斯的嫉妒在我感到羞愧之前几乎烟消云散；可怕的城市，如此嘲弄我，但它的嘲笑奇怪地变成一种哀求；布勒斯顿，我与你也隔着一堵墙，你对我猛烈地攻击，却亲手推倒了这堵墙，我应该尽可能更多地了解你，以便完成我们之间的协约中我该承担的义务，我现在渐渐明白了协约的条件。

9月5日星期五

星期一清早，我坐在书桌前，一动也不动，就像在一片庄稼和沙土中露出的一块被侵蚀得不成样子的古墓碑一样，双眼瞪着这篇昨晚刚写完的简短日记，我曾细心地描着每一个字母，手颤抖着，像一个刚学写字的笨拙的小孩；窗外你的砖墙沐浴在清晨柔和、宁静、清新的阳光中，我听见有人敲门。

格罗夫纳太太端来早茶，新的一天的工作机器又开始转动了。

当我迈进公司办公室时，我的同事问我：

“雷维尔先生，你发生了什么事？”

十一个月以来我们几乎每天都在同一个大厅里工作，他们第一次这么关心我，但我无法回答他们。

詹姆斯没有告诉我他和阿妮订婚的事，我也没有问他什么，他根本不知道罗丝已告诉我了；中午他和我一道去利剑饭馆吃饭，他还是像过去那样热情、殷勤、无微不至地关心我，似乎我是一个养病的人，他告诉我，马修斯老板给他半个月的假期，除我以外其他职员轮流休假，要是我工作满一年，也可以享受这一假期，詹姆斯的假期从 9 月 15 日开始，因为布莱思刚刚去度假，要等他回来后，但他这一次假期不会离开此地，他母亲相当疲劳，他家大院的屋顶需要大整修。

布勒斯顿，星期一下午下班后我径直回到我的住处，不仅那天，近日的每天下午都是如此，特别是近日晴朗的傍晚我都是径直回来；刚才进屋之前，我觉得黄昏的睫毛在下垂，多云的夜在玻璃窗后降下；下班后我在利剑饭馆吃过晚饭，没有绕过格雷街、托尔街、迪尤街，没有绕过那些嘲笑我的河谷径直回到我的住处，此时我觉得头脑快要炸裂；布勒斯顿，我似乎被你的哀叹、被你的砖头的爆裂声、被一片哀号震得耳朵都快聋了，你的每一块砖头中的炭核都想把它的粗糙表面变成玻璃，这片哀号是一种压抑在匆匆而过的一双双空洞洞的眼睛中的欲望：

“什么时候我们的力量将释放？ 什么时候我们的绒毛将展开？ 什么时候我们的金属将闪光？ 雅克 · 雷维尔，什么时候你和我们一道被洗净？”

然而，残忍的大城市，你的牙齿咬着我的心，把它衔在牙间，你从我身上夺去光芒，占为己有，但只要其他协调的光线没有来增强光亮，那这缕光芒难免仍是微弱和无用的；在这些屈指可数的剩下日子里我所能做到的一切是力图写完这部探索性的回忆录，以留作将来辨认、弄清真相的基础，力图在写作过程中减少遗漏，布勒斯顿城——贝利西维达城、贝利斯达城，——自从我烧掉你的地图，把你当成罪犯模拟像枪决你以来，自从那次向你宣战以来，自从我与你交战以来，我就在构思、组织、撰写这部探索性的回忆录；例如，3 月有一天，我简明扼要地向吕西安讲解旧教堂的彩画大玻璃窗，在这一天之前就留下一段很长的空白，我现在很难回忆 2 月初发生的事，那是一年中最寒冷的时刻，早上没有浓雾时，人行道上的水洼都结上了冰，许多水管冻裂，从管缝里挂出长长的一条黄色冰块，宛如一支蜡烛似的；那是一年最寒冷的时刻，我常跑到沙普尔街各家旧书店里翻找，终于找到一本 J · C · 汉密尔顿写的小说。

那时候，我每天在利剑饭馆吃中饭时都碰见这个将与詹姆斯订婚的阿妮，这个那时爱我的阿里阿德涅，我却有意疏远她，在她发觉我不忠之前，我抛弃了她，伤害了她的心，我现在明白，我承认，我供认，我是故意冷落她，来甩开她、忘掉她，在我可悲的行为中有一次我做得太露骨了；布勒斯顿，你无情地嘲弄我，要我这样做，我对她漠不关心。

这个阿妮，显然，我写她的名字时不能不感到嫉妒，然而又不能不为我的卑鄙，为我的不配，为我所做的蠢事、我的盲目感到惭愧，羞得全身发抖，不能不感到只有那些鬼魂才该体验到的冷漠和孤独。

这个阿妮，她还不知道我在自怨自艾，她还没有料到她的订婚对我是一个不幸，因为她忘记了冬天时我们是那么亲近。

这个多情的阿妮，我敢肯定她心花怒放，后天将再见到她，我不得不保持我的平静，不流露出一点痛苦，在诸圣花园附近的那幢房子里我将不会对她说什么，我敢肯定她的母亲和罗丝也会在场陪着她，她们一样心花怒放。

这个阿妮，我现在再也不能让她了解我的痛苦，布勒斯顿，只等到我离开你的时候，等到我的永别将给这条紧绕着我这一年的句子长链扣上最后的一环时，我让她读到它们，以便让她知道我的弱点，我的愿望，最后让她了解我的缘由。

这个阿妮，我应该让她认识伯顿夫妇，并不是他们期待这样做，而是我曾希望这样做，正如吕西安让罗丝认识他们，反而让他们了解，看到我们之间没有什么相同之处。

这个阿妮，冬天，她那灰色的眼睛是那么深情地望着我，现在仍萦绕在我的脑际，这双眼睛为我而闭上，尽管相隔遥远，在她的眼睛里，某种苦涩得像那时候的雾一样的东西不可分离地连着我。

2

9 月 8 日星期一

今天傍晚，新闻影院不再放映关于雅典古迹的纪录片，而是放映一部有关印度孟买的影片，银幕上出现这个城市的码头、林荫大道、庙宇和贫困的景象；布勒斯顿，在你的西北码头上每天卸下几百箱茶叶，箱上印着又黑又大的两个字“孟买”；格罗夫纳太太刚刚给我端来一杯茶，白杯底的茶叶不是产自本地，不是产自我房子周围的果园，更不是产自斯利河的河谷，大学博物馆的透景画册用了好几页描绘这个河谷的地形；而那个里面描绘忒修斯故事的博物馆正门前的爱奥尼亚柱头更确切地说却带有本地风格，它们现在都被烟尘覆盖，原先从雅典也可能是从比雅典更遥远的地方传来，经过罗马、法国，再传入本地，每经一地都改变风格，茶叶里含有提神剂，增浓了香味，我读完了 8 月 25 日写给阿妮·贝利的信后，呷上一口秋色茶，茶水里散发出一股清香；等到我离开此地，结束了我手中写的回忆录，也结束我在此的经历，到那时我才要把这封起不了作用的哀求信寄给她看；这杯秋色茶水提神止渴，它属于我的经历的一部分；布勒斯顿，在看这部电影的过程中，我好像觉得你是产生模糊、阴暗、冰冷、混乱的巨大共振的策源地之一。

九月，八月

我从公司下班后，抄着惯常走的路线，去新闻影院；看完电影后，我不是到东方玫瑰餐馆里吃饭，而是到城街上，从博物馆广场再过去一点的孟买餐厅吃饭；我回到屋里，不是续写我 7 月所写的日记，而是紧接 8 月底的那段日记，它记述了 8 月 25 日星期一所看的电影，那天我在看一场关于雅典古迹的电影时，脑海里不时掠过其他许多城市的影像，布勒斯顿，想到对你的地层的探索，古罗马都城、皮特拉、巴勒贝克和提姆加德，甚至克里特岛一幕幕影像纷至沓来地展现在我的脑海中，克里特岛却是阿妮的真正祖国，我当时还寄予希望的阿里阿德涅的真正祖国；这篇日记还记述了我于前一个星期六与她谈话的失败，那天我们来到旧教堂对面的中国餐馆前，金属帘门已放下，我们吃了个闭门羹，我无法和她谈心，我竭力相信这场失败还不是决定性的一击，尽管同时出现不祥的兆头和迹象，但我仍固执地认为这只不过是一次通常的迟到，而在后来一切希望都破灭了，我失去了这最后一次机会，我现在非常清楚地看出，那天下午 3 时她回去和詹姆斯约会，第二天大概一起去吃午餐；这篇日记最后写到 1 月底的浓雾，回忆在那些昏暗的日子里她爱着我（唉，在所有这些回忆中，无疑这些是我最痛苦的回忆）。

这封徒然写给阿妮 · 贝利的哀求信，不久之后，我将寄给她，使她读它时思前想后，知道不管怎么样我事实上是多么爱她，而现在我是多么后悔不及，使她知道我生性胆怯、谨小慎微，缺乏理智、心胸狭窄；使她进一步认识我，并能反躬自问；使她更加了解我那些曾令她困惑的行为，特别是

8 月 23 日我一路上的沉默，而自从 4 月底起，我就一直沉默，没有回答她对我买一大沓稿纸所提出的无声疑问，这么久以来，我对她的沉默在 8 月 23 日那天已达到顶点；使她更进一步了解我的行为的一些表象，从而也使她了解自己的行为，其他人、罗丝的行为，我同样要让罗丝读到这一活生生的证据，让她也了解我的不忠行径，我的狂热、失败和残生；布勒斯顿，也使你通过这一对姐妹，开始辨读这部我对你的译码，我孜孜不倦地探索你，直至我离开此地为止，我努力忠实履行我接受的协约规定，努力满足你那种追求死亡、解脱、澄清、火焚的欲望，这种欲望在你身上沉睡、封闭、埋藏，而经过我的烧燎才苏醒过来，布勒斯顿，你可以通过这一对姐妹，睁开你那双套在我编织的网中、布满灰尘的、耐心的眼睛，阅读我的日记——多亏我在此一年留下的这部回忆录，然后慢慢地读别的书，不断地阅读，帮助你慢慢复原，固定住你梦中最确信的东西，集中你那众多的火星；使我无声的言语在你的屋梁回响，也使你自己无声的言语最终谱成一首嘹亮的歌，布勒斯顿，你和我一样，你打心里希望你自己死去。

9 月 9 日星期二

当我阅读 7 月第二周写的那几页日记——正是在布朗大街上发生的“车祸”前后几天写的日记时，我觉得我的头脑好像被一场夜间猛烈敲击玻璃窗的暴风雨袭击了一样，萦绕我脑际的是怀疑阿妮 · 贝利——自秋末我已称她阿里阿德涅——所选择的那个未婚夫所干的事，令我焦虑不安的是这个我无法逃脱的罪责问题，以及在我心里发现了一些隐藏的旧情感。

8 月 23 日当我看见旧教堂对面的中国餐馆放下金属帘门时，啊，我甚至不需等工人说出这句话："我不愿意这样，我这武器反过来伤我自己。"我敢断定这是由于一场火灾才关上店门，一绺火苗在你的血管中流动期间变形，腐蚀、传播，然后点燃了这场大火，布勒斯顿，我曾在这个房间里用火烧掉你的地图，你却成功地奴化、收买这绺火苗，反过来用以嘲弄我，为达到、满足你的报复欲望，你把我牵连到攻击你的另一个敌人——乔治 · 伯顿的谋杀中，牵连到布朗大街的"车祸"中；布勒斯顿，不管你使用什么工具，这场"车祸"就是你蓄谋的凶杀，在"车祸"中，即使詹姆斯一点没有参与，但我仍有共谋之嫌。

一丝小小的敌意给你火上添油，因为他不会参观这座新教堂，却是他们母子使我接近新教堂，你像一台共振器一样增大这股敌意，直至我也产生敌意，你成功地使我弄皱、毁损他的形象，但你不能使我像烧毁你的地图一样烧掉他的形象——即他的底片的形象，7 月 6 日星期日，我把这张不能再冲印的底片夹在《布勒斯顿的谋杀》的书页中，这几页正好是作者在以十分刻薄的口吻描写新教堂这座大建筑物：在 X 形阴影中央，在祭廊的交叉处，侦探巴纳比 · 莫顿发现被他兄弟杀死的板球运动员约翰尼 · 温的尸体；我满意且轻松地看了一下这张底片，然后合上书，不仅因为我保住了它，而且因为我保持了它的原状，此时我似乎听见我在心里向作者低声说："咱们偿清了。"我是从你那里听到这五个字，它们已被无限扩大。

那时，一种像针扎似的奇特的声音、一种像攻丝似的微弱的声音消失了，布勒斯顿，这是你的声音，你的不祥的声音；而在我的表面上只剩下对这个几天之后被撞伤的人的友谊，对这位我曾泄露过两次其真名的J·C·汉密尔顿的友谊，不久之后，在布勒斯顿，他的真名传遍了你的所有十字路口，你的各家报纸的头版大标题都登载他的真名；7月我看见詹姆斯越来越经常出入于贝利家门，却没有引起我的注意，我心不在焉地看着他，因为那时我已转向罗丝，我的双眼已被那次未遂的凶杀、突如其来的布朗大街“车祸”的烟雾所蒙蔽。

9月10日星期三

布勒斯顿，我在你的街道上漫步，眼睛的瞳孔被各种眼皮和鳞甲覆盖住，现在我一片一片地揭开，但由于疲倦、疏忽，以及你还使用的诡计，它们随时都可能往下掉。

在我的心中，在我的周围，布勒斯顿，在你的身上，潜伏着许许多多的雾源，使我无法看清我房间里所目触到的家具，在我与物体之间有一层厚厚的阻碍物隔着，甚至在我与笔下写的稿纸和句子间都隔着一层雾障。

为了缩小与我的现实的间距，我必须重新深入到我度过的冬天，我要绘制一幅立体地形图，除了已搞清的日子外，用那过去白日光芒前前后后地照亮图上的一个个阴暗背光的部分，一直照到现在；我在以后剩下的几周内有空做这项工作，现在，阿妮和詹姆斯像吕西安和罗丝一样结合，在我余下的时间内再也没有机会制订新的计划，唉！ 我在这一年中成了孤家寡人。

布勒斯顿的街道，现在我看见你们，看到你们的墙壁、你们的街名、你们的面孔，在你们那表面上空虚的目光深处我看见一种珍贵的东西在对我闪闪发光，我要用它来炼金，但要潜多深才能拿到，要花多大的劲才能固定、收集这些粉末！

在度过这个艰辛的周末、经过昨日和前日之后，在这个星期初已经雾气茫茫的日子里，我难以抵挡心里涌起的一股厌恶的浪潮，此时，我抱怨着，几乎要在卧室的黑夜中大叫，而这时总是藏在天际的冷笑声渐渐传来：

“布勒斯顿城，难道我们没有签署一项条约吗？ 为了给痛苦增加绝望，让受刑者休息一会，这难道还是一场游戏吗？ 所有你从我这里剥夺走的东西难道还不够满足你的报复吗？”

然而，在今天这么一个晴朗的傍晚，无疑这是最后一个类似夏天的黄昏，我听见你对我说，你似乎成了我的帮凶，共同反对你自己：

“小炼金士，你想不想迅速地、舒适地使你，也使我摆脱我巨大的黑暗力量，摆脱这个使人疲倦、啃食你的决心、只让你稀里糊涂地堕落的魔鬼吗？”

布勒斯顿，我需要你的耐性来加快我的速度；需要你的谨慎来缓冲我们行动急转弯时的速度。

应该深入到我度过的冬天，来填补我的故事中留下的漏洞，深入到 3 月底的那个星期日之前的黑暗日子里，那个星期日，我在旧教堂里反复给吕西安转述很久以前一位教士给我所作的关于彩画玻璃的解释，后来我再也没有见到那位教士；深入到我越来越思念罗丝，而越来越疏远阿妮的那个时候，当时，我还不知道乔治 · 伯顿使用了笔名J · C · 汉密尔顿，但我已察觉出《布勒斯顿的谋杀》与他有密切关系，8月22日星期六，我和霍勒斯 · 巴克整整一个下午在街上溜达，随后我在满地是雨水的街道上等一家小酒店开门，我看见伯顿在店里自斟自酌，然后，他带我到他家里吃饭，经他介绍，我认识了他太太哈丽雅特，我尽量不在她面前失态；那天晚上大概吕西安在旅馆里值班，因为那一段时间里，每次出门，我都是和他一起走。

那个星期六晚上，我首次来到这幢靠近格林公园的房屋里，我们在谈论我的国家，他们曾一起去过法国，打算八个月以后再次去那里旅游，但由于发生了“车祸”，由于我，布勒斯顿，也由于你的敌意，再次赴法旅游变成不可能的事；我们用法语交谈了一会儿，我觉得自在多了，因为当时我用你的语言表达还十分困难；当他们问起我对于布勒斯顿，你的印象时，我和你已经存在一种仇恨、可怕、古怪的关系，我有理由埋怨你，我们三人成功地嘲笑你，在巧妙的诅咒言谈中，我们都觉得莫大的快慰、莫大的满足，乔治表现得特别突出，大声狂笑，对新教堂发泄恼恨，这使我想起《布勒斯顿的谋杀》，使我想起詹金太太，在此前几周，我常去她家中；我不敢为新教堂辩护，我从来不敢在她面前为新教堂辩解。

九月，九月

9月11日星期四

3月22日星期六晚上，我第一次走进伯顿家的这间起居室时，就看见房间里有一面球面镜，它很像贝利姐妹家里的那面镜，整个房间都被集中地照进镜中，房间的窗户朝着格林公园，那晚昏黑的雨幕中看不见外面公园；上星期天下午，我在这面镜中看见阿妮的形象，外面松柏枝梢在阳光下摇曳，周围其他树干都在变黄，在它们的映衬之下，松柏更显得翠绿；上星期六阿妮在詹姆斯的陪同下亲自向我宣布他们订婚的消息，我成功地向他们祝贺，在镜中，阿妮的背影在渐渐变小，似乎她已远离我，似乎我们之间已经隔着一个大海；镜中的房间比真实房间要封闭，在镜中的屋里阿妮离我比实际还要远些，阿妮于前一天在巴伦书店买到一本新版的《布勒斯顿的谋杀》，她带来要叫乔治题词，她把书举到我齐眉处，挡住我的视线，使我看不见镜中的我，我被排除在镜外了；我们刚进屋一会儿，哈丽雅特让我们稍等一下，乔治正埋头撰写下一部小说，她去叫他来。

前几天——9月6日星期六，我从公司下班出来，看见吓慌的詹姆斯迎面走来，我心里猜出他将告诉我什么，他装出笑容掩饰心头的狂怒，将向我证实那个多么残酷的消息，我不得不假装丝毫也不知道；他用黑色莫里斯轿车带我到文具店，我心里明白是怎么回事，却故意装出吃惊的样子，到了文具店，我们带上阿妮，来到利剑饭馆；在那里他们演出了一场宣布订婚消息的喜剧，我努力装出高兴的样子，我提醒阿妮伯顿夫妇在等待着我们明天去，随后，我向他们告辞，跌跌撞撞地在街上瞎转，心里痛苦得就像难以忍受的牙痛一样揪心，尤其是表面还要装出一副无所谓的样子，这更加重了心头的痛苦。我在街上瞎逛了好一阵子，然后跑去敲霍勒斯·巴克家的门，他也独自一人，又在物色女人，那天晚上我们逛了一家又一家的酒吧，喝干一杯又一杯的酒，直至深夜，最后从一条非常僻静的小道慢慢地走回各自住所，一路上从各家门缝中窥视人家的私生活。

翌日——上星期天，我在这位已获胜的情敌——詹姆斯的仇人家中，独自和他的未婚妻在一起，感到辛酸的快乐，领略到这番可怜的报复滋味；但当我在镜中看到她独自离去的身影时，我意识到我企图——哪怕是一点点的企图——把她和她的伴侣分开是多么无理，我意识到应该让他们的影像也在这面镜中的屋里结合。

此时，乔治容光焕发地走进来，似乎什么事也没有发生过似的，似乎布朗大街“车祸”只不过是一场噩梦，我首先祝贺他的身体复原得这么快，然后向他介绍阿妮，并指着她向他谈起她的未婚夫詹姆斯，但没有对他讲我对詹姆斯有怀疑，怀疑他是“车祸”的肇事者或是被人利用的工具，怀疑是他的心灵受到创伤而产生狂怒、愤恨与精神危机，但他的创伤是被我感染的，今天他的伤口已完全弥合；我向伯顿谈起詹姆斯，并告诉他，詹姆斯也非常想结识他，他立即同意，叫我转告他，于下星期天请我们三人一起共进晚餐；第二天——星期一，我在公司里小心翼翼地说服詹姆斯，我原先以为会遭到他的拒绝，他经过很久的犹豫之后答应赴宴。

寒暄之后，我请求乔治·伯顿给我们谈谈目前的写作情况。

“你是不是又用J·C·汉密尔顿的笔名在写一部侦探小说？”

“不!《布勒斯顿的谋杀》将是独一无二的。”

“那可能用笔名巴纳比·里奇，或是卡罗琳·贝？”

“也不是，这是另一回事；我应该用另一个笔名。”

随后，他给阿妮的书签上名，这册是企鹅出版社的新版本，我还没有见过，乍一看，和以前的那版一模一样，但封底设计得更好看，不再是一张空白的作者像，而是一张小小的真人像，下方可读到一段作者的生平介绍，从此之后，J·C·汉密尔顿的身份不再是个秘密，《布勒斯顿的谋杀》作者是本市居民乔治·威廉·伯顿，又名巴纳比·里奇；企鹅出版社一下子重版了他的十本小说，报纸利用“车祸”事件，揭开作者的真面目，了解了奇怪的详情，但“车祸”真相还没有弄清，一些人还在自忖这是不是一场谋杀，要最后解开这个谜，可能需要一位像巴纳比·莫顿那样精明能干的侦探。

他在《布勒斯顿的谋杀》的扉页上给阿妮签上名，第二天我在巴伦书店的橱窗里看到这本企鹅出版社的新版本，两边还摆着一本《历代体罚史》和《板球新论》；这是那天我从公司下班后，朝市政厅广场走去，去看关于孟买的影片途中看到这本新书的，第三天——星期二，我特地去买了这本新版的《布勒斯顿的谋杀》，这是我来此城第三次买这本书，同时在巴纳比·里奇重版的十本侦探小说中随意挑选了一本；第三次买的这本书上终于署了作者的真名，印有真人的照片，现在我把它放在书桌的左角，旁边放着我冬天在沙普尔街的一家旧书店买来的一本旧书，那是为了代替第一次买的书，我曾在最早买的那本书上签上了我的名字，在来此的头几个月里，它曾当过我的旅游指南，阿妮曾一口咬定她家里没有这本书，我还以为它已丢失了，但我于 6 月 1 日又在她手里看到它，现在这本书在她的未婚夫詹姆斯 · 詹金手里。

9 月 12 日星期五

暮色苍茫，我还可以透过窗玻璃瞥见街上的砖墙，月亮从科珀街的另一端升起，月光匆匆地掠过砖墙，除几处明亮之外，除瞬间照亮外，要看清这堵墙，就得开动脑筋去想象，这样，就可以揭开布勒斯顿，你那浑厚的表层；布勒斯顿，你包裹着我们，把我与砖墙分离开；我得摧毁它，从中找到我所听见的在砖块中微微作响的根苗；尽管我开了灯，还有几分钟的余晖，我可隐约见到它，并吮吸着它的养料；我头顶上方的电灯照亮了这张白白的稿纸，它是一面捕捉布勒斯顿你的照妖镜；这张稿纸没有原先那么白，成了一片用来过滤你的麻布；布勒斯顿如同这三本反复出版的书上的三张方形肖像一样，这是同一位多多少少经过伪装的作者的三张不同肖像，《布勒斯顿的谋杀》旧版上的相框内完全空白，而化名为巴纳比 · 里奇的那版上相框内的形象完全是改头换面的，不过仍可找出作者的平常形象；而 J · C · 汉密尔顿的小说的最新版本上，相框里正是乔治 · 伯顿本人，显然，没有像过去那样乔装打扮，但他还是略有修饰，有一种特别迷惑人的脸部表情，他不再以一个戴假面具的人出现，最终彻底暴露在读者前；但从某种意义上说，我把这三张肖像当作一张字母表，我可以想象出他的音容笑貌，扯得远些，就像新教堂正门廊上的几尊艺术神和科学神的雕像上都隐含着詹金太太的神态一样，我知道这张字母表是不全的，至少还缺少一个字母；我也把它们视为一个键盘，我知道它至少还缺少一个按键；我也把它们视为一副塔罗纸牌，我知道它至少还缺一张牌；显然，将来书的封底可能再出现一幅新的肖像，相应地使用新的笔名，出现一种新的伪装，我还不知道他到底是有意或无意、经过精心化装的，还是随意拍下的，新的相片将帮助我揭开《布勒斯顿的谋杀》封底的空白相框的秘密，但反过来，这个空白相框却给我指出了在其他肖像中存在着的空缺、沉默、欺骗、封闭的秘密，新的相片将帮我透过伪装重组这位又正在乔装打扮的作者的真面目。

去年我刚来到此城，在买一张布勒斯顿的地图时，第一次看到阿妮——这位现在和罗丝一样我近不得身的阿里阿德涅；4 月底我烧掉了布勒斯顿——你的这张地图后，又向阿妮·贝利买了这沓白纸，今晚我写的这张稿纸非常洁白，似乎上面还涂着一层厚厚的白色，就像我桌旁这本冬天在沙普尔街的旧书店上买的旧书封底相框上涂的那层白色一样；但这张稿纸上似乎覆盖着一面镜子，我的笔尖像一把小刀一样刮着这层白色涂料，也像焊枪的火舌一样使它变成鳞片状剥落，我写的句子像无数的裂痕一样，通过它们，使我自我暴露，暴露出我涂上炭黑污泥的真面目，我的不幸遭遇和顽强的毅力渐渐地洗清我脸上透明的石英核；布勒斯顿，在我的面目后再暴露你的面目，你被内战毁坏的面目，你的面目渐渐显出，于是人们在我的脸上看清瞳孔周围的虹色光环在闪动，看清舌尖周围明亮洁白的牙齿；你的面目最终在温度增高的火焰中被烧毁，我所揭示的这种白色就像人入睡时的宁静，醒后他回忆起梦境，便使这种宁静出现裂缝。

夜里，我昏昏欲睡，站在新教堂广场上，上星期天，我带着阿妮辞别了伯顿夫妇，沿着草木渐渐变黄的威洛公园，我们曾经过这个广场，我把她一直送到诸圣花园路她家门口；上星期天，广场上的新百货大楼快竣工，周围的栅栏已拆除，二楼上从这一端到那一端挂着一条长长的横幅，上写着“11 月隆重开业、优惠酬宾”；夜里，我站在广场上恐慌的人群中，千万双眼睛凝视着教堂灰色的尖顶、钟楼、门廊，它们不再紧嵌在这堆石头建筑上纹丝不动，却随着一种讨厌的呼吸起伏波动；中殿忽而膨胀、忽而缩小，拱扶垛时而散开、时而闭合，就像胸廓的肋骨似的；千万双眼睛凝视着这座随着呼吸起伏而增大的殿堂，墙壁好像挣断缆绳，排山倒海地向我们压来，把我们压到快竣工的新百货大楼前，我们拼命敲门，快让我们进去躲藏；但这些墙却又像拔地而起的干巴巴的大嘴唇舔住我们的脚，也像敞开的通天袋一样铺天盖地地把我们——人群和广场上的建筑物——全部卷进新教堂里面，教堂在不停地呼吸，不停地扩大，柱头上所有雕刻物都活动起来，瞪着凶恶的目光，祭廊越来越多，多得如楼梯上的栏杆，玻璃墙壁不再是白色的，而是画上了各种能变化的场面，上面画着比真人还大的人像站在城墙前，玻璃和墙壁一道渐渐远去，渐渐变暗，渐渐消失在浓雾中，雾向我们袭来，不久，人群和广场上的建筑物——除了新教堂外——自在地立在耳堂的交叉处 X 形阴影下，上面有一只巨大的金珐琅苍蝇睁开黑色的眼睛，颤抖的玻璃翅膀缓慢地打开、闭合；新教堂的原地基被一座新的大楼占据，我无法描绘它的外貌，因为雾越来越浓，我只是隐隐约约地瞥见这座大楼，实际上只见到一扇门，还有门把手和门缝。

在我重新沉浸在这种回避自我的困睡之前，我必须花一点时间写几行回忆隆冬的一个夜晚，在我第一次拜访伯顿之前一个月左右，也许更久些，那天晚上我第一次来贝利家吃饭，当我看着阿妮坐在我的右侧时，我第一次抬头朝壁炉上方的球面镜望去，在镜中见到的却是罗丝的笑容，原来罗丝坐在阿妮的位置上，坐在我的右侧，壁炉里煤气炉在窸窣作响（外面雪在纷纷扬扬地落下，融化在黑夜之中）；那时吕西安·布莱斯还未到达此城，那时我买到了这本只有作者空白肖像的《布勒斯顿的谋杀》，那时我还不认识乔治·伯顿，然而我相信已经见过他一人坐在“东方翠竹”二楼的那张饭桌上，一个微胖的中国跑堂以善意的目光看着客人，我还未料到这位体面的先生——那天显然他没有注意到我——和我所寻找的小说有关，那时候我每天在利剑饭馆里吃饭时已不再遇见阿妮·贝利；那时我犹痛恨你，布勒斯顿，我是多么痛恨你呀！

3

9 月 15 日星期一

昨日——9 月 14 日星期天傍晚，我步行穿过新教堂广场，去乔洛吉街詹姆斯家找他，我们已约好坐黑色莫里斯轿车去接阿妮，一齐上伯顿家；詹姆斯今天开始休假，在公司办公室里，他那张靠近我的办公桌的桌子空着；布勒斯顿，很久以来我就担心他就是在布朗大街的“车祸”中你所利用的傀儡，不过，我目前认为，这种担心从字面或法律上说都是不正确的；昨日，我穿过广场时，多云的夜幕笼罩在空荡荡的新教堂和快竣工的新百货大楼上，在微弱的灯光下，几乎看不清楼上悬挂的那条横幅，它已经有点脏，上面写着 11 月开业的告示；昨日——9 月 14 日星期天傍晚，一股恐惧、压抑和沮丧的情绪又从我心底涌起，而这正是我一个月前站在这栋沐浴在阳光中的新百货大楼前的内心感受，当时，你用洪亮而又刺耳的声音向我发表了冷酷无情的演说，在 8 月的第三周，即你发表演说的下一周里，我曾把你的演说写在日记里，你的声音在我内心深处已渐渐变弱；但我刚刚读了那篇日记，你那激愤、威严、自负的声音又在心里回荡，不过，现在又渗透进另一种更深沉的声音——一种由我的激情而使布勒斯顿你遭受创伤而唤起的哀叹声；这声音流露出你内心的激烈斗争，而我考虑到你必定胜利，不得不放弃我和那个人的争吵，去传播你的哀叹声，这是你对死亡和释放的渴望的声音；为了履行我们之间达成的协约，我尽力将你这种声音公布于世，并用话语表达出来。

今天下午，我从公司下班后，到新闻影院看一部关于新西兰的电影；然后，穿过渐渐黑暗的市政厅广场，去东方玫瑰餐馆二楼吃饭，在那里我看见最后一抹绿色消失在市政厅大楼那筑着雉堞的、古怪的塔楼后。

显然，我刚刚读了过去一篇日记中的片断："白天缩短了，天气逐渐变坏，然而在我离开前，还有够多的好天气，就像我去年10月刚来时的好天气一样，但那时刚到异国他乡，触景生愁，怅然若失，我无法珍惜10月的好天气。"这段话影响着我今晚写的日记，以前的那个我说的一些话萦绕在我的脑际，又加上另一层意思，似乎它们的意义更加成熟，那时候写的这几行字似乎预示着今晚写的这几行日记，如果说那时候白天渐短，那现在白天短得更快，在我离开之前还有的好天气将越来越珍贵，若与黑夜、雾霭、阵雨相对，晴天显得愈明亮，新的10月雨季就要临，我看不到了。

8月每逢星期一，在埋头写作之前，我总是把6月一周中写的日记读完，现在仍然如此，我阅读7月写的日记，但不在星期一，而在星期二，因为9月1日，布勒斯顿，我遭受到你强烈的打击至今还麻木不仁，我必须努力抵住这种冲击波；一周之前，我为了在伯顿和贝利家中不出洋相，一点也不流露出我事先知道，不暴露出我内心的痛苦而进行紧张的克制，弄得我精疲力竭，我像陷入流沙一样大声向阿妮呼救，当然她听不见，但我在这种大声呼救中寻找着一种辛酸的慰藉；今晚，我沉浸在前几周——8月第三周写的日记中，我在阅读中一周又一周地往前追溯一个月前的事，如同我在7月的日记中一周又一周地追溯5月的事，在8月的日记中追溯4月的事，现在我继续这种回忆，追溯3月的事，因为一系列打击我们的事件必然要使人追根溯源，逐步弄清来龙去脉。

9月16日星期二

现在我明白了，7月11日星期五6点半，在布朗大街上突然掉转车头，朝乔治·伯顿冲去的汽车，不是理查德·坦；现在我认为那车子也不是马修斯父子公司的黑色莫里斯轿车，司机也不是詹姆斯，不过，直至上星期天晚上，我还不由得对詹姆斯感到畏惧，开车的是另一个人，一个我从不认识的人，一个我大概从未见过的人，显然他也从未听说过我，这是另一个开黑色莫里斯轿车的人干的，然而这些都根本无法使这个事件简化成一桩简单的车祸，而我的责任并没有因此而减轻，因为中间环节比我过去所想象的更长、更复杂，可能无法准确地把它连接起来；我想，布勒斯顿，你就是利用这另一个人对J·C·汉密尔顿进行报复，你通过他来伤害我，嘲弄我，毁灭我，把我锁在事件的可能性与良心的责备的浓雾之中，这烟雾从这桩模糊不清的事件中冒出，犹如从火山口喷出刺眼的硫气一样；然而这只不过是在字面和法律上宣布詹姆斯与这桩事件无关，他对我的供认，非但不能消除我对他的怀疑，反而在很大范围里使我的怀疑得到证实，并表明我的怀疑是多么有理！ 多么正确！ 同时也说明了只要稍加努力，稍微变动一下差不多的情况，就可以指控詹姆斯真的在事件中扮演了不光彩的角色——我长期所怀疑他起的作用；同样当时只要他稍微加快车速，那么乔治·伯顿就不只是住几周医院，而必死无疑了！ 但如果他经历的不是梦中的那个场面，那么上星期天晚上他就不会对我直言不讳地供认梦中的情景。 上星期天晚上，我们告别了伯顿夫妇，坐着黑色的莫里斯轿车从格林公园开出，我们把阿妮送到诸圣花园路 31 号她的家门前；我们在回家途中穿过铁路桥，桥上是由汉密尔顿火车站通向南边的铁路，我将于本月最后一个星期二由这条铁路离开此城；我们经过瑟奇里街，沿着十区空地边驰行，那里集市上营业最晚的几家小店正在熄灯关门，从店里走出来最后一批顾客，他们拉紧了雨衣脖领，冒着凄凉寒冷的雨走在街上；这时詹姆斯减慢车速，最后停在几乎空荡无人的马路旁，四周漆黑一片，汽车的马达隆隆作响，雨水滴滴答答地下着，他的脸转向我，开始夸起乔治·伯顿，说他热情好客；随后，透过噼啪作响的刮水器，他的眼睛又开始注视着昏暗的马路，继续说道：

“他出车祸的那天晚上，我做了一个关于他的怪梦。”

“梦里，当我开车到布朗大街时，正是人流最密集、交通最拥挤的时候，我像现在这样把着方向盘，却再也不能控制车的方向，因为我双臂发酸，于是，车子朝人群直冲而去，行人见到车子都惊慌地逃跑，我看见前方远处有一个人正在过马路，我知道躲不过他，我仿佛觉得他刚好停在我的车前，突然他闭上一只眼睛，用另一只眼睛瞪着我，仿佛用枪瞄准我似的，我认得出这个人，我肯定见过他。

“一下子，他就不见了，于是我再次发动车子，挂上排挡，终于从右边的一条街逃走了。

“不过，在噩梦中见到的那张脸，我一醒来就知道。不是别人，正是乔治·伯顿，正是在二区集市上为自己拍下照片上的那张脸，那天晚上，你在后面追他，还对我说他就是《布勒斯顿的谋杀》一书的作者。

“第二周，当我从报上获悉，他于上星期五 6 点 20 分在布朗大街上被一辆轿车撞翻，我感到一阵可怕的恐慌，我扪心自问：‘我梦中的事难道是真的吗？难道是我在心慌意乱中撞伤了他吗？’我仔细回忆了那晚 6 点与 7 点之间干了些什么，证实了那时候我几乎不可能在布朗大街，从这以后我才放下心来。”

9 月 17 日星期三

他启动马达，离开了十区空地，我们进入瑟奇里街，拐到大陆街上；这个月集市在十区空地举行，上星期六晚上，我和霍勒斯·巴克来这里逛过集市，那晚，夜黑得伸手不见五指，既寒冷又潮湿，不过没有下雨，霍勒斯·巴克不停地对我谈他最近认识的一位女朋友，后来她也离开了，我心里却想着阿妮和詹姆斯，想着他们将于下星期六在离此不远的诸圣花园路的贝利家里举行订婚仪式，想着我们三人明日要去拜访伯顿夫妇。

我们一直驶到市政厅广场，詹姆斯·詹金一言不发，广场上的电影院开始关门了，詹姆斯·詹金仍不瞅我一眼，问道：

“昨日我看见你在等 24 路公共汽车，是吗？”

接着，他又连忙补充：

“我从未曾想乔治·伯顿的头发颜色这么浅，从他的照片上看，我想象他的头发是深褐色的，比你的还要深，我几乎把他看成黑人！”

乍听来，这两句话似乎毫无关联，但我心里明白它们却紧密联系，我再清楚不过，联系这两句话的是“这是一个黑人”，那个头发远比我深的人，就是那个黑人霍勒斯·巴克，昨日就是他站在我身旁，一起等 24 路车，要去十区空地上的集市，就是詹姆斯刚才把车子停在旁边的那个空地上的集市，他刚才在那里向我叙述了一场噩梦；3 月，他曾在三区莱恩公园附近的集市上看见过我和霍克斯在逛市；在那前一两天，我第一次带吕西安来逛市，他刚来半个月，我开始带他在布勒斯顿，你的街头和你那寒酸的游乐场上溜达；那天，我也是第一次在这里碰见詹姆斯；我心里明白这两句话可由霍勒斯·巴克来连接起来，同时可以与他梦境中发生在布朗大街的车祸联系起来；昨日詹姆斯在看见我的同时不可能不看到霍勒斯·巴克，3 月我和霍勒斯·巴克冒着濛濛细雨在集市上闲逛时，令我十分惊讶的是在两三天内我再次碰见詹姆斯，我当时还不知道他与这个流动集市的关系如此亲密，这个集市绕着布勒斯顿，你的中心城区，有规律地八个月旋转一圈，他却从来没有对我谈起这个集市的事，他这人的脾性就是如此；这两句话可由霍勒斯·巴克来连接起来，同时可以与他梦境中发生在布朗大街的车祸联系起来，我现在清楚地回忆起来：3 月，在两三天内，当我第二次碰见他时，他十分反感地看见我和霍勒斯 · 巴克走在一起，在那些木棚、帐篷、铁皮栅和有篷马车堆里，在那些散发着潮味的人群中，我向他介绍了霍勒斯 · 巴克，霍勒斯也向他提议去喝杯啤酒，可是他脸上流露出一种极其反感，像一种难以克制的厌恶，扭过头不予理睬，匆匆走开了。

他从未对我再谈起这件事，然而，霍勒斯 · 巴克深受侮辱，对此耿耿于怀，每当我们单独闲聊时，他常含沙射影，辛辣嘲讽；显而易见，詹姆斯埋在心里的记忆增加了对我秘而不宣的不满，这种不满来自他读了《布勒斯顿的谋杀》一书，特别是来自我把它借给他母亲而给她的心里带来创伤；因此，梦里发生在布朗大街的谋杀案中，那个被车撞翻的受害者要是其相貌像乔治 · 伯顿的话，那他也具有霍勒斯的相貌特征；因为詹姆斯要伤害的就是这两个人，同时通过他们进而伤害我，在他的眼里，我成了他们俩的中介者，也就是说，布勒斯顿，你在布朗大街的真实“车祸”中，不只是对 J · C · 汉密尔顿进行报复，同样也对我进行报复。

9 月 18 星期四

那么，我该如何使詹姆斯懂得，把我和这个黑人连在一起的是我在他身上又找到我自己对你布勒斯顿所怀有的仇恨，所怀有的同样刻骨仇恨呢？ 你通过反复猛烈的打击使这种仇恨化为怒火，变成一种热衷于用火烧毁一切的癖好，我该如何使詹姆斯明白呢？ 我深知我无法做到，甚至也无法使吕西安明白，他非常惊讶地看着我常和这个黑人在一起，我们俩总是无休止地埋怨和诅咒你——布勒斯顿，我们的谈话千篇一律，总以你为话题，偶尔也陷入良久的沉思，吕西安为此在自忖：我们在一起到底有什么好谈？我知道我无法使吕西安也明白，他对你——布勒斯顿太陌生，还无法正确评价他未来的襟兄詹姆斯·詹金。

这个星期阴雨连绵，白天渐渐地短了，雨却下得越来越多；上星期六，我从公司下班出来，外面下着雨，我走到旧教堂广场看见东方翠竹餐馆是关着，要等这个星期六，即后天才开；随后，我去市政厅广场旁的东方玫瑰餐馆吃饭，我独自边吃边看窗外的景致：冒雨奔驰的汽车犹如驯马一般疾飞，不顾雨淋的观众在电影院前排成好几条队，市政厅大楼中央筑有古怪雉堞的钟楼上的大钟长针指向钟盘上端，随后，又伴随着淅淅沥沥的雨声，雨珠滴答滴答地往下跳，空中的云犹如毛毯一样被撕开，渐渐地能看清里面的羊毛，毛状云块渐渐变薄变透明，隙缝间露出了淡淡的蓝天，显得很远很远，顷刻，柏油路上闪耀着金丝一般的光芒。

那天下午，天越来越晴朗，于是，我再次去城东北方向的一区游览栎树公园，同时去看那棵树皮已石化的老橡树，它就像博物馆里第四幅挂毯壁画上的橡树一样，红棕色的叶子落满了四周小径，撒遍了水坑和草地；随后我再去二区的伯奇公园，它位于斯利河畔，斯利河被一堵墙挡住，墙上方露出河中拖轮的烟囱和岸上起重机的顶部；接着我又去看白桦树林，潮湿的淡黄色叶子沙沙作响，银白色的枝干隐约可见；而后，我溯着黑色的水浪翻卷的斯利河而上，此时，天空也是乌云翻滚，太阳开始偏西，当我到达艾恩街上霍勒斯·巴克的家门口时，已是黄昏时分，天又下起雨来了，不过是濛濛细雨，并不妨碍我们去大陆街上的一家快餐馆吃饭，然后，我们乘上24路车直达十区空地上的集市，在那里我们一杯接一杯地频频喝酒，以抵御突然袭来的寒冷；我们走出酒店，漫步在你，布勒斯顿那潮湿而寂静的街头，此时，我听见黑洞洞的玻璃窗后面你的居民的微微的鼾声，他们和我一样，在疲乏不堪、逆来顺受的外表下，从骨子里盼望你——布勒斯顿死亡。

星期天早上，我很迟才起床，迪尤街上空飘着大朵大朵的云彩，我独自一人在孟买饭馆吃午饭，暗淡、流动的阳光掠过城街上一个个窗台；我在亚历山德拉广场上等31路车时，阳光又掠过达德利车站和新火车站的屋面上；我穿过布兰迪桥，好像是朝弗恩斯公园走去，斯利河中泛起黑色的涟漪，波光粼粼；我漫步在弗恩斯公园里，站在枯黄的林下灌木丛中，默默地向你，布勒斯顿的花园道别，大滴的雨点开始落在叶子上，晶莹发亮，妇女们戴起风帽挡雨。

然而，我冒着倾盆大雨，经过一个个那烟囱不冒烟、静悄悄的大工厂，一扇扇关闭的铁栅门和涂色的铁皮门前，一直走到伊斯特公园，里面小径泥泞，花朵凋零，腐烂的花瓣和蜷曲的叶子纷纷落下。

回到屋里我不得不换了衣服，雨已经停了，天空低沉灰暗，我又出门，朝南步行去乔洛吉街旁的詹金家的大院，詹姆斯在家里等候我，自7月以来我没有去过他家；途中，我穿过新教堂广场，顺着比尔街和惠特街走下去，然后沿着威洛公园漫步缓行，我每经过一处都在留心窥听你，布勒斯顿在黑暗中的低语，天渐渐黑了。

9 月 19 日星期五

在那几乎荒芜的花园中间，詹姆斯让我登上公司的那辆黑色莫里斯轿车，此时，在那明亮的门框前，他母亲站在第三级台阶上，向我们挥手告别，她手指上那只镶着苍蝇的宝石戒指在闪闪发光，我们驱车去诸圣花园路 31 号叫阿妮，给我们开门的却是罗丝；在等待她姐姐梳妆期间，罗丝兴奋地把吕西安最近寄给她的信读了几段给我听，信上说他现在几乎可以确定将在圣诞节来看她；我们来带阿妮一道去伯顿家做客。

啊！ 对我说来，在那晚聚会中，重要的不是谈话；在谈话期间，詹姆斯开始时拘束不安，不过他未婚妻的到来给了他鼓励，让他壮了胆，使他战胜了羞怯和恐惧，克服了以往留下的强烈反感的情绪，表现得比我以前所看见的更迷人、更出色；对我来说，重要的是他来到这个房间里，来到这间曾是困扰他梦境的敌人的起居室里，在那里，5 月的第三周星期天，乔治 · 伯顿在吕西安的盘问下不得不在我们面前毫无隐瞒地承认他便是 J · C · 汉密尔顿，就是我们怀疑已久的《布勒斯顿的谋杀》一书的作者；对我说来，重要的是他们被一起照进那面球面镜中，镜下方是壁炉，炉条上又烧着煤炭，镜中站在这对未婚夫妇两旁的是主人伯顿夫妇，而镜子边沿也有我的小小的影像，好像被框在一扇扭曲的小门洞中一样；明天晚上，阿妮和詹姆斯要在贝利家里举行正式的订婚仪式，我将在人声嘈杂的喧闹气氛中看到他们两人在贝利家里壁炉上的那面球面镜中重逢。

9 月 28 日星期日，也就是我离开的前两天，我要最后再去拜访乔治·伯顿一次，以结束我们之间持续已久的谈话，我们的谈话开始于这一年中最寒冷的时候，正值隆冬，那几天，天气晴朗凄清，早晨，迪尤街的屋顶上冰霜覆盖，公园小径和街道上的水洼也结了冰，我们谈话开始于 2 月 15 日星期六，在东方翠竹餐馆二楼的一张饭桌上——《布勒斯顿的谋杀》一书的前部分曾提到这张饭桌，侦探巴纳比·莫顿和受害者、板球运动员约翰尼·温在这张饭桌上共进午餐，它紧挨着那个朝向旧教堂正面的窗口，布勒斯顿，你的这座旧教堂曾以你那描绘凶手的彩画玻璃窗而闻名；那天，教堂正面结了一层薄冰，闪闪发光，晚期哥特式的钟楼在黏腻的天空中清晰地显出，附近一个窗户对着罗马式的门廊和台阶，门廊两旁矗立着国王和先知的雕像；很久以前，我曾摔倒在这个台阶上，一位年轻姑娘从我身旁走过，她大概就是罗丝·贝利，上个月我多么想单独在这张饭桌旁和阿妮谈心；上星期天晚上在我们从格林公园街伯顿的家去诸圣花园路贝利家的路上，我在公司这辆轿车里已经向詹姆斯和阿妮提议，我将请他们俩来这张饭桌上欢聚。

2 月 15 日星期六，我把那本刚刚在沙普尔街的旧书店里买到的《布勒斯顿的谋杀》放在桌布上的餐具旁，两个多月之后，吕西安也是这样放着，这本书现在我书桌的左侧，上面还放着一本印着作者真名、真像的新版本；今天我已明白，伯顿正是看到这本书而坐在我对面，我明白他在找一个小小的借口，以便和我这位外国读者交谈，我手里这本书是他所写的侦探小说中最得意的一本，然而，当时他的确掩饰得天衣无缝，从表面上看，我们的邂逅纯属偶然。

按照一般人的习惯，他先问我对面座位有人坐吗，接着翻阅菜单，要了一盘羊排，然后打开他的报纸，边吃边看，同时偷偷地观察我。

随后，他把报纸折起来，揣在粗呢外衣的口袋里，将手交叉放在桌沿，他面前的空盘子上架着他的餐具，此时，一个微胖的黄种人跑堂走到我们两人之间，问我们还需要什么，由我先说，我们俩依次要了“一块杏仁蛋糕”、“一小杯茶”。

这个矮小、微胖的黄种人跑堂总是这般殷勤，嘴角总是露出同样的微笑，手里托着一个盘子，上面放着一个茶壶，一个够两人喝的茶壶，朝我们走来；我对面坐着的这个顾客，坐在这张决定命运的饭桌另一侧的这个人，我当时还不知道他叫乔治·伯顿，也没有料到他便是这本放在旁边的小说封面上署的J·C·汉密尔顿，他拿起我们的两个茶杯，凑过来亲切地对我说他以为我们是一起的。

从那时起，我们的思想像转动的齿轮一样接踵而至，我们滔滔不绝地谈论我那个他已熟悉的国家，很自然也谈到了你，布勒斯顿，谈到了你这里普通餐馆的蹩脚的菜肴，而且我第一次听见他咯咯地笑，他的笑声十分奇妙地缓和了我心中一种说不清楚的仇恨。

在隆冬这次谈话的基础上，在那个像守护神似的黄种人跑堂善意目光的注视下，一棵树苗破土而起，生长壮大，撑住现在这一时刻，托住一个瞭望台，我能在它的上面观察记录这棵树的成长；各种事件、思想、遗忘、反思、尝试给它输送各种管养，使它的枝干吐芽，分叉、相交、成荫、横穿，并拢、相争，最终长成一棵枝壮叶茂的大树，这周我写的这些日记就是在探索这丛茂密的大树冠，在许多中间交叉环节又认出一系列中继站或支撑点，今晚我的回忆就是在它们的基础上溯本求源，回到过去的土壤上。

4

9 月 22 日星期一

8 月 11 日星期一傍晚，我先去新闻影院看了一部关于旧金山的纪录片，我现在回忆不起来电影内容，也没有在日记中记述过；接着我到东方玫瑰餐馆吃饭，之后回到住所阅读我在 6 月的第二周所写的日记，发现日记中漏写了一件事，不免感到吃惊；我发觉这篇日记写得不够全面是有其他原因，我忽略了记述我于前一周——6 月 8 日和詹姆斯 · 詹金参观博物馆看挂毯壁画的情况；8 月 11 日星期一晚上，我发现 6 月第二周的日记有遗漏后，才动笔写作；今天是秋分的第二天，傍晚我先到新闻影院看一部有关西西里岛的纪录片，然后回到屋里阅读 8 月 11 日写的日记；这部关于西西里岛的纪录片平淡无奇，尽管影像模糊、色彩不清，但仍有几个镜头描绘了克里特岛上空的蓝天，使我又目睹到那蔚蓝的天空，布勒斯顿，你的街道、公园、烟囱、居民、动物，你的慢性凶杀，你的日渐腐败越来越与蓝天无缘，蓝天渐渐消失，躲在你的秋雾和秋雨后面，前两天天气晴朗，虽变幻无常，但仍阳光普照，这是夏天的最后一个晴朗的周末，接下去便是秋雨绵绵了；今晚，我刚刚匆匆地浏览了 8 月第二周写的日记，我本应该细读每一个句子，以便尽可能多发现我的观点变化的过程，自从我开始埋头写回忆录起，自从我与你，布勒斯顿宣战以来，我对我们这一年的各个阶段、各个事件、各种人物、各种物体、各类影像的看法都发生了变化；今晚，我不得不快速阅读这些日记，是因为从“东方玫瑰”吃饭回来后，已经很迟了，布勒斯顿，在我们这一年中，也已经很迟了，仅剩下九天，然后我就要离开你这些铁墙、雨墙、贮藏暗火的墙，甚至还剩不到九个晚上的时间来写完这部回忆录，来尽力填补重要的漏洞，来尽力履行我们的协约，这个协约是我今后生存必不可少的条件。

8 月第二周这些日记写得不够全面也是有一些其他原因，我忽略了强调前一个星期六在罗丝的陪同下参观了一次博物馆的挂毯壁画，在那次参观期间，我和罗丝进行了一次简短的交谈，有几句话前几天还在我脑中浮现，如同新闻影院的银幕上出现图像不清的地中海蓝天镜头时，这镜头使我浮想联翩，在我的视觉中重叠着克里特岛、雅典、罗马等其他城市，其他地方以及其他时代的影像；我前天再次去看旧教堂的彩绘玻璃、博物馆的挂毯壁画时，罗丝那次和我的简短交谈的几句话又在我脑中浮现，8 月 9 日星期六，我在罗丝的陪同下看了博物馆的挂毯画，我为了使她惊讶、使她敬畏，也是为了报复她的麻木使我整个下午心里痛苦，我告诉她：我在这些挂毯画上所寻找的是揭示布勒斯顿你的根源；同时我心里暗暗补充：由此揭示我自己的不幸；罗丝听了感到惊讶，不过，完全没有我预料的那么震惊，她回答我说：在布勒斯顿城里还有更古老的古迹；今晚，我没有全部读完 8 月第二周写的日记，随后，我开始补充，但仍不够全面，我又开始写这些上面标着9月第四周的日记，我将度过这补罅漏的一周，将听到你的低语声，看到你的幻影，触到你阴郁的骚动，闻到你每晚日益冰冷呛人的臭汗；这周写的日记将来也不可避免不够全面，难免有遗漏，这同样有其他原因，因为我无法讲述我最后一次参观博物馆挂毯画的感想，前天，9月20日星期六的参观无疑是我在这一年中最后的一次参观，回到住所，我换了衣服，再到诸圣花园路参加阿妮·贝利的订婚仪式。

9月23日星期二

在昨日的日记中，我除了写昨晚做的事外，还谈及昨天傍晚在新闻影院看的电影和在东方玫瑰餐馆里吃的晚餐，谈了前天的事，特别是大前天——上星期六去贝利家中参加阿妮的订婚仪式，记述了我最后一次去博物馆看挂毯画、看旧教堂的彩绘玻璃，以及在东方翠竹餐馆里吃的午餐；在写日记期间，我脑海里的首先不是清晰和突出地出现上星期的事，而是随着时间的倒流回溯日趋模糊的往事；布勒斯顿，在我们这昏暗模糊的一年背景上最突出的是8月这一段时间，它制约着我所写的东西，因此，有必要对它进行探寻，才能理解我的日记；在这一段时间内，我写了不少日记，我刚刚谈过，它们追忆的是更久的时期——4月、1月、6月的片段，在6月这一片段又追溯到去年11月，因此形成一条条多少有点清晰，但中间仍有黑影的胶带，它们像一道道被一台向黑幕上射出炽热光芒的分光镜分解出的线条一样；因此形成一阵阵多少有点强烈，但间或发不出声的回音，它们像一声声被一个音分解的泛音一样。

今晚仍残留着对往事一幕幕的回忆，不过，在动手写作之前，我读了7月第四周写的日记，布勒斯顿，首先跳进记忆之门的是我们这一年的其他几个阶段，其中有两个月以前的一个阶段；在这个阶段中，所写的那些日记都有遗漏，主要记述J·C·汉密尔顿的真名被揭晓引起公众一片哗然，记述了我对罗丝的优柔寡断、举棋不定，当时吕西安征服了她，我还蒙在鼓里；昨日，6月与8月这两段时间在记忆中苏醒，今天，处在6月与8月之间的黑暗中的7月也已苏醒，它无疑给前后两月带来新生，充实了这一大段时间，从而得到确定、澄清、修正；在7月的日记里我描述去年12月的情景，整个12月的事是围绕着残酷无情的圣诞节而展开；昨日，1月和去年11月也被唤醒，在这两个月的黑暗中12月现在又被唤醒，同样，在已被唤醒的4月与6月之间5月也在苏醒；5月，乔治·伯顿给我们谈论侦探小说的技巧，已开始给我指出小说的时间和回忆的迷宫，他的这些话大大地帮助我在我们这一年中掌握好方向，布勒斯顿，我们这一年仅剩下一周了，下星期二此时此刻，我已离开你，摆脱你使人疲乏的、压抑的、可怕的力量；在5月的那段时间里，我带吕西安去参观博物馆的挂毯画。

今晚跳进记忆之门的便是这几个阶段，它们在昨日已唤醒的几个阶段之间跳出来，就像两手交叉时左手的五指在右手的指缝间出现一样；在4月与1月之间这段未曾触及的黑暗阶段将穿过3月的第二周，这是根据我在本书中渐渐形成、必须遵循的复杂的叙事顺序，根据这个不完整的图像而插叙的；在这个现在正在画的图像上，我们必须在剩下的几天中画完最后一笔。

不过，今晚，我希望在我感到困倦之前能利用最后一点时间补充几行有关苍蝇的事，昨天和今天每当我看书时，这些苍蝇似乎在我脑里嗡嗡直叫（7 月 19 日星期六乔治 · 伯顿住院时，一只苍蝇来打扰他，8 月 10 日星期日他在格林公园自己家里，也有一只苍蝇折磨着他），布勒斯顿，这些苍蝇是属于你的，和你紧紧相连，是你的一部分。

乍一看，你好像只是由石块和人组成的，动物似乎与你的身体无关，但如果看一看关在游乐场动物园里的动物，看一看那些驾车的老马和被列队运去十一区屠宰场的牲畜，再看一看不计其数的猫和害虫，则必然会发现它们也经常出入于你的场地，也成为你机体中的部分器官，不管它们是活的或死的，是鲜肉或腐尸，是捕食或寄生，它们都体现你的某些力量。

9 月 24 日星期三

上星期天，我又回到城街的一家餐馆吃午餐，3 月 8 日星期六我在那里第一次同吕西安 · 布莱斯谈话，其实，在那前一周，我已在亚历山德拉广场的一家快餐店注意到他了，因为他看上去像个法国人。

我一进去就认出他，便走过去跟他坐在同一张桌旁，他在桌上放了一本书，我逆向辨读出书名，一个法国书名，我也辨读出作者的姓名——一个为侦探小说爱好者所熟知的英语名字；当我看见他从口袋里掏出一包蓝色高卢牌香烟时，我再也按捺不住，便同他搭讪，先是用英语（他说英语的口音比我还重，听起来多么好笑），然后，我很自然地换用法语讲，讲得很快（能够亲切自然地使用母语交谈，而毫不费力就使人听懂是多么惬意啊！然而当时同罗丝，尤其是同乔治·伯顿说法语，还必须费力解释才能被理解），我得知他最近开始在一家大旅馆里实习，期限五个月，旅馆位于王子餐厅对面，市政厅广场的角落，有一次我们去新闻影院旁的麒麟酒店喝酒时，途中经过这家大旅馆。

那天整个下午，我们在布勒斯顿，你的街上游逛，次日，我们又碰面，在贝利姐妹的陪同下一起去游乐园，她们很快就把他当成了朋友。

由此，每一天都唤醒了相关的新的日子，改变了过去的面貌，这样接二连三地揭明了过去的某段时期，通常又伴随而来的是过去另一段昏暗不清的日子，它们一直是奇特、无声的阶段，直等将来时光流逝，其他的回声重新来唤醒它们。

由此，只有通过许多其他变幻不定的日子，才能相继给我们唤回往昔的日子，每一事件唤起前一事件的共鸣，前者却是后者的根源，前者可以解释后者，或者两者互相对应，每一建筑物、每一物体、每一影像把我们带到别的时期，必须再现这些时期，才能发现它们或强或弱的力量丧失的秘密，这些时期往往是遥远的，甚至被人淡忘，距今的时间不再是用星期和月份，而是用世纪来衡量，它们在我们的整个历史阴暗模糊的背景中显现，远远超过我们这一年的界限，布勒斯顿，它们也把我们带到其他城市，远远超过你的边界，就像上星期六在我的视线中重叠着好多城市一样，上星期六我最后一次观看博物馆的挂毯画，这几幅用毛、金、银线织成的巨型挂毯画，布勒斯顿，我在对你的解码过程中常把它们当作参考术语，画上的树使我发现了你的一些树，画上的季节使我看到了你的季节，这些在 18 世纪的法国编织成的挂毯画那么沉重地压在我的命运上；一个被拉丁文化、被古希腊作家普鲁塔克[①]改编的古老的传说（“忒修斯城邦在此灭亡，哈德良城邦在此开始”），一个在古雅典强盛时期形成的传说，通过挂毯画的针针线线损害到我身上，损害到我们，布勒斯顿；一个古老的传说由于雅典的强盛得以传播，使弥诺斯名垂史册，使人想起编写最基本的、鲜为人知的史实。

每一座古建筑，每一个影像都把我们带到别的时期、别的城市，如同该隐诛弟那块彩画玻璃上的时间和城市，玻璃上的这一重要符号影响了我在我们这一年的全部生活，布勒斯顿；当罗丝对我说起“最古老的建筑物”时，显然她心里想的是这座旧教堂，彩画玻璃窗是法国 16 世纪时期的一种玻璃切割、拼合术，与挂毯画编织年代之间穿插着相关的历史阶段，如同两手交叉时左手的手指在右手的指缝中出现一样，该隐，这个城市的缔造者的彩画玻璃是一个大谜，上星期六午后我与阿妮和詹姆斯在东方翠竹餐馆二楼吃过饭，再次来到旧教堂这块彩画璃前吸取力量；“东方翠竹”又开业了，我们仍坐在那张挨着窗户的饭桌旁，窗口对着旧教堂黑

---

① 普鲁塔克（50—125），古希腊传记作家。

黑的屋面，我们坐在这张聚会的饭桌旁，这张决定命运的饭桌旁，那个稍胖的黄种人跑堂总是以善意的目光看着我们，嘴唇露出一种微笑。

星期一傍晚，我在新闻影院看那部关于西西里岛的拙劣的纪录片，此时，在我的视线里交织着两类城市和两个时期，布勒斯顿，这是你两个巨大费解的符号所显出的两类城市和两个时期，它们痛苦地残存在你城里，被窒息、肢解、伪造，它们继续在你城里、在你的每一居民身上、在街头每一角落、在黑暗之中交战、互相蔑视，它们在银幕上的西西里岛的蓝天前表现出两类传统、两种诠释，我似乎觉得在这蓝天中央出现了你内部释放出的火焰的红光，它比任何颜色都要鲜红，再巨大的火灾也不过是带来一种遥远的、混沌的预兆，预示着这种红光。

9 月 25 日星期四

上星期六晚，在诸圣花园路贝利家里，我像鬼魂一样参加阿妮和詹姆斯的订婚仪式，我毫无心思应酬，心里只想着 8 月 2 日另一次订婚仪式。

星期日天气晴朗易变，我去汉密尔顿火车站询问了我六天之后，即下星期二的火车出发的准确时间，随后，我又去看了一下螺母旅社，布勒斯顿，我向你的公园一一告别，我像鬼魂一样漫步在莱恩公园的锈铁大门前，格林公园的阴郁的绿景中，诸圣公园和大南公墓的菊花丛中，最后在威洛公园的罩着薄雾的芦苇丛中穿行。

这几天傍晚，我从公司下班出来后，像鬼魂一样每天选择不同的路线，从利剑饭馆七拐八拐走回住所，绕的弯道越是复杂遥远，我的步伐迈得越小越慢，在愈加漆黑、寒冷的夜晚中，在愈加细小、密集的雨中，我看见一张张苍白的脸孔，布勒斯顿，在你的路灯的照射下，你那发亮、黑色的人行道和屋面衬托出一张张脸孔，他们窃窃低语，或相互交谈，快步跑去避雨，我从他们身旁经过时，偶尔听到他们的只言片语，我像收集稀有金属一样听着，但这些话在绝大多数的情况下不知所云；布勒斯顿，我觉得自己更擅长辨认从龟裂的砖墙砖缝中释放出的信号；布勒斯顿，我剥落你的外壳，用我的文字，用这种来自你体内炽热的文火，这种火焰将渐渐地在他们的眼睛中映射出、点燃起来，将以这种反射而得到加强；布勒斯顿，在这张用越来越细的雨丝织成的黑夜挂毯上，我看到的所有这些面孔必定忍受着你的不幸，直至死亡，雨将毁灭这些脸孔，然后它给予降福，文火烧煮，把他们的砂砾变成玻璃。

在一堵水渍斑斑的墙上，砖块间有一道槽，我在你的金黄色半开的眼角喝了一口泪水，它掺了毒药，我喝了它加速了自己的衰老，痛苦正等待着，我的脸上将出现麻风斑；但这是鬼魂的春药，长生不老的配剂，其药味之苦毋庸置疑。

几个月以来积累的疲劳，布勒斯顿，你的疲劳一下子向我袭来，如同一条湿漉漉的裹尸布一样紧紧束住我的骨架，我久久不得动弹，透过自己在窗玻璃上的面影，注视着外面无数的水滴，它们宛如微小的球面镜，不停地落在迪尤街上；然而要写完这周的日记，我仅有不多的时间，因为伯顿夫妇应邀准备去伦敦度周末，来信要求我明天晚上，而不是星期天，上他们家最后一次共进晚餐；而我仅有那么一点点时间来回顾2月的那个星期的情景：当时，虽然朗德文具店的另一个女售货员已康复上班，但自从那个星期以来，我在利剑饭馆里再也没碰见阿妮；却和伯顿第二次在东方翠竹餐馆那张挨着一个朝向旧教堂屋面的窗户的饭桌上见了面，他向我宣布，一俟他太太回来，就邀请我到格林公园他家中吃晚餐，2月这个不祥的时期，我真不愿再去想它，但相反我可以用语言这把牢固和灵活的老虎钳，在冬天繁杂的回忆丛中钳住这个不祥的2月，当时我正视着2月，焦急不安地等待在马修斯父子公司的实习期早日结束，等待着我离开你布勒斯顿的最后时刻，这个最后解脱的时刻，在当时我还觉得无限遥远，我焦急不安地等候着9月30日早上，那一天，火车将启动，将带我到远方去，再也看不到你的脸孔，听不到你令人厌恶的喘息声；在2月那不祥的日子里，我不由自主地越来越经常地在亚历山德拉广场徘徊，越来越经常地走进汉密尔顿车站，去看那在寒冷的蒸汽中呼啸开出的火车。

5

9月30日星期二

我坐在车厢的那个角落里，脸朝车头，身倚着变色的玻璃窗，透过雨点斑斑的玻璃窗，我看见了阿妮和罗丝·贝利、詹姆斯·詹金，甚至霍勒斯·巴克，他向我道别后便离开了，布勒斯顿，在时钟大针垂直前，在火车起动、将我带到远离你的地方前，我仅剩不多的时间，就利用这么一点点的时间来完成我昨夜未能写完的日记；昨夜，我本想写完它，但夜很深了，在我读完7月底、8月初的日记的时候，我再也抵挡不住睡意，便上床睡了，那些日记主要是写吕西安的订婚和离开前后发生的事，那些日记我本计划在上周末就读完，但未能如愿，在上周末，我最终抽不出时间去参观斯利河对岸的圣祖德老教堂，上周末的日程排得满满的，我又是去采购，又是作最后的参观访问，我没有时间细述这些；因为大针又慢慢地在钟盘上竖起来，我注视着月台上的这台时钟，3月1日星期六以及我一年中有空的某个时期，我多次来汉密尔顿火车站的月台上注视着这台时钟，此后我还久久地凝视候车大厅，发自我内心的仇恨，呼唤着我解脱的遥远时刻早点到来，布勒斯顿，现在我们分离时刻的钟声就要敲响了。

3 月 1 日星期六，我先在亚历山德拉广场的一家快餐店里喝了一杯茶暖暖身子，随后在月台上看见一位年轻人手提着一个行李箱，显然他刚下火车，看上去他是那么像个法国人，于是一周之后我在城街的一家餐馆里见到他时情不自禁地上前和他搭话，这位年轻人便是吕西安 · 布莱斯。

布勒斯顿，我仅有一点点时间来最后一次回忆马修斯父子公司的办公室的情景，我再也不会回那里去了，昨天，在这一年中所有职员最后一次聚在一起：布莱思、格雷托恩、沃德、多尔顿、凯普、斯莱德、莫斯利、阿德威克，甚至还有已度假结束的詹姆斯 · 詹金。

而我再也没有时间记述 2 月 29 日晚上发生的事，它将在我的记忆中渐渐消失，布勒斯顿，我将离开你，垂危的你全身布满我拨旺的火种；我来不及记述 2 月 29 日我觉得那么重要的事，因为时钟上的大针已垂直了，现在我的离开结束了这最后一句话。

图书在版编目(CIP)数据

时情化忆/(法)布托著;冯寿农译. —上海:
上海译文出版社,2015.7(2022.3 重印)
(译文经典)
ISBN 978-7-5327-6958-2

Ⅰ.①时… Ⅱ.①布… ②冯… Ⅲ.①长篇小说—法
国—现代 Ⅳ.①I565.45

中国版本图书馆 CIP 数据核字(2015)第 072382 号

图字:09-2013-524 号

时情化忆
〔法〕米歇尔·布托 著 冯寿农 译
责任编辑/管舒宁 装帧设计/张志全工作室

上海译文出版社有限公司出版、发行
网址:www.yiwen.com.cn
201101 上海市闵行区号景路 159 弄 B 座
山东临沂新华印刷物流集团有限责任公司印刷

开本 787×1092 1/32 印张 12 插页 5 字数 200,000
2015 年 7 月第 1 版 2022 年 3 月第 2 次印刷
印数:4,001—7,000 册

ISBN 978-7-5327-6958-2/I·4211
定价:69.00 元

“译文经典”（精装系列）

瓦尔登湖	[美] 梭罗 著　潘庆舲 译
老人与海	[美] 海明威 著　吴劳 译
情人	[法] 玛格丽特·杜拉斯 著　王道乾 译
香水	[德] 聚斯金德 著　李清华 译
死于威尼斯	[德] 托马斯·曼 著　钱鸿嘉 译
爱的教育	[意] 亚米契斯 著　储蕾 译
金蔷薇	[俄] 帕乌斯托夫斯基 著　戴骢 译
动物农场	[英] 乔治·奥威尔 著　荣如德 译
一九八四	[英] 乔治·奥威尔 著　董乐山 译
快乐王子	[英] 王尔德 著　巴金 译
都柏林人	[爱] 乔伊斯 著　王逢振 译
月亮和六便士	[英] 毛姆 著　傅惟慈 译
蝇王	[英] 戈尔丁 著　龚志成 译
了不起的盖茨比	[美] 菲茨杰拉德 著　巫宁坤　等译
罗生门	[日] 芥川龙之介 著　林少华 译
厨房	[日] 吉本芭娜娜 著　李萍 译
看得见风景的房间	[英] E·M·福斯特 著　巫漪云 译
爱的艺术	[美] 弗洛姆 著　李健鸣 译
荒原狼	[德] 赫尔曼·黑塞 著　赵登荣　倪诚恩 译
茵梦湖	[德] 施托姆 著　施种　等译
局外人	[法] 加缪 著　柳鸣九 译
磨坊文札	[法] 都德 著　柳鸣九 译
遗产	[美] 菲利普·罗斯 著　彭伦 译
苏格拉底之死	[古希腊] 柏拉图 著　谢善元 译
自我与本我	[奥] 弗洛伊德 著　林尘　等译
“水仙号”的黑水手	[英] 约瑟夫·康拉德 著　袁家骅 译
变形的陶醉	[奥] 斯台芬·茨威格 著　赵蓉恒 译
马尔特手记	[奥] 里尔克 著　曹元勇 译
棉被	[日] 田山花袋 著　周阅 译
69	[日] 村上龙 著　董方 译
田园交响曲	[法] 纪德 著　李玉民 译
彩画集	[法] 兰波 著　王道乾 译
爱情故事	[美] 埃里奇·西格尔 著　舒心　鄂以迪 译
奥利弗的故事	[美] 埃里奇·西格尔 著　舒心 译
哲学的慰藉	[英] 阿兰·德波顿 著　资中筠 译
捕鼠器	[英] 阿加莎·克里斯蒂 著　黄昱宁 译
权力与荣耀	[英] 格雷厄姆·格林 著　傅惟慈 译
十一种孤独	[美] 理查德·耶茨 著　陈新宇 译

浪子回家集	[法] 纪德 著　卞之琳 译
爱欲与文明	[美] 赫伯特 · 马尔库塞 著　黄勇　薛民 译
存在主义是一种人道主义	[法] 让-保罗 · 萨特 著　周煦良　汤永宽 译
海浪	[英] 弗吉尼亚 · 伍尔夫 著　曹元勇 译
尼克 · 亚当斯故事集	[美] 海明威 著　陈良廷　等译
垮掉的一代	[美] 杰克 · 凯鲁亚克 著　金绍禹 译
情人的礼物	[印度] 泰戈尔 著　吴岩 译
旅行的艺术	[英] 阿兰 · 德波顿 著　南治国　彭俊豪　何世原 译
格拉斯医生	[瑞典] 雅尔玛尔 · 瑟德尔贝里 著　王晔 译
非理性的人	[美] 威廉 · 巴雷特 著　段德智 译
论摄影	[美] 苏珊 · 桑塔格 著　黄灿然 译
白夜	[俄] 陀思妥耶夫斯基 著　荣如德 译
生存哲学	[德] 卡尔 · 雅斯贝斯 著　王玖兴 译
时代的精神状况	[德] 卡尔 · 雅斯贝斯 著　王德峰 译
伊甸园	[美] 海明威 著　吴劳 译
人论	[德] 恩斯特 · 卡西尔 著　甘阳 译
空间的诗学	[法] 加斯东 · 巴什拉 著　张逸婧 译
爵士时代的故事	[美] F · S · 菲茨杰拉德 著　裘因　萧甘 等译
瘟疫年纪事	[英] 丹尼尔 · 笛福 著　许志强 译
想象	[法] 让-保罗 · 萨特 著　杜小真 译
论自愿为奴	[法] 艾蒂安 · 德 · 拉 · 波埃西 著　潘培庆 译
人间失格 · 斜阳	[日] 太宰治 著　竺家荣 译
在西方目光下	[英] 约瑟夫 · 康拉德 著　赵挺 译
辛德勒名单	[澳] 基尼利 著　冯涛 译
论精神	[法] 雅克 · 德里达 著　朱刚 译
宽容	[美] 房龙 著　朱振武　付远山　黄珊 译
爱情笔记	[英] 阿兰 · 德波顿 著　孟丽 译
德国黑啤与百慕大洋葱	[美] 约翰 · 契弗 著　郭国良　陈睿文 译
常识	[美] 托马斯 · 潘恩 著　蒋漫 译
欲望号街车	[美] 田纳西 · 威廉斯 著　冯涛 译
佛罗伦萨之夜	[德] 海涅 著　赵蓉恒 译
时情化忆	[法] 米歇尔 · 布托 著　冯寿农 译